澳大利亚地理环境独特，以珍奇的动植物和独特的气候闻名于世。那些迷恋于此地的移民逐渐适应了这里的生活，并且最终明白了可持续发展的必要性，而那正是原住民早就认识到的真理。

编委成员（以撰写字数为序）：

向 兰 李新新 彭 旭 龚 静 雷馥源 徐小琴

李国宏 刘 萍 杜洪波 向晓红 陈 卓

四川省哲学社会科学研究规划项目基金成果　获西华大学澳大利亚研究中心资助

澳大利亚生态文学传统与演变

The Study on the Tradition and Evolution of Australian Eco-literature

主　编　向　兰

副主编　向晓红　李新新

四川大学出版社

责任编辑:张　晶
责任校对:周　洁
封面设计:阿　林
责任印制:王　炜

图书在版编目(CIP)数据

澳大利亚生态文学传统与演变 / 向兰主编. —成都:
四川大学出版社, 2015.11
ISBN 978-7-5614-9163-8

Ⅰ.①澳… Ⅱ.①向… Ⅲ.①文学史-澳大利亚
Ⅳ.①I611.09

中国版本图书馆 CIP 数据核字 (2015) 第 285120 号

书名　**澳大利亚生态文学传统与演变**
Aodaliya Shengtai Wenxue Chuantong yu Yanbian

主　　编　向　兰
出　　版　四川大学出版社
地　　址　成都市一环路南一段 24 号 (610065)
发　　行　四川大学出版社
书　　号　ISBN 978-7-5614-9163-8
印　　刷　郫县犀浦印刷厂
成品尺寸　170 mm×230 mm
印　　张　19.25
字　　数　389 千字
版　　次　2016 年 5 月第 1 版
印　　次　2016 年 5 月第 1 次印刷
定　　价　56.00 元

◆读者邮购本书,请与本社发行科联系。
电话:(028)85408408/(028)85401670/
(028)85408023　邮政编码:610065
◆本社图书如有印装质量问题,请
寄回出版社调换。
◆网址:http://www.scupress.net

Preface

The Study on the Tradition and Evolution of Australian Eco-literature provides an invaluable resource for Chinese academics, professors and students alike. Australia has always been a unique location in terms of environmental conditions, including not only the flora and fauna well known worldwide but also climatic conditions. It also has topography and geological conditions that have entranced and charmed its indigenous populations and produced both sublime and horrified reactions from European settlers. Those migrants willing to fall under its spell are gradually learning how to inhabit this space in ways that will eventually bring them to the recognition of the necessity of sustainability well understood by the Aborigines.

As with any region of the world, to understand contemporary literary production in and about that area, one needs to learn something about the traditional culture and environment that have shaped its influential antecedents, as well as the specific cultural dimensions of different groups from which the writers emerge. Further, when approaching such literature from a particular theoretical standpoint, it is necessary for readers to be introduced to the theory, to its applicability, and to the key characteristics of the literature that can only be elucidated from such a theory. Certainly given the central role of the environments of Australia in the shaping of the authors and the characters and events about which they write, ecocriticism should have always been a salient entry point for interpretation of Australian literature. That has not always been the case, however. Various schools of western literary theory, in fact, have hindered an adequate appreciation of the contributions of Australian writers to world literature precisely because attention to place, environment, and human-nature interaction was not contained in their purview. Xiang Lan's study certainly rectifies that denigration and stands alongside the assiduous efforts of members of the Association for the Study of Literature and Environment ANZ in the efforts to bring a nature-oriented approach to the appreciation of the authors treated here.

There are many branches and differing emphases in literary ecocriticism, which ought to be understood more as a movement in literary and cultural studies than as a single theory. These differing emphases, however, as unified by an overarching orientation. The authors here set out their ecocritical approach as the starting point for this study of key Australian writers, both past and present. Since the focus here is on written texts, it is appropriate to begin with European colonial impressions, since until recently the Aboriginal literature was exclusively oral rather than textual and not transcribed or published until quite recently. Readers benefit from the inclusion of multiple genres rather than the common practice of studying only poetry or only nonfiction nature writing. It is not surprising that the nationalist movement is treated separately since one should expect the attention to nature to be subsumed under rhetoric of possession, particularity and difference. Likewise, European descent Australians began to conceive of themselves and their place in the world differently through their participation in the two World Wars.

As the population and the economy of Australia both rapidly expanded after the end of World War II, a flourishing of literary production naturally occurred. At the same time, global attention to environmental pollution and questions about progress and development began to emerge and the problems and limitations of being a raw materials and agricultural exporting economy to be recognized. Appropriately then, Xiang Lan and her colleagues use deep Ecology as a way into the contradictions and conundrums that appear in the literature.

As in many other countries of the world, the post-world war era was also the era of anti-colonial movements and new waves of struggles for women's rights and ethnic self-determination and autonomous development. Women's writing becomes particularly important in Australian literature as a corrective to the strongly masculinist orientation of so much of the fiction and nature writing by male authors. And, finally, as Aboriginal rights become recognized so too does the cultural richness of their oral tradition, which the authors treat in its own chapter. Despite the multigenerational presence of the early European settlers, Australia remains a land heavily populated by immigrants, and, as such, immigrant writers make up a portion of the authors selected as representative of any period in its history.

While a study of this type can only select a few writers to represent each of the large periods and groups who have contributed to the wealth of Australian literature available to readers today, the authors have chosen well their study examples. This volume will surely become a starting point for any Chinese scholar or student wishing to understand the ecological implications of Australian literature, past and present.

Patrick D. Murphy
University of Central Florida

墨菲教授应邀到四川大学讲学时与部分编者合影
（左起：徐小琴、彭旭、墨菲、向兰、李新新）

前言

《澳大利亚生态文学传统与演变》为中国学者、教师和学生提供了宝贵的资源。澳大利亚地理环境独特，以珍奇的动植物和独特的气候闻名于世。其独特的地质地貌使原住民为之痴迷，也引来欧洲移民那些令人敬仰的开拓行为以及令人恐惧的掠夺之举。那些迷恋于此地的移民逐渐适应了这里的生活，并且最终明白可持续发展的必要性，而那正是原住民早就认识到的真理。

与世界上的任何地方一样，要认识该区域所产出的当代文学，就需了解其传统文化和生活环境在塑造杰出的先辈过程中所产生的影响因素，同时还要了解不同群体的作家所诞生的特定文化维度；以一个特定的理论为指导解读这样的文学，则有必要向读者介绍该理论的基本原理、实用性以及只能从这项理论的视角阐释该文学的主要特征。鉴于澳大利亚的环境对作家的成长以及他们笔下人物的塑造和事件的描述等方面均起着至关重要的作用，生态批评应该是解读澳大利亚文学的一个重要切入点。然而，现实并非如此。事实上，西方各文学理论流派阻碍了学者对澳大利亚文学作品的充分鉴赏，从而使该国作家为世界文学所做的贡献被忽略。这是因为场所、环境以及人类与自然的相互作用不在这些理论的关注范围内。向兰及其团队成员的研究对该国文学被低估的价值给予了充分的肯定，对“澳新文学与环境研究协会”（The Association for the Study of Literature and Environment ANZ）的成员正在努力进行的工作，即以自然中心的方法阐释该地区的作者与作品，给予极大的支持。

文学生态批评不是一个单一的理论，它应该被理解为文学和文化研究的运动，其中有许多分支，且强调的重点不同，然而这些不同重点的总体取向是统一的。该书著者选取生态批评方法作为研究澳大利亚古今重要作家及其作品的基点。原住民的早期文学靠口头传诵，没有文字材料，直到最近才有被改编的材料出版。因为重点是文字，所以本研究的时段始于欧洲殖民时期的文学是合适的。常规之举的研究往往仅限于诗歌或散文的自然写作，相比之下，读者多得益于多种类型作品的研究。民族主义运动部分单独列一章，这样处理也合情合理。众所周知，对自然的关注归属于“所有权、特殊性和差异性”等辞令；同理，通过参与两次世界大战，拥有欧洲血统的澳大利亚人开始意识到他们自己以及所处的地方不同于世界上的任何地区。

第二次世界大战后澳大利亚人口迅速增长，经济快速发展，文学自然而然也随之繁荣起来。与此同时，环境污染及社会进步与发展所带来的问题开始引起全球性的关注，澳大利亚的原料和农产品出口之经济模式所产生的问题与局限性也逐渐引起人们的重视。课题组恰如其分地运用深层生态学作为研究方法探索了该时期文学作品所表达的矛盾和困惑。

澳大利亚如世界其他许多国家一样，在世界大战之后的时期也是反殖民主义运动、女性主义权利斗争和民族自决自治发展的新浪潮时代。面对这么多由男性作家所创作的男性强权取向的小说和自然书写，女性文学作为修正这一局势的角色，在澳大利亚文学中显得特别重要。而且，课题组还把原住民文学也分列为独立的一章。由于原住民的权利得到公认，其口头传统文化的丰富性也得以确认。由于早期欧洲几代移民居住在这里，澳大利亚仍然是一个人口稠密的移民地区，因此，移民作家构成的作者群在历史上的任何时期均具有其代表性。

这种类型的研究应重点选择部分对澳洲文学宝库有贡献的作家，他们代表某个历史时期或者某一群体的特征，以便文学爱好者学习。就此而言，该课题组很好地选择了研究对象。对于任何一个希望了解古今澳大利亚文学生态意蕴的中国学者或学生，这本书一定可以成为他们学习或研究的起点。

美国中佛罗里达大学教授　帕特里克·德·墨菲

向兰　译

目　录

第一章 导 论

文学是反映人类思考生活的一种艺术形式，作品的内容与现实世界有着千丝万缕的联系。文学不仅再现了人们生活里的一切，也发挥着教育和引导的作用：启发心智、劝善惩恶、净化心灵等。以文学的方式来呈现生态思想并不是20世纪才有的现象，在从古到今的文学作品里我们都能够读到尊重自然、热爱自然、保护动植物的篇章。虽然长期以来人类中心主义占据主流文化，但在《圣经》里也能够找到善待自然、保护自然的思想[1]。

随着对生态危机的关注度渐渐提高，生态文学从20世纪中叶起在全世界逐步走向繁荣。正如厦门大学著名生态文学批评家王诺教授所言：生态文学“是人类减轻和防止生态灾难的迫切需要在文学领域里的必然表现，也是文学家们对地球以及所有地球生命之命运的深深忧虑在创作上的必然反映”[2]；更是人类希望减轻自然灾害、防止地球生物命运恶化的必然行动。作家们用大量题材不同、类型各异，以生态为主题的作品唤醒人们的良知，挖掘导致生态危机的思想根源，传播保护生态的意识，推动生态文明的建设。

欧美的生态文学源自古希腊神话和印第安神话。18世纪著名法国思想家卢梭和瑞典植物学家林奈均高度重视自然万物之间的依赖关系[3]，他们提倡简单生活、回归自然等生态生活观。浪漫主义文学时期的诗人也创作出数量众多的诗歌，颂扬自然与人类的和谐关系。英国著名诗人威廉·华兹华斯和塞缪尔·泰勒·柯勒律治的诗歌中就体现了人应当谦恭地崇拜大自然否则会遭天谴的生态观。著名美国生态作家亨利·戴维·梭罗的《瓦尔登湖》（*Walden*，1854）详细描绘了作者独居瓦尔登湖畔两年多时间里自食其力地生活的亲身感受和思考；其身体力行的经验证明：其实不需要很多钱也能健康地活着，且快快乐乐地活着，即追求简单的快乐。梭罗通过瓦尔登湖的淡雅与宁静向人们展示了另一种生命的境界，一种单纯如白纸的生活方式。正如梭罗在书中所说：让我们如大自然般悠然自在地生活一天吧。该作品的出版时间被公认为美国

1 夏光武：《美国生态文学·导言》，上海：学林出版社，上海世纪出版有限公司，2009年，第1页。

2 王诺：《欧美生态文学》，北京：北京大学出版社，2011年，第1页。

3 同上，第82页。

生态文学形成的标志性时间节点[1]。20世纪，欧美生态文学持续发展，出现了更多的生态文学大家，如约翰·穆尔、奥尔多·利奥波特、蕾切尔·卡森、多丽丝·莱辛。他们在作品里表达了对生态的关怀、对自然的热爱、对物欲横流社会的控诉以及对环境保护的倡导。

曾为英国殖民地的澳大利亚在生态文学方面的成就毫不逊色于其他西方国家。虽然澳大利亚作为一个独立国家的历史不算悠久，其文学风格也源于对母国的模仿，但作家们对大自然的热爱、与自然和谐相处的思想、对人类中心主义的批评在作品里表现得情真意切、有声有色。尽管课题组成员均参加过《澳大利亚妇女小说史》的撰写，对澳大利亚文学作品有深切的了解和深厚的感情，但编写本书对于我们来说是一个全新挑战。

《澳大利亚生态文学传统与演变》以生态批评的维度解读澳大利亚文学经典，领悟澳大利亚作家在作品中所描绘的地方风情和人性之间的关系，阐释作品中所蕴含的生态意识，厘清其生态文学的起始、演变和传承过程，因为“在生态问题不容回避的今天，人与自然的关系已经处于社会前沿”[2]。

澳大利亚四面环海，原住民与自然水乳交融。18世纪英国的殖民占领，一方面加速了当地的现代文明化进程，促进了其政治、经济、文化、文学和教育等领域的飞速发展；另一方面却因对澳洲大陆自然资源的无节制掠夺、对珍稀野生动物的大肆屠杀、对原始森林的滥砍滥伐以及对原住民文化的无视与践踏，严重破坏了那里原始的生态平衡，打乱了原住民与自然共生的和谐关系。殖民时期的澳大利亚文学主要是移植母国的文学传统，或沿用英国19世纪浪漫主义文学的表现形式，或采用写实的方式来反映当时澳大利亚艰苦的生活现状。这一时期的书信、日记、游记、小说、传奇和诗歌等除了向亲友们倾诉思乡之情，大多以对新大陆的自然环境不同的理解和心态介绍、描绘了殖民地的地理、地貌、气候、植物、动物和环境。这些文字重在描述生存环境与生活的联系，朴素的文字流露出殖民时期作家们最原始的生态意识，是澳大利亚文学中生态表现较为朦胧的阶段，也可谓自然书写的起步阶段。

殖民时期比较具有代表性的诗人查尔斯·哈珀是“第一个把澳大利亚的景物准确地反映到诗中的人”[3]。其代表诗作《澳洲森林中一个仲夏的晌午》歌颂了新大陆

1 夏光武：《美国生态文学·导言》，上海：学林出版社，上海世纪出版有限公司，2009年，第5页。

2 格伦·洛夫：《实用生态批评》，胡志红译，北京：北京大学出版社，2010年，第12页。

3 黄源深、彭青龙：《澳大利亚文学简史》，上海：上海外语教育出版社，2006年，第10页。

富有魅力的自然风光，强调人与自然的和谐一体，具有强烈的浪漫主义色彩，也表达了诗人对田园生活的喜爱。当时的女性小说家路易莎·阿特金森可谓殖民地时期生态意识最强的作家，她用魔术般的语言细腻、质朴地描绘了澳洲丛林的广袤与寂静之魅力，把人物与环境有机地融为一体，表达了作者对人与大自然之间鱼水关系的追求。

19世纪末期，独具个性的澳大利亚民族已经基本形成[1]，他们努力摆脱英国的殖民统治，争取建立独立的民族国家。此时的小说家和诗人充满激情地用文学形式呼唤民众的民族意识，高调赞扬“同伴情谊”，即男人们在丛林生活中相互支持、相互依靠的平等友谊。民族主义作家聚焦于丛林生活，描绘了澳大利亚独具特色的自然环境，这也是文学作品本土化的开端。在他们的笔下，丛林桀骜不驯且恐怖不堪，不过在乡村和城市的二元对立表现传统中，丛林往往被刻画得坚韧且充满活力。早期移民的生活虽艰苦、孤单，但民族主义作家们清楚地认识到，澳洲的山水与欧洲先辈生活的土地相比有不同的美景[2]。对大自然细致入微的刻画彰显了他们对生态环境的关注，相对于崇尚精英主义和等级制度的欧洲大陆，这寂寥而广阔的丛林蕴含着平等和民主的机会。这些作品虽然算不上主动积极的生态写作，却反映了推崇平等互助、乐观向上、栉风沐雨、勤奋劳作、粗茶淡饭等俭朴生活的主题，具有一定的生态社会意识。

民族主义时期最著名的诗人是亨利·劳森和A. B. 佩特森。他们生动地叙述了丛林牧人的生活及其变迁，唱响了以丛林为核心的民族身份的主旋律[3]。劳森侧重于再现丛林人的生活，反映他们与严酷的环境做斗争以及在奋斗中产生的“伙伴情谊”。相比之下，佩特森擅长描绘和谐宁静的乡村美景，把对牧场和丛林生活的浪漫想象浸入每一行诗句，积极地将自然环境和珍稀动植物描述成明媚、迤逦的阿卡迪亚式田园，只字不提人类中心主义对环境造成的破坏。所以，劳森曾评价佩特森是“城市来的丛林人”“只看得见几块绿色的田地”，因为他的视角是“骑在马背上的绅士”[4]。而在亨利·劳森叙事型的诗歌以及女作家巴巴拉·贝恩顿对丛林冷峻的刻画中，读者可以发现更多描述大自然高深莫测、变化无穷的画面。

---

1 黄源深：《澳大利亚文学史》，上海：上海外语教育出版社，1997年，第67页。

2 Glen Phillips, “When the Last Leaf Falls”, *Change, Conflict and Convergence: Austral-Asian Scenarios Criticism*, eds. Cynthia Van Den Driesen, Ian H. Van Den Driesen, New Delhi, India: Orient Blackswan, 2010, p. 155.

3 黄源深、彭青龙：《澳大利亚文学简史》，上海：上海外语教育出版社，2006年，第35页。

4 Henry Lawson, “The City Bushman”, http://www.poetryconnection.net/poets/Henry_Lawson/19134.

在民族主义时期澳大利亚工业和农业快速发展，尤其是绵羊业成为民族走向自给自治的一大经济引擎。然而无知和傲慢地对待环境、征服和过度开发环境仍然是社会的主流价值观。无论是在佩特森热情地讴歌澳洲风景的田园诗里，还是在劳森、贝恩顿和弗菲等作家对丛林更为客观真实的描述中，人类中心主义思想都比较突出，而环境则被视为个人主体意识的“他者”，与主体相对立或附属于主体。白人对澳大利亚破坏性开发的态度导致他们想征服它，使之适合白人的生活方式。此时，有为数不多的作品从自然书写的角度讴歌澳洲大陆异样的美，着力矫正白人对澳洲本土动植物的歧视，呼吁移民接受和热爱岛国的奇特风貌。这些作品推动了以澳大利亚“丛林”为核心的、热爱大自然的文学逐渐形成。从自然书写的角度来看，民族主义运动时期的文学逐渐从模仿欧洲进步到本土化，即从殖民时期以欧洲文化标准理解对澳洲大陆自然环境的书写，过渡到生态意识在文学作品中的崭露头角。

澳大利亚建国初期，现实主义潮流正在欧美文学中树起大旗，但年轻的澳洲文学此时已显现出了独立性；它没有效仿欧美，而是继续沿着19世纪末开创的民族主义道路前进[1]。作家们主要关注的仍然是丛林人的形象，表现重点是“澳大利亚化”的农村，但视野变得比20世纪更加开阔，触角延伸到了资本主义生产方式介入后丛林人为之抗争的矿山、城镇，沿海和原住民的居住地区。

20世纪上半叶的两次世界大战对澳大利亚文学也产生了深远的影响。年轻的澳洲充满活力，城市化快速发展，各类工厂迅速建立。然而这个新兴国家和全世界一样经历了血与火的考验。30年代的全球性经济危机也严重冲击了其经济体系，农产品价格急剧下降，众多中小企业面临倒闭和兼并，成千上万工人失业[2]。但战争和经济的衰退没有吓到他们，地理上的优势使澳大利亚在第二次世界大战中成为英美在远东的巨大物资基地，为其提供了大量军需物品。这些战争需求促使澳洲生产飞速发展，经济复苏，同时，教育和文化事业也得到极大发展。但危机在人们心里留下了阴影，财富分配和收入的不平等刺激了人们对金钱的渴望，使人们失去了心灵的平静。这一时期的作家，如万斯·帕尔默夫妇、亨利·汉德尔·理查森、道格拉斯·斯图尔特和克里斯蒂娜·斯特德等，把焦点放在了生活在文明社会里心力交瘁的人物身上，减少了对大自然的关注，重点突出民族属性、社会等级、战争、经济、殖民等问题，勾勒各阶层人民的生活，揭露社会生活的不公正，抨击尖锐的贫富对立，反思殖民主义者对澳

1　黄源深、彭青龙：《澳大利亚文学简史》，上海：上海外语教育出版社，2006年，第70页。

2　向晓红：《澳大利亚妇女小说史》，北京：中国社会科学出版社，2011年，第58页。

洲的掠夺，呼唤传统价值观的回归[1]。

两次世界大战期间也是澳大利亚文学发展趋向成熟的阶段。20世纪30年代末的“金迪沃罗巴克”运动倡导文学具有澳大利亚特质的象征或意象，而这些象征和意象则源自植根于本土、生长于本土的原住民文化[2]。这场运动唤起了澳大利亚文学界对原住民文化的关注，出现了一些以原住民文化为题材的文学作品，将白人殖民者对自然的肆意破坏与原住民和自然融为一体的生存状态进行对比，展示了原住民的生态智慧。较之那些反映城市生活的作品，这类文学作品彰显了对简单生态生活观的呼唤。

当时，人们普遍认为澳大利亚资源丰富，只要有资本和劳动力就能实现繁荣。不少人向内陆发展，茂密的森林被改造成农田或牧场，铁道线不断延长，在建的水利工程随处可见，这些行为使丛林大面积被破坏，土壤迅速沙漠化，各种栅栏、杆桩和水坝分割并破坏了野生动物生存的空间，农业转向为满足市场需求而生产。如，泽维尔·赫伯特的代表作《卡普里康尼亚》描写了这样的现象：棉花是重要的军需品，人们看到了种植棉花可获取的巨额利益，于是纷纷转向种植棉花；然而当地的自然条件并不适合棉花的生长，孤注一掷的农民血本无归，这是典型的利益驱动下的反生态现象。

第二次世界大战结束后澳大利亚在经济和政治上做了一系列调整，以摆脱殖民经济留下的后遗症，为跨入发达国家之列奠定了基础。政府努力搞好与亚洲国家的睦邻友好关系，战略重心移向太平洋地区，并与中国建立了外交关系。国际关系的良性化为其发展提供了机会，在此期间，交通与通讯的迅速发展为思想文化的交流创造了条件，其活跃度达历史之最。在文坛上不同流派作家的涌现打破了现实主义一统天下的格局，各类作品雨后春笋般出版，国际文坛也开始关注这个太平洋岛国。作家帕特里克·怀特于1973年获得了诺贝尔文学奖，标志着澳大利亚文学开始走向世界。随后托马斯·肯尼利、皮特·凯利、戴维·马洛夫、蒂姆·温顿和伦道夫·斯托等作家也都获得了国际声誉。

这个阶段在重视生态环境方面比较突出的作家有帕特里克·怀特、蒂姆·温顿、苏珊娜·普里查德和戴维·马洛夫等。怀特早年在欧洲接受教育时便对生存环境特别关注，其作品成功地体现了作者的深层生态意识。《人树》使怀特获得了国际声誉。主人公斯坦夫妇是居住在悉尼远郊的普通人，他们与邻居过着平凡的生活，但最后他们赖以生存的农场却因工业不断扩张被吞噬了。《人树》暗示人生历程犹如生生不

1　向晓红：《澳大利亚妇女小说史》，北京：中国社会科学出版社，2011年，第60-62页。

2　陈弘：《澳大利亚文学批评》，上海：上海文艺出版社，2006年，第10页。

息的树木，人对生活不断探索认识的过程随着人类的繁衍而代代延续，永无止境。蒂姆·温顿的《露天游水者》表达了作者欣赏并尊重自然万物，敬畏自然规律，追求人与自然和谐、宁静、简单的生活方式，愿意远离城市的繁华，涤净尘嚣的心灵，置身于大自然中体验与大自然的亲密关系，扫除所有烦忧，回归自然。普里查德是一位杰出的现实主义女作家，也是澳洲共产党的创始人之一。其代表作《干活的阉牛》描绘了西澳森林木材砍伐行业的场景，表达了对大自然的敬畏，对人类干扰自然、征服自然的权力的质疑。戴维·马洛夫批判了人类中心主义的自然观，认为其实质是用工具理性将自然完全纳入人类的框架之中，以满足人类的各种需要。也就是说，工业化以牺牲大自然为代价。人们须以生态的眼光审视自然，才能与土地建立起亲密的联系，构建具有自然意义的幸福家园。这也是澳大利亚作家从自然书写过渡到生态书写的明显变化。

20世纪下半叶是澳大利亚文学发展的黄金时期，女性作家以不同凡响的力量，开始与男性作家在文坛上平分秋色。她们摒弃传统的以人物情节为核心的写作方式，转而追求新颖的叙述方法、角度和语气。她们如闪烁的群星，点缀着澳大利亚文学的天空[1]。在理性工具主导下的资本主义工业社会，遭受“男权中心主义”压迫的女性与遭受“人类中心主义”压迫的自然，同处于“他者”地位，丧失了原有的生机和美丽。女作家们一直在追求一种独立自由而又和谐诗意的生活，她们深谙平衡、和睦的价值。在女性文学作品中我们可读到深刻、多样的生态思想，引人深思，耐人寻味，尽显澳洲女性在人与自然、种族、两性关系及人的物质存在和精神存在的关系方面的非凡生态智慧。

迈尔斯·富兰克林的经典之作《我的光辉生涯》“真实地反映了澳大利亚”[2]。作者生动逼真地描绘了牧场景色、澳洲独特动植物和自然灾害，抒发了女主人公西比拉对祖国和同胞（包括不同种族）的深切关爱之情，甚至对牛、羊等动物（包括鱼儿）的怜爱之情。不难理解黄源深先生所说——西比拉（有富兰克林本人的影子）这一丛林少女艺术形象“在澳大利亚文学发展史上有着特殊的地位”[3]。《我的光辉生涯》体现了女性、自然与文学艺术三个重要“生态要素”的紧密关系。埃莉诺·达克的历史小说《永恒的大地》是一部较为全面反映英国拓殖和原住民生活习俗的作品，呈现了原住民质朴安宁的生活状态。达克认为：“相对于生活艺术而言，不管原住

1 陈弘：《澳大利亚文学批评》，上海：上海文艺出版社，2006年，第132-136页。

2 Henry Lawson, “Preface”, *My Brilliant Career* by Miles Franklin, Melbourne: Text Publishing Company, 2012.

3 黄源深、彭青龙：《澳大利亚文学简史》，上海：上海外语教育出版社，2006年，第82页。

民多么缺乏技术，其生活艺术已经达到了一定的高度，‘生活、自由、对幸福的追求’，对我们而言是对遥远目标的描述，而对原住民来说，这些词只是对他们理所当然的生存状态的总结。”[1] 诗坛巨匠朱迪思·赖特用“爱”编织成了诗歌的灵魂：爱自然、爱同胞、爱和平、爱天下万物。小说家埃莉诺·达克、海伦·加纳、贝弗利·法墨、艾丽斯·彭等，也以同视角在作品里探讨主流和边缘身份以及主流和边缘文化关系的平衡与调和。

原住民作家更是澳大利亚生态文学的生力军。据澳大利亚理事会土著艺术委员会的调查，55%的原住民文学家都创作过诗歌[2]，自然和土地是他们最常用的素材。原住民诗歌的主题大都敬天惜物，悲叹工业文明不重视土地的价值，批评毁坏自然会导致土著文化失去延续性，控诉现代科技对自然环境的践踏，抨击核试验给平民百姓带来的伤害，以及浅薄的民俗旅游对原住民文化和丛林生态造成的破坏。

澳大利亚原住民的信仰核心及生活外延源于土地和大自然，源于古老传说的“梦幻时代”。欧洲人理解的神话意义多停留在象征层面上，原住民神话却在实际生活中整合了尊重土地的教育意义和滋养土地的实际操作意义，概括了如何维持生态系统中各种平衡的奇妙方法。努那考族妇女凯伦·马丁曾指出，原住民相信土地是一个真正的理性本体，每一个事物都因其在整个生态系统中的独特位置而得到承认和尊重[3]。在一个共生的生态系统中存在互联性，人类仅仅是其中一个元素而已，每一生态元素都有天赐的生存权，在其生态群落中起着必不可少的保护自己和滋养周围环境的作用。原住民生态哲学为“使得所有物质合理地存在的哲学”[4]。这一观点反复出现在原住民的文学作品中。

大多数原住民作家的作品都属于自然生态书写，以多种文学形式出现，如诗歌、小说、传记、生命故事、寻根文学等；以追忆已经灭绝的物种、控诉欧洲殖民者对环境的破坏、呼吁同胞反抗殖民统治、为保卫祖先留下的传统和神圣遗址而战为主要题材。这些文学作品的出现改变了原住民“失声”的状态，解构了白人文学的叙事传统，使他们从“他者”变为叙事主题，从边缘走向中心[5]。原住民生态文学呈现的特

---

1 Eleanor Dark, *The Timeless Land*, Angus & Robertson Publishers, 1980, p. 8.

2 彭妮·范·图恩：“Indigenous Texts and Narratives”，伊丽莎白·韦比编，《澳大利亚文学》，上海：上海外语教育出版社，2003年，第33页。

3 K. Martin, 'Ways of Knowing, Being and Doing: A Theoretical Framework and Methods for Indigenous and Indigenist Re-Search', *Journal of Australian Studies*, No. 76, 2003, p. 207.

4 Alice Robinson, Dan Tout. 'Unsettling conceptions of wilderness and nature', Hinkson, John; James, Paul and Veracini, Lorenzo (eds), *Stolen Lands, Broken Cultures: the Settler-Colonial Present*, Arena Journal, Nos 37-38, 2012, p. 157.

5 向晓红：《澳大利亚妇女小说史》，北京：中国社科出版社，2011年，第217页。

点有：生态诗歌数量庞大且成绩卓著，叙事小说串起澳洲土地的变迁，“生命故事”延续着原住民与土地的共生关系。到20世纪80年代，寻根小说凸显出对人类中心主义和白人中心主义的批判以及对生态环境的关注。最具代表性的原住民诗人有凯思·沃克、杰克·戴维斯、凯文·吉尔伯特，小说家有萨利·摩根、亚力克西斯·莱特等。

20世纪60年代，澳大利亚政府逐渐认识到移民在国家经济和社会发展中的积极作用，取消了“白澳政策”，放宽了对移民的要求，使得澳大利亚逐渐成为一个多民族的国家。大量移民进入澳洲，不仅改变了本地人的生活方式，而且丰富了他们的思想和文化，为澳洲文坛注入了新鲜血液。80年代，移民作家逐渐适应了陌生的环境，开始以移居国为焦点，以不同的文学题材及样式展示这个岛国里的种种现象及人生际遇，其中充满了困惑、焦虑、欣喜、失落、追寻，更体现了倔强与韧性。其作品多寓情于景，透过生存环境折射出的人性特征，在“外来者”的视角下对澳洲人文环境和生态环境进行解读，并对二者的关系进行新的诠释，为整个澳大利亚文学增添了新的枝叶。这类作家有华裔布赖恩·卡斯特罗、德裔沃尔特·亚当森、韩裔唐武金、波兰裔彼得·斯克拉耐克、俄裔朱达·沃顿、马来西亚裔贝丝·雅普、希腊裔瓦苏·卡拉玛拉斯等。

1946年，犹太裔作家赫兹·伯格纳用依地语创作了小说《海天之间》，获得了澳大利亚文学协会金奖，把读者的目光吸引到了移民文学上[1]。朱达·沃顿随后将其翻译成英语，为更多的澳洲民众所认识和接受。同时，沃顿本人在1952年出版了第一部英文移民小说集《没有祖国的儿子》。此后，移民作家成为澳大利亚文学界一支实力雄厚的新军，作品如雨后春笋，层出不穷。如，沃瑟·科拉马拉斯的短篇小说集《其他地球》、平努·泊西的剧作《窗子》。这些作品在描写身处异国他乡的困境和窘迫的同时，流露出作者对新环境下生态文明的感知，以及对生态环境遭到破坏的担忧。

如果说早期移民作家的作品透露出对生活的无奈，现代移民作家的作品则有意识地关注生态文明，真正承担起国家主人的责任。诗人约翰·金塞拉的作品渗透着强烈的环保思想，其成名作《储藏窖》以西澳的小麦生产带为背景，以农业种植为切入点，揭示了殖民者将母国农作方式移植到澳洲对环境造成严重破坏的事实。欧阳昱是目前世界上为数不多的用英语写作的华裔作家之一，在澳大利亚享有较高声誉，其作品被收入《牛津澳大利亚文学选集》《麦考利-国际笔会澳大利亚文学选集》和《诺顿澳大利亚文学选集》。他的诗歌在内容上表现了移民的身份困惑，在陌生环境中真空的精神世界。

1 Glenda Abramson, *Encyclopedia of Modern Jewish Culture*, New York: Routledge, 2005.

此外，女性移民作家的崛起亦是不可忽视的力量。西娅·阿斯特莱的作品通常以其出生地的风土人情和广阔的沙漠为背景，以景喻人，在关注生态的同时折射出人情冷暖，展示了以丛林为主的贫瘠、荒凉和干涸的家园，体现了作者对当地生态系统的忧虑，也表达了对生态环境恶化导致人们心灵空虚和文化品位下降的忧虑。柬埔寨华裔女作家艾丽斯·彭的自传《璞玉》是一部反映亚洲移民在澳洲生活状况的作品，叙述了作者在孩子到少女的成长过程中对移民群体的生活和澳大利亚主流社会的观察和感受，以及自身成长过程中所遭受的文化身份困惑。其他移民作家，如亚力克西斯·莱特，21世纪崛起的华裔女作家江静枝、洪正玉等也从不同层面反映了对澳洲生态环境和人文环境的思考。

移民文学作品对生态的关注主要表现在两个层面：一是移民作品通过描述移民地的陌生环境表达对居住地的认识，这种认识往往伴随着与遥远故乡生态系统的对比，从环境的迥异和生疏感上折射出精神世界的孤独和荒凉；二是移民作品直接以生态环境为描写对象，表达了移民作家对当地环境的忧虑，这是移民以“主人”的身份在关注属于“自己”的家园。移民作家对生态问题的关注无疑是对挽救人类文明的一种召唤，主张尊重环境、敬畏生命，反对任何形式破坏环境的行为，寻求人与自然的和谐，探究精神世界的生态归因。

澳大利亚生态文学，或称澳大利亚文学中的生态意义，从文学诞生之日起就已经存在，无论是有意识的生态文本创作、本能的自然书写，还是突出本土化特点的作品等，都在探索人类文明与大自然是否能够永久相依相伴，和谐共存。我们撰写这部题为《澳大利亚生态文学传统与演变》的专著也是一种探索，在从生态视角解读澳大利亚文学经典作品的过程中去发现人类的救赎之路，把生态系统的整体利益作为社会发展的共同利益，因为保护生态环境就是保护地球上包括人类在内的所有生命。

第二章 殖民地时期的自然书写及生态意识萌芽（1788—1890）

第一节 概述

自1788年总督阿瑟·菲利普率领“第一支舰队”抵达悉尼湾始，澳大利亚便开始了长达一百多年的英国殖民统治。这块四面环海的大陆上，曾居住着与自然“天人合一”、须臾不离的原住民，维持了几个世纪的宁静、和谐及生生不息的生态文明。然而，英国殖民者的到来彻底打破了这块曾长期与世隔绝的大陆的宁静。殖民者对澳大利亚的殖民开发是一把双刃剑：一方面加速了澳洲的文明化进程，促进了该大陆的政治、经济、文化、文学、教育等各领域的飞速发展；但另一方面却因对澳洲大陆自然资源的无节制掠夺、对珍稀野生动物的大肆屠杀、对原始森林的滥砍滥伐以及对原住民文化的无视与践踏，严重破坏了澳洲大陆的原生态平衡，打乱了原住民与自然共生、共存的和谐关系。

英国的强势介入开启了澳洲大陆的开拓与发展之旅，同时也在这块土地上孕育了文学的种子，直至枝繁叶茂。殖民地时期的澳大利亚文学属于移民文学，“基本上是母国文学的移植”[1]，由流放犯和自由移民创作，他们延用英国19世纪浪漫主义文学的表现形式“反映已经变化了的现实”[2]，即身处大洋彼岸的新大陆的生活现状。这一时期的文学形式主要有书信体、日记体、游记体等作品，有少量的小说和诗歌等。这些体裁各异的作品流露出澳洲殖民时期最原始的生态意识，是澳大利亚文学生态意识的萌芽。

一、书信体、日记体及游记体作品中的生态书写

这三种体裁属纪实文学，主要描写早期殖民者的人生体验，介绍澳洲大陆美丽的自然风光，盛行于殖民地早期的澳大利亚文坛，深受母国读者喜爱。

澳大利亚殖民地早期，作为文学创作主体之一的流放犯，文化程度不高，而自由

1 黄源深、彭青龙：《澳大利亚文学简史》，上海：上海外语教育出版社，2006年，第1页。

2 同上，第2页。

移民的目的大多是发财致富，与文学创作无缘。面对新奇陌生的澳洲大陆，那些创作能力欠佳的早期殖民者更倾向于选择真人真事来记录，创作大量带有游记式传奇特点的作品。另外，一批早期的女性流放犯及女性移民远离故土，与亲朋好友远隔万里，地域上的隔离带来难以承受的思乡之苦、迷失之感。为缓解这些情绪，她们提笔给亲友写信，诉说对家乡的思念，同时不忘介绍澳洲新奇而美丽的自然风光。但因路途遥远、交通不便，殖民早期的书信邮寄困难重重，大量书信只能作为日常的记录（日记）搁置留存，而不能被思念的亲友读到。

总体而言，这一时期的三种纪实文学作品是早期殖民者对澳大利亚地理环境的自然书写，是情感之本能流露。不容忽视的是，这些作品亦流露出殖民地早期朦胧的生态意识。早期殖民者通过书信、日记或游记作品，表达对母国的思乡之情，也呈现出人与自然和谐共处的生态生存状态及田园式的生活，这些便是澳大利亚文学生态意识的萌芽。

二、诗歌和小说中的生态意识

殖民主义时期的前半个世纪里，除了上面提到的书信、日记和游记，澳大利亚文坛几乎处于“荒芜状态”[1]。但经过50多年的积累，19世纪30年代之后，澳大利亚殖民地时期的文学创作迎来繁荣期，出现了几位颇具影响力的诗人和小说家。

（一）诗歌

澳大利亚殖民地时期的诗歌创作主要模仿英国华兹华斯、拜伦和雪莱等浪漫主义诗人的创作技巧，书写澳大利亚美丽的自然风光。代表性诗人有查尔斯·哈珀（Charles Harpur，1813—1868）、亚当·林赛·戈登（Adam Lindsay Gordon，1833—1870）和亨利·肯德尔（Henry Kendall，1839—1882）。

查尔斯·哈珀的诗歌内容涉猎广泛，有风景诗、爱情诗、叙事诗和讽刺诗等，尤以风景诗著称，是“第一个把澳大利亚的景物准确地反映到诗中的人”[2]。诗集主要有《思想：一组十四行诗》《丛林强盗——五幕剧——和其他诗》《一位诗人之家》《梦幻之塔》。其代表诗歌《澳洲森林的仲夏晌午》《野鸭飞》《一场山林中的暴风雨》《四坟溪》等，尽情地歌颂澳洲令人神往的自然风光，描绘了一幅幅人与自然的和谐画面，表达了诗人对自由平等的乌托邦生活以及田园生活的渴望，具有强烈的生

1　黄源深、彭青龙：《澳大利亚文学简史》，上海：上海外语教育出版社，2006年，第10页。

2　同上，第25页。

态意识。

亚当·林赛·戈登的诗以描写丛林人生活为主，在英国和澳洲本土颇具知名度，尤以思乡诗著称，其诗歌创作对后来丛林歌谣的兴盛产生了较大影响。诗集代表作有《浪花和飘烟》《丛林歌谣与跃马曲》，作品反映了诗人浓郁的思乡情结，体现了一定的生态意识。代表作《生病的牧马人》一诗脍炙人口。

亨利·肯德尔是一位热爱自然的多产抒情诗人。其诗歌创作的一大特点是笔触细腻柔和、流畅而甜蜜，颇具魅力。诗集《诗与歌》刻画了澳大利亚的地理环境，歌颂了新大陆的自然美。另两部诗集《来自澳洲森林的叶子》和《山间之歌》也对自然风光大力着墨，流露出诗人的家园意识、场所意识及人与自然须臾不可分的生态意识。代表诗歌《铃鸟》是澳大利亚最优秀的诗歌之一，在澳大利亚广为流传，其中不乏对凉爽、恬静、宜居、宜人的澳大利亚山林美景的描写，别有一番诗情画意。该诗字里行间流露出诗人对山林隐居生活和回归大自然的渴望，具有浓浓的生态意识。

（二）小说

这一时期澳大利亚的小说在创作手法上正逐渐摆脱母国文学的影响，实现由承袭母国的文学到创建澳洲文学风格的转变，在艺术上继往开来，对后来澳洲文学的发展影响深远。这些小说主要选取殖民地的流放犯生活、淘金生活，丛林逃犯发财致富之诀窍、安身立命之手段等为创作主题，生动地记录了澳大利亚的早期社会生活，反映了殖民时代的特征，满足了母国读者对澳洲新大陆异域风光、奇闻逸事的好奇心。这一时期的代表小说家有亨利·金斯利（Henry Kingsly，1830—1876）、马库斯·克拉克（Marcus Clarke，1846—1881）、罗尔夫·博尔特沃德（Rolf Boldrewood，1862—1915）以及女性小说家路易莎·阿特金森（Louisa Atkinson）。

亨利·金斯利是“第一个成功地用小说的形式反映澳大利亚早期生活的作家，是澳大利亚传奇小说的鼻祖”[1]，其主要作品有长篇小说《杰弗利·哈姆林的回忆》、《两家人》以及短篇小说《旧游重记》。代表作《杰弗利·哈姆林的回忆》是一部牧场传奇小说。该小说描述了怀揣发财梦的自由移民在澳大利亚定居、奋斗、荣归故里的经历。小说通过刻画那些实现发财梦后因难舍母国文化又返回故土的英国绅士形象，探讨了早期殖民者的思乡情结，具有朴素的生态意识。同时，小说仍不乏对新大陆独特的自然环境、清新的牧场风光和恬静的放牧生活的描写，流露出澳大利亚早期

1 黄源深、彭青龙：《澳大利亚文学简史》，上海：上海外语教育出版社，2006年，第16页。

殖民者对田园生活“诗意地栖居”的向往。

马库斯·克拉克以其代表作《无期徒刑》（*For the Term of His Natural Life*，1874）名扬澳大利亚文坛。该小说被视为殖民主义时期流放题材小说的集大成者。小说细致入微地刻画了殖民地早期的流放制度及该制度下的众生百态：凶残的军官、铁面无私的上司及冥顽不灵的罪犯等。在鞭挞资产阶级及其法律的虚伪和流放制度的惨无人道的同时，作者在小说中寄予深意：对公平、自由社会的期待，对“宜居”“乐居”生存状态的渴望。从这个层面上来看，该小说蕴含着朦胧的原始生态社会观。

罗尔夫·博尔特沃德是殖民时期最多产作家，共创作了14部小说，主要有《沉浮》《武装行动》《矿工的权利》《一位殖民主义改革者》《朴素的生活》《丛林中的幼孩》。其中，影响最大的《武装行动》在选材上另辟蹊径，以丛林强盗这一澳大利亚生活的独特侧面为创作原型，表现了殖民地早期澳洲大陆的传奇色彩；以广袤的丛林为背景，描写了一幅幅别具风味的乡土生活画面，展现了澳洲独特的自然与人文景观，阐释了人与大自然相依相存、和谐共生的生态景象。

路易莎·阿特金森是澳洲土生土长的女性小说家，代表作有《移民格特鲁德：殖民地生活的故事》和《柯旺达，退伍军人的补助金》。在其作品中，路易莎用魔术般的语言描述澳洲丛林荒凉而美妙的风景。她把对大自然的密切关注付诸笔端，成就了对殖民地时期澳大利亚田园诗意般生活栩栩如生的描述，体现了作者强烈的生态意识；人物与周围环境有机地融为一体，表达了她对人与大自然共生共处的和谐关系的追求。可以说，阿特金森是澳洲殖民地时期生态意识最强的作家。鉴于此，本章将辟专节对路易莎·阿特金森及其作品中流露的生态观进行详细解读。

综上所述，澳大利亚殖民地时期的文学创作，无论是书信、日记还是游记体，还是诗歌、小说作品，都已流露出最原始的生态意识，是“绿色”澳大利亚文学潮流的发端。这一时期文学作品的生态意识大致可归纳如下：

（1）对澳大利亚新大陆风光的自然书写。初来乍到的早期殖民者，对神秘而新奇的澳洲自然风光着迷，有感而发，出于满足母国读者的好奇之心，他们通过游记或书信，尽自己所能展现澳大利亚的自然美景。这一阶段的作品更多的是对澳大利亚地理环境的自然书写，是对大自然喜爱之情的本能流露。

（2）对母国思乡情的本能抒发。早期殖民者远离母国，远渡重洋至地球另一端的陌生大陆，难以割舍对母国的怀念，对家乡的思恋。早期的流放犯，尤其是女性流放犯，借助书信和日记来抒发这一思乡之情。这些文学形式如实记录了澳大利亚早期殖民者离开故土的茫然之感和思乡之苦，是人类情感的本能流露。

（3）对殖民地时期朦胧的“家园意识”及“场所意识”的流露。经历“思乡”情感煎熬的早期殖民者，面对艰苦的生存环境没有妥协，而是努力在新大陆建设家园，寻求“栖居之所”。这些殖民地的“家园”建设经历在这一时期的小说作品中得以体现，表明殖民时期的文学作品已流露出朦胧的“家园意识”及“场所意识”，这是澳大利亚文学生态意识之源。

（4）对田园生活的热爱。这一时期的作品，尤其是诗歌，大都流露出诗人对田园生活的赞美，面对艰辛的垦荒现实，憧憬美好的生活，渴望实现“诗意地栖居”及与天地万物和谐相处的田园生活梦想。

（5）对“宜居”“乐居”生存状态的渴望。在当时货币无效的大陆，殖民者唯一可信赖的就是自己栽种的食物。他们热爱土地，寻求自己的土地垦荒耕种，满足生存的基本需求是人之本能。早期殖民者自给自足、自力更生创造“宜居”“乐居”生存环境的意识在这一时期的小说及诗歌作品中得到体现。

（6）对早期殖民者“祛魅”拓荒观的批判。澳大利亚的早期殖民者不崇敬原住民所信仰的自然“神圣”。在这种“祛魅”观念的支配下，殖民者蔑视、践踏并破坏大自然，导致澳洲大陆自然资源被无节制地掠夺和毁坏，搅扰了澳洲大陆原始的生态平衡。对这一“祛魅”拓荒观的批判在这一时期的作品中已初露端倪。

（7）在殖民拓荒的失败教训中，逐渐修正对人与自然须臾不离关系的认识。历经大自然一次次的惩罚，在殖民后期，殖民者逐渐修正对人与自然关系的认识，逐步调整非生态的拓荒观念，适度遵循自然规律，生态意识得到一定的回归。这一时期的作品尤其是小说，对这一认识过程进行了初步探讨。

第二节　查尔斯·哈珀：风景诗人

一、作者简介

（一）生平简介

查尔斯·哈珀（Charles Harpur, 1813—1868）生于澳大利亚新南威尔士州的温莎。其父亲约瑟夫·哈珀是一位刑满释放者，1800年作为罪犯被从爱尔兰的科克郡遣至澳洲殖民地。母亲莎拉·奇德利也是刑满释放者，1806年从英国萨默塞特郡被遣至此，时年14岁。同年11月，莎拉与大自己10岁的约瑟夫结为夫妻。查尔斯出生时，他们已是体面的校长夫妇了。哈珀在温莎接受了小学教育，随后自学，他十分喜欢阅读莎士比亚的作品。在霍克斯伯里峡谷田园般的孩童时期，查尔斯借到大量文学书籍，如饥似渴地阅读。他悠闲惬意地漫步于澳洲丛林，与这里独有的动植物和谐地融为一体，这宝贵的生活经历为哈珀生态意识的形成奠定了基础。哈珀在澳洲丛林地区从事过多种职业，20岁后，到悉尼寻找工作机会。不过，当时的悉尼拒绝给刑满释放者及其子女提供任何机会，哈珀多次受挫，后来终于在悉尼的一家邮局得到一份文职工作，干了多年。

哈珀有强烈的爱国主义情怀，从小立志成为澳洲本土著名诗人，早期诗作发表于报纸，并由此成名。20岁时，其处女作《残骸》发表于1833年12月20日的《澳大利亚人报》。接下来的35年里，他又发表了几百首诗歌。他创作的诗歌总数达700多首，在诗歌中，他试图描绘澳洲大陆的荒野之美。

在悉尼，哈珀结识了亨利·帕克斯、丹尼尔·丹尼希、罗伯特·洛和W. A. 邓肯。1845年，W. A. 邓肯出版了哈珀的第一本诗集《思想：一组十四行诗》。两年后，哈珀离开悉尼和哥哥在亨特河边从事农耕。1850年，他和玛丽·多伊尔喜结连理，两人放牧羊群许多年，收入颇丰。1853年，哈珀出版了诗集《丛林强盗——五幕剧——和其他诗》。1858年，哈珀被任命为阿若伦金矿区专员，报酬丰厚。1862年和1865年，他分别出版了诗集《一位诗人之家》《诗人》和《梦幻之塔》。

1866年，哈珀在大裁员中失去工作。1867年3月，他的二儿子在射击时意外死亡，哈珀遭受巨大打击，从此一蹶不振。同年冬天，哈珀染上肺结核，于第二年6月10日去世，留下妻子、两个儿子和两个女儿。多年后，其中一个女儿写道："他留给家人一个没被抵押出去的农场和一个家具齐备、舒服温暖的家。"[1]

直到1883年，哈珀的诗歌全集才得以出版。该书的编辑声称，他必须"把作者被迫搁置的未完成诗作进行最终修订"[2]。这部诗歌全集并不完整，因为一些已出版不需要修改的诗作未包含在内。哈珀的诗稿都保存在悉尼的米切尔图书馆中。

哈珀受欢迎的诗集有《一位诗人之家》和《诗人》；受欢迎的诗歌有《一篮夏季水果》《海岸风景》《东方之梦》《野鸭飞》《猎者的印度鸽》《挽歌》《爱的幻想》《澳洲森林的仲夏晌午》《相似》《献给乔治·吉普斯爵士的十四行诗》《一场山林中的暴风雨》《缺席》。

（二）主要作品的生态意识

哈珀诗歌创作的一大特色是体裁多样，主要有风景诗、叙事诗、政治诗（讽刺诗

1 Charles Harpur, http://en.wikipedia.org/wiki/Charles-Harpur, 2014-08-10.

2 同上。

和辩论诗）、爱情诗和哲理诗，其中最能体现其生态意识的作品便是风景诗。

1. 风景诗的自然书写

哈珀十分善于创作风景诗歌，被称为殖民时期的著名风景诗人。作为流放地，早期的澳洲堪称荒蛮之地，大部分拓荒者认为大地一片荒凉，景色单调乏味，绝不可能引起“诗情画意”的美妙联想。然而，对哈珀这位土生土长的流放犯后代来说，澳洲却是一块迷人的风水宝地，他对家乡的丛林景色、山川及溪流无比眷恋。在对澳洲大陆美丽的自然地理景观的自由书写中，哈珀流露出殖民地时期最朴素、朦胧的生态意识，其风景诗的主要创作特点以及所体现的生态意识如下：

（1）准确把握景致主调，描写细致。

哈珀对“大自然的每一副神态，每一个音调与奥秘”[1]都了如指掌。他以精细的笔触，把自己用心观察到的澳洲自然风貌准确、生动、细致入微地展现在一篇篇风景诗作中，呈现出一个富有魅力、生机盎然、充满诗意的殖民地人民的安居之所。代表此特点的诗歌主要有《澳洲森林的仲夏晌午》《野鸭飞》《海岸风景》等。哈珀在风景诗歌中的自然书写是其对大自然喜爱之情的本能流露，也在一定意义上寄托了哈珀渴望与澳洲大陆的自然环境融为一体的愿望，并流露出对回归自然的田园牧歌生活的满足，这一点还可从他在悉尼蓝山脚下、霍克斯伯里峡谷牧羊时，经常露营野外、亲近自然的举动中得到进一步印证。

（2）探讨“荒野”之美。

哈珀风景诗歌中的澳洲大陆与同时期的其他澳洲作家笔下的大陆大相径庭。正如前文所言，殖民时期的澳洲大陆就是无人问津的荒蛮之地、“不友好”的大陆；除了一成不变的绿色、黄土色，丑陋无比的桉树，一眼望不到边的丛林，别无其他。这一时期的大部分作家所描绘的无不局限于单调、乏味、丑陋、令人压抑等主题。哈珀却能发现常人所不能发现的澳洲“荒野”之内在美：色彩斑斓的丛林是充满生机与活力的场所，这里活跃着澳洲特有的袋鼠、考拉、鸵鸟、野狗、各种飞鸟、爬行动物和昆虫等，它们在这块“荒野”上繁衍生息，人类的早期殖民开拓行为似乎并未打扰到这块“荒野”上生命共同体之间和谐共生的稳定状态。

现代“荒野哲学”认为，荒野具有自组织性，即“作为生态系统的自然并非不好意义上的‘荒野’，也不是堕落的，更不是没有价值的。相反，她是一个呈现着美

1 陈正发：《殖民时期的澳大利亚诗歌》，《安徽大学学报》（哲学社会科学版），2003年第4期，第58-64页。

丽、完整与稳定的生命共同体”[1]。可见，哈珀对澳洲“荒野”内在价值与美的挖掘无疑与20世纪50年代兴起的“荒野哲学”一脉相承，这是哈珀的朦胧生态意识在风景诗歌中的流露，也是澳洲殖民早期最原始生态意识的萌芽。

（3）人物形象与周围环境融为一体。

哈珀在描写澳洲大陆广袤的自然风光时，往往伴有对人物形象的描绘，但其笔下的人物十分渺小与卑微，如《四坟溪》中的牧羊人，《山中暴雨》中孤独的牧童，《猎袋鼠》中的猎人等。

在哈珀看来，大自然为人类提供了安居之所，人类在大自然面前微不足道，只是其中卑微的一员，与大自然有机地融为一体，共生共存，须臾不可分离。在殖民开拓时期的澳洲大陆，这种人与自然和谐共存的非“人类中心主义”观点可谓标新立异，与新时代语境下兴起的生态批评潮流不谋而合，在一定程度上表明了哈珀朦胧的“场所意识”及其对“宜居”“乐居”生活的向往，可视为澳洲殖民时期生态意识的最早体现。

（4）体现大自然庄严的神性。

哈珀的诗歌大多句法结构复杂而松散，用词时有艰涩，甚至会用一定的古词，语言严肃却不失活泼，把大自然所具有的庄严神圣性以及富有活力、生机勃勃的特点恰如其分地展现给读者；在倾注笔墨书写这块洒满阳光的大陆之多姿多彩、万千气象时，不忘展现自然界神秘莫测的“神性”，流露出对主宰万物的大自然的敬畏与崇敬，这是澳洲的自然“复魅”观的最初表现。哈珀的“复魅”挑战了当时大肆砍伐森林，修建城市、道路、铁路等破坏自然环境的开发行为，以自然“复魅”回击“人类中心主义”的殖民拓荒观。这是哈珀生态意识的最早体现。

2. 其他诗歌中的生态意识

除风景诗外，哈珀还长于叙事诗的创作。叙事长诗《四坟溪》讲述了几名白人拓荒者在寻找新的牧场时被原住民追杀的故事，情节紧凑，引人入胜，被誉为“第一首以澳大利亚风景为背景的叙事诗”[2]，至今“在澳大利亚叙事诗中占有重要的一席之地”[3]。该诗在某种意义上探讨了欧洲移民与原住民构建和谐生态社会的理想，反映了作者朴素的生态社会思想。

查尔斯·哈珀热爱澳大利亚，对其政治亦有着浓厚的兴趣，不过，他对政治问

1 徐嵩龄：《环境伦理学进展：批评与阐释》，北京：社会科学文献出版社，1999年，第54页。

2 徐嵩龄：《环境伦理学进展：批评与阐释》，北京：社会科学文献出版社，1999年，第54页。

3 同上。

题的关注并非体现在参与政治活动上，而是通过诗歌创作表达自己的民主理想，这便是其创作的政治诗（包含讽刺诗和辩论诗）。在这些诗歌中，哈珀表达了自己的民主政治思想，热情讴歌自由与民主，对殖民地时期的政治、社会及文学发表评论，对社会上的不公正、不平等现象及唯利是图的牧场主进行尖锐的抨击，并为维护原住民的权益进行抗争。哈珀坚持认为，澳大利亚应是一个“自由的摇篮，民主的国度，在那里，人人平等，没有任何阶级偏见与欺压”[1]，这是其生态社会思想的集中体现。

另外，哈珀对爱情的探讨主要体现在诗集《爱情十四行诗》中。在该诗集中，哈珀大量运用比喻、拟人、夸张等修辞手法，把爱情比作“美丽的花朵”“静谧深邃的夜空”“不可捉摸的幽灵”，视爱情为大自然中最美妙的景物，充分体现了诗人崇尚爱情这一大自然之精华的生态情结。在诗人眼中，美妙的爱情能给人带来快乐与灵感，人人渴望之；然而，爱情也有另一面，会令人心生嫉妒，失去理智，“嫉妒与美德并存，疯狂与智慧随行”[2]；如不能理智地驾驭爱情，被嫉妒冲昏头脑，结局注定是悲剧。哈珀的爱情辩证观在某种意义上也是其原生态意识的本能流露。

哲理诗是哈珀擅长的另一种诗歌体裁。在诗歌《生与死》中，哈珀探讨了生与死的自然规律，体现了诗人的自然生态观。另外，哈珀还对人类进化、宗教、艺术、诗歌、音乐及道德进行了思考，如诗歌《快乐与信仰》《世界与灵魂》《无声的信仰》。哈珀认为人类灵魂可以通过自我“创造与进步”，并在上帝指引下逐渐趋于完美。他对人类精神的净化与进步抱有坚定的信念，相信知识的力量必将使人类得到启迪与升华。“哈珀的这些宗教与哲学观点在当时并非独有，但通过诗歌的形式表达出来，且表达得如此深刻，却是其同时代人所不及”[3]，这是因为大自然赋予了诗人深刻的哲学思想，奠定了其生态社会思想的基础。

二、主要作品的生态解读

（一）《野鸭飞》（“A Flight of Wild Ducks”）

1. 《野鸭飞》原文及译文

1 陈正发：《殖民时期的澳大利亚诗歌》，《安徽大学学报》（哲学社会科学版），2003年第4期，第58-64页。

2 Charles Harpur, Love Sonnets, http://www.telelib.com/authors/H/HarpurCharles/verse/poems/lovesonnets.html, 2013-12-12.

3 陈正发：《殖民时期的澳大利亚诗歌》，《安徽大学学报》（哲学社会科学版），2003年第4期，第58-64页。

A Flight of Wild Ducks

Far up the River-hark! 'tis the loud shock
Deadened by distance, of some Fowler's gun:
And as into the stillness of the scene
It wastes now with a dull vibratory boom,
Look where, fast widening up at either end
Out of the sinuous valley of the waters,
And o'er the intervenient forest, —up
Against the open heaven, a long dark *line*
Comes hitherward stretching—a vast Flight of Ducks!
Following the windings of the vale, and still
Enlarging lengthwise, and in places too
Oft breaking into solitary dots,
How swiftly onwards comes it—till at length,
The River, reaching through a group of hills,
Off leads it, —out of sight. But not for long:
For, wheeling ever with the water's course,
Here into sudden view it comes again
Sweeping and swarming round the nearest point!
And first now, a swift airy rush is heard
Approaching momently; —then all at once
There passes a keen-cutting, gusty tumult
Of strenuous pinions, with a streaming mass
Of instantaneous skiey streaks; each streak
Evolving with a lateral flirt, and thence
Entangling as it were, —so rapidly
A thousand wings outpointingly dispread
In passing tiers, seem, looked at from beneath,
With rushing intermixtures to involve
Each other as they beat. Thus seen o'erhead
Even while we speak—ere we have spoken, —lo!
The living cloud is onward many a rood
Tracking as 'twere in the smooth stream below
The multifarious shadow of itself
Far coming-present-and far gone at once!
The senses vainly struggle to retain
The impression of an Image (as the same)
So swift and manifold: For now again
A long dark line upon the utmost verge
Of the horizon, steeping still, it sinks
At length into the landscape; where yet seen
Though dimly, with a wide and scattering sweep
It fetches eastward, and in column so
Dapples along the steep face of the ridge

野鸭飞

在溪流远远的上游，听，传来巨大的响声，
因距离太远响声减弱，那是捕野禽者的枪声。
搅扰了这里的宁静
一声沉闷的隆隆声响起，枪声没了响动，
瞧，在山谷一边的尽头
从蜿蜒的山泉里，
天水之间的森林上空，
开阔的天空下，一条长长的黑线划过，
那是一大群飞翔的野鸭！
绕着蜿蜒的溪谷，
不断拉长，不时地又会
断裂成一个个黑点
疾驰而过——直到最后，
消失在横穿群山的溪流
远远的尽头。不过，没多久：
沿着蜿蜒的水道，
又突然现身
在最近点，一大群野鸭横扫而来！
第一次，耳边一股风急速吹过
短暂地靠近；——突然，
传来刺耳的“咔咔”声，扇动翅膀的
“扑棱扑棱”声，天蓝色的条纹瞬间
流动起来；每条条纹
左右扭动，最后
扭作一团，很快地
上千只翅膀四下扇动
从下望去，像移动着的一排座位
每次扇翼，都会和其他翅膀
搅在一起。因此，从头顶看
我们还来不及张口，瞧！
一个个十字架模样的云彩向前飘去
下面平静流淌的溪流
倒映着形形色色的影子
从遥远的地方来，又突然消失在远方
画面试图留下
但却是徒劳
如此迅速，如此多变：因为此刻
地平线的最远端又出现一条长长的黑线
静静地，最后沉入
周围的景色；尽管模糊，
但隐约可见，一群零散的野鸭掠过
列队向东飞驰，
蜿蜒的溪流边陡峭的山脊

There banking the turned River. Now it drops	仿佛被条条斑纹划过。此刻落在
Below the fringing oaks—but to arise	枝繁叶茂的橡树下——但又再次
Once more, with a quick circling gleam, as touched	一跃而起，在斜阳照射下，
By the slant sunshine, and then disappear	一个亮圈快速闪过，旋即
As instantaneously, —there settling down	消失在
Upon the reedy bosom of the water.[1]	芦苇丛生的溪流里。[2]

2. 生态特色

该诗的主体是一群被捕猎枪声惊扰而飞行避难的野鸭。该诗是一首无韵诗，除了“lo”（看）这一古词语之外，处处洋溢着现代诗歌的气息；宏大的野鸭飞行画面形象鲜明，耐人寻味。其主要创作特点如下：

（1）对景物的描写动与静巧妙结合。

溪谷上空飞行的野鸭时而似黑色的线条，使“蜿蜒的溪流边陡峭的山脊／仿佛被条条斑纹划过”；时而“断裂成一个个黑点”，“疾驰而过”，直到“消失在横穿群山的溪流／远远的尽头”，很快“沿着蜿蜒的水道／又突然现身”，之后落在“枝繁叶茂的橡树下”，但又再次“一跃而起，在斜阳照射下，／一个亮圈快速闪过，旋即／消失在／芦苇丛生的溪流里”。诗人巧妙把握动与静，把野鸭飞行图勾勒得栩栩如生，宏伟壮观，震人心魄。

（2）宏大的背景描写与精准的细节刻画相辅相成。

“开阔的天空下，一条长长的黑线划过，／那是一大群飞翔的野鸭！／绕着蜿蜒的溪谷／不断拉长，不时地又会／断裂成一个个黑点／疾驰而过。”这几行诗句把飞行中野鸭的变幻多姿描绘得精准而形象，体现了诗人超凡的观察力。而“天空”的宏大与“黑点”状的野鸭形成鲜明对比，凸显了野鸭的渺小和大自然的伟大。

（3）远景、近景切换自如。

诗歌开头从溪流远远的上游远景切入，因枪声惊扰，一群野鸭腾空而起，沿着溪流在溪谷上空飞翔。诗人的落笔点随野鸭的飞行而不断移动，空间的变换流畅自然：从“溪流远远的上游”传来巨大的声响，到“山谷一边的尽头”“天水之间的森林上空”划过一条长长的黑线，再到“在最近点，一大群野鸭横扫而来！”。诗人在远景与近景之间切换自如，展现出其娴熟、老练的作诗之道。

《野鸭飞》的创作在某种意义上体现了查尔斯·哈珀一定的生态意识：

（1）对人类干扰大自然和谐生态的批判。

1 Charles Harpur, A Flight of Wild Ducks, http://www.middlemiss.org/lit/authors/harpurc/poetry/flightwildducks.html, 2014-02-22.

2 除标注出处以外，本书所有译文系笔者自译，下文不再另注。

诗歌开头几行“在溪流远远的上游，听，传来巨大的响声，／……那是捕野禽者的枪声。／搅扰了这里的宁静”，交代了在静谧的山谷中、静静流淌的小溪上游，有捕猎野禽者的踪迹，正因为外来者——人——的闯入，这里和谐、宁静、生态的自然环境受到搅扰，原本悠闲戏水的野鸭被惊得仓皇而逃。短短几行诗一针见血，抨击了殖民者对澳洲丛林的拓荒行为，破坏了丛林地带的生态环境，搅扰了这里原始的宁静与和谐，流露出哈珀最原始的生态意识。

（2）自然界万物都有其特定的生态位。

在诗人哈珀笔下，大自然是恢宏的。在这一巨大的生存空间里，一切生物，即万物，均是其中不可分割的一员，都有其特定的生态位，与大自然须臾不可分离。野鸭亦不例外，即便面临被人类（殖民者）猎杀的风险，也能在大自然所提供的“栖居之所”找到躲避危机之一隅。受到捕猎野禽者枪声惊扰的野鸭，瞬间“在山谷一边的尽头／从蜿蜒的山泉里，／天水之间的森林上空”飞起，“绕着蜿蜒的溪谷”，“沿着蜿蜒的水道”一路飞去，之后在“地平线的最远端”落下，“静静地，最后沉入／周围的景色”，而后又列队向东，在“枝繁叶茂的橡树下”落脚，并最终沉寂于“芦苇丛生的溪流里”，随着惊险的避难之旅尘埃落定，野鸭最终找到了新的“栖居之所”，山谷（大自然）又回归了往昔的宁静与和谐。这些描写都流露出哈珀对宁静、“宜居”“乐居”生存状态的渴望，是其朦胧生态意识在风景诗中的流露，也是澳洲殖民早期最原始生态意识的萌芽。

（二）《海岸风景》（“A Coast View”）

1.《海岸风景》原文及译文

A Coast View	**海岸风景**
High 'mid the shelves of a grey cliff, that yet	在灰色悬崖高高的岩架中间，
Riseth in Babylonian mass above,	仿佛巴比伦城上空升起的一样，
In a benched cleft, as in the mouldered chair	在一个台阶形的裂缝里，一个宛如时间老人
Of grey-beard Time himself, I sit alone,	朽烂的椅子里，我独自静坐，
And gaze with a keen wondering happiness	疑惑不解而又满心喜悦地
Out o'er the sea. Unto the circling bend	向海上凝视。一直看到海天
That verges Heaven, a vast luminous plain	相交处的那条弧线，四下延伸
It stretches, changeful as a lover's dream —	成一个巨大发亮的平原，变幻多测，似恋人的梦境
Into great spaces mapped by light and shade	被或明或暗的光线绘制成精彩的空间
In constant interchange — either neath clouds	在不断的变换中——巨浪时而
The billows darken, or they shimmer bright	在云朵的遮蔽下阴暗下来，时而
In sunny scopes of measureless expanse.	在漫天的阳光下闪闪发亮。
'Tis Ocean dreamless of a stormy hour,	这是大海无梦的风暴时刻，

Calm, or but gently heaving; — yet, O God!	虽平静，但波涛微微起伏；哦，上帝！
What a blind fate-like mightiness lies coiled	像蜷缩着酣睡的威力无比的神灵，
In slumber, under that wide-shining face!	在闪闪发光的开阔水域下前途未卜。
While o'er the watery gleam—there were its edge	波光粼粼的海面上，海天边际
Banks the dim vacancy, the topmost sails	朦胧而暗淡，高大的轮船
Of some tall ship, whose hull is yet unseen,	不见了船身，船帆高扬
Hang as if clinging to a cloud that still	好似悬挂在云朵上
Comes rising with them from the void beyond,	从远处的天边和云朵一起升起，
Like to a heavenly net, drawn from the deep	又像被天国之手从深海中
And carried upward by ethereal hands.[1]	打捞至天国之网里。

2. 生态特色

《海岸风景》也是一首无韵诗，描写了一幅宏大的海岸风景图。诗人运用大量比喻、拟人、用典等修辞手法，语言严肃而不失活泼，沉稳而有深度；句法结构复杂，行文较艰涩，理解起来有一定难度。

诗人在宏大的海岸风景描绘中，引入“我”这一卑微的角色：“在灰色悬崖高高的岩架中间／……／在一个台阶形的裂缝里，一个宛如时间老人／朽烂的椅子里，我独自静坐。”此刻，尽管唯一的人类“我”渺小若沙粒，但却在海岸生态图景中不可或缺。“我独自静坐”在海岸周围悬崖岩架的裂缝里，“疑惑不解而又满心喜悦地／向海上凝视”，短短几行诗句交代了“我”与海岸周围环境和谐共处的状态，流露出哈珀对人类与大自然和谐相处、共生共存的理想生存状态的期许。

该诗采用远景式写法，“我”从高高的岩架上俯视大海，一眼望不到边际的海岸景色尽收眼底。在以观察细致、描绘精准为特长的哈珀的笔下，宏伟壮观的澳洲海岸风景跃然纸上：“一直看到海天／相交处的那条弧线，四下延伸／成一个巨大发亮的平原，变幻多测，似恋人的梦境／被或明或暗的光线绘制成精彩的空间／在不断的变换中——巨浪时而／在云朵的遮蔽下阴暗下来，时而／在漫天的阳光下闪闪发亮。／这是大海无梦的风暴时刻，／虽平静，但波涛微微起伏。”细细品读，读者不难发现哈珀对澳洲海岸的描写何其准确。在描写这一景色时，哈珀可谓身临其境，将“我”巧妙地融入海岸环境，而不以“陌生怪诞的异域风情”[2]来吸引读者的眼球，对哈珀而言，对澳洲大自然的强烈归属感是其诗歌创作的不竭之源。出于对澳洲大陆自然风光的热爱，这位土生土长的殖民时期诗人对澳洲有着强烈的归属感，并在诗歌创作中无拘无束地进行展现与抒发，这是哈珀对澳洲大自然本能的归属意识、“场所意识”

1 Charles Harpur, A Coast View, http://www.poetrylibrary.edu.au/poets/harpur-charles/a-coast-view-0003055#. 2014-02-28.

2 柯英：《欧洲怀想与澳洲认同：澳洲双面情结中的归属体验——朱迪斯·赖特论澳大利亚诗歌创作路径》，《外国文学评论》，2011年第1期，第151-162页。

的体现。

在哈珀的笔下，辽阔的大海变幻莫测，巨浪翻滚，时而“在云朵的遮蔽下阴暗下来”，时而“在漫天的阳光下闪闪发亮”；“像蜷缩着酣睡的威力无比的神灵”，大海被作者赋予了神性，是人类所无法掌控的，“在闪闪发光的开阔水域下前途未卜”。在此，诗人借大自然之一员“大海”比喻大自然这一整体。换言之，在哈珀看来，作为万物主宰的大自然强大而又神秘莫测，具有神圣的一面，人类置身其中渺小而卑微，需要对之怀有敬畏之心。这是哈珀自然“复魅”观的体现，也是澳洲殖民时期自然“复魅”观的最初表现。

三、结语

查尔斯·哈珀作为第一个土生土长的澳大利亚诗人，其诗歌在其有生之年及死后的很长一段时间之内一直备受贬低与忽视，但确如哈珀所言，“时间最终会以某种方式证明我的推断——故我要把它（哈珀诗歌）交给时间来裁决”[1]。一个多世纪的漫长岁月终于证明哈珀及其诗歌对澳大利亚国家及人民的重要价值。在哈珀体裁多变的诗歌中，风景诗歌尤其著名。在这些描绘澳洲美丽山川、自然景色的诗作中，哈珀或多或少地流露出其本能的、最原始、最朦胧的生态意识，是殖民地时期生态文学的萌芽。从这层意义上可以说，查尔斯·哈珀是第一个具有生态意识的土生土长的澳大利亚诗人。

第三节　亨利·肯德尔：生态诗人

一、作者简介

（一）生平简介

亨利·肯德尔（Henry Kendall, 1839—1882）出生于澳大利亚新南威尔士州的阿勒达拉小镇。他登记注册的名字是“托马斯·亨利·肯德尔”，但却很少使用“托马斯”这个名，其三本诗集出版时都署名“亨利·肯德尔”。亨利·肯德尔接受的正规教育不多，15岁时便和叔叔一起出海工作；17岁时返回悉尼，找到了一份店员的工作。之后，开始从事诗歌创作，并与两位当时很有名气的作家约瑟夫·谢里丹·摩

1　Michael Ackland (ed.), *Charles Harpur, Selected Poetry and Prose*, Sydney: Penguin Books, 1986, p. I.

尔和詹姆斯·莱昂内尔·迈克尔结缘。亨利·肯德尔的另一位很有名气的朋友是亨利·帕克斯。1850年到1857年间，亨利·帕克斯主编《帝国报》（*The Empire*），他在该报上发表了肯德尔的几首充满朝气的诗歌。1862年，肯德尔向《伦敦雅典娜神庙》文学杂志投稿，发表了三首诗歌，获该杂志的认可。同年，第一本诗集《诗与歌》（*Poems and Songs*）在悉尼出版，大受欢迎，500册诗集很快售罄。该诗集描写了澳大利亚的地理环境，歌颂了新大陆的自然美。1863年，肯德尔在农业部谋得一职；1864年，转至殖民地秘书办。肯德尔工作勤勉认真，尽管时间有限仍挤出时间从事文学创作。

1868年，肯德尔与一位悉尼医生的女儿夏洛特·拉特结婚。第二年他辞掉政府部门的工作，来到文学的中心城市墨尔本。很快，他便受到同行乔治·戈登·麦克雷、马库斯·克拉克和亚当·林赛·戈登的认可。到墨尔本没多久，乔治·罗伯逊就出版了肯德尔的第二本诗集《来自澳洲森林的叶子》（*Leaves from Australian Forests*）。然而，该诗集的销售情况并不乐观，出版社亏损。

之后的两年，是肯德尔在墨尔本人生中最悲惨的阶段。在一封信里，肯德尔告诉麦克雷他身无分文，无法参加戈登的葬礼。事实上，那时肯德尔对生活失去信心，开始酗酒。亚历山大·萨瑟兰在其散文中描绘了肯德尔深陷堕落泥潭的可怕境地。好友乔治·戈登·麦克雷曾提到，肯德尔“对一切，包括自己，都破罐子破摔”[1]。一贫如洗的肯德尔无法养家糊口，不得不带着孱弱的身体和酗酒的恶习回到悉尼。1873年初，因精神病发作，肯德尔在医院住了四个月。同年11月，肯德尔被戈斯福德附近的木材商人费根兄弟接管和照顾，随后在迈克尔·费根处谋得一职，在那里干了六年，重拾自尊。

1880年，肯德尔出版了第三部诗集《山间之歌》（*Songs from the Mountains*）。因其中一首讽喻当时一位政客的诗引发了一场诽谤诉讼，该诗集不得不被撤回。肯德尔身体一直孱弱多病，得了一场重感冒之后转为肺病，于1882年8月1日在悉尼的莱德芬区辞世，葬于韦弗利公墓。1938年，儿子弗雷德里克·C. 肯德尔出版了《亨利·肯德尔的最后岁月》（*Henry Kendall, His Later Years*），以纪念穷困一生却才情横溢的父亲。

《诗与歌》《山间之歌》这两本诗集同时在澳大利亚和英国出版，获得极大好评；其最有影响力的诗歌是《铃鸟》（“Bellbirds”），被誉为澳大利亚最优秀的爱情诗歌之一，在澳洲广为流传。

1 Henry Kendall, http://en.wikipedia.org/wiki/Henry_Kendall_(poet). 2014-08-27.

（二）主要作品的生态意识

肯德尔的诗歌选材广泛，主要涉及澳洲的自然风物、宗教（基督教）、神话传说（古希腊）、政治事件、历史人物、原住民及其生活等。其中，以澳洲自然风物和历史人物为题材的诗歌较多，前者代表性诗歌有《山泉》（“A Mountain Spring”）、《阿若伦河谷》（“Araluen”）、《狩猎之后》（“After the Hunt”）、《玫瑰丛中》（“Amongst the Roses”）、《多年之后》（“After Many Years”）、《玛丽河》（“Mary Rivers”）等；后者代表性诗歌有《匈奴王》（“Attila”）、《哈罗德少爷的诗节》（“The Stanza of Harold”）、《但丁和维吉尔》（“Dante and Virgil”）、《查尔斯·哈珀》（“Charles Harpur”）、《诗人阿尔弗雷德·坦尼森》（“Alfred Tennyson”）、《纪念约翰·费尔法克斯》（“In Memory of John Fairfax”）、《海滨悬崖边》（“By the Cliffs of the Sea”）[1]等。

肯德尔在多种体裁的诗歌创作中，融入了对澳洲自然风光的描绘，表达了诗人或悲壮、或哀伤、或怀念、或欣喜、或快乐的丰富情感，颇具特色，其很多诗歌在某种程度上体现了肯德尔最原始、本能的生态意识。下面笔者将重点分析肯德尔如下两种诗歌的创作特色及其所体现的生态意识。

1．以澳洲自然风物为题材的诗歌

（1）讴歌澳洲大陆的自然风光及地理环境。

肯德尔在风景抒情诗的创作中，热情讴歌了新大陆的自然风光及地理环境，并把周围景致和谐相处的画面尽情地展现出来，抒发了自己对大自然浓烈的爱。这是诗人情感的自然流露，寄予了他希望人与自然和谐相处、共生共存的美好愿望，也在某种意义上流露出他对回归自然的田园牧歌生活的期望。如在诗歌《山泉》中，作者刻画了澳洲的山林环境：“……大雨倾盆，／落在被炙烤着的山顶，／从上面灰色的峡谷俯冲而下，／神圣的大山里，泉水缓缓流淌，／年复一年，温和的白昼里，／美妙的夜晚，鲜花簇拥，芳香而甜蜜／月光婆娑，像琵琶弹奏出的美妙曲子。”[2]对这美妙、和谐、神圣的大山，诗人用情至深，字里行间流露出喜爱与欣赏之情，与之心心相通，倾诉衷肠，“我不会向人类告知／泉水内心所知的秘密／……／然而，我会向悬崖和幽谷倾诉”[3]。短短几行把诗人对大自然的热爱及难以割舍的情感表达得淋漓尽致。诗人选择向悬崖和幽谷倾诉，说明诗人已完全融入大自然的生态体系，和周围的

1　该诗是为纪念澳洲殖民时期的记者兼报纸实业家塞缪尔·本尼特（Samuel Bennett, 1815年3月28日—1878年6月2日）而作。

2　Henry Kendall, A Mountain Spring, http://allpoetry.com/A-Mountain-Spring, 2014-12-05.

3　同上。

环境有机、和谐地融为一体，视其为有生命之物，可倾诉的对象，而自己仅仅是大自然中最不起眼的生命体而已，这是肯德尔对大自然最原始、本能的生态意识体现。

（2）囿于母国诗歌传统的束缚。

肯德尔在对澳洲特有景物的描写上与英诗有某种相似之处，留下了一定的母国文化痕迹。如在描绘一些澳洲独有的花草树木时，有意回避澳洲词汇，而选择英国英语的词汇；对一些澳洲本土风物的描绘较为概括、朦胧，缺乏明显的澳洲印记。尽管肯德尔在诗歌创作中对澳洲的自然风光大力讴歌，但在一定程度上也难免囿于母国诗歌传统的束缚，这是其诗歌创作的又一大特色。一些评论家认为，肯德尔“以含混不明的笔调有意抹平澳洲与欧洲的景物差异”[1]，目的是烘托“一个远方弃儿对想象中的故国的离愁别恨”[2]。著名诗人兼评论家赖特也曾因而否认肯德尔所描绘的景色是澳洲的，因为“他的诗歌中除了丛林歌谣中已经开始吟诵的合欢花，没有出现本地的鲜花。除了哈坤的橡树，其他提到的树木都有欧洲名字，比如雪松、西卡莫；……诗中提及的鸟儿也仅有琴鸟和铃鸟。动物没有出现”[3]。事实上，肯德尔与众多欧裔移民作家一样，对旧大陆仍怀有难以割舍的情结，在诗歌创作中有意模糊澳洲与欧洲的鲜明差距，拉近新旧大陆的心理距离，这是其对母国思乡情的本能流露。

（3）探讨“沙漠死亡”的主题，揭示大自然的神性。

在《牛道上》（“On a Cattle Track”）、《探险家的命运》（“The Fate of the Explorers”）等诗歌中，肯德尔为读者呈现了缺乏水源、缺乏绿色遮蔽的沙漠图景，置身沙漠如同受到上帝惩罚，被驱逐到人烟罕至之地，在荒漠之中要存活下来，唯一的希望就是找到水源，而希望相当渺茫，似乎“沙漠死亡”是注定结局。与干旱的内陆沙漠意象相对的是伊甸园富饶之水的意象，在《暮尼河》（“Mooni”）、《奥拉拉》（“Orara”）、《纳拉拉溪流》（“Narrara Creek”）、《圣诞溪流》（“Christmas Creek”）和《玛丽河》（“Mary Rivers”）等诗歌中，这一意象得到反复强化，诗人将大自然比喻成上帝赐给人类的伊甸园。这里风景秀美，物种丰饶，具有神性的一面，人类应敬畏大自然，适应大自然，遵循大自然的规律，与之生死与共，不可违逆，否则就会像诗歌《暮尼河》所描绘的那样，“触怒上帝／一切美景均不复存在！”，将会成为代表死亡的沙漠，接受来自上帝的“该隐的惩罚”。在肯德尔眼中，大自然具有一定的神性，人类应该对大自然存敬畏之心，否则会遭到大自然

1　柯英：《欧洲怀想与澳洲认同：澳洲双面情结中的归属体验——朱迪斯·赖特论澳大利亚诗歌创作路径》，《外国文学评论》，2011年第1期，第151-162页。

2　同上。

3　Judith Wright, *Preoccupations in Australian Poetry*, Melbourne: OUP, 1966, p. 32.

无情的报复。肯德尔的大自然“神性”观是澳洲殖民时期文学领域生态意识最初萌芽的表现之一。

（4）探索澳洲丛林的“荒野之美”。

殖民时期的丛林在众人眼中是了无生趣、毒蛇横行的荒野之地。然而，肯德尔像前辈哈珀一样，以诗人的敏锐眼光发现了这块“荒野”的独特之美，并从中找到了荒野生活之乐。在诗歌《铃鸟》中，诗人为读者呈现了一个环境清幽、意境深邃的澳洲丛林图景：流水潺潺，涟漪荡漾；铃鸟啁啾，回荡山谷。不见了毒蛇所造成的阴森、恐怖的气氛，反增添了鸟儿、泉水、苔藓、树木为旅者提供的宁静与和谐。另外肯德尔通过一些诗歌，如《赶牛人比尔》（“Bill the Bullock-Driver”）和《比利·维克斯》（“Billy Vickers”），讴歌丛林的乡村生活及在那里劳作的人们，如赶牛人、牧场工、劈柴工等，为读者呈现出一幅幅富有浓郁澳洲风味的生活画面，而这些画面是欢快愉悦的，他在枯燥的丛林荒野生活中发现了鲜为人知的快乐。

2. 以历史人物为题材的诗歌

在这类诗歌中，肯德尔从历史的角度对澳洲新大陆的诞生进行歌颂，体现了殖民时期的文学创作者（小说家、诗人等）对这一新国度的充分肯定与认可，以及在新国度积极寻找归属感的尝试。如在诗歌《梦幻的一天》（“A Day of Dream”）中，肯德尔讲述了亚瑟·菲利普将军[1]站在陡峭的山上一条蓝莹莹的宽阔河流边，“这里，阳光直射千里，声音清晰可辨，／飘着旧英格兰的旗帜，似星辰亮闪”，这标志着澳洲殖民地的正式建立，“这里赞美不绝，祈祷声声，／一个伟大壮观的国度已诞生”[2]。通过简洁、清新而又宏大的词汇的运用，诗人对澳大利亚的喜爱之情跃然纸上，显然，诗人期盼能在新国家找到真正的归属。通过“蓝莹莹的宽阔河流”“阳光直射千里”以及“声音清晰可辨”的字眼，肯德尔勾勒了一个清新、敞亮、宜居的新国度。在肯德尔笔下，是澳大利亚亮丽的自然风物为定居者提供了安居之所，他将澳洲大自然亲切地称为“母亲”。在诗歌《休憩》（“Rest”）中，诗人直呼“哦，大自然母亲！我可否跑进／你的怀抱”，并直白地表达了自己寻觅诗意的栖居之所的愿望：“……沿着小溪／月亮仿佛游在其中，我能感觉到她的魅力／微风徐徐，吹走我脸上的忧愁，／梦中如此清幽。”

1 亚瑟·菲利普（Arthur Phillip，1738年10月11日—1814年8月31日），英国海军上将，1788年率领第一舰队到达新南威尔士，在悉尼建立殖民点，后任第一任新南威尔士总督。

2 Henry Kendall, A Day of Dream, http://allpoetry.com/A-Day-of-Dream. 2014-12-26.

二、主要作品的生态解读

（一）《铃鸟》（“Bellbirds”）

1. 《铃鸟》原文及译文

Bellbirds	**铃鸟**
By channels of coolness the echoes are calling,	阴凉的河道里传来阵阵回响，
And down the dim gorges I hear the creek falling:	幽暗的峡谷中我听见溪水流淌：
It lives in the mountain where moss and the sedges	小溪来自山间，那里苔藓和莎草
Touch with their beauty the banks and the ledges.	装扮着溪岸和岩石分外妖娆。
Through breaks of the cedar and sycamore bowers	稀疏的雪松悬铃木枝叶如盖，
Struggles the light that is love to the flowers;	阳光穿过缝隙，对花儿抚爱；
And, softer than slumber, and sweeter than singing,	更有铃鸟那宛转而悠扬的歌喉，
The notes of the bell-birds are running and ringing.	比歌声更甜，比酣睡更轻柔。
The silver-voiced bell birds, the darlings of daytime!	银铃般的铃鸟，美妙的歌曲！
They sing in September their songs of the May-time;	九月的日子里唱出五月的旋律；
When shadows wax strong, and the thunder bolts hurtle,	阴云逐渐密布，雷声突然惊响，
They hide with their fear in the leaves of the myrtle;	铃鸟带着几分惊恐躲藏；
When rain and the sunbeams shine mingled together,	雨水与阳光混聚，
They start up like fairies that follow fair weather;	铃鸟像晴空下的仙女；
And straightway the hues of their feathers unfolden	展开漂亮的翼羽
Are the green and the purple, the blue and the golden.	泛着紫蓝金绿。
October, the maiden of bright yellow tresses,	十月像披着金发的少女，
Loiters for love in these cool wildernesses;	漫步在凉爽的野外，为爱而寻觅；
Loiters, knee-deep, in the grasses, to listen,	在没膝的草地上踱步，倾听，
Where dripping rocks gleam and the leafy pools glisten:	那儿有滴水的岩石和树叶遮蔽的水塘闪着亮光：
Then is the time when the water-moons splendid	水中之月美丽壮观
Break with their gold, and are scattered or blended	被溪流冲得时聚时散
Over the creeks, till the woodlands have warning	直到征兆传自森林
Of songs of the bell-bird and wings of the Morning.	铃鸟的歌声预示拂晓来临。
Welcome as waters unkissed by the summer	溪水未受到夏季的爱抚，
Are the voices of bell-birds to the thirsty far-comers.	铃鸟以歌声欢迎干渴的远客。
When fiery December sets foot in the forest,	当十二月踏进森林，骄阳似火，
And the need of the wayfarer presses the sorest,	旅人在山脊上度过
Pent in the ridges for ever and ever	难挨的圣灵降临节，
The bell-birds direct him to spring and to river,	铃鸟为他引路，到山泉，到溪流，
With ring and with ripple, like runnels who torrents	那里涟漪圈圈，细流涓涓
Are toned by the pebbles and the leaves in the currents.	伴着卵石的合奏，还有漂流的树叶。

Often I sit, looking back to a childhood,
Mixt with the sights and the sounds of the wildwood,
Longing for power and the sweetness to fashion,
Lyrics with beats like the heart-beats of Passion;
Songs interwoven of lights and of laughters
Borrowed from bell-birds in far forest-rafters;
So I might keep in the city and alleys.
The beauty and strength of the deep mountain valleys:
Charming to slumber the pain of my losses
With glimpses of creeks and a vision of mosses.[1]

我常常静坐，回忆童年，
回味原始森林的美景与仙乐，
渴望力量，追随时尚，
像耶稣受难时的心跳，奏出的旋律有力而铿锵；
远处森林里传来铃鸟的歌声
明媚的阳光下交织着笑声；
故我应在城市的大街小巷。
保留这来自深山幽谷的美丽与力量：
在溪流和苔藓的一瞥中
磨去损失之痛。[1]

2. 生态特色

《铃鸟》旋律优美，动感十足，激起人们对澳大利亚冰凉清爽、绿意葱茏的山林美景的向往。在山林里，铃鸟的踪迹尽管很难寻觅，但其清脆的叫声在宁静的山林里格外响亮，极易分辨。肯德尔在诗中准确刻画了澳洲山林的美妙，为那些喜欢漫步山林、寻求宁静与和谐的人们提供了精神港湾，也为其体验大自然提供了难得的机会。在肯德尔看来，这些壮观美丽的自然景象不仅限于澳大利亚，更延伸至整个地球，任何寻求宁静、和谐、诗意的栖居之所的人都应当回归到大自然的怀抱，聆听悦耳的旋律，观察那朴实无华又令人心醉的美景。那里生机勃勃，气象万千，万物和谐相处，共生共存，周而复始。

第一诗节从山林中阴凉的河道切入，“阵阵回响”竟出自山间的小溪，溪水潺潺流动，岸边被苔藓和莎草装扮得“分外妖娆”；接着，诗歌由动转静，描绘了“枝叶如盖”的雪松和悬铃木，透过缝隙，活力之源的阳光照拂着花儿；在这惬意美丽而凉爽的峡谷，铃鸟“宛转而悠扬的歌喉”划破宁静的山林，给这里的一切增添了几分柔情蜜意。山林里的景与物，溪水、峡谷、苔藓、莎草、溪岸、岩石、雪松、悬铃木、阳光、花儿和铃鸟，它们的存在没有人类的干扰，一切是那么自然，那么和谐，令人艳羡。诗人对山林美景图的恬静柔美进行了富于活力的展现，流露出对人与自然和谐相处的美好期盼，抒发了诗人对澳洲山林风光及其独特地理环境的热爱之情。

在接下来的第二、三、四诗节中，铃鸟的歌声继续成为主线与灵魂，贯穿始终。当然，其间不乏对其他山林景象的描摹与讴歌：在第二诗节中，“银铃般的铃鸟”奏出美妙的曲子，即便有时阴云密布、雷声轰鸣，带着恐惧的铃鸟也能找到避难之所。风云突变之后，晴空下的铃鸟又展翅飞翔，羽翼上映出大雨过后彩虹般的光芒，“泛着紫蓝金绿”。在诗人看来，大自然里的生物有其固有的生存规律，必须接受风云雷电、狂风暴雨的洗礼才能更加坚强，茁壮成长，即便是柔弱的铃鸟也不例外。接受

1　Henry Kendall, Bellbirds, http://www.mountainman.com.au/kendall.html. 2014-12-25.

风暴洗礼，再次展翅飞翔的铃鸟更加熠熠生辉。在第三诗节中，诗人把十月比作金发少女，“漫步在凉爽的野外……在没膝的草地上踱步，倾听／那儿有滴水的岩石和树叶遮蔽的水塘闪着亮光”[1]，就连水中的月亮也美丽，在潺潺流动的溪流里变幻多姿，直到铃鸟的叫声穿越拂晓，传来大自然的“神谕”。在此，诗人赋予了大自然和铃鸟神性，流露出对自然的“敬畏”之心。第四诗节中提到，十二月的澳洲森林“骄阳似火”，但“铃鸟以歌声欢迎干渴的远客”，引领其找到阴凉的山泉、小溪，一解干渴。此刻的森林尽管炎热，小溪却凉爽惬意，宜人旅居，“涟漪圈圈，细流涓涓／伴着卵石的合奏，还有漂流的树叶”，是旅人的神往之地。显然，对肯德尔而言，山林是美妙的隐居之所。诗人通过对该诗的灵魂铃鸟的歌颂，表达了自己渴望像铃鸟一样，无拘无束地栖居于这清幽静谧的山林之中，以此为乐，以此为家。这是诗人山林“归属感”的流露，即归属于清幽宁静的山林大自然中。

诗人在创作中运用大量比喻、拟人的修辞手法，赋予自然界生物以灵性，视其为人类的友谊伴侣，而非人类改造、消灭的对象。在肯德尔的笔下，宏伟的大自然可包容一切，人类在广袤大自然中极其卑微渺小。这一点从人物“我”在诗歌中的篇幅可见一斑：全诗共5节，前4个诗节从多个方位对大自然的山林环境进行描摹，只有第五诗节才引入诗人“我”对这“来自深山幽谷的美丽与力量”的感悟，只需瞥一眼山林中的“溪流和苔藓”，内心的伤痛便会烟消云散。在肯德尔看来，山林美景可谓疗伤之药，一次回眸足矣！此诗表达了肯德尔对大自然强烈的依赖情结，流露出其回归自然，与自然和谐相处、共荣共生的美好愿望以及寻求诗意栖息地的渴求。

（二）《洪水之母的诅咒》（“The Curse of Mother Flood”）

1. 《洪水之母的诅咒》原文及译文节选

The Curse of Mother Flood	**洪水之母的诅咒**
WIZENED the wood is, and wan is the way through it;	树林干枯，林间小路阴暗不清；
White as a corpse is the face of the fen;	沼泽如死尸般煞白；
Only blue adders abide in and stray through it—	只有蓝色的蝰蛇在此逗留穿行——
Adders and venom and horrors to men.	蝰蛇、毒液，令人惊骇。
Here is the “ghost of a garden” whose minister	这里是“幽灵的花园”，
Fosters strange blossoms that startle and scare.	开着奇异的花朵，惊人恐怖。
Red as man’s blood is the sun that, with sinister	太阳鲜红如血，燃着邪恶之火，
Flame, is a menace of hell in the air.	在空中形成来自地狱的威吓。
Wrinkled and haggard the hills are—the jags of them	小山褶皱斑斑，干枯而憔悴——一阵惊愕
Gape like to living and ominous things:	小山被不祥之物吓得目瞪口呆：

1 Henry Kendall, Bellbirds, http://www.mountainman.com.au/kendall.html. 2014-12-25.

Storm and dry thunder cry out in the crags of them—
Fire, and the wind with a woe in its wings.
……………………………………
Far in the days of our fathers, the life in it
Blossomed and beamed in the sight of the sun:
Yellow and green and the purple were rife in it,
Singers of morning and waters that run.
Storm of the equinox shed no distress on it,
Thunder spoke softly, and summer-time left
Sunset's forsaken bright beautiful dress on it—
Blessing that shone half the night in the cleft.
Hymns of the highlands—hosannas from hills by it,
Psalms of great forests made holy the spot:
Cool were the mosses and clear were the rills by it—
Far in the days when the Horror was not.[1]

悬崖上风暴肆虐，雷声轰鸣——
火光闪亮，狂风哀鸣。
…………
在父辈生活的远古岁月，
这里山花烂漫，阳光明媚：
遍地黄绿青紫，
清晨欢歌不息，河水奔流不止。
昼夜平分时的风暴未曾带来不幸，
雷声柔和，夏季
落日的余晖为它穿上漂亮的外衣——
祝福洒满夜半山林缝隙。
高原的赞美之歌——和撒那，
来自山林伟大的森林圣歌让这里神圣不可侵：
苔藓冰凉清爽，溪水清澈见底——
远古时恐怖未曾降临时，这里如此。

2. 生态特色

《洪水之母的诅咒》有7个诗节，每个诗节有12个诗行，全诗共84个诗行。每个诗节构成“ABAB CDCD EFEF”的押韵格式。该诗从遭受洪水之母诅咒的山谷的惨景切入，表达了作者对远古时代的先辈所生活的美景的留恋。

（1）批判违背自然规律的殖民拓荒行为。

在诗中，肯德尔通过对遭受洪水之母诅咒的山谷和先辈生活的远古时代的山谷的鲜明对比，批判了违背自然规律的殖民拓荒行为。在诗人看来，大自然有其固有的生存规律，生物之间相互依赖，共生共存，万物必须遵循这些规律。一旦违背自然规律，打破物种之间的依赖关系，必然遭到大自然的报复。正如诗人所描写，在父辈生活的年代，“这里山花烂漫，阳光明媚：／遍地黄绿青紫，／清晨欢歌不息，河水奔流不止”，好一幅阳光、美丽、姹紫嫣红、生机盎然的大自然美景图，即便是昼夜平分时的风暴，亦不曾带来灾难与不幸，人们眼中惊天动地的雷声是柔和的，即便在夏季“落日的余晖为它穿上漂亮的外衣——／……／苔藓冰凉清爽，溪水清澈见底——”，最后一句“远古时恐怖未曾降临时，这里如此”一语惊醒梦中人，这美丽的自然景色只是过去的记忆，只存在于欧洲殖民者在澳洲大陆拓荒之前。然而，欧洲殖民者的到来搅扰了澳洲大陆原始的宁静与祥和，他们违背自然规律对原始森林大肆砍伐，最终受到大自然的惩罚，即“洪水之母的诅咒”。其结局之悲惨，着实令人震惊：“树林干枯”“林间小路阴暗不清”“沼泽如死尸般煞白”；曾经美丽的自然花

1　Henry Kendall, The Curse of Mother Flood, http://www.poetrylibrary.edu.au/poets/kendall-henry/the-curse-of-mother-flood-0007116. 2014-12-28.

园，变成了“幽灵的花园”，里面开着令人惊恐的“奇异的花朵”；被称为万物生命之源的太阳此刻成为“来自地狱的威吓”；曾经绿意葱茏、生机勃勃的小山，此刻“……褶皱斑斑，干枯而憔悴”；高高的悬崖上“……风暴肆虐，雷声轰鸣／火光闪亮，狂风哀鸣”。

（2）流露本能的自然“复魅”观。

在第六诗节中，肯德尔抒发了对山林自然最热情的赞美，“高原的赞美之歌——和撒那，来自山林”。“和撒那”，即“hosanna”，是赞美上帝之语，诗人把赞美上帝的话语用来赞美山林，显然，在诗人眼中，山林作为大自然的一部分具有一定的“神性”，诗句“伟大的森林圣歌让这里神圣不可侵”，进一步印证了肯德尔眼中大自然的神性。在肯德尔看来，人类应该恢复大自然的一定神性，应承认其神圣不可侵犯的一面，对其存敬畏之心。可以说，在一定程度上，该诗是诗人自然“复魅”观的本能流露。

三、结语

亨利・肯德尔的诗歌选材广泛，既有对澳洲自然风物的描摹，又有对政治事件、宗教（基督教）、神话传说（古希腊）、历史人物、原住民及其生活的探讨与刻画。在其多样化的诗歌创作中，描绘澳洲自然环境、抒情言志的诗歌最为著名，故肯德尔被称为澳大利亚的“抒情诗人”。正像肯德尔所言：“我生在森林，群山是我的恩主。正因此，我的身上浸润着澳洲景致特有的精神，也正是在描绘这一景致方面，我最擅长。”[1] 肯德尔的抒情诗歌大多从描摹新大陆的自然景物（丛林、大山等）入手，借景抒情，抒发自己对澳大利亚自然风光的无限热爱，同时寄予自己对宁静、和谐、宜人的田园生活的期许，在很大程度上流露了他原始的、本能的生态意识，是殖民地时期澳大利亚生态文学的发端之一。从这层意义上看，亨利・肯德尔堪称澳大利亚殖民时期具有生态意识的伟大诗人之一。

1　陈正发：《殖民时期的澳大利亚诗歌》，《安徽大学学报》（哲学社会科学版），2003年第4期，第58-64页。

第四节　路易莎·阿特金森：生态小说家

一、作者简介

（一）生平简介

路易莎·阿特金森（Louisa Atkinson, 1834—1872），原名卡罗琳·路易莎·韦林·阿特金森（Caroline Louisa Waring Atkinson），是殖民时期澳大利亚土生土长的小说家、作家、植物学家和插图画家。1834年2月25日出生于新南威尔士州萨顿森林附近的奥尔德伯里，排行老四。父亲詹姆斯·阿特金森是位作家，1826年出版了《新南威尔士州农牧业报告》（*An Account of the State of Agriculture and Grazing in New South Wales*）。1834年，路易莎生下来仅8周父亲便去世了。她从小体弱多病，患有心脏病，因此教育阿特金森的重担便落在母亲的肩上。她是一位称职的教育者，曾创作了第一本澳洲儿童书《一位母亲对孩子的奉献》（*A Mother's Offering to Her Children*）。1869年3月11日，路易莎与对植物学感兴趣的詹姆士·斯诺登·卡尔弗特结婚；1872年4月28日，生下女儿路易丝·斯诺登·安妮，18天后阿特金森逝世于奥尔德伯里附近的斯旺顿。

阿特金森被公认为伟大的植物学家，她在新南威尔士州的蓝山和南部高地发现了大量新植物。她对植物学的浓厚兴趣很大原因归于既有艺术涵养又热爱自然的妈妈的教育。阿特金森经常到离家较远的地区，如伊拉瓦拉，做植物学研究。不过，她对库拉京高地及其近郊格罗斯山谷、托马山和斯宾伍德等地的植物群落尤其熟悉，曾为著名的业余植物学家威廉·乌尔斯博士和费迪南德·冯·米勒搜集了大量植物标本。冯·米勒的工作得到很多澳洲业余博物学者的援助，但阿特金森贡献最大，“因为她提供的信息准确，她有学术奉献精神、持久的热情和坚持。她有广博的地理学知识，对当地情况了解深入，描述详尽而生动。她有原始的探索感以及绝对的创造性”[1]。阿特金森的兴趣广泛，除植物学外，她对动物学、鸟类、昆虫、爬行动物以及风景地形等都感兴趣，在植物学艺术方面最与众不同，因此被尊称为植物学艺术家。

阿特金森撰写过许多自然科学文章，为澳洲殖民时期生态意识的形成与发展做出不可磨灭的贡献。这类文章大多发表于《悉尼先驱晨报》、《园艺杂志》和《悉

1　Elizabeth Lawson, “Louisa Atkinson, Naturalist and Novelist” in Debra Adelaide (ed.), *A Bright and Fiery Troop: Australian Women Writers of the Nineteenth Century*, Ringwood, Penguin, 1988, p. 69.

尼邮报》，颇具影响。1853年，年仅19岁的阿特金森便在《悉尼新闻画报》上发表了处女作系列插图文章和带插图的自然月份笔记。她关于自然历史概况的系列文章《来自乡下的声音》，自1860年3月1日开始在《悉尼先驱晨报》和《悉尼邮报》上连载，历时十年有余，被称为"澳大利亚第一位在一份重要报纸上长期发表系列文章的女作家"[1]。这些文章以科学教育为目的，"知识性强，受读者欢迎"[2]。她死后发表的小说《泰萨的决定》编者按中提到，这些文章"在澳大利亚自然历史和生物学方面可以被视为某种权威"[3]。可见，阿特金森在植物学、生物学和自然历史方面非凡的科研成就及创作才能，与其在小说创作中所流露出的强烈生态意识分不开，这是阿特金森生态意识形成的根本原因。

阿特金森被称为第一位在澳大利亚出版小说的本土女性作家，其小说处女作《移民格特鲁德：殖民地生活的故事》出版于1857年，时年她23岁。不过，该小说署名为"一位澳大利亚女性"。现代评论家G. B. 巴顿曾如是赞誉这部小说："场景全部设定在殖民地，主要是丛林地区；这部小说对丛林生活的独特面描写得最准确、生动。小说情节丰富，人物刻画巧妙……"[4]

她的小说意义深远，因为"是由澳大利亚土生土长的女作家第一个创作的，这些小说津津有味地描绘了殖民时期澳洲生活的大致状况，而且提供了一个殖民时期为改变从英国移植的价值观而积极努力的特有的女性视角"[5]。伊丽莎白认为，阿特金森化用自身经历，在小说中记录了"一个女性眼中处于幼儿期的白种澳大利亚形象，既涉及匆忙草率的城市发展，又涉及同样混乱的乡村发展"[6]。杰西街国家妇女图书馆称：阿特金森作品的重要意义在于促进了妇女、儿童权益的发展[7]。

阿特金森也是第一个为自己的书绘制插画的作家，她的很多小说和科普文章都是自己亲自绘制插图。但不幸的是，这位澳大利亚土生土长的小说家英年早逝，在

1 *Jessie Street National Women's Library* (2004), Caroline Louisa Waring Atkinson (1834—1872): Naturalist, Journalist, Novelist.

2 Elizabeth Lawson, "Louisa Atkinson, Naturalist and Novelist", in Debra Adelaide (ed.), *A Bright and Fiery Troop: Australian Women Writers of the Nineteenth Century*, Ringwood, Penguin, 1988, p. 74.

3 Patricia Clarke, *Pen Portraits: Women Writers and Journalists in Nineteenth Century Australia*, Sydney: Allen & Unwin, 1988, p. 44.

4 同上，第43，44页。

5 同上，第44页。

6 同上，第75页。

7 *Jessie Street National Women's Library* (2004), Caroline Louisa Waring Atkinson (1834—1872): Naturalist, Journalist, Novelist.

人生的巅峰创作生涯戛然而止。值得一提的是，阿特金森在其短短的有生之年内完成了8部小说。又有谁知道，如果她依然活着，将会为澳洲小说传统的形成做出何种重大贡献？《悉尼先驱晨报》在其讣告中高度肯定了阿特金森的非凡成就："这位杰出的女士因其非凡的文学及艺术造诣而与众不同，她像正怒放的鲜花被突然砍掉，虔诚、慷慨、宽容是对她一生的最好注脚。"[1]

（二）主要作品的生态意识

阿特金森成果颇丰，创作了大量小说，代表作有《移民格特鲁德：殖民地生活的故事》（*Gertrude the Emigrant: A Tale of Colonial Life*，1857）、《柯旺达，退伍军人的财产》（*Cowanda, The Veteran's Grant*，1859）、《原告卡丽拉瓦拉的争议性控诉》（*Debatable Ground of the Carillawara Claimants*，1861）、《默娜》（*Myrna*，1864）、《汤姆·海里卡的子女们》（*Tom Hellicar's Children*，1871）和《泰萨的决定》（*Tessa's Resolve*，1872）。

母亲培养的对植物学及大自然的浓厚兴趣与热爱奠定了阿特金森坚实的生态意识基础，在小说及连载科普文章的创作中，阿特金森将这种殖民地时期澳洲文学领域内罕见的强烈生态意识尽情地展示出来，要点如下：

（1）探索丛林"荒野之美"。

尽管经过了大半个世纪的殖民拓荒，澳洲丛林在大部分人眼中依然单调乏味，千篇一律，对那些习惯了英国秀丽风光的殖民者来说，这里是一片缺乏美景的荒野。然而，身为植物学家，具有敏锐眼光和洞察力的阿特金森流连于新南威尔士州的山川丛林，她用心观察这里的山水、草木，从而成就了她对新大陆与众不同的发现。阿特金森把对澳洲的山川丛林、花草鸟兽的细致观察一一记录在案，并在文学作品中进行细致入微的刻画，为读者呈现了一个景象万千、生机勃勃的丛林图景。阿特金森从未抱怨过澳洲缺乏文明教化的荒山野岭，相反，这片荒野激发了她的灵感——来自大自然的灵感。正是澳洲的荒野灵感激发了她的创作灵感，她把对大自然的密切关注付诸笔端，把自己对周围环境的科学发现及她对小说的热爱巧妙融合，在作品中尽情地书写她眼中的澳大利亚田园、诗意般的独特自然风光，流露出其对田园生活的渴望。

除了对新大陆自然风光的描摹，阿特金森在小说中也对这里的乡土生活进行了热情讴歌。其小说均以广袤的丛林为背景，描写在这里生活的畜牧业主、挤奶工、剪羊毛工、赶牛人、牧羊人和伐木工等热火朝天的工作及生活场景，别具澳洲丛林风味。

1 Patricia Clarke, *Pen Portraits: Women Writers and Journalists in Nineteenth Century Australia*, Sydney: Allen & Unwin, 1988, pp. 43-44.

在阿特金森笔下，不乏迷人的牧场风光、原生态的乡野古道以及洋溢着浓浓“伙伴情谊”的原始丛林。这些颇具乡野情趣的画面，向读者展现了澳大利亚独特的自然景观和人文景观，是对澳洲丛林“荒野之美”的深入探讨，颇具生态意味，流露出作者对新大陆追求“宜居”“乐居”生存状态的期许。

（2）体现人与自然共生共存的生态意识。

阿特金森从未把自然生灵从大自然中分离出来，她在作品中探讨了包含人在内的自然界生灵与自然须臾不可分的微妙关系，以及大量新鲜而有趣物种间相互依赖、共荣共生的错综复杂关系，体现了其强烈的生态意识，这在澳洲殖民时期的文学领域实属罕见。身为植物学家，阿特金森通过大量的实际调研，对当地物种，尤其是植物物种的习性、特点、生长规律与其生存环境之间及各物种之间的关系了如指掌。在以科学发现为依据、以科学规律为原则的阿特金森看来，人类和其他物种都是构成大自然不可或缺的一部分，人类应当与周围环境有机地融为一体；自然万物同人类一样有生命，应拥有同人类平等的生存权利，受到人类的尊重。自然界包含人类及地球上的一切物种，在这里拥有最高智慧的人类并不是主宰，只是其中卑微的一环，各物种之间构成特定的依赖关系，互相依存，共生共存，人类也概莫能外，离开其他物种，人类的存在便受到威胁。在阿特金森的小说中，人类与周围环境有机地融为一体，和谐而默契，这是阿特金森对人与大自然休戚与共、和谐共存的生态意识观的流露。

（3）批判违背自然规律的拓荒观。

在阿特金森看来，自然界的运行有其自身规律，作为广阔大自然重要成员的人类，其活动必须遵循这些规律，否则将会遭到大自然无情的报复。在其作品中，阿特金森坚持认为，“以人类为中心”的殖民拓荒行为是违背自然规律的，应当摒弃；如果一味地违背自然规律，对澳洲丛林滥砍滥伐，破坏物种链条的依赖关系，必将对澳洲大陆的生存及生态环境造成破坏。殖民拓荒者大力在树木林立的澳洲大陆发展欧洲农业，违背澳洲丛林生物的自然生长规律，导致大量原始森林被砍伐，很多物种数量急剧减少，甚至濒临灭绝，原始森林的生态环境遭到破坏。19世纪60年代，阿特金森开始意识到发展欧洲农业对当地植物群落的影响。她积极参与保护当地物种的环境保护主义运动，并对这种违背规律的殖民拓荒行为进行抨击，警示读者“可以毫不费劲地预测，半个世纪后，成百上千英里的大片土地上将没有一棵树木”[1]。阿特金森预见性地指出了早期殖民者违背澳洲丛林的自然规律进行殖民拓荒的灾难性后果，可谓

1 Elizabeth Lawson, “Louisa Atkinson, Naturalist and Novelist” in Debra Adelaide (ed.), *A Bright and Fiery Troop: Australian Women Writers of the Nineteenth Century*, Ringwood, Penguin, 1988, p. 73.

一针见血，体现了其强烈的“忧天下”意识和超前的生态观念。

（4）流露“丛林家园意识”。

作为土生土长的女作家，路易莎·阿特金森对这块新大陆尤其是对树木林立的丛林地区，有着浓烈的热爱之情，因为这里是阿特金森观察大自然、研究众物种（尤其是植物物种）的前沿阵地。可以毫不夸张地说，阿特金森以此为“家”，经过多年的深入研究，她对当地植物群落颇为熟悉，俨然成为这片丛林大家庭中不可或缺的一员。阿特金森在作品中表达了自己内心深处对新大陆的热爱，同时也并不惜笔墨表达对澳洲丛林的钟爱之情。她在大部分小说中选取澳洲丛林为故事背景，探讨了在这里栖居的拓荒者的乡土生活，有收获的喜悦、宁静的安乐，亦不乏劳作的艰辛和火灾旱情的煎熬，在跌宕起伏的情节叙述中，人物与丛林有机地融为一体，同呼吸、共命运，休戚与共。丛林是阿特金森笔下众多人物生存的“家园”，无论是季节性流动的农场工人（如剪羊毛工人、农杂工），还是拥有农场的畜牧业主（如羊场主），抑或仆人、牧羊人、赶牛人、伐木工、挤奶工及淘金者，他们都视丛林为“家”，以丛林为生存之所，熟谙这里的一草一木，他们都乐于栖居于这个广袤而充满无限生机和无尽机遇的自然大家庭里。这是阿特金森以丛林为“家”的情怀的抒发，在很大程度上流露出其朦胧的“丛林家园意识”。

二、主要作品的生态解读

（一）《移民格特鲁德：殖民地生活的故事》（*Gertrude the Emigrant: A Tale of Colonial Life*）

1. 新大陆的爱情故事

小说讲述了一位16岁的英国少女格特鲁德·贡蒂尔（Gertrude Gonthier）移居澳洲之后的生活。格特鲁德的父亲是一位英籍德国人，从事钟表制作，手艺精湛，见多识广，经常给她讲德国家乡以及波兰、俄罗斯以及普鲁士等欧洲国家的故事，故女主人公从小对德语及德国诗歌都有一定了解。后来，由于一次意外，父亲脑部受伤，从此无法正常工作，家庭生活日益拮据，母亲只能靠缝缝补补来补贴家用。随着病情加重，父亲变得越来越沉默寡言，直至离世。母亲伤心过度，最终染病身亡。之后，格特鲁德被一位远方叔叔收养，16岁时被送到了这片陌生的土地。应该说，举目无亲、孤苦伶仃的格特鲁德是幸运的，她在澳洲结交了很多朋友：乐观和善的第一位雇主多赫蒂夫人，忠于职守、细心呵护她的管家爱德华·都铎先生，友善乖巧的邻居凯瑟琳·肯劳小姐等。他们的友情与关爱融化了格特鲁德那颗孤独无助的心。兢兢业业、忠心事主的格特鲁德与第一位雇主的关系胜似母女，多赫蒂夫人膝下无子，对格特鲁德关爱有加，二人相处十分愉快。作者在某种程度上歌颂了殖民地开拓者所拥有的宽阔的胸襟。然而，好景不长，多赫蒂夫人意外死去，女主人公又开始了新的找工作之旅。这次，她依然是幸运的，在第二位雇主玛卡尔德先生家里，格特鲁德找到了裁缝这一份工作，尽管辛苦，但与周围人的相处亦十分融洽，并与玛卡尔德小姐关系密切，成为好朋友。命运兜兜转转，分别多年之后，女主人公与爱德华·都铎先生再次相遇，他们的友情经历了时间的磨砺与考验，升华为爱情，最后二人喜结连理，步入了人生新的生活，也掀开了格特鲁德在殖民地生活的新篇章。

2. 田园生活的结晶

在这部小说中，路易莎·阿特金森几乎从未附加任何关于自然发现的描述，而是把情节揉入自然环境的描摹中，将人物与周围环境有机地融为一体，把她与大自然的和谐默契表达得淋漓尽致，很好地诠释了作者的生态意识。

首先，在小说中，阿特金森对澳洲的田园风光进行了尽情书写。对阿特金森来说，诗歌是人烟稀少的澳洲内陆田园生活的结晶。这部小说中的每一章都以几句诗行开篇，对澳洲内陆的田园生活进行了高度浓缩。第一章开头的诗句："一天又一天，一周又一周，一个宁静的傍晚／太阳渐渐落下西山，／远处的澳洲悬崖进入视野／像薄雾，融入漆黑的大海。／很快，小船在海湾停泊，／穷困的移民登上了澳洲陆地。"[1]这样的开头交代了女主人公在澳洲大陆新生活的开始：夕阳西下，远处的澳洲悬崖像被薄雾笼罩着，渐渐地融进漆黑的大海，好一幅天然的海上画卷，颇具生态意味。这是移民者眼中的第一幅澳洲画卷，与英国风光截然不同。以下描绘的新南威尔士州自然风景凸显了澳洲本土景色的别具一格：

> 澳大利亚风光独特，到处是绵延的山脉，沟壑纵横，温和而舒适。然而，不时又会有热带风光突现旅人面前。新南威尔士州大部分地区绵延着广袤的桉树林，零星点缀着其他树种：从远处望去，山峦呈纯蓝色；很快地，因花岗岩或砂岩的作用，呈现在我们面前的便是一个个野生花园。这里色彩最为绚烂，紫色、深红色、纯白色、蔚蓝色、温暖的黄色以及其他各种色彩交相辉映，五彩斑斓，好似上帝的"隐居之所"。[2]

"山脉绵延""沟壑纵横""广袤的桉树林"以及零星点缀着的其他树种，构成

1 Louisa Atkinson, *Gertrude the Emigrant: A Tale of Colonial Life*, Sydney: University of Sydney Library, 1857, p. 2.

2 同上，第216页。

澳大利亚最显著的地标性特点。这里色彩斑斓，景色迷人，美不胜收，宛若仙境，正如阿特金森所描绘的那样，“好似上帝的‘隐居之所’”，堪称一幅绝妙的澳洲版世外桃源。整日在深山丛林里进行动植物群落考察的阿特金森对澳洲大陆的一山一川、一草一木情有独钟，用心观察周围的一切，凭借自己的慧眼和非凡的洞察力，最终发现了澳洲丛林所不为人知的微妙差异和美丽迷人之处，令读者顿生欣喜与热爱之情。

如下描绘两位女士丛林散步时周围景色的段落，更体现了阿特金森作为风景描绘家的高超技艺以及她从容闲适的文学风格：

> 这是一个暖冬，明媚的阳光洒在波光粼粼的水面上。冬雨过后，河水依然欢快地流淌；成群的蚊子和浮游精灵也在水面上欢歌起舞；欢快啁啾的喜鹊在午间枝头小憩，哼着婉转悠扬的旋律；羊圈上空的枯树枝头，一只老鸦正瞪着圆溜溜的眼睛监视着羊群，显然心里正合计着来自其中的美餐；燕子则挥着轻盈的双翼，在空中一掠而过。这一切正像诗人所歌颂的——“来自生命的礼物是美妙的”。[1]

在这段景物的描摹中，阿特金森采用拟人的修辞手法，赋予大自然中的万物——河水、蚊子、浮游生物、喜鹊、老鸦、燕子——以灵性，各生物相互依存，和谐相处。正像作者描述的这幅和谐的澳洲风景图，“来自生命的礼物是美妙的”[2]，居住在由一个个鲜活的生命构成的和谐自然美景中，是美妙宜人的。作者对澳洲丛林惬意、和谐自然风光的抒发是其对澳洲大陆大自然热爱之情的本能流露，体现了阿特金森的田园生态意识。

其次，在小说中，阿特金森描摹了生机勃勃的澳洲丛林生活图景，探讨了这片被别人视为“荒野”的美妙之处，热情歌颂了殖民时期的丛林生活，体现出这一时期特有的“丛林家园意识”。小说以广袤的澳洲丛林为背景，探讨了这里诸多职业的诸多人物的工作及生活情境，如畜牧业主多赫蒂夫人、欧文先生、农场监工都铎先生、房屋看管人莱金少年、剪羊毛工及挤奶工约翰、谷物店主伦尼夫人、赶牛人杰克、淘金者里格登以及随季节流动的农杂工[3]等。在阿特金森笔下，以多赫蒂夫人为代表的畜牧业主善良友爱；以爱德华·都铎先生为代表的中层管理人员对牧场主人忠心耿耿，

---

1 Louisa Atkinson, *Gertrude the Emigrant: A Tale of Colonial Life*, Sydney: University of Sydney Library, 1857, p. 89.

2 同上，第89页。

3 这些人被称为“wanderer”，他们没有固定的居所，随着季节变化到不同地区的农场干些农活，如收获庄稼、割晒牧草、剪羊毛等。他们通常慷慨大方，古道热肠，到了忙碌的季节就来，不需要主动联系。大家也不知道他们的具体名字，称其为“老兄”。

恪尽职守，对其他牧场员工一视同仁，关爱有加；而以女主人公格特鲁德为代表的仆人亦兢兢业业，忠心事主。在这个移民大家庭中，大家更懂得尊重与爱的意义，从内心将丛林视为家园，渴望融入这片新的国土，在此建立新的生存之所，他们热爱这个广袤无边、充满生机的丛林大家庭，乐于栖居于此。阿特金森通过对小说中诸多角色以丛林为“家”情怀的抒发流露出自己在这一特定的历史时期所具有的朦胧的“丛林家园意识”，这也是其从小在丛林长大所培养的丛林情结的本能流露。

再者，在该小说中阿特金森探讨了女主人公格特鲁德的思乡情结。移民澳洲之后，父母双亡的格特鲁德虽然受到雇主的细心关爱，且很多时候已经视新大陆为新家园，但心底不时会涌起对母国家乡的思念，尤其是遇到从旧大陆来的故友时，这种思念之情就更为浓烈。有一次，女主人公格特鲁德听到有人说德语，立刻兴奋地询问是不是有德国客人来访，因为父亲是英籍德人，她从小就学说德语。此刻，与旧大陆稍微有点关联的德语唤起了格特鲁德对家乡的浓烈思念。德国移民格斯林一家的到来，让格特鲁德想起父母，想起孩童时代生活的家乡：

> 古老的英式村舍，平整的茅草屋顶，常青藤缠绕的烟囱，宽大的灶台；从窗户飘进一缕缕桂竹香和青蒿的味道；远处的小花园以树篱围成方形，那里苔藓依依，紫罗兰清香美丽；河岸边，第一束雪莲花从冬季冰冷的大地里探出头来。她面前出现了母亲和蔼亲切的脸庞，她目光柔和，穿戴齐整，还有那双整日忙碌不停的双手……那是一个祥和宁静之家。[1]

旅居澳洲的大部分移民内心深处都埋藏着对母国的思恋之情，难以割舍，挥之不去。即便是在新大陆建立了新的栖居之所，这份思念之情宛如埋在心底的一根导火索，随时都可能被与旧大陆有关的一人一物、一景一情点燃。阿特金森通过该小说的女主角对这种隐藏起来的浓烈的思乡之情进行了详尽的阐释，体现了其本能的怀乡意识。

最后，在该小说中，阿特金森从科学的角度探讨了人类与大自然和谐相处的规律，展示出其对澳洲殖民者与这里的大自然和谐相处的美好期许，是其科学生态观的体现。植物学家阿特金森，一切判断均以科学为依据，是位“宇宙守恒观”的坚信者。她认为，从科学的角度看人类与星球是统一体，两者必须友善相处。正是这一科学的“宇宙守恒观”敦促她在人类中寻找一切有价值的东西，寻求人类与自然和谐相处的规律，寻求澳洲本土动植物的生存之地和生存之由。正是基于这一观念，阿特金

1 Louisa Atkinson, *Gertrude the Emigrant: A Tale of Colonial Life*, Sydney: University of Sydney Library, 1857, p. 112.

森在该小说中对澳洲大陆的本土风光景物、动植物群落大力着墨，探究本土各物种之间相互依赖的环链关系，以及在此定居的人类与其和谐相处、共生共存的规律，这在很大程度上体现了阿特金森的科学生态观。

（二）《柯旺达，退伍军人的财产》（*Cowanda, The Veteran's Grant*）

1. 牧场青年成长的故事

该小说的主人公德尔上尉（Captain Dell）是一位退伍军人。退伍后，他卖掉委任状，换取了在柯旺达的农场，在农场安家落户。德尔上尉有三个女儿，大女儿南希未出嫁，另外两个女儿均已去世。两个去世的女儿给德尔上尉留下三个孙儿孙女——吉尔伯特·考尔德、蕾切尔和艾利斯。德尔上尉和他们一起生活在柯旺达农场，祖孙三代同堂，生活温馨幸福。然而，随着孩子一天天长大，德尔上尉便思忖着他们未来的工作问题，尤其是孙子吉尔伯特。这位17岁的少年血气方刚，性格冲动，德尔上尉安排他到自己的一个牧场站去锻炼，希望能把他磨炼得成熟些，以便将来接替彼得·布莱克摩尔监管这里。后来，出于某种考虑，德尔上尉不得不把这个牧场站卖掉，安排吉尔伯特到一个朋友的公司去做职员。这里的生活缺乏刺激，吉尔伯特闷闷不乐。在彼得·布莱克摩尔的怂恿下，吉尔伯特的心里滋生了到外面闯荡的念头。因为惧怕外祖父，他选择不辞而别，悄悄离开公司，也没有给家人留下任何音讯。支走吉尔伯特之后，彼得·布莱克摩尔伪造德尔上尉的签名，挪用了一大笔钱而后潜逃，并伪造是吉尔伯特所为的假象。为了偿还这笔钱，德尔上尉不得不变卖柯旺达农场，举家迁至芦荟山，在那里靠租种别人的农场为生。不辞而别的吉尔伯特开始了寻找金矿的艰辛旅程。一路上，饥渴、劳累、危险常常伴随左右。历经磨难，他最终发现了金矿，淘得一些金子，但险遭杀害，因为在这里为了抢夺金子，打杀事件屡见不鲜。姐姐蕾切尔在锲而不舍的打探之下，终于托人找到了远在淘金地的吉尔伯特。德尔上尉离世之后，吉尔伯特认为自己应该担起保护亲人的职责，最后回到了亲人身边……

2. 丛林风貌的抒发，平原风光的描摹

首先，该小说对澳洲平原及丛林风光的热爱之情进行了自由抒发。小说的背景主要设在澳洲丛林地区，并延伸至澳洲平原，故小说除了对澳洲丛林风貌的尽情抒写，亦不乏对澳洲平原风光的描摹，展现了澳洲大陆独特的自然风光，是阿特金森对新大陆自然风貌热爱之情的本能抒发。为了说服吉尔伯特放弃山林到悉尼附近平原地区的牧场去锻炼，莱尔斯顿先生"开始详述平原优于山区之处；鸸鹋、袋鼠奔驰在广袤的平原上，天地相交之处——黑人仍然栖居于自己伟大而独立的土地”[1]。在强烈的好奇心驱使下，吉尔伯特和布莱克摩尔先生等一行人启程前往悉尼，一路上美丽的平原风光令人目不暇接：

> 放眼望去是广袤无垠的平原，点缀着一群群的牛儿，没有一株树木，不时微微隆起一小片高地。落日的余晖映红了空中的薄雾，使周围的景色看上去朦胧而壮观，似海市蜃楼般梦幻，令沿途的旅人惊叹不已。幽深的溪流与河水相交处，长着松树和垂枝相思树。鸸鹋从身旁疾奔而过，袋鼠在远处蹦跳着……[2]

这段文字把澳洲平原的广袤与壮观，把平原上牛羊成群、鸸鹋疾驰、袋鼠到处蹦跳的独特风貌描写得细致入微，对澳洲特有的垂枝相思树也进行了描摹，令读者一睹澳洲平原的真貌，叹为观止。正如作者所赞，这是澳洲大陆的“第二个伊甸园”。

其次，该小说通过探讨殖民者与原住民的冲突，揭露了殖民者的到来搅扰了原住民在这片原始大陆上宁静生活的现实。吉尔伯特第一次离开从小长大的山林地区前往悉尼的牧场，刚到没多久就碰到当时牧场的监工布莱克摩尔先生带人去跟一群黑人拼杀，起因是两天前的晚上曾在此借宿过的一个牧羊人被黑人用矛杀死，尸体后来在河边的沼泽里被发现了，于是布莱克摩尔发誓要给这些澳洲原住民一个教训，幸亏吉尔伯特及时赶到，才制止了一场血腥的厮杀。阿特金森的笔下充满了对原住民的尊重与同情。阿特金森不仅坚持澳洲本土动植物群落的独特性以及既独立又相互依赖的特性，而且捍卫原住民的独立与权力，以及与大自然“天人合一”的生存理念。因此，在阿特金森看来，在这片原始的大陆上，原住民原本与自然和谐相处，相安无事；随着欧洲移民的到来，兴起了对这块处女地的开发浪潮，他们逐渐深入平原、山林和内陆地区，将原住民宁静的生存空间彻底打乱，甚至威胁到他们的生存现状，给他们带来巨大的恐惧，为求得往昔的安宁，他们不得不进行反击，加剧了二者之间的矛盾。阿特金森通过这部小说呼吁人们关注原住民的问题，希望能还原住民一个和谐、宁静的生存空间，在某种程度上为澳大利亚的本土化发展做出了贡献。

1 Louisa Atkinson, *Cowanda, The Veteran's Grant*, Sydney: University of Sydney Library, 1859, p. 9.

2 Louisa Atkinson, *Cowanda, The Veteran's Grant*, Sydney: University of Sydney Library, 1859, p.10.

三、结语

路易莎·阿特金森坚持科学的原则，将其对植物学的科学调查研究融入文学创作中。在小说创作及科学文章的撰写中，她精确地描绘了澳洲大陆大量新鲜而有趣的物种间错综复杂的关系，并对人类与大自然之间微妙而复杂的关系进行了较为深入的探讨，为科学界提供了有价值的资料，体现了极强的本土生态意识。出于对澳洲新大陆的热爱，阿特金森在其作品中对这里独特的自然风貌、风土人情进行了尽情的书写与讴歌，展示出其对田园诗意般生活的追求与向往。从这层意义上说，路易莎·阿特金森堪称殖民地时期澳洲土生土长的具有强烈生态意识的女性作家，为澳大利亚生态文学的发展起到了推波助澜的作用。另外，作者对原住民生存空间以及原住民与白人和谐关系的关注体现了她对社会生态的关注，这在殖民时期的澳大利亚文学领域不得不说是一大进步。

第三章　民族主义运动时期的自然书写（1890—1914）

第一节　概述

19世纪八九十年代，是澳大利亚文学史上一个重要的分水岭时期。在这一时期，为了结束殖民统治，建立独立自主的民族国家，各种民族运动相继兴起，声势浩大。不仅大量记者、小说家、诗人在他们的作品中表达了热烈的民族主义情怀，普通民众也视民族事业为其使命，热衷于实现民族的统一和自治。以《公报》为核心成长起来的新一代作家，如A. B. 佩特森、亨利·劳森、巴巴拉·贝恩顿、约瑟夫·弗菲，成为这一时期澳大利亚最具代表性和影响力的作家。他们的作品或充满了积极乐观的爱国主义热忱，或表达了澳大利亚人的异化和失落感，但他们的写作均聚焦于丛林生活，描绘了澳大利亚独具特色的自然环境。这些作家使《公报》拥有了更多的读者，产生了广泛的影响，所以被冠以“丛林人的圣经”之称；其历史功绩在于改变了读者的欣赏口味，使他们爱上了描绘粗犷、独特、原始本土风光的作品[1]，对这一时期的自然书写和生态文学的发展有一定的促进作用。澳洲丛林在该时期开始被编织进民族主义之中，成为澳大利亚文学、文化建构自身民族身份的核心修辞，同时也让民族主义体现出对地方环境的紧密依赖，具有明显的生态—民族主义特点。

海伦·蒂芬（Helen Tiffin）、格雷厄姆·哈甘（Graham Huggan）、纳撒尼尔·欧雷利（Nathanael O'Reilly）等学者讨论了澳大利亚民族身份建构的后殖民性，其民族主义运动因而也肩负了解殖的使命。理查德·格鲁夫（Richard Grove）曾指出，殖民活动往往不只涉及军队暴力和政治霸权的入侵，还涉及对殖民地资源和环境观念的操控[2]。英国在澳大利亚的殖民活动除了倾倒罪犯、设立行政管理制度等活动，还包含了对欧洲农业、畜牧业生产方式的移植和相关动植物的引入。伴随这些活动的还有在观念上对本土动植物的贬低和清除，破坏了生态环境，造成土地贫瘠化。

1　黄源深、彭青龙：《澳大利亚文学简史》，上海：上海外语教育出版社，2006年，第34页。

2　Richard H. Grove, *Ecology, Climate and Empire: The Indian Legacy in Global Environmental History, 1400-1940*, New Delhi: Oxford UP, 1998, p. 3.

因而对澳大利亚本土动植物的肯定是民族主义时期文学写作和文化建构的一大主题。例如，理查德·怀特（Richard White）在《创造澳大利亚》（*Inventing Australia*，1981）中指出了19世纪80年代澳洲本土动植物所受到的膜拜："建筑师把当地的动物变成了房屋装饰；殖民地作曲家在音乐中模仿钟声鸟，并竞相创作澳大利亚国歌……当地的诗人对金合欢树大唱赞美诗。"[1]

虽然澳大利亚是一个高度城市化的国家，城市居民长期以来却坚持以"丛林"为核心的民族认同，乡村和城市的二元对立是这一时期自然书写中的另一个模式化修辞特征。在这些作家笔下，丛林虽然是桀骜不驯的、恐怖的，不过与堕落和腐败的城市相比，则又往往被认为是坚韧品质和年轻活力的象征。澳洲的环境虽然在早期移民生活中是艰苦的，甚至是冷漠的，但民族主义作家逐渐认识到了它"与欧洲先辈生活的土地所不同的美"[2]，而且相对于精英主义和等级制度的欧洲旧世界来说，空旷的丛林蕴含着平等和民主的机会。

不过，还需要指出的是，民族主义运动时期文学体现了从以欧洲文化标准理解澳洲风土的殖民主义时期自然观到真正意义上的澳大利亚生态意识正式形成的过渡。这一时期，距离体现清晰的环境保护意识的澳大利亚文学作品出现还有一段时间。文艺复兴以来，强调经济发展、物质生产、炫耀式消费和技术效率的思维模式，在社会生活中仍然占主导模式。这一时期澳洲工业和农业的发展，尤其是绵羊养殖业成为民族走向自治的一大经济引擎，无知和傲慢地对待环境，对环境仍然持以征服和开发的错误认识仍是社会的主流价值观。在意识形态上，无论是在佩特森热情讴歌澳大利亚风土的田园诗中，还是在劳森、贝恩顿和弗菲等作家对澳洲风土更加冷静的表现中，环境均被视为个人主体意识的"他者"，是与主体相对或外在于主体的存在。人与自然和谐发展的生态意识尚未在他们的作品中清晰出现。他们对澳大利亚风土人情的关注，仅仅是在与欧洲的二元对立对比中建构民族身份的一种策略。换句话说，他们对澳洲本土环境的接受，建立在将其视为白种人可以适应和征服的乌托邦的基础上。诚然如此，在纠正轻视澳大利亚本土动植物、大量引进所谓的更有价值的植物和动物的殖民主义时期做法方面，在对本土风貌的接受和热爱上，在将澳洲风土融入民族身份方面，民族主义时期作家做出了巨大贡献。尤其是他们对澳大利亚地方风土的强调，形成了以澳大利亚"丛林"为核心的地方色彩文学传统。

---

1 理查德·怀特：《创造澳大利亚》，杨岸青译，昆明：云南人民出版社，1999年，第93页。

2 Glen Phillips, "When the Last Leaf Falls", *Change, Conflict and Convergence: Austral-Asian Scenarios Criticism*, eds. Cynthia Van Den Driesen, Ian H. Van Den Driesen, New Delhi, India: Orient Blackswan, 2010, p. 155.

澳大利亚民族身份的形成在一定程度上是通过建构对澳洲自然风土的图腾性社会认同而实现的。西蒙·沙玛（Simon Schama）指出：“风土是自然，但更是文化，是想象投射在树木、水流和岩石上的建构物。”[1]在澳大利亚民族运动时期，民族主义形塑了审美体验，澳洲乡村成为代表澳大利亚本质的自然风土，其在殖民主义时期为欧洲文化审美标准所排斥的“怪异”特点，被或骄傲或冷峻地改写为澳大利亚不顺从英国殖民统治的叛逆精神的象征，澳洲风土和动植物也成为民族身份的象征。无论是佩特森的浪漫主义诗歌，还是其他更加冷峻的民主主义作家作品中对自然的反映，均将自然作为澳大利亚民族主义的投射屏幕，赋予其地理、政治、文化、历史和心理意义。此外，他们的写作强调地方特色同环境与民族身份之间的联系，使得澳大利亚的民族主义在很大程度上具有生态—民族主义的特点。正是在丛林和灌木丛地带，澳大利亚人同自然相遇，在其中艰难求生存，从而形成了“兄弟情谊”等独特的民族文化。在对民族身份合法性的塑造过程中，澳大利亚风土作为想象的自然，是表现民族主义的核心修辞手段。澳洲独树一帜的风格是澳大利亚人真实自我的界定方式。

此外，民族主义时期人们对待自然的态度，既延续了殖民主义时期将之视为无主地、白板的传统，同时又放弃了殖民主义时期作家在想象中诉诸旧世界的审美体系，扭曲地表现澳大利亚自然的做法，正视了澳大利亚自然的空白，并将这种空白视为建设民族和建构了民族认同的机遇。这种将澳大利亚自然视为空白的心态，在20世纪受到多元文化主义和女性主义等政治和文艺思潮的批判，但是也贯穿于澳大利亚文学史上许多重要的作品中。

该时期的生态文学主要文体分为民谣体诗歌和小说。

一、民谣体诗歌

该时期的大部分民谣体诗歌仍是由早期流放到澳洲的罪犯和主动到澳大利亚淘金的平民从母国爱尔兰和英国等地民间带来的歌谣；还有一部分本来是海员们的船歌，也随淘金浪潮传到了澳洲大陆。在民族主义浪潮早期，人们只在从事单调的伐木、运输、垦荒、耕作等体力劳动中吟唱这些来自母国的歌谣，一解思乡之苦，二解劳作之乏。后来随着对澳大利亚陌生的自然环境逐渐认识、了解和适应，这些唱着遥远母国歌谣的人们开始想唱出自己的心声，这些歌谣的内容被改编为反映澳洲丛林生活与丛林人情感的话语，并在被开拓的丛林地区流行开来。当时的《公报》不仅为这些改编

1 Simon Schama, *Landscape and Memory,* New York: Knopf, 1995, p. 61.

的诗歌提供了发表的园地，而且还大力扶持新人新作，使一批具有本土特色的新作家渐渐成长起来。就这样，一种以反映粗犷的丛林生活为内容，并把丛林加以浪漫化的独具澳洲本地特色的民歌体诗歌——澳洲特有的文学形式——渐渐地取代了英国古典诗歌在澳洲诗坛的位置。

佩特森和劳森是这种民谣体诗歌的主要代表人物，两位诗人均生动地刻画了丛林拓荒者和牧羊人的艰苦生活。佩特森的诗歌活泼欢快，颇具浪漫主义情调；而劳森的作品严肃冷静，属现实主义风格。

总体而言，该时期的民谣体诗歌文学作品，由源于对母国的思念转为殖民者对澳大利亚地理环境的自然书写及其情感之抒发。不容忽视的是，这些作品亦流露出民族主义时期诗人们朦胧的生态意识。殖民者通过民谣表达对母国的思乡之情，对人与自然和谐共处的生态生存状态的期待及对田园生活的渴望，以及对现实社会严峻的思考[1]。

二、小说

在《公报》的倡导和鼓励下，该时期的小说创作有了较大发展；相对早期的移民文学，这一时期的小说从形式到内容均有所突破。首先，反映丛林生活的小说居多，其代表人物有亨利·劳森、约瑟夫·弗菲、富兰克林、德拉等。劳森是民族主义文学的主要奠基人，著名的短篇小说家，其作品散发着浓郁的乡土气息，再现了各类活生生的丛林人形象，有着鲜明的地方特色。弗菲以反映广阔的丛林生活画面的长篇小说《如此人生》为评论家们所称赞；富兰克林的佳作《我的光辉生涯》塑造了一个具有反抗精神、忠实于自己理想的丛林姑娘；拉德的《在选地上》则是一部带有浓郁喜剧色彩的丛林速写。

再者，该时期的文学家还着笔于反映具有时代精神“伙伴情谊”，即人与人之间的友爱和互助精神，为了适应开拓荒凉而辽阔的澳洲丛林所形成的一种道德规范，这成为衡量个人品格的一个重要标准，社会共同恪守的道德信条，同时也是澳大利亚民族精神的一个核心内容。民族主义时期的作家和诗人都是“伙伴精神”的热情讴歌者，这充分体现了他们朴素的生态社会理念。

民族主义文学在艺术上的最大功绩是成功地塑造了一大批澳大利亚人物形象。早期的移民文学中那些英国移民大多“身在曹营心在汉”，与澳洲环境格格不入。而民族主义文学所塑造的人物完全不同，他们经过多年垦荒种地或围栏放牧，已经与澳大

1　黄源深、彭青龙：《澳大利亚文学简史》，上海：上海外语教育出版社，2006年，第34-35页。

利亚的自然环境融为一体，形成了一种豪放、粗犷、乐观、幽默等典型的澳洲人的个性。劳森笔下的米切尔、斯蒂尔曼和丛林流浪工人以及弗菲小说中的赶牲畜人，从外貌到气质都是地地道道的澳洲人。这些作家集中刻画的丛林人物和他们所生活的丛林大自然环境，构成一幅幅“天人合一”的、具有生态和谐美的画面，描绘出一个真实的澳大利亚生态农牧业社会。

此外，民族主义文学家们没有模仿英国作家的艺术技巧，而是脚踏实地吸取澳洲的民间艺术特色。在叙述风格上他们吸取丛林故事随意道来的长处，显得亲切自然，情节简单，故事中透露出的真诚和朴实情感打动读者。作品的语言也有浓郁的地方色彩，澳大利亚本地俚语也用在了作品里，增添了澳洲特色和新鲜感[1]。

无论是民谣体诗歌还是小说，澳洲丛林都是作家的主要表现对象。在他们的笔下，丛林被赋予浪漫的风格和神秘的色彩，成为该国欣欣向荣的象征，而朝气蓬勃的丛林人几乎成了澳洲人的代表。

在澳大利亚文学史上出现这样的奇异的现象：无论是生活在丛林地区的并熟悉那里的作家，还是长期居住在城里并不了解丛林生活的作家都热衷于歌颂和描写丛林景色与生活，他们作品中的人物不仅丛林人喜爱，城市居民也同样喜爱。丛林生活成了民族主义文学取之不尽的源泉。

第二节　A. B. 佩特森：田园诗歌及其反讽

一、作者简介

（一）生平简介

安德鲁·巴顿·佩特森（Andrew Barton Paterson，1864—1941）出生于牧场主家庭，在丛林中度过无忧无虑的童年。小学毕业后他就去悉尼求学，开始广泛涉猎文学；中学毕业后，没考上悉尼大学，进入律师事务所工作；1885年开始了他的写作生涯，在关注民族主义的文学期刊《公告》上发表诗歌。他最早的作品是一首批评英国在苏丹之战的诗歌，澳大利亚也参与了这场战争。

在接下来的十年里，这个最有影响力的期刊为佩特森提供了一个重要的工作平台，他常常以最喜爱的马的名字“Banjo”为笔名发表作品。作为一个最受欢迎的作

1　黄源深、彭青龙：《澳大利亚文学简史》，上海：上海外语教育出版社，2006年，第37页。

家，在19世纪90年代，他结交了澳大利亚文坛的其他重要作家，如E. J. 布雷迪（E. J. Brady）、哈利·劳森（Henry Lawson）。特别是帕特森与劳森组织了以“丛林魅力”为主题的诗歌竞赛[1]，凸显了他们对丛林的热情。帕特森成为《悉尼先驱晨报》（*The Sydney Morning Herald*）和《时代》（*The Age*）在第二次波尔战争时期的战地记者。1899年10月他乘船前往南非采访，绘声绘色地描述了在金伯利的救济、布隆方丹的投降和占领比勒陀利亚等事件，吸引了英国媒体的注意[2]。作为《悉尼先驱晨报》的巡回记者，他于1901年7月帕特森乘船前往中国，遇见了通用电气的墨里森（中国人），那是他一直仰慕其成就的人物，之后他在他的散文里叙述了这次见面过程。1904年6月他担任《悉尼晚报》（*Sydney Evening News*）的编辑，1907年8月《城乡杂志》（*Town and Country Journal*）的编辑。1908年到英国旅游后，他决定放弃新闻写作，和家人搬到亚斯附近的一个40 000英亩（160平方公里）的庄园。

在第一次世界大战中，帕特森未能成为在佛兰德战斗的战地记者，但在法国成为澳大利亚自愿医院的救护车司机。1915年初他回到澳洲，作为荣誉兽医，带着马到非洲、中国和埃及三地旅游。1915年10月18日他加入澳大利亚帝国部队，最初在法国服役，在那里他受了伤，被遣返回澳大利亚；他的妻子加入了红十字会，就在离丈夫很近的救护车上工作。

回到澳大利亚时，他的第三部诗集《滨藜比尔JP》（*Saltbush Bill JP*）出版了，此后他继续发表诗歌、短篇小说和散文，并继续为《事实》（*Truth*）周刊撰稿。20世纪20年代帕特森还为《悉尼运动员》（*Sydney Sportsman*）写橄榄球联赛。1941年2月5日，在悉尼，帕特森死于心脏病，享年76岁。

（二）主要作品的生态意识

帕特森是澳大利亚民族主义运动时期最重要的民谣体诗人之一，有“牧场歌手”之称。他著有很多关于澳大利亚生活的诗歌和民谣，写作背景大多在农村和内陆地区，包括他童年所在的新南威尔士地区的小村庄。其著名的诗歌包括《肩囊旅行》（“Waltzing Matilda”）、《来自雪河的人》（“The Man from Snowy River”）和《溢出的克兰西》（“Clancy of the Overflow”）。

他的诗歌生动而真实地反映了当时为诗人所瞩目的澳洲丛林生活、乡村生活，

1 Clement Semmler, “Andrew Barton (Banjo) Paterson”, *Australian Dictionary of Biography*, Retrieved 28 October 2014.

2 Clement Semmler, “Paterson, Andrew Barton (Banjo) (1864-1941)”, *Australian Dictionary of Biography*, Volume 11. MUP, pp. 154-157. Archived from the original on 16 March 2008. Retrieved 3 April 2008.

以浪漫的笔调描绘澳大利亚乡村风光，在渲染澳洲乡村及居住者的生活气氛等方面胜过任何一位民谣体诗人。不同于殖民主义时期作家和诗人以或悲观或抑郁的态度对待澳大利亚风土和动物，他积极地肯定了澳大利亚的自然环境，在他的诗歌里，澳大利亚风光一洗殖民主义时期包括亚当·林赛·戈登和马库斯·克拉克在内的作家笔下那“怪异”“阴郁”的哥特式特征，俨然成为明媚、迤逦的阿卡迪亚式田园。正如米克尔（Joseph Meeker）指出的，田园诗歌在情感和形式上都属于欧洲传统，很难将田园诗的风格与非欧洲的风土结合起来，因为这些地方在风土人情上几乎都与欧洲相对[1]。正是因为这样，殖民主义时期对澳大利亚风土的文学表现，或者是完全削足适履式地扭曲，将其描绘为古典田园风光，称其为“英国后花园”；或者是哀叹它古怪、阴郁，用“奇异”“独特”这样的词语来修饰，以非常勉强的口吻来承认它的美丽。佩特森将浪漫的田园诗歌传统与澳大利亚真实的风土和动植物结合起来，建构了代表澳大利亚民族身份的丛林意象。

佩特森诗歌的另一个重要主题是对男性的歌颂。他深情地讴歌早期创业者对丛林的热爱，即使干旱降临，牲畜倒下，乌鸦等待它们的死亡，生活受到严重威胁时，也不怨天尤人，不咒骂长满丛林的大地，而是始终死心塌地忠于它，牢牢地扎根于土地。其民谣体诗歌充分展现自然之强大，诠释了土地乃人类生存之本以及人类与大自然之和谐的生态意识。

在诗歌的写作技巧上，佩特森博众家之长吸取了苏格兰民谣的特点，形成了自己的风格：粗犷、幽默、活泼，富有生活气息。其诗句朴实流畅，气势磅礴，似高山流水，一泻千里，明朗的色调给人以坐在马背上的骑士之欢快奔腾感。

《来自雪河的人》和其他五首歌谣在《公告》上出版时使用的笔名班卓琴（The Banjo）成为家喻户晓的名字。这本书在出版后的前四个月销售了5 000册。佩特森最优秀的作品都在其中，《来自雪河的人》和《肩囊旅行》最能反映其艺术风格。前者描绘一位来自雪河的青年之壮举。一群丛林牧者要去追脱缰的野马，出发前，伙伴们瞧不起来自雪河的身体羸弱、坐骑瘦小的青年，都认为他不行。然而当野马钻进深谷中，连富有经验的老骑手也无可奈何而准备放弃时，奇迹出现了：貌不惊人的雪河小伙子独自一人坚持追随狂奔的野马群，如履平川地活跃在乱石嶙峋的陡峭的山坡上，勇敢地把野马赶了回来。该诗歌生动地描绘了激烈的动作、惊险的场面、磅礴的气势，赞扬了年轻人大无畏的勇气。

《肩囊旅行》在澳洲也是无人不晓的佳作，叙述了一位丛林流动工在一个池塘

1 Joseph Meeker, *The Comedy of Survival: Studies in Literary Ecology,* New York: Charles Scribner’s, 1972, p. 92.

边宿营，一边在篝火边烧水，一边愉快地哼着小曲。忽然他看见一头羊来塘边喝水，就抓住它，塞进囊里，这时正好牧场主和几个骑警赶到，查问他囊中的羊的来历。这位流动工高喊着：“你们别想活着抓住我！”[1]最后他因拒捕跳进水塘溺水身亡。从此，人们经过那个水塘时总会听到他的冤魂在叫。这个故事真实地描绘了丛林人的倔强性格，在某种程度上表达了他们藐视权威、宁死不屈的民族主义思想。由于澳大利亚历史是与流放犯的痛苦遭遇紧密联系的，因此反抗权威、同情弱者、歌颂平等是澳洲文学的一个重要主题，受到大多数读者的赞同。

诗歌《来自雪河的人》与《肩囊旅行》均以歌颂貌似弱者的坚强个性，表达作者对弱者的怜悯之心及美好愿望——在理想社会中实现人与人平等，让每一个生命均得到尊重，使每一个人的生存权都得以实现。这正是作者朴素的生态社会意识在作品中的体现。

二、主要作品的生态解读

《未来之歌》（“Song of the Future”，1889）

佩特森最广为人知的诗歌是《来自雪河的人》和《肩囊旅行》。这两首诗歌因塑造了代表澳大利亚丛林男性气质的典型人物形象而在澳洲文化中占据核心地位。但1889年12月刊登在《公报》上的《未来之歌》（“Song of the Future”，1889）更直接地体现了佩特森对澳大利亚风土的肯定和民族自豪感。在《未来之歌》的开篇，佩特森便表达了对澳洲风光的热爱和同殖民主义时期诗人的决裂。诗人肯定了澳大利亚土地的伟大并批判了之前的诗人对其所持的消极态度：

’Tis strange that in a land so strong,
So strong and bold in mighty youth,
We have no poe’s voice of truth
To sing for us a wondrous song.

我们强大的土地
充满勇气和活力。
却没有真正的歌喉
为它歌唱动听的歌儿。

Our chiefest singer yet has sung
In wild, sweet notes a passing strain,
All carelessly and sadly flung
To that dull world he thought so vain.

我们伟大的歌手们
热情、欢快地歌唱那过时的歌儿，
他们漫不经心、忧伤地
扑向我感觉空虚乏味的世界。

“I care for nothing, good nor bad,
My hopes are gone, my pleasures fled,
I am but sifting sand,” he said:

“无论好与坏，我已不在意，
希望已远逝，快乐已飞走，
我不过是一把被筛落的泥沙，”他如此说，

1 黄源深、彭青龙：《澳大利亚文学简史》，上海：上海外语教育出版社，2006年，第64页。

What wonder Gordon's songs were sad!
戈登的歌儿啊，是那样忧伤。

And yet, not always sad and hard;
In cheerful mood and light of heart
He told the tale of Britomarte,
And wrote the Rhyme of Joyous Guard.

然而，他的诗歌也不总是忧伤和艰难，
在兴致勃勃、轻松欢乐的时候，
他也讲过布里托马特的故事，
还写过“快乐护卫队之歌”。

And some have said that Nature's face
To us is always sad; but these
Have never felt the smiling grace
Of waving grass and forest trees
On sunlit plains as wide as seas.

有人说“自然”的脸孔，
在我们面前总是忧伤的。但是
他们从未发现被风吹拂的青草
和森林里的树叶，还有阳光下
连绵如海的草地那优雅的微笑。

"A land where dull Despair is king
O'er scentless flower and songless bird!"
But we have heard the bell-birds ring
Their silver bells at eventide,
Like fairies on the mountain side,
The sweetest note man ever heard.

“乏味和绝望主宰了这里的一切，
花儿没有香味，鸟儿不会歌唱。”
但我们却听过鸟儿银铃般的歌声，
那黄昏时分银铃般的歌声，
犹如山谷那边的仙女在歌唱，
是世间听过最甜美的音符。[1]

接着，佩特森描绘了“野画眉”“铜翅鸠”“喜鹊”等丛林鸟儿欢快的歌声。与狂暴的大海进行对比，佩特森笔下的丛林是“富于同情”和“令人愉快”的，在这阿卡迪亚般的田园里：

For us the roving breezes bring
From many a blossom-tufted tree —
Where wild bees murmur dreamily —
The honey-laden breath of Spring.

轻纱般的微风吹过
树树盛开的繁花，
野蜂在其间梦呓，
花蜜浸透了春的气息。[2]

与弥漫着“冲突”“流血”的旧世界不同，丛林人过着宁静、祥和的生活。这里的山是青翠的，土壤是肥沃的，犹如“仙境”。接下来，佩特森回顾了殖民时期先辈们征服和改造澳大利亚土地的情形。那时候，肥沃的土壤隐藏在“多岩石的高山”和“石头高墙”后面，人们传言那里是“阴沉的死海”“风化的沙漠”，不仅“从未有人的足迹到过那里”，连“鸟儿的翅膀也从未从那里飞过”，春风从来没有吹破过那里万年的“孤独和死亡”。然而“勤劳的先辈们”翻过了崇山峻岭，打破了那里自古以来的沉寂。佩特森想象着他们站在被自己征服了的土地面前的情景：

1 A. B. Paterson, "Song of the Future", *The Works of "Banjo" Paterson*, Hertfordshire: Wordsworth Editions Limited, 2008, p. 131.

2 同上。

Upon the Western slope they stood
And saw—a wide expanse of plain
As far as eye could stretch or see
Go rolling westward endlessly.
The native grasses, tall as grain,
Were waved and rippled in the breeze;
From boughs of blossom-laden trees
The parrots answered back again.
They saw the land that it was good,
A land of fatness all untrod,
And gave their silent thanks to God.

站在西面的山坡上
他们看见广阔的平原
一眼望不到尽头
在西面绵延地伸展开。
野草和作物一般茂盛，
随着风儿轻轻摆动；
那开满花朵的树枝间，
鹦鹉在欢快地歌唱。
他们望着眼前这
丰饶、美好的处女地，
心中默默地感谢上帝。[1]

又如哈根（Graham Huggan）和蒂芬（Helen Tiffin）指出的，田园诗歌很容易被吸纳来掩盖欧洲殖民历史血腥的本质[2]。佩特森在赞扬澳洲土地风光的优美和先辈们的英勇时，将澳大利亚视为先辈们“赢得的土地”：

And lo a miracle! the land
But yesterday was all unknown,
The wild man's boomerang was thrown
Where now great busy cities stand.
……………………………………
In sooth there was not much of blood
No war was fought between the seas.

多神奇啊，这片土地
昨日还无人知晓，
野蛮人还在上面扔着回飞镖，
今日已是繁华的大都市。
…………
老实说，这里没有流过什么血
大海的两岸没有打过什么仗。[3]

以上所引诗歌片段最后两句将澳大利亚与殖民主义时期的北美进行对比，美国实现独立时曾经和宗主国发生过战争，而类似的战争没有在澳大利亚发生过。这被许多后来的学者视为澳大利亚迄今也没有完全摆脱依赖英国认同的一大历史原因，在当时却被认为值得骄傲。最重要的是，早期移民与原住民之间血腥的斗争被澳大利亚柔美的风光和祥和的丛林生活掩盖了。即使代表原住民在那里活动过的“回飞镖”，也不能改变诗人和当时的读者将澳大利亚视为“无人知晓”“无人踩踏过”的土地。于是，诗人在对“伙伴情谊”的讴歌中，敦促城市中的乞丐和穷人继续发扬先辈们勤劳勇敢的作风，展望大家一起以“满怀希望、清晰、强大的声调”唱出动听的歌儿，以此结束了全诗。通过引入田园诗传统将澳洲风土浪漫化，在佩特森的诗歌想象里，澳

1 A. B. Paterson, “Song of the Future”, *The Works of “Banjo” Paterson*, Hertfordshire: Wordsworth Editions Limited, 2008, p. 132.

2 Graham Huggan and Helen Tiffin, *Postcolonial Ecocriticism: Literature, Animals, Environment*, New York: Taylor & Francis, 2009, p. 89.

3 Paterson, A. B. “Song of the Future”, *The Works of “Banjo” Paterson*, Hertfordshire: Wordsworth Editions Limited, 2008, p. 132.

大利亚自然环境成为日后可以实现比欧洲旧世界更新、更好的独立自治国家这一诉求的象征。

佩特森对丛林风光和田园生活的描写虽然振奋人心，却一直遭到批判。首先，如乔治·塞登（George Seddon）评价的那样，佩特森和《公报》的田园诗让民族运动时期成为澳大利亚历史上的英雄时代，然而实质上他所表现的内容却是不准确的。例如，他在《来自雪河的人》中表现的那种英勇高贵的丛林男性气质便是浪漫想象的产物。塞登写道："雪河的牧场主大多都是文盲，他们掠夺自然资源，对自然造成了极大的破坏。大片肥沃的土地在几十年之内便被破坏得毫无用处。"[1] 为了塑造独立的民族意识，先辈们征服和破坏土地的事迹被佩特森讴歌，但是即使是佩特森的乐观主义也难以掩盖一些模糊的声音。詹姆士（Trevor James）评论道，佩特森作品的核心"是一种不确定的声音，这种声音是他将浪漫主义强加给澳洲风土所导致的"[2]。从之前的引文可见，在佩特森的诗歌里，澳大利亚原本的自然风貌是差异的象征，只有经过先辈们多年的了解和磨合后，人们才意识到它的美。白人征服土地，建设城市化带来的失业、贫困等许多问题被抛到一边。比起城市的堕落和腐败，先辈们开拓的丛林是怀旧、宁静的，同时也是青春和新生的象征。然而，20世纪的历史证明，肆无忌惮的开发土地、过度放牧的田园生产方式造成了很严重的环境问题。20世纪60年代，为了解决战后劳动力问题以及作为国家在和平时期进行的重大项目——雪河修建的水电站和灌溉工程，现在却问题重重，雪河的许多河段已经干涸，成了一条废弃的河流。佩特森的诗歌因此也遭到了批判，被称为"为欧洲殖民时期的开发提供了历史阐释的框架，至今仍然还是经济开发和环境威胁的思维框架"[3]。具有讽刺意味的是，《来自雪河的人》被用作万宝路香烟广告的思路框架，但雪河已经被破坏得不再适合拍摄广告，万宝路香烟的这则广告实际上只能在新西兰南部岛屿取景。

汤姆·格里菲斯（Tom Griffiths）指出，田园诗在本质上是一种反讽的文学形式，在涉及土地所有权及其争夺的问题时，这种反讽意味会更加激烈，"田园避风港"这样看似寻常的诉求里却可能潜藏着殖民暴力[4]。殖民主义时期和佩特森的田园

1 George Seddon, *Landprints: Reflections on Place and Landscape*, Cambridge: Cambridge University Press, 1997, p. 52.

2 qtd. from Gaile McGregor, *EcCentric Vision: Reconstructing Australia*, Waterloo, Ont.: Wilfrid Laurier University Press, 1994, p. 68.

3 Q. Ashton Acton, ed., *Issues in Global Environment-Biodiversity, Resources, and Conservation*, Atlanta: Scholarly Edition, 2013, pp. 363-364.

4 Tom Griffiths, *Hunters and Collectors: The Antiquarian Imagination in Australia*, Cambridge: Cambridge University Press, 1997, p.118.

诗实质上是移民建构位置归属感和身份认同的手段，在精神上和情感上为占有土地而寻求合法性[1]。评论家雪莉·沃克尔（Shirley Walker）精辟地指出，这种田园征服的实质是“通过痛苦和牺牲实现的”[2]。与佩特森田园颂歌的基调不和谐的殖民历史被粉饰在对丛林男子英勇气概的赞扬中。澳大利亚的土地上空盘旋着被驱逐和屠戮的原住民的幽灵。20世纪帕特里克·怀特和朱迪思·赖特等作家在写作中对此进行严肃的思考。尤其是后者在《致田园之家》（“For a Pastoral Family”）、《黑人的跳跃：新英格兰》（“Nigger's Leap: New England”）等反田园诗歌中力求以更加主体间性和互利的方式来表现人的情感。在《黑人的跳跃》中，赖特写道：“我们可知道／他们的血流淌在我们的河里／我们的作物吸收的黑土正是他们的骨灰？”[3]

三、结语

安德鲁·巴顿·佩特森所展望的“未来之歌”并非总是“满怀希望、清晰、强大的”，而是时常充满了反思、忏悔，往往还是多声部、复杂、含混的，可归因于早期移民引入欧洲动植物给澳洲土地和自然带来的破坏、他们关于“无主地”（terra nullius）的看法，以及对原住民的驱赶和屠杀等。他歌颂自然臣服于人的英雄气概的田园史诗所描绘的和谐图景却是对澳大利亚风土和丛林生活的浪漫想象。纵然他对早期移民掠夺土地、破坏自然缺乏自觉的环境意识，但在促使以丛林为核心的地方归属感成为澳大利亚民族身份的主旋律中功不可没。同时，他对丛林自然环境的描写因不够真实而受到批判。佩特森的田园诗歌不仅在20世纪多元文化主义和环境保护主义的思潮下受到质疑，而且他的同时代人如劳森就曾批判他是“城市来的丛林人”，称他所看到的“丛林都是快乐的”，“只看得见几块绿色的田地”，因为他的视角是“骑在马背上的绅士”[4]。自然难以驯服的一面在亨利·劳森和巴巴拉·贝恩顿的作品中的表现，会让人惊讶于他们和佩特森居然是同时代人。大自然本来就具有多面性，既有其柔美、滋养万物之美誉，更有其宏大、毁灭世界之强力。

---

1 Tom Griffiths, *Hunters and Collectors: The Antiquarian Imagination in Australia*, Cambridge: Cambridge University Press, 1997, p. 109.

2 Shirley Walker, *Flame and Shadow: A Study of Judith Wright's Poetry*, St. Lucia, QLD: University of Queensland Press, 1991, p. 19.

3 Judith Wright, *A Human Pattern: Selected Poems*, Watsons Bay, NSW: Imprint Books, 1996, p. 8.

4 Henry Lawson, “The City Bushman”, http://www.poetryconnection.net/poets/Henry_Lawson/19134.

第三节　亨利·劳森：现实主义小说中的自然书写

一、作者简介

（一）生平简介

亨利·劳森（Henry Lawson，1867—1922），澳洲本土文化创始人之一，小说家、诗人，出生于新南威尔士州的格伦费尔城附近。父亲原籍挪威，于19世纪50年代中叶到达澳大利亚，当过金矿工人，后来经营小农场。母亲是英国后裔，酷爱文学。劳森只念过三年书，因丧失听力而经常遭到奚落，在农场和父亲所承包的建筑工地上干过杂活。

16岁时父母分居，他随母亲到了悉尼。他母亲拥护共和，曾创办《晨曦》报。母亲的文学兴趣和政治态度对劳森有很大的影响，他常与记者、作家、妇权运动者、社会主义者接触，受益不少。1887年，他的第一首诗《共和国之歌》在当时激进的《公报》上发表，次年第一篇短篇小说《他父亲的伙伴》又在《公报》上发表，从此他的文学生涯开始了，并很快进入全盛时期。劳森是一位作品多达三百余篇的高产作家，19世纪末至20世纪初是劳森创作的旺盛时期，他的许多优秀短篇小说都是在这个时期写成的。《乔·威尔逊及其伙伴》（*Joe Wilson and His Mates*，1901）的出版标志着他的创作完全成熟，达到了创作高峰。刚满35岁的劳森已是当时首屈一指的小说家，成为澳大利亚文学奠基人。

1903年他与妻子离婚后，其身心及创作全面崩溃。从1902年到去世前的20年里，他几乎没有什么出色的作品。1922年9月4日，人们发现他去世于自家的后花园。

（二）主要作品的生态意识

1. 诗歌

劳森在诗歌方面的成就和地位与佩特森齐名，他采用的民谣体绝大部分是以丛林生活为主题的，注重客观描绘现实生活与场景。他的诗集有《在海阔天空的日子里》（*In the Days When the World Was Wide*，1896）、《通俗诗和幽默诗》（*Verses, Popular and Humorous*，1900）、《当我称王的时候》（*When I Was King*，1905）、《地平线上的骑手》（*The Skyline Riders*，1910）、《为了澳大利亚》（*For Australia*，1913）、《我的军队，啊，我的军队！》（*My Army, O, My Army!*，1915）。

劳森的诗歌洋溢着浓郁的爱国热情，他以同情心态描绘了英国殖民统治下广大平民艰苦的丛林生活，塑造了各类丛林人物；并大声疾呼民众争取民族独立，力争摆脱英帝国的控制。诗人用真情实感谱写的诗歌深深地打动了读者。劳森诗歌的现实主义色彩体现在大量的细节描写中，逼真地再现了早期丛林社会生活的一部分。他的诗还带有浓郁的乡土气息，他笔下的人物都有澳洲本乡本土特色，充分体现了作者的场景意识。

2. 小说

劳森尝试写短篇小说，结果成就比诗歌更大，主要作品包括短篇小说集《当罐里的水沸腾的时候》（*While the Billy Boils*，1896）、《在栅栏旁》（*Over the Sliprails*，1900）、《在路上》（*On the Track*，1900）、《我的祖国》（*The Country I Come From*，1901）、《丛林儿童》（*Children of the Bush*，1902）等。劳森以被誉为丛林百科全书的短篇小说蜚声文坛，其现实主义的描绘触及丛林生活的方方面面，他所塑造的人物形象几乎囊括丛林人的各种类型：淘金者、小农场主、赶牲畜者、无业游民、垦荒农民、剪羊毛工人、丛林医生、流动工人、修篱笆人、酒店老板、骗子、政客等，呈现出一幅幅体现澳洲本土特色的生活图景。

劳森和佩特森均是当时《公报》上登载作品最著名的作家，他们也是好朋友，两人都在城市里居住，却以“丛林”为写作题材，但是他们对丛林的描写却大相径庭。如上所述，佩特森擅长歌颂丛林翠绿的树丛、欢快的动物、快乐劳作的人们，而劳森则更多关注丛林生活的艰难、干旱、洪水等灾害。劳森被称为“发出真正澳大利亚声音的第一人”[1]。

澳大利亚丛林人的生活是劳森短篇小说的主要描写对象，“伙伴情谊”则是劳森大肆讴歌的民族精神。劳森着重表现人们的相互帮助，真诚与友好的人际关系，真实感人。如在短篇小说《给天竺葵浇一下水》里，主人公杀牛后不忘给邻居带一块肉去；再如在《他们穿着黑衣服等候在码头》里，主人公对朋友慷慨解囊；在《我的那条狗》里，人与狗的情谊感动了医生。劳森不以情节取胜，却调动各种艺术手段来渲染和赞美“伙伴情谊”。他的语言朴实生动，富于幽默情趣，体现了劳动人民的口语特点，被誉为“普通人的声音”。其作品在题材、风格、语言等各方面都具有鲜明的地方特色，为奠定澳大利亚生态文学的基础做出了贡献。

虽一生穷困，但劳森却成了代表澳大利亚文学特性的神话，被赋予“澳大利亚民族诗人”的称号。缘于生活的艰难，亨利·劳森熟悉下层人民的生活和思想感情，同情他们的遭遇，在作品中刻画了他们的生动形象，表现了他们的优秀品质。其诗歌、

1 Qtd. from Kay Schaffer, *Women and the Bush: Forces of Desire in the Australian Cultural Tradition*, Cambridge: Cambridge University Press, 1988, p. 112.

散文与小说大多描写了澳大利亚丛林生活，体现了澳大利亚本土文化特色和独有的风格，呈现出一幅澳大利亚劳动人民在丛林中与大自然和谐相处的生活图景。他营造出的本乡本土的乡土氛围充分体现了他朴素生态理念的场所意识，所讴歌的“伙伴情谊”也是生态社会意识的雏形。

二、主要作品的生态解读

（一）《干旱的季节》（*In a Dry Season*，1892）和《多雨的季节》（*In a Wet Season*）

劳森的短篇小说短小、简洁，着重于对人物活动尤其是“伙伴情谊”的描写。如他在《丛林火灾》（*The Bush-Fire*）中宣布的那样，他不愿意对人物进行深刻的“心理研究”。其短篇小说符合冰山原则，较典型，看似轻描淡写的语调却讲述了一个个悲怆、伤感、凄楚的故事。他对自然环境的描写着墨不多，却总能够清晰地勾勒出丛林自然环境的典型风貌。首先来看看两则反映丛林在相反季节情形的短篇小说——《干旱的季节》和《多雨的季节》。

在《干旱的季节》的开篇，劳森仅用寥寥数语便勾画出了丛林旱季的荒凉情景：

> 一个铁丝栅栏和几棵稀松的桉树，再添加几只稀稀拉拉的绵羊，它们正被火车吓得四处逃窜。新南威尔士西边巴瑟斯特一带的丛林风光就展现在你面前了。[1]

在这样荒凉的地方，不仅羊群难以扩展，农耕也一样艰难。从火车上人的视角出发，劳森带领读者进入丛林，丛林里枯竭的河流和干燥、贫瘠的土地也得到了展示。劳森接着写道：

> 内弗泰尔另一边的乡村据说干旱得非常厉害。那里的确很干。我都不敢坐在地上。在干旱的季节里，丛林里最不恐怖的地方是非丛林地带——那里的树木已经被烧掉，绿色的作物正艰难地生长。居然还有人说要到那里去定居！我看还是直接到地下去定居算了。我渴望到有水的地方去。[2]

欧洲移民所采用的刀耕火种的农业生产方式严重破坏了丛林的生态系统，使得畜

1 Henry Lawson, *A Camp-Fire Yarn: Henry Lawson Complete Works*, ed. Leonard Cronin, Sydney: Lansdowne, 1984, p. 253.

2 同上，第254页。

牧业和农业均无法可持续发展。饥饿的流浪汉在看到一条蛇之后，以迅雷不及掩耳之势便将其活剥生吞了。

在干旱的季节里，丛林居民的生活艰难又乏味，用作者的话来说，“在丛林里死亡是唯一令人愉快的事情”[1]。在湿润的季节，情形也好不到哪里去，甚至更糟。雨水降落后希望和生机并没有降临丛林，丛林风光仍是一片惨淡和死亡。在《多雨的季节》里，作者仍然采用火车上人的视角，通过赶牛人在火车上对周围的所见所感，为我们展现了一幅阴沉的丛林雨季图：

> 天在下雨，是一场“普降雨”。
>
> 火车驶离布克车站，接着便是长长的苦闷的灌木丛和铁丝栅栏，偶尔一些林间空地映入眼帘，但是那些林间空地比死气沉沉的“圆木”看起来更让人郁闷。在这些让人郁闷的平地上，唯一让人不那么郁闷的景象是葬礼上飘荡的鬼魂——那是一场城市葬礼，只有光秃秃的灵车和随行的马车——非常缓慢地从灌木丛的一边行进到另一边。天空像一张湿漉漉的灰毯子，除了几棵粗糙的野草冒出水面，平原和死海没有区别，灌木丛让人感到无法言说的阴沉——万物都是潮湿、阴暗的，让人莫名地烦闷。[2]

人在雨季里的际遇也和干旱季节差不多，他们形容枯槁，身材不是“瘦小”就是“瘦长”，和“木乃伊”差不多，他们的狗也是一副“没精打采”“愁容满面”的模样。当火车开进宁根地区的时候，作者更是用“不忍描绘”来形容那里的惨淡。

不论是干旱季节还是洪水季节，澳洲丛林早期的田园美景不复存在，取而代之的是萧条和死亡的画面。在这两个故事里，受到破坏的自然环境从经济上无法给人带来利益和希望，却在物质上给人带来饥饿和营养不良，这些只是对人们身体层面上的伤害。

（二）《赶牛人的妻子》（*The Drover's Wife*）和《丛林殡葬者》（*The Bush Undertaker*）

在《赶牛人的妻子》和《丛林殡葬者》这两则故事中，劳森关注自然给人的精神带来的威胁和伤害。

与其他“伙伴情谊”的故事不同，《赶牛人的妻子》和《丛林殡葬者》讲述了

---

1 Henry Lawson, *A Camp-Fire Yarn: Henry Lawson Complete Works*, ed. Leonard Cronin, Sydney: Lansdowne, 1984, p. 254.

2 同上，第300页。

丛林生活的孤独。前者以孤独的赶牛人妻子面对蛇对孩子的威胁而度过的紧张不眠夜为线索，展示了丛林妇女所面临的各种威胁和困难。在这则故事里，劳森再次描述了与佩特森歌颂早期移民征服丛林的乐观主义田园生活所不同的人与自然的关系。故事开篇第一段，对房舍的描述是人类开发和利用自然的体现："这栋有两间卧室的房子是由圆木、木板和树皮搭建的，地上铺了裂缝的木板。旁边用树皮搭建的厨房加上走廊，比房子还要宽敞。"[1]但是，接着在下一段，从作者向我们对房子做的进一步描述可以看出，在这样的房子里居住，人并没拥有征服自然而得到的自信心和安全感：

> 四周都是丛林——无边无际的丛林，因为这里的乡村是平坦的。远处没有山峰。丛林里全是些低矮、腐烂的野苹果树。除了野苹果树，下面什么其他灌木都没长。除了几棵颜色更深的木麻黄树在狭窄、干枯的溪边叹息，我们的眼睛什么别的树也看不见。十九英里外才有一处文明的迹象——大路边的一处棚屋。[2]

房子里出现的蛇和周围无尽的丛林，给孤独的女人带来许多精神上的折磨和痛苦。感受到母亲对蛇的担忧，儿子托米自然地对自然环境中的其他野生动物都产生了敌意："妈，听听那些（形容词）小负鼠，我非得扭断它们那可恶的脖子……妈，你觉得他们会不会消灭掉那些袋鼠？"[3]

在《丛林殡葬者》中，劳森较多运用心理独白，讲述了一名年老的牧羊人因为长时间孤独地居住在一处牧场而神智混乱的故事。他不仅养成了跟自己的狗讲话的怪癖，在圣诞节这天，居然以挖掘原住民的坟墓为消遣方式。当他扛着原住民的骨头抄小道回家时，碰到了一具白人干尸，他认为自己真是意外地幸运。牧羊人将干尸运回家，同他一起庆祝了圣诞节，第二天又以白人的方式给干尸举行了体面的葬礼。该故事对丛林自然环境的描写除了开篇典型的劳森式丛林景象——"枯竭的小溪""光秃秃、棕色的山脊"，更集中体现在结尾劳森画龙点睛的段落："太阳再次从宏伟的澳大利亚丛林坠落了下去——这里培育和引导了各种思想怪异之人，是怪人的家园。"[4]在这里，劳森用简洁的语言道出了他小说的主题：丛林生活的艰难和孤独给人的精神带来的异化。

劳森笔下的自然是冷漠无情的，在《丛林火灾》以及其他短篇小说里，他还反

1 Henry Lawson, *A Camp-Fire Yarn: Henry Lawson Complete Works*, ed. Leonard Cronin, Sydney: Lansdowne, 1984, p. 238.

2 同上，第238页。

3 同上，第242页。

4 同上，第248页。

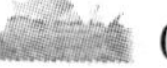

映了丛林环境给人性和人际关系带来的异化。沃尔本是一个“崇高、热忱、亲切的人”，却变成了一个“冷酷无情的人”。关于他转变的原因，作者向我们交代，除了银行对农场主的操控，丛林环境的恶化是罪魁祸首：

> 常年干旱给他带来了损失，然后又来了兔害——像苍蝇一样多的兔子蜂拥进他的牧场，一下子将牧场的土地啃个精光，那里的牧草原本就不太好，但是还可以勉强养几千只羊。为了控制牧场兔子的数量，还花掉了这位牧场主上千的英镑来修建“防兔篱笆”和支付打兔子的工人的工资。[1]

早期移民将兔子引入丛林，原本是为了能够在澳大利亚享受欧洲打猎的消遣方式，兔子却因为在澳大利亚缺乏天敌而意外快速地繁殖，从猎物演变成了灾害。

从以上关于劳森短篇小说中对自然描写的分析我们可以看出，在他笔下，人与自然的关系是敌对的。在佩特森的诗歌里，人比自然强大，而在劳森的短篇小说中，人在自然面前是困苦、无助的。但是劳森对环境的认识也仅此而已，至少从他的作品里我们很难看到他对遭破坏的环境有任何怜悯或惋惜。他看到了环境给人带来的困苦，却没有意识到恶化的自然实际上是人自己造成的。

（三）《他父亲的伙伴》（*His Father's Mate*）

在《他父亲的伙伴》中，开篇对自然环境的描写体现了劳森最接近20世纪环境意识的思考：

> 虽然这里还仍被称为金色溪谷，但也仅仅是个称呼而已，除了黄色的矿石废渣堆和山边的金合欢花还有点这个意味外，这个溪谷里早就没有了黄金。像朋友们都离开了贫穷了的泰门一样，淘金者们也纷纷离开了这里。金色溪谷是个死气沉沉的地方，即使作为一个被废弃了的金矿采集场，这里也阴沉得让人难受。可怜的、饱受折磨的土地，四处都是裸露的创伤，仿佛在无声地请求周围的丛林过来将它掩护，周围的灌木丛和小树苗也仿佛在响应它的呼唤，开始慢慢从山脚下蔓延过来。荒野正准备将这片土地收回。[2]

虽然在整个故事里自然的力量是强大的，人类的开采活动给它带来了重创，人们因为没有挖到预期中的金子而失望地离去，自然却已经开始修复，嘲笑着人徒劳的努

1 Henry Lawson, *A Bush-Fire*, http://www.readbookonline.net/readOnLine/11761/.

2 Henry Lawson, *A Camp-Fire Yarn, Henry Lawson Complete Works*, ed. Leonard Cronin, Sydney: Lansdowne, 1984, p. 56.

力和可怜的奢望。但在这里劳森用拟人化的表达方式对被人开发和掠夺的自然表达了一丝怜悯和同情。

在过去的一个多世纪里，在不同的解读视角下，对劳森作品尤其是他的短篇小说的解读早已超越了最初单纯的“澳大利亚民族主义之声”的解读范式，其作品的丰富性和复杂性得到了研究。从自然书写的视角出发，通过以上对劳森几则短篇小说的解读，我们可以看到他的作品通过描写白人移民在丛林中生活以及从事耕种、放牧、采矿等活动所经历的艰难，表现了白人移民所采取的生产和生活方式与丛林自然环境的不和谐带来的恶果。劳森的丛林环境总是干枯、艰难、荒凉的。对此，另一名短篇小说家弗兰克·萨鞠森（Frank Sargeson）曾如此评价：“他关注澳大利亚内陆的荒凉，他也看到了自己内心的荒凉……劳森用自然现象来表达他的内心世界。”[1] 也许劳森对自然环境的描写是他悲观的内心状态的扭曲投射，他描绘的丛林环境也许是不真实的，但是佩特森歌颂丛林自然风光的田园诗确实忽视了当时每况愈下的自然环境问题。事实上，早在18世纪中期，欧洲农业模式在澳洲土地上殖民的恶果已经显现。早在1853年，约翰·罗伯逊（John Robertson）便写道：

> 当我穿越浓密的森林，从波特兰港来到旺农边缘时……难以用语言去形容眼前美丽的乡村给我带来的喜悦之情……在三四年内，稀疏的羊群还没有怎么改变这个地方……但是那时许多植物已经从我们牧场的土地上消失了……而现在泥土已经光秃秃地暴露在太阳下……各处群山上的泥土开始滑落……下雨的时候，雨水冲刷到山脚下……流进大河里，里面带着泥浆，在此之前，树已经被冲刷下来了。现在，在整个旺农地区就像到处都是篱笆似的，骑马前进已经很困难。两年前还是水草丛生的沼泽地，现在变成了七八九英尺深的坑。[2]

三、结语

亨利·劳森的写作思想中也许没有清晰的生态环境意识，然而他的作品正是白人移民自殖民主义时期以来盲目征服和掠夺自然环境后开始尝到恶果的反映。他本人可能从来没有意识到他的短篇小说里那些要么脑子混乱，要么饱受挫折，要么死去的丛林居民正是过度开发丛林的产物，他也不太可能意识到他作品中反映的洪水、干旱等

---

1 Qtd. from *The Penguin Henry Lawson Short Stories*, UK: Penguin, 2009, p. 12.

2 Qtd. from George Seddon, *Sense of Place*, Perth: University of Western Australia Press, 1983, p. 17.

自然灾害其实是澳大利亚正常的自然现象和规律，但是他的作品细腻地反映了无知的开发给丛林居民身心带来的伤害。大多数时候，劳森短篇小说的基调还是积极的。他作品中所反映的自然与人之间的敌对关系，在很大程度上是为了突出“伙伴情谊”和丛林男女的坚韧品质等主题。如上文分析的《赶牛人的妻子》，其主要目的在于赞扬丛林女人坚韧、务实、勇敢的品质。因而，经过整晚的折磨，女人终于在忠实的狗和虽稚气未脱却已显现男子汉气概的大儿子的帮助下战胜了蛇。人与自然之间敌对的关系，在巴巴拉·贝恩顿的短篇小说及其唯一的长篇小说《人类的代价》中得到了更不乐观的表现。如果劳森的短篇小说叙事风格是轻描淡写式的，贝恩顿则以细致入微的笔触表现了自然将人摧毁的过程。

第四节　巴巴拉·贝恩顿：自然主义小说中的丛林书写

一、作者简介

巴巴拉·贝恩顿（Barbara Baynton，1857—1929）是爱尔兰移民的后裔，父亲是木匠，后来巴巴拉宣称自己是骑兵上尉的女儿。贝恩顿接受了良好的家庭教育，喜爱阅读狄更斯小说和俄国小说，曾当过家庭教师，并与雇主的儿子结婚。遭遇丈夫的背叛而离异，迁居悉尼后，以寡妇身份嫁给了70岁的外科医生托马斯·贝恩顿。在丈夫文艺圈朋友的影响下，贝恩顿开始从事写作，并在《公报》上发表短篇故事。

贝恩顿的作品往往被认为是对劳森所描述的丛林生活的批驳，但其实他们都反映了丛林生活的艰难，在对人与自然之间关系的表现上，同样将自然描写为人类的敌人。之所以往往将贝恩顿作品的解读放置在劳森的反对面，一方面因为在贝恩顿的作品中，男人和自然一样无情，他们一同毁灭女性，另一方面也是因为贝恩顿在揭示人在自然面前的悲剧性时更加彻底、悲观，具有虚无主义的特征。人与自然之间的关系，在贝恩顿的作品中得到了更加细致的描写。事实上，她对细节的把握成为评论家们对她的作品持赞扬或批判态度的分界线。阿尔弗雷德·史蒂芬斯（Alfred Stephens）赞扬她的《丛林研究》（*Bush Studies*）“如此准确、完整，对细节如此富有洞见，以及如此有力的表述，堪与任何语言中的现实主义杰作媲美”[1]。但波希瓦尔·塞尔（Percival Searle）则批判其过分堆砌细节，缺乏幽默的缓解，所描写的乡村

1　Vance Palmer, ed. A.G. *Stephens: His Life and Work*, Melbourne: Robertson and Mullens, 1941, pp. 112-113.

生活无非是扭曲的表现[1]。“幽默的缓解”正是劳森短篇小说的特征。在劳森的故事中，虽然人在自然面前的命运也是悲剧性的，但是劳森的人物总是能够在酒馆和伙伴那里找到安慰。轻描淡写的风格加上诙谐、嘲讽的语调让他在描绘了一幅又一幅丛林艰难生活图景时，并未落入彻底的悲怆之中。贝恩顿拒绝这种“幽默的缓解”，她用细腻的笔触清晰地将人物命运被粉碎的过程展示给读者，正符合左拉所倡导的显微镜中看人生的自然主义观点，因而贝恩顿往往又被认为是澳大利亚的自然主义作家。

二、主要作品的生态解读

（一）《尖嗓子的伙伴》（*Squeaker's Mate*）

在贝恩顿最受关注的短篇故事——《尖嗓子的伙伴》里，尖嗓子的伙伴玛丽被大树砸伤的画面最能够体现贝恩顿的自然观：树干里面被虫子蛀空了，“突然斧子的刀刃软软地陷了进去，树的边缘像把老虎钳似的夹住了它”[2]。在这里，树不是佩特森田园诗歌里美丽的风景或被征服的自然的象征，也不是劳森笔下勾勒丛林风光的风景线，而是偶然的、不可抗拒的、冷漠的自然力的化身。在《丛林研究》中的第一则故事《梦归》（*Dreamer*）中，自然这种偶然、含混的象征意义得到了更加细腻的描写。

《梦归》讲述了怀孕的女主人公感受到了母亲的召唤，连夜赶回母亲居住的故乡，却意外地遇上了暴风雨。当她千里迢迢回到距离母亲只有三英里的地方，她非常熟悉的这三英里路，却成了她经历磨难九死一生的“奥德赛归家之旅”。不过，这位丛林女子的旅程所显示的不是人的智慧和坚韧征服了自然，而是人在自然面前的脆弱和无力。狂暴的自然不会因为柔弱、怀有身孕的女主人公而变得仁慈，也不会因为女主人公对母亲和丈夫、孩子的爱而改变其运行的方式：“闪电仿佛要将天空撕裂，突然而至的雷鸣声让她战栗。雷声咆哮，站在高高的松树丛里的她一动也不敢动。”[3]在自然突发的狂暴力量里，人的理性与坚韧荡然无存，与动物一样，被惊恐所支配，只能依靠本能求生：

> 再次被莫名的恐惧攫住，她焦躁地拨开树丛一直往前跑，直到跌倒在地上，伸出的双手感受到有什么东西在她身体下面跑动。闪电照亮了惊恐的

1 Percival Searle, *Australian Dictionary of Biography*, Volume 7, Melbourne: Melbourne University Press, 1979, pp. 222-223.

2 Barbara Bayton, *Bush Studies*. London: Duckworth's Greenback Library, 1902, p. 16.

3 同上，第5页。

羊群。她跌跌撞撞地往前奔跑，双眼紧盯着羊群，却并不知道自己跑到了何处。毫无目的地往前奔跑着，没有意识到自己一直在原地转圈。[1]

在女主人公险些被洪水夺走生命的瞬间，自然再次以它偶然的方式，以一根断树枝为化身，拯救了她的生命。故事若至此结束，会成为一个典型的劳森式的故事，但是在贝恩顿的故事里，即使女子侥幸逃生，她的旅程最终注定还是悲剧。当磨难结束，她面临的不是与母亲团聚，而是已被死亡夺走生命后母亲冰冷的躯体。以树为代表的自然，无论是伤害了尖嗓子的伙伴，还是在千钧一发之际拯救了人的生命，均不受人的意志所控制，也不会因人的理性与品质而改变。

（二）《人类的代价》（*Human Toll*）

《梦归》中的女子在自然环境中逐渐丧失理智、意志陷入崩溃的主题在贝恩顿唯一的长篇小说《人类的代价》中再次得到表现。受性欲支配的米娜在怀孕后，被情夫无情地抛弃，生下私生子后，她丧失心智，疯狂地要杀死自己的孩子。女主人公乌苏拉抱着孩子在丛林里逃避米娜的追杀，徘徊了几天之后，在极度饥饿和干渴的情况下她产生死亡前的幻觉：她看到了受难的耶稣基督悬挂在一棵树上。《人类的代价》中的这一情节同时也反映了丛林传说中另一个黑暗主题——丛林吞食掉迷途孩子的生命。在早期移民中，流传着这样的传说：年幼的白人孩子出门去玩耍，再也找不到回家的路，在丛林里面徘徊，最终在饥饿和干渴中晕厥、死去，成为丛林猛禽和野狗的食物。现实生活中究竟发生了多少这样的故事不得而知。不过，如皮尔斯（Peter Pierce）所言，在早期移民生活中，许多穿越丛林的男人们的确曾经“绝望地倒下任由自己死去”。这些死去的男人有采矿工、流浪汉、假释犯，还有因为沉迷酒色而遭到“讨厌他们的朋友”抛弃的人等[2]。这样的事件的确屡见不鲜，但是，唯独“迷途的孩子”的传说成为澳大利亚早期移民最具影响力的民族记忆。亨利·金斯利（Henry Kingsley）、马库斯·克拉克（Marcus Clark）、罗莎·普里德（Rosa Praed）、伊则尔·珀德利（Ethel Pedley）、劳森和弗菲等作家都曾在作品中反映过这一丛林神话。“迷路的孩子”作为一种修辞意象，在别的作家笔下，承担着建构民族文化的使命。如皮尔斯观察，在殖民主义时期，这一意象反映了早期移民对欧洲的依赖和怀念的心理；经过民族主义时期，则被赋予了“年轻的澳大利亚”之意，预示

1 Barbara Bayton, *Bush Studies*, London: Duckworth's Greenback Library, 1902, p. 5.

2 Peter Pierce, *The Country of Lost Children: An Australian Anxiety*, Cambridge: Cambridge University Press, 1999, p. 6.

了一个民族国家的形成[1]。在贝恩顿的小说里，这一主题则具有更加强烈的自然象征意味——母性。母性，在贝恩顿的写作中，与文化建构不同，是人与动物共同具有的自然属性。怀抱婴儿的乌苏拉受母性的驱使迷失在丛林里，这一意象体现了人的自然属性与自然的交汇。

在贝恩顿的故事里，自然是偶然、突发、危险、含混的，人同样如此。在《断手》（*Scrammy 'And*）和《上帝的选民》（*The Chosen Vessel*）里，主人公死亡的恐惧和威胁都不是自然或超自然因素造成的，是来自同胞人类。黑暗中的人影使主人公陷入极度的紧张和恐惧之中。《断手》中的牧羊人因恐惧而心脏病突发死亡。《上帝的选民》中留守在家的年轻妻子死在流浪汉的手里。两则故事中，作者细致地刻画了主人公紧张的心理活动和焦躁、绝望的行为，他们的对手总是隐藏在黑暗中，充满危险，却又不知危险何时突然来临。这些对手的外形特征、行为动作、心理活动我们都不得而知，他们神秘、无形的特点，与自然如出一辙。

这些入侵者，如同劳森笔下出现在赶牛人的妻子房子里的蛇一样，是不可预测的丛林自然力量和威胁的象征。但是，在劳森笔下，赶牛人虽不能在家看护妻儿，但毕竟是一个对妻子和家庭负责任的男人，他挣到的钱都会给妻子，让她照料孩子们。劳森笔下的丛林夫妻，虽然受生活所迫，聚少离多，但他们之间相互支持和相互信任的关系让他们在艰苦的丛林生活中依然散发出人性的光辉。然而，在贝恩顿的故事中，这样的丛林男子汉几乎不存在：《断手》中的牧羊人尚未同偷羊贼展开正面搏斗就因恐惧而心脏病突发猝死；《上帝的选民》中对着无助的妻子冷笑的丈夫比黑暗中的流浪汉也好不了多少；《人类的代价》中的西维尔牧师虚伪、残忍、贪婪、好色，帕默毫无责任感，安德鲁太无能，老流放犯博希则过于天真。这些男人同自然环境一起将女人摧毁，让她们陷入绝望或死亡。尤其是在《尖嗓子的伙伴》里，贝恩顿所塑造的男性人物"尖嗓子"与坚韧、互助的典型丛林理想男性气质如此格格不入，以至于劳里·赫根汉（Laurie Hergenhan）认为他是一个"智障者"[2]。当妻子身体还强壮时，他总是偷奸耍滑，让她干体力活；在她意外受伤后，他将她遗弃在房外的一处棚屋里，卖掉妻子的羊群到城里寻欢作乐，还带回一个酒吧女招待。

贝恩顿笔下的男人都是那样可恨，以至于很多女性主义批评者都认为贝恩顿是民族主义时期的女性作家。她所塑造的男性人物，是对劳森等男性作家建构的男权文

---

1 Peter Pierce, *The Country of Lost Children: An Australian Anxiety*, Cambridge: Cambridge University Press, 1999, p. 8.

2 Laurie Hergenhan, "Shafts into our fundamental animalism': Barbara Baynton's use of naturalism in *Bush Studies*", *Australian Literary Studies*, Vol. 17, Issue 3, May 1996, pp. 211-221.

化的颠覆和批判。这种对贝恩顿作品的解读方式受到凯·谢弗（Kay Schaffer）、米里亚姆·迪克逊（Miriam Dixson）、伊丽莎白·韦比（Elizabeth Webby）等批评家的推崇。迪克逊指出，虽然贝恩顿的才华得到万斯·帕默（Vance Palmer）和菲利普斯（A. A. Phillips）的肯定，但是他们因她表现的主题与他们的框架不同而将她排斥在重要作家的范围外[1]。贝恩顿的写作的确在一定意义上是对丛林"伙伴情谊"这一主题的解构，但是将她仅仅解读为女性主义作家，并不利于理解其作品中的女性人物。事实上，在对丛林性别关系的表现中，贝恩顿并没有厚此薄彼，无论是男性人物还是女性人物，均具有明显的自然主义哲学观特点。她笔下的男人和女人都可能成为自然的受害者，也可能因为自身的动物性本能而施害于他人。例如，女性人物的母性往往被表现为动物的本能。《上帝的选民》中被奸杀后在第二天清晨还死死拽着孩子的母亲，与《断手》中主人已经在夜里去世后还安详地喂养着羊羔的母羊如出一辙。《尖嗓子的伙伴》里的"前伙伴"对丈夫的爱是母羊对羊羔的爱，遭到丈夫的背叛和遗弃后，她恨的不是丈夫而是取代她的新女人。当瘫痪的女人死命地拽住年轻女人的胳膊时，她身上只有动物的残忍，并不比那些残酷的男人更具人性。

正如赫根汉的研究所揭示的，贝恩顿受高尔基等俄国作家自然观所影响，拒绝理想化的现实主义，表现了人的动物自然属性。诚如乔治·卢卡奇（George Lukács）对托尔斯泰作品中的所有自然描写的评价一样，对现实的描写越真实，越容易走向背离自己初衷的另一端："当自然描写脱离了虚假的、人为粉饰的维度后，人所有的伟大和高贵都可怜地被自然吞没了……变得低级、愚笨，毫无思想。"[2]她的作品表现了受到性欲支配而冷酷无情的丛林流浪汉、在暴力面前猝然死去的牧羊人、被冷漠抛弃的妻子、粗鄙的乡下会众、被母性驱使的母亲、自私贪婪的阴谋家等丰富的人物形象。贝恩顿擅长抓住理性在人物身上瓦解的时刻，表现人物在恶劣的自然环境里的动物性本能及其自然属性。

三、结语

与劳森相比，巴巴拉·贝恩顿作品中的澳大利亚丛林更加冷漠、阴暗，充满不确定的偶然性，人物也不像劳森笔下的人物那样坚韧、自制，而是受到自然本能的支配。因而，自然环境与人之间的关系、夫妻之间、恋人之间以及其他人与人之间的关系都是冷漠、敌对的。贝恩顿拒绝将自然转化入人类的理想主义框架，使其服务于人

1 Miriam *Dixson, The Real Matilda: Woman and Identity in Australia*, 1788 to the Present, Sydney: UNSW, 1976, p. 77.

2 George Lukács, *The Theory of the Novel*, Cambridge: The M.I.T. Press, 1971, p. 148.

的文化和政治建构的目的，她尊重自然自身的节奏，不愿意用谎言去驯服或者改变自然。

第五节　约瑟夫·弗菲：空白的自然及其民族机遇

一、作者简介

约瑟夫·弗菲（Joseph Furphy，1843—1912），出生于澳大利亚维多利亚州飞利浦港的一个爱尔兰移民家庭，其父是一名园艺监督工。幼年时，弗菲的家庭所居住的地区没有学校，他只好在母亲的教导下学习《圣经》和莎士比亚戏剧，7岁时，便将《圣经》和莎剧烂熟于心。成年后，弗菲曾经在父亲的小农场做过帮手，父亲的农场破产后，他曾先后尝试过做玉米商、淘金、赶车、铸造、开打谷机、做收税员、经营小农场。1880年，他开始在里弗里平原以赶牛为生。他的杰作《如此人生》（*Such Is Life*，1903）正是以他自己在里弗里平原的赶车生活经历为基础创作的。

《如此人生》是一部日记体小说，直至弗菲六十多岁时才最终面世。该小说借汤姆·柯林斯（Tom Collins）这个笔名，假称为汤姆在1883年9月至1884年2月的每月9日以及1884年3月28、29日所作的日记。该小说缺乏连贯的情节，由零星的故事串联而成，讲述了被遗弃的姑娘、丛林流浪汉、迷路的孩子等并无关联的故事，其中还夹杂了大量叙述者"汤姆"关于道德和哲理的感悟和议论。弗菲这部小说的创作风格常常被认为颇具乔伊斯的《尤利西斯》（*Ulysses*，1922）的风采，但却比《尤利西斯》要早将近20年。因此，在一定意义上，正是随着现代主义在西方步入高潮，《如此人生》才摆脱了最初销路不佳的命运，获得关注和盛赞。此外，小说以里弗里平原为丛林生活的背景，人物对话以维多利亚州方言呈现，赋予该小说澳大利亚地方文学色彩的特征。因此，弗菲也常常被认为是澳大利亚的马克·吐温。经过一个多世纪，《如此人生》早已确立了其在澳大利亚文学史上不可撼动的经典地位，弗菲也被誉为"澳大利亚小说之父"。

二、主要作品的生态解读

《如此人生》（*Such Is Life*，1903）

无论是佩特森对澳大利亚自然环境的热情歌颂，还是劳森和贝恩顿用冷峻甚至含混的风格来表现澳大利亚的自然环境，均强化了澳大利亚独具特色的自然风土与民族认同之间的联系。然而，如吉布利特（Rod Giblett）所指出的，正是在约瑟夫·弗菲的《如此人生》中，这两种情怀之间的联系得到了明确的表达。借汤姆·柯林斯之口，弗菲写道："不是在城市或城镇里，不是在农业和矿区，澳大利亚获得了完全的民族意识；而正是在这样的地方，毫无疑问，像这里的地方才是这块大陆的中心。"[1]首先，柯林斯眼中"这样的地方"指的是什么样的地方呢？在这一段之前，柯林斯写道："中午之前我又出发上了……路……长长的赶车队和他们重重的牛车在蜿蜒曲折的小径边缘碾压出来的车轱辘印稀稀落落的尚能辨认出来。现在，重重的车轱辘印往右转弯了，消失在了漫无边际的灌木丛里。然后，模糊的小径突然变得更加模糊，就在那里，依稀可辨的车轱辘印又向往左转弯，向林赛的牧场方向延伸。"[2]由此可见，在弗菲的笔下，澳大利亚的民族主义诞生在牧场地区。人类的交通技术在灌木丛里留下了印记，形成了路径，将陌生的丛林环境改造为家园。牧场的栅栏在无主地上围出了私有财产。就在灌木丛里的小路和牧场上，文明和自然交汇，形成澳大利亚民族认同的核心。

澳大利亚牧场独具特色之处还在于它包含独特的本土植物："错落无序的桉树、针叶松、含羞草，杂乱的大树、灌木、石楠。"[3]这些杂乱生长的植物和怪异的动物并不符合崇高与柔美等欧洲传统审美标准，但它具有现代印象派画风的特点。因而，它是立足于未来的，代表了与"过去"的决裂。紧跟着，柯林斯在同其他过去辉煌文明的对比中，揭示了灌木丛所蕴含的意义：

> 我们的处女大陆！她逗留了多久才揭开了自己的新娘面纱！让我们停下来想想：在尼罗河三角洲、幼发拉底河和恒河流域一英寸一英寸地扩展至广阔的区域时，在黄海吞没了周围无数个春秋堆积的泥沙时，我们的处女大陆如何静静地等待着；当科普特、阿卡迪亚、雅利安、蒙古等原始文明均从旧石器时代的沉寂中一步步爬出来，成为传统最初模糊的寓言记载时，她等待着；在一个又一个王朝此起彼伏地更替着的漫长岁月里，她等待着；当光明终于一点一点扩散，一点一点往西方扩散，蔓延至这个星球的周围，最后终于战胜了原始的黎明之光，成为世界的主宰时，她等待着；当青年的狂躁被代之以帝王冷峻而慈爱的理智时，她不知岁月、不知疲惫、默默地等待着，她的历史是一片空白；当季节、岁月、日夜无尽地更替着，不知不觉地堕落成了僵死的"过去"，无论是善是恶，对永远的"现在"未能留下任何一点

1 Tom Collins (Joseph Furohy), *Such is Life*, Chicago: The University of Chicago Press, 1948, pp. 80-81.

2 同上，第81页。

3 同上。

馈赠时，她等待着。……

…………

再想想它，比任何承载着历史以来的“过去”记忆的民族更要无限可能地拥有“未来”。比较而言，“过去”虽然釉饰着许多似是而非的真理，却无非是一些被神圣化了的无知、粗暴、低劣遗产；这些遗产是一种负累，不能激励民族前进。……[1]

弗菲创作《如此人生》时本土文化保护主义盛行，殖民地时期关于宗主国英国文化更加优越的观点此时被认为不过是一种社会上的势利，在关于“前途远大的人”的讨论中，英国人被认为是衰弱、让人乏味的，而澳大利亚工人则是“生气勃勃而且精力充沛”“最好的粗凿凿成的基石”[2]。英国社会也被认为是腐朽堕落的，弗菲将这种对澳大利亚人与英国人的对比延伸到了自然环境，将其独特的自然环境与整个人类古老腐朽的文明进行对比，乐观地赋予其远大前程。这是弗菲推离欧洲认同、建构民族认同的核心修辞。

灌木丛在殖民主义时期神秘可怕的面具被弗菲乐观的民族主义情绪涤荡掉了。在马库斯·克拉克笔下，灌木丛是残暴的怪兽形象：“那让人心生敬畏的灌木丛，静谧而无法穿透（impenetrable）……无声地吞噬了受害者……是一个奇怪、危险、魅惑、恐怖、神奇的所在。”[3]如我们之前引用的劳森有关灌木丛描写的语段所显示，在劳森笔下，灌木丛是凄凉、死亡的化身，令人烦心，阴暗潮湿，令人难以言说的无聊，是被上帝遗忘了的无望之地。然而，弗菲对灌木丛充满了乐观的信心：“一场‘物理变革’正在进行；绵羊的引入意味着，除了羊不会啃食的松树，其他所有的树木和灌木都将会永远被根除；羊群的蹄子持久地踩踏会让吸水性很强的地面变得密实；这些松软的灌木地带会成为丰饶广袤的乡村牧场，湖泊和森林将点缀其间，我们甚至会拥有不错的热带雨林。”[4]在弗菲笔下，由于牛车和小径以及牧场的存在，灌木丛不再是“不可穿透的”怪兽，而是静静等待一个阳刚的男性民族去穿透的处女，将成为澳大利亚的牧羊天堂，如澳大利亚人一样拥有无限远大的前程。对澳大利亚的生态环境，弗菲表现出极其乐观的浪漫主义心态。

---

1 Tom Collins (Joseph Furohy), *Such is Life*. Chicago: The University of Chicago Press, 1948, pp. 81-82.

2 理查德·怀特：《创造澳大利亚》，昆明：云南出版社，1999年，第98页。

3 Marcus Clarke, *For the Term of His Natural Life*. Angus and Robertson, U.S.A., 1993, pp. 53-54.

4 同上，第83页。

比起其他民族主义作家对自然的描写，弗菲更加明显地依赖于性别化策略。在以上议论之后，弗菲描写了在这一环境中出现的人物——牧场主丹·欧康内尔，强调了他的男子汉气概，惊叹其变化之大："你变了好多啊，这么强壮，皮肤这么黝黑，大胡子看起来像旧时代的家长似的。"[1]弗菲不仅将自然女性化，还将女性自然化。本地出生的澳洲姑娘玛丽，作为与以征服和战争写下历史的旧英格兰—爱尔兰世界的对立物，是崭新的澳大利亚的象征。玛丽与其生长的环境相互融合在一起：

……玛丽·奥哈罗伦是一个非常年轻的澳大利亚人。从事后听说的情况来描述——她完全是所处环境的产物，是荒野的孩子，是森林的护木女神。关于她的诗歌流传久远，让丛林成为生命的喜悦赞歌，每一棵树都因为她而引起我们的垂怜。她目睹过铁树的阴沉、异叶瓶树翠绿欲滴的浑厚、盖节拉木深深的绿荫、针叶松清脆的色泽、巨盘木从根部树干到顶端枝丫上奶白色清晰的斑点。虽然风吹过白木那麻黄粗糙、稀落的灰绿色叶子会因嫌弃它的丑陋而叹息，她却怜悯它；她也喜欢仔细地凝视那两棵因为稀有而被保留在牧场里的相思树垂枝银色的枝叶；在她活泼生命的最后两个春天里，她曾观赏过檀香树长满茂盛尼罗绿树叶中那猩红的果实；她曾注意到漫延无际的灌木丛那绚丽多彩的美丽；她曾为沙漠豆那黑红搭配的勇敢魅力而沉醉。她熟知自己居住周围的每一个可爱的伙伴；而且出于需要，她为它们都命了名……对于她而言，这是一个崭新的世界，她觉得一切都是善的。[2]

柯林斯获悉丹·欧康内尔和妻子的关系很不和谐，这典型地符合澳大利亚民族主义男性气质塑造传统。澳洲人很难将男人放置在家庭环境中从丈夫的角色去界定他们，相反，他们的男性气质表现在与自然和其他男性的亲密联系中。年轻女孩玛丽被想象为自然的化身，在关系不和谐的父母中，她偏爱父亲，总是和父亲形影不离。事实上，玛丽在父亲和自然之间起到了媒介作用，强调了父亲与自然环境之间的亲密联系，母亲则象征着所有的旧习和暴政统治而遭到排斥。

此外，弗菲在这里借用了圣经用典，让澳大利亚的环境如上帝初创的世界般崭新地呈现在我们眼前。和自然互为象征的玛丽，同时又是崭新的澳大利亚民族的典型和象征。作为自然象征的澳大利亚的灌木丛甚至具有一种新的宗教意义，呼唤着澳大利亚人投入崭新的物质和精神生活创造中。而且，通过将玛丽指认为丛林的护木女神，

1 Tom Collins (Joseph Furohy), *Such is Life*, Chicago: The University of Chicago Press, 1948, p. 82.

2 同上，第91页。

建立她与各种植物之间的亲密联系，赋予了无边的丛林以人性意义，广袤的自然环境被人类的意识从沉睡的潜意识中唤醒。从这种虚空和潜意识的自然中建构意义，就是当时澳洲人面对的现实和目标，也是澳大利亚民族主义的精神实质。

三、结语

如布莱迪（Veronic Brady）所总结的那样，在约瑟夫·弗菲笔下，澳大利亚自然环境与其他文明相比迟滞的特点意味着一种危机感，是“一种人们在边疆处于已知与未知边界时的危机感”[1]。殖民主义时期的想象拒绝去承认这种危机感，即使在他们探索和开发澳大利亚自然资源时，也采取退缩到他们所熟悉的、想象的世界中，以守旧的文化心态去面对环境危机。弗菲的民族主义情绪体现为将这种危机感与乐观热情奇异地融合在一起，一方面表现了在广袤的土地上人们的渺小与脆弱，另一方面，危险又酝酿了无限机遇。因此，在民族主义运动时期，《如此人生》的读者能够感受到弗菲那灌木丛中模糊的小径一定能够指引到什么地方。

---

1 Veronica Brady, “Towards an Ecology of Australia: Land of the Spirit”, *Worldviews: Environment, Culture, Religion* 3, No. 2 1999, pp. 139-155.

第四章　两次世界大战时期的生态文学（1914—1945）

第一节　概述

两次世界大战期间澳大利亚城市化快速发展，国家建立了交通、电网、自来水等公共设施，各类工厂在城市中迅速崛起。然而战争造成了经济上的重大损失，中断了劳动力和资本的流动。澳大利亚海外市场的丧失使国内的制造业受到限制，失业率不断攀升。特别是经济大萧条时期，国内矛盾尖锐，反映人们极端状态的现实主义文学艺术蓬勃兴起。人们对金钱的渴望，对科技发展和物质丰富无止境的贪求，再加上大萧条扩大了财富和收入的不平等，使人们失去了心灵的平静。当时的文学作品中描写了很多生活在过渡文明社会里心力交瘁的人物，如克里斯蒂娜·斯特德（Christina Stead）的《悉尼七穷人》（*Seven Poor Men of Sydney*，1934）中，挣扎在温饱线上的主人公发现曾经美丽的海边已成为人们的自杀之地。人们美好的天性被扼杀，大自然的魅力无人欣赏。大自然的美和人们心灵的扭曲形成了鲜明的对比。

战争不仅影响了都市生活，也给农村地区带来破坏。为了安置移民和复员军人，政府发起了开发新农业地区的号召，当时广为流传的说法是“取之不尽用之不竭的澳大利亚”，宣称澳洲资源丰富，只要有资本和劳动力就能实现繁荣[1]。于是不少人向内陆进军，将原有的茂密森林改造成农田和牧场，使这个“骑在羊背上的国家”的丛林大面积遭到破坏，土壤迅速沙漠化。与此同时，现代化的铁路建设、水利工程等侵入了原生态的大自然，各种栅栏、杆桩、水坝破坏了野生动物生存的空间。因此，当时不少文学作品都反映了现代资本主义发展对自然的改造和威胁，并对人类企图征服和控制自然的观点和行为进行了批判。

农村的生产、生活方式受到战争的引导，远离了自然的发展规律。作为战争期间物资供应的大后方，农业生产转向为满足市场需求而运作。有目的性的农业生产需要大量的投入，然而在战争期间，市场并不稳定，许多从业者债务缠身。如泽维尔·赫伯特（Xavier Herbert）的代表作《卡普里康尼亚》（*Capricornia*，1938）就描写了这

1　Stuart Macintyre：《澳大利亚简史》（第二版），上海：上海外语教育出版社，2006年，第170页。

样的现象：第一次世界大战时棉花是重要的军需品，人们看到了种植棉花的巨大利益，于是纷纷转向种植棉花，然而当地的自然条件并不适合棉花的生长，孤注一掷的农民血本无归。在两次世界大战期间澳大利亚均处于挣扎发展的过程中，无论是在城市还是农村都出现了反生态的现象。

两次世界大战期间也是澳大利亚文学发展趋向成熟的阶段。这一时期的欧美文学已经显现出现代主义潮流，但澳大利亚文学相对年轻，没有效仿欧美，仍然沿着19世纪90年代所开创的民族主义道路前进[1]。这段时期的主流文学依然是现实主义的劳森派传统文学，在内容上以反映丛林生活、寻求“澳大利亚化”为重点。

20世纪30年代末的“金迪沃罗巴克”运动（the Jindyworobak Movement）主旨是，澳大利亚文学所需要的是真正具有澳大利亚特质的象征或意象，而这些象征和意象则源自植根于本土、生长于本土的澳大利亚原住民文化[2]。虽然这场运动被普遍认为是民族主义走向极端的产物，势必会被淘汰，但是它唤起了澳大利亚文学界对原住民文化的关注。这一时期出现了以原住民文化为题材的文学作品，这些作品将白人殖民者对自然的肆意开发和破坏与原住民和自然融为一体的生存状态进行对比，展示了原住民的生态智慧。而在那些反映城市生活的作品中，作者将大萧条时期城市生活的无序与混乱和自然的强大与美丽相对比，揭示了现代生活中欲望动力使人异化，对物质的贪欲已让人们的心灵失去了平衡，这是对简单生活观的呼唤。这也正是深层生态学的理念：以简单的生活手段实现丰富的生活内涵。

一、现实主义主流小说

两次世界大战期间的主流文学依然是力求澳大利亚化的现实主义文学。其重点是对乡村和丛林生活的描写。丛林人在自然环境中艰难求生，“在乡村中，在丛林生活中……澳大利亚形象得以充分展示，民族气质的基调得以确定”[3]。但与以往不同的是，“作家们把写作的触角伸向城镇、沿海、矿山、土著地区，甚至到处流浪的马戏团，小说的样式更加丰富，有历史小说、传奇小说、家世小说、流浪汉小说、纪实小说等”[4]。苏珊娜·普里查德的矿山生活三部曲就描绘了金矿开采使得维多利亚和

1 黄源深、彭青龙：《澳大利亚文学简史》，上海：上海外语教育出版社，2006年，第70页。

2 陈弘：《澳大利亚文学批评》，上海：上海文艺出版社，2006年，第10页。

3 Brian Kiernan, “Perception of Australia, 1915—1965”, in *The Penguin New Literary History of Australia*, Laurie Hergenhan (eds.), Melbourne: Penguin Books, 1988, p. 273.

4 黄源深、彭青龙：《澳大利亚文学简史》，上海：上海外语教育出版社，2006年版，第71页。

西澳大片地区遭受破坏的场景。这些作品反映了资本主义生产方式在丛林的介入，现代商业社会的发展和人们对自然征服控制欲望的加强打破了田园生活曾经的平静与稳定。

主流文学中具有代表性的作家是万斯·帕尔默和苏珊娜·普里查德。他们的小说反映了现代资本主义势力的入侵给稳定的农村生活带来的危机。

万斯·帕尔默是继亨利·劳森之后澳大利亚现实主义文学领域的杰出人物之一，在四五十年的创作生涯中，他创作了11部长篇小说，4部短篇小说集，3本散文集以及大量的文学评论、剧作和诗歌。万斯·帕尔默和妻子内蒂·帕尔默同为那个时代最负盛名的作家和文学评论家。夫妇俩倾注一生精力于澳大利亚民族文学的发展，不仅自己是高质多产的作家，也鼓励更多作家进行创作。在晚年时期，万斯·帕尔默还参与了澳大利亚广播公司（ABC）一档名为“值得一读的书”的广播节目，并为之撰写评论，为确立澳大利亚文学经典的标准做出了重大贡献。1985年，为纪念帕尔默夫妇一百周年诞辰，维多利亚州州长的约翰·凯恩设立了总理文学奖以表彰当代优秀的文学作品，其中虚构类作品奖项定名为“万斯·帕尔默奖”，非虚构类作品奖项定名为“内蒂·帕尔默奖”。其代表作长篇小说《通路》（*The Passage*，1930）以昆士兰州一个小渔村为背景，描绘了村中青年卢如何挽救面临现代商业社会挑战而濒于瓦解的淳朴渔民村落。卢对盘桓的天鹅和逍遥自在的寄居蟹的欣赏，展示了一幅人与自然和谐共处的美好画面，是作者的物质需求有限化、精神生活丰富化的简单生活观的体现。然而在强大的城市化发展进程中，这些田园牧歌式的美好生活遭到巨大的挑战。

苏珊娜·普里查德是一位杰出的现实主义女作家，也是澳大利亚共产党的创始人之一。她一生共写过24部作品，其中长篇小说11部，短篇小说集5部，此外还有剧本、诗集、散文集、自传等。1920年澳大利亚共产党诞生，普里查德成为最早的党员之一。她用自己的作品来表达对劳动群众的同情，并积极地宣传共产主义思想。如今她在西澳珀斯郊区格林蒙特的故居成了苏珊娜·普里查德作家协会的大本营，这是一个成立于1985年的学术研究组织。该组织致力对普里查德的研究，推动人道主义事业，并资助鼓励西澳大利亚地区的学术创作。其代表作《干活的阉牛》（*Working Bullocks*，1926）描绘了西澳森林木材砍伐业的场景。作者表达了对大自然的敬畏，质疑人类干扰自然、征服自然的权力，这是对人类中心主义的批判。在普里查德另一部作品《库娜图》（*Coonardoo*，1929）中作者描写了在身份差异和种族主义的大背景下，原住民女性库娜图和白人男性休之间的爱情悲剧。在小说开篇，库娜图独自坐在灌木丛中唱着歌颂大自然的歌，与周围的景物融为一体，这样的场景表现了原住民与土地和环境的亲密关系[1]。库娜图被休赶走后，休的牧场每况愈下，从某种程度上讲，库娜图成了土地的象征。从生态女权主义的角度来看，作品批判了男性女性二元对立、人类自然二元对立，休对库娜图的无礼正是人类对自然的控制和征服的体现。“这位黑人女性和白人男性之间的关系被描绘成一种深厚的精神纽带，但最终是和这片土地的联系。”[2] 作者同情库娜图的遭遇，这是对男性中心主义和人类中心主义的批判，体现了反对征服自然的生态意识。

二、非主流小说

这一时期除了现实主义主流文学，还有一批作家践行当时风行欧美的现代主义流派的表现手法。这一派作家力图纠正他们所认为的“狭隘的澳大利亚化”，在作品中采用了意识流、内心独白、印象主义等写作技巧，丰富了澳大利亚文学的表现手法[3]。

泽维尔·赫伯特便是其中一位重要作家。他对澳大利亚文学的贡献无疑在于其作品对民族和种族的讨论。赫伯特一生作品不多，但影响很大。一部千余页的《可怜虫，我的国家》（*Poor Fellow My Country*，1975）荣获迈尔斯·富兰克林最佳小说奖，反映的是种族主义和爱国主义的问题。然而他的第一部小说《卡普里康尼亚》比这部获奖作品的艺术价值更高，是赫伯特的代表作。该小说以澳洲北领地为背景，以主人公诺曼的遭遇为主要线索展开故事，揭露了白人对原住民的歧视和欺压。在小说中作者赞美北领地壮美的自然风光，歌颂原住民与自然和谐共处的生态智慧，谴责白人对自然环境的无情破坏；以生态整体观强调其“基本前提就是非中心化，它的核心特征是对整体及其整体内部联系的强调，绝不把整体内部的某一部分看作整体的中心”[4]。这一理论不仅表明人和自然界其他物种之间的关系应该是平等的，反对人类中心论，反对人与自然的二元对立，同时也表明人与人之间也应是休戚相关、和谐共处的，反对男性主义、白种人中心主义、欧洲主义等。作者用辛辣的笔调表达了对白种人歧视压迫原住民这一现象的愤怒，批判了白人社会的虚伪、地方法官的偏袒、政府的野蛮执政以及对原住民民族生存权的极端漠视。

另外，同时期还有一些作家作品值得关注。例如，亨利·汉德尔·理查森

1 向晓红：《澳大利亚妇女小说史》，北京：中国社会科学出版社，2011年，第78页。
2 Susan Sheridan, “Women Writers”, *The Penguin New Literary History of Australia*, Laurie Hergenhan, eds., Melbourne: Penguin Books, 1988, p. 330.
3 黄源深、彭青龙：《澳大利亚文学简史》，上海：上海外语教育出版社，2006年，第73页。
4 王诺：《欧美生态文学》（修订版），北京：北京大学出版社，2011年，第98页。

（Henry Handel Richardson）在她的小说三部曲《理查德·麦昂尼的命运》（*The Fortunes of Richard Mahony*，1930）中，以19世纪的淘金热为背景，塑造了一个跟随淘金热远离故土的移民麦昂尼这一人物形象，描写了主人公在新环境中苦苦求生，又在旧环境中处处碰壁，最后导致精神分裂的悲剧。“该书展示了一种贪婪，唯利是图和追求一夜暴富的心态，而这样的心态建构了当时19世纪的澳大利亚社会。”[1]生态批评的思想根源之一就是欲望动力批判。人不断膨胀的物质欲望不仅造成人对自然无节制的索求，也会扼杀人的灵魂和美好的天性，成为欲壑难填却又不断填下去的异化的人性。小说表现的拜金主义和物质崇拜正是作者对欲望膨胀扼杀人类美好天性的批判。另一位女作家克里斯蒂娜·斯特德（Christina Stead）长期旅居英、法、美等国，其作品深受多元文化的影响，不同于传统的劳森派作家。在《悉尼七穷人》（*Seven Poor Men of Sydney*，1934）一书中，她刻画了7个来自城市底层的普通人在大萧条背景下的坎坷遭遇，他们用各自的方式找寻人生的意义，面对城市生活异常迷茫，这样的探寻是无能为力的。小说中城市的无序和带给人的挫败感与自然的强大与美丽形成鲜明对比。

三、诗歌

这一时期的诗歌尽管无法与同期的小说在数量和影响力方面相提并论，但地位也不容忽视。其代表人物有道格拉斯·斯图尔特（Douglas Stewart）、肯尼思·斯莱塞（Kenneth Slessor）和R. D. 菲茨杰拉德（Robert David FitzGerald）。他们的作品属于沉思型。由于受到“愤怒的企鹅”运动的影响，这一时期出现了尝试欧美现代主义的先锋派诗歌；又因为“金迪沃罗巴克”运动，这一时期的诗歌，特别是田园诗歌具有原住民元素的特色，但是“在‘阿卡迪亚式’的原住民风景里，与土地的和谐共处也总是会弥漫着死亡和驱逐”[2]。

道格拉斯·斯图尔特多才多艺，既是诗人、戏剧家、短篇小说家、文学评论家，又是文学编辑。斯图尔特以其自然诗和哲理诗著名，他善于观察自然，常常在诗歌中描绘自然界中的小生命所包含的大力量。在他的诗歌中，自然万物都是统一而又相互矛盾的辩证的两面，“在永恒的背景下看待自然万物”[3]。

斯莱塞的作品最重要的主题就是生命的无意义和死亡，反映人生的短暂，人类

1　伊丽莎白·韦比：《澳大利亚文学》，上海：上海外语教育出版社，2003年，第109页。

2　Ivor Indyk, “The Pastoral Poets”, in *The Penguin New Literary History of Australia*, Laurie Hergenhan, eds., Melbourne: Penguin Books, 1988, p. 358.

3　同上，第364页。

的徒劳，时间对生命的战胜，最后一切都归于虚空[1]。他在悼念亡友的诗歌《五次钟声》（“Five Bells”，1939）中感叹生命始终无法逃脱时间的控制，万物都无法摆脱死亡的命运。人类总是以征服者自居，但作为自然界中的一员，在自然规律面前依然是那么不堪一击。作者的亡友，其人生几十年光景就在这五次钟声敲响的间隙里被作者如看电影一般回忆了一遍，人生匆匆过，却又自然永恒。

与斯莱塞作品基调相反的是菲茨杰拉德，一位哲理诗人，他的诗作中洋溢着民谣体诗歌的乐观主义。与他同时期的诗人由于受到战争和经济危机的影响，诗歌中弥漫着死亡与萧瑟的意味，然而菲茨杰拉德的诗歌却流露出勇于面对人生的精神。

综上所述，两次世界大战期间的澳大利亚由于战争的影响和城市化、工业化的不断发展，其文学生态意识大致可以归纳为以下几点：

（1）对征服控制自然的批判。澳大利亚工业化的发展触角伸向内陆地区，人类的行为干预了自然，本来是一片原始的环境却被打上人类强行改变的烙印。

（2）对欲望动力论、科技至上论的批判。城市化的进程加剧了人性的罪恶，大萧条时期的惨淡又击垮了人们的精神。无限制膨胀的欲望迫使人们在物质追求的漩涡中挣扎求生，拜金主义使人走向异化的边缘。

（3）对简单生活的渴望。人们应该放下现世物质，停下追逐的脚步，提倡简单的生活，注重精神的和谐。

（4）生态整体主义的体现。人是生态圈中的一部分，不仅需要同其他物种保持平等关系，也需要同他人和谐共处；反对任何形式的中心主义；批判白人对原住民民族的歧视，赞美原住民原始而淳朴的生态智慧。

（5）对生命无常、自然规律不可撼动的感慨。战争使人们感受到生命的渺小，也感受到人类将武器和战争作为自己欲望延伸的可怕性。万事万物都离不开自然规律的主宰，无论生前多么荣耀，终将泯灭于永恒无尽的自然中。

第二节　万斯·帕尔默：大自然的眷念

一、作者简介

万斯·帕尔默（Vance Palmer，1885—1959）是两次世界大战期间一位重要的作家，长篇小说、短篇小说均是他擅长的领域，此外他还是戏剧家、诗人、编辑和文艺

1　黄源深、彭青龙：《澳大利亚文学简史》，上海：上海外语教育出版社，2006年，第103页。

评论家。

万斯·帕尔默出生在昆士兰州一个教师家庭，从小就受到良好的文学熏陶，熟读大家作品，深受19世纪澳大利亚民族主义诗人“班卓琴”佩特森的影响，后来又受到A. G. 斯蒂芬斯（A. G. Stephens）主编的《公报》影响，19岁就涉足文坛，在杂志上发表文章。1905年帕尔默赴英国希望施展自己的文学才华，但在那里他只能靠给报社和出版社写短文度日。不久，他重返澳大利亚，先后做过教师、推销员、记账员、丛林工、赶牲畜人等工作。1914年与珍妮特结婚，二人开始携手为发展民族主义文学而努力。他和妻子是20世纪20年代到50年代之间著名的文艺评论界伉俪。

他的主要长篇小说有《汉密尔顿其人》（*The Man Hamilton*，1928）、《人是通人情的》（*Men Are Human*，1930）、《通路》（*The Passage*，1930）、《斯旺尼家族》（*The Swayne Family*，1934），以及矿山生活三部曲《富矿》（*Golconda*，1948）、《播种期》（*Seedtime*，1957）和《大亨》（*The Big Fellow*，1959）。除此之外，帕尔默还出版了大量的短篇小说和文学评论，是澳大利亚文坛上颇有影响的作家。1959年7月，帕尔默因心脏病发作离世。

二、主要作品的生态解读

《通路》（*The Passage*，1930）

（一）小说简介

《通路》出版当年就获得了《公报》杂志主办的小说大奖赛一等奖。小说以昆士兰州的一个小渔村为背景，以卡拉威一家，特别是家中长子卢为主线，描写了在第一次世界大战以后，现代经济的发展对偏远乡村传统生活方式的冲击。故事开始时卢的父亲已经去世，母亲安娜是一个不满足于现状的人，她期盼自己的孩子能离开渔村这个狭小的空间去外面的世界过丰富多彩的生活。但她牺牲长子卢的人生选择，让他继承父辈做渔夫来担起家庭的经济重担，以此来支持她认为更有前途的其他几个孩子走出去。卢是个稳重勤劳的青年，不好高骛远，扎根于土地，踏实做自己的捕鱼工作，乐观满足。而他的弟弟休吉却刚好相反，休吉雄心勃勃，渴望尝试新鲜事物，喜欢冒险，寻求刺激。母亲把休吉看作自己的希望，认为卢过于平庸，只能永困渔村养家而已。开发商奥斯本的到来打破了村里的宁静，他要将渔村开发成旅游度假村。村里的年轻人受外来文化的影响，纷纷放弃渔夫的生活，有的去城里打拼，有的就在度假村里干活，休吉就是其中的一员，而卢依然平静地以打鱼为生。休吉在这期间不断地换工作，境况越来越好，逐渐在城里有了自己的生意，卡拉威全家都搬去了城里，只有卢还留在渔村。卢经历了一次又一次的痛苦，家人离开，他青梅竹马的恋人克莱离开渔村出国学艺术，他的妻子莉娜受不了渔村单调的生活也离开了，他年幼的儿子彼得因为舍不得母亲离开而去送行结果在归途中迷了路，等村民们找到他时已经断了气。打击一个接一个，但是卢却顽强地挺过来了。最终度假村渐渐萧条，休吉的事业也因合伙人的背叛和火灾惨遭失败，一无所有。当众人最后又回到渔村的时候，卢再次成为他们坚实的支柱，重新开始了渔村新生活。“作者通过卢这一人物，歌颂了行将逝去的纯朴乡镇生活和尊重友情的丛林准则，表达了他对那个时代的留恋。当然在强大无比的资本主义势力冲击下，这只能是作者的一种幻想。”[1]

（二）作品生态解读

1. 融入自然的卢

卢是一个热爱自然、愿意同自然融为一体的人。他喜欢自己缓慢的生活节奏，因为这样他可以有时间坐下来欣赏在渔村盘桓的天鹅和沙滩上自由自在的寄居蟹。夕阳西下，该结网回家时，他总舍不得离开，因为在大自然之中，他有种“不愿失去的和谐之感”[2]，这让卢觉得他的生活已经足够美好了。卢可以在海边坐好几个小时，感觉自己是“一只展翅的海鸥掠过风平浪静的海面，是一只卷曲的海葵等待着下一波海浪的冲刷，是一只缓缓游动的须鲨穿行在茂密水草之间”[3]。卢和大自然之间没有任何障碍，在卢的身上体现出来的是人类和大自然和谐共处的关系。不仅如此，卢还感觉自己化身成其他物种，完全融入自然。这些重返自然的描述正是小说生态意识的体现。

在当时工业化生产方式介入自然的大背景下，卢无疑是融入自然的简单生活的捍卫者，但也是此道的独行者。他的家人朋友都离开渔村，梦想着享受更好的物质生活，渔村的土地也被开发商买走了，乡邻中只有老一辈的人还在坚持打鱼生活，与他同龄的年轻人早就纷纷离去。小说描写渔村被改建成了度假村，开发商奥斯本为游客组织了一场盛大的海滩聚会，音乐、美食、娱乐比赛令人目不暇接。看着这样的场景，卢感叹道：“我们和这里格格不入。”[4]卢的叔叔托尼鼓励他说：“怎么会呢？这可是在我们自己的地方呢。”[5]在叔叔的鼓励下，卢打算去参加他唯一感兴趣的潜

1 黄源深、彭青龙：《澳大利亚文学简史》，上海：上海外语教育出版社，2006年，第88页。
2 Vance Palmer, *The Passage*, Melbourne: F. W. Cheshire, 1959, p. 6.
3 同上，第7页。
4 同上，第71页。
5 同上。

水比赛。“潜入这片泛着绿光的世界，卢感觉像回到了家一般……他对这片海底每个角落都了如指掌，也同样了解他织补渔网的那片草地……”[1]最后卢当之无愧地成为潜水比赛的冠军，欢呼的观众还没等他穿好衣服就蜂拥冲向下一个项目去观战了。在游客们看来，潜水只是这次聚会上众多娱乐项目中的一个，而在卢看来，这是他生命中的一部分。作者塑造卢这个角色，从某种程度上来说是对逝去时代的怀念。

小说中面对困难，卢不是像其他人那样轻易被打垮，而是力挽狂澜，顽强坚韧，正是因为他植根于土地和大海。城市里灯红酒绿的物质享受在卢面前就是虚有其表的泡沫，没有持久的生命力，休吉那一时光辉的事业正是如此。在故事结尾，卢的母亲回到了渔村，在了解花花世界最终是昙花一现的事实之后，她重新爱上了渔村，并重新依赖于卢，她这才发现这个儿子是“从脚下的土地汲取力量”[2]。作者塑造卢这个角色时将自己对自然的热爱寄托在他的身上，卢就是人与自然和谐统一的标志。

2. “文明”介入的悲哀

第一次世界大战后社会经济的发展从城市渗透到了乡村，曾经传统的平静的生活方式被打破，工业化和城市化的进程似乎是时代的洪流，不可阻挡，其过程造成了对自然美的破坏。作者在小说中表达了对这一现象的担忧和无奈。

小说中的开发商奥斯本在渔村的海滩大兴土木，砍倒树林，夷为平地，建起了度假村，为即将来度假的城里人修建停车场，准备了海上摩托艇等娱乐设施，还收购渔民的土地用以扩建。度假村建起以后，宁静的渔村生活被彻底打破。曾经渔民休息的防波堤上搭建起了舞台，“一个爵士乐队敲打出震耳欲聋的音乐声，沙滩上空盘旋的海鸥被这声音吓得发出刺耳的鸣叫”[3]。小说中的奥斯本这一角色就好似工业化一样是插入宁静自然的一把利剑，人类对自然的肆意改变和干涉在这个人物身上得到集中体现。人类对自然抱着占有和控制的错误观念，认为人可以根据自己的利益改造和利用大自然的一切财富。

然而奥斯本并不是唯一带来破坏的人，游客也加入了这个行列。他们砍掉小树做露营帐篷的支架，砍的人太多，把一片像屏障一样的小树林都砍光了。人们还随手丢弃了大量垃圾，“……在海面上骑着摩托艇，吵吵闹闹，所到之处都留下油污，已经没有一处地方可以让我们渔民安静地撒网了”[4]。然而更糟的是，当度假村赚不到钱以后，奥斯本就抛弃它转向其他地方继续开发，留下面目全非的破败景象。为了发展

1 Vance Palmer, *The Passage*, Melbourne: F. W. Cheshire, 1959, pp. 73-74.
2 同上，第270页。
3 同上，第69页。
4 同上，第54页。

而发展的疯狂行径牺牲了大自然生态的完整与平衡，而这仅仅是为了利益最大化，满足自己的贪欲。

人类肆意干扰自然进程，破坏自然的美景，其目的是为了满足人对金钱的贪欲，以发展之名，行破坏之实。由于人物质欲望的膨胀，工业化和城市化进程下的文明已然成为生态环境的巨大威胁。

3. 回归原点的众人

在小说中，卢保守、热爱自然，将渔村生活视作自己的生命，而在他周围却充满了反对的声音，家人和朋友纷纷离开渔村，只有卢还坚守着传统。然而这些走出去的人离开了土地，离开了自然，成为物质丰富而精神空虚的人。妹妹玛琳变得势利，对于自己的未婚夫维克，更多关注的是其家族企业的财力而不是他本人。弟弟休吉的生意蒸蒸日上，成了镇上小有名气的人。他和一帮酒肉朋友过着灯红酒绿的生活，而这些所谓的朋友只是为了从休吉身上捞点什么，甚至连休吉的名字都叫不出，最后同伴背叛了他，他一无所有。

曾经离开渔村的人们在经历过挫折以后，都急切地想要回到渔村，思念那里的一草一木。卢的妹妹多特告诉卢说："她不喜欢做生意，也根本不在行。实际上她讨厌城里，在那里她从没感觉到舒服过。'我想念乡村和绿树……'"[1]出国学习艺术的克莱也思乡情切，时时回忆渔村生活的点点滴滴，当她终于再次在大海里畅游的时候，她感觉自己有一种"长途跋涉之后终于回到家的奇妙感觉"[2]。而弟弟休吉这个曾经如此向往村外世界的人，也终于看清了社会上的过度消费和对物质的疯狂追求。

> 现在大型机器流水般生产出超过消费能力的商品，今年的不报废就阻碍明年的生产。发展来自于迅速的毁灭。你看战争年代，成千上万的人忙着炸掉烧掉东西，机械水平发展就多快啊。关注物品耐用度的人被认为是傻子。机器越耐用，就越妨碍发展的脚步。[3]

在小说的结尾，所有向往外面的世界而离开渔村的人都回来了，母亲安娜对卢的偏见也消除了，度假村也没再建了，渔村又恢复了往日的宁静，传统的生活方式得以继续。作者借卢之口感叹度假村和渔村的区别：

> 度假村会衰败，是因为它是人为发展的，必须依赖人们从外地源源不断

1 Vance Palmer, *The Passage*, Melbourne: F. W. Cheshire, 1959, p. 252.
2 同上，第237页。
3 同上，第257页。

地来。而我们渔村就不同了，水里总有成群的鲻鱼，村里总有黄油和水果，渔村是像植根于沃土里的植物一样自然成长的。[1]

这部小说产生的时代是在两次世界大战之间，正是现代资本主义生产、生活方式强烈冲击传统乡村生活之时。作者通过大团圆式的结局寄托了自己对淳朴乡村生活的留恋。卢的坚守和渔村的繁荣是作者对城市化进程下的自然乡村美好发展的愿景。然而正如卢不能一力抵挡渔村的变化一样，对于工业和科技发展的时代潮流，大自然面临许多无奈的改变。

三、结语

万斯·帕尔默的小说《通路》关注的内容在今天依然适用，那就是城市和乡村的冲突，脆弱的生态环境和现代化发展的冲突，以及新世界的诱惑和对故乡眷念之情的冲突。在现代化的进程中，人类征服自然、改造自然的欲望以及对物质的过度追求势必破坏自然美，造成生态系统的紊乱。人类在获得科技进步的利益的同时，也在品尝过度开发带来的恶果。然而像卢这样坚守传统、融入自然的人又有多少呢？像渔村这样能恢复宁静的乡村又剩下多少呢？作者的担忧和无奈又何尝不是我们今天应该思考的问题？

第三节　泽维尔·赫伯特：反白人中心主义者

一、作者简介

泽维尔·赫伯特（Xavier Herbert，1901—1984）出生于西澳珀斯一个火车司机家庭，从14岁开始在药房工作，上过当地的技校，当了一名药剂师，后来又在墨尔本大学药剂专业学习。1926年，赫伯特到悉尼转向文学创作，为一些著名的杂志和报纸撰写短篇小说。1927年，赫伯特又从悉尼来到北部城市达尔文，在那里他亲身体验原住民的生活状态，并成为女性原住民的保护人。在此期间，赫伯特游历澳洲北部各地，从事过多种职业，如矿工、牧场工人、丛林飞机驾驶员、海员、药剂师、地质勘探员、潜水员等，丰富的人生经历为他的创作提供了大量的素材。1930年，赫伯特带着基于在达尔文的生活而撰写的小说《黑天鹅绒》（*Black Velvet*）来到伦敦，可惜被出版商拒绝。在未婚妻莎蒂·诺登的鼓励下，赫伯特几易其稿，终于在1938年出版了改

1　Vance Palmer, *The Passage*, Melbourne: F. W. Cheshire, 1959, p. 260.

名后的长篇小说《卡普里康尼亚》并获得大奖。第二次世界大战期间，赫伯特在军队服役，退伍后定居凯恩斯。

此后赫伯特创作了更多的作品。1961年反映战争时期澳大利亚妇女生活的小说《士兵的女人》（*Soldier's Women*，1961）问世，1963年出版了自传《不安的因素》（*Disturbing Element*，1963）。之后在1975年出版的长篇小说《可怜虫，我的国家》（*Poor Fellow My Country*，1975）历经10年的创作历程，这部小说长达1 500多页，比托尔斯泰的《战争与和平》还要长，于1975年获得了迈尔斯·富兰克林小说奖。赫伯特其他的作品还有《七只鸸鹋》（*Seven Emus*，1959）和短篇小说集《大于生活》（*Larger than Life*，1963）等。

二、主要作品的生态解读

《卡普里康尼亚》（*Capricornia*，1938）

（一）小说简介

《卡普里康尼亚》是赫伯特的代表作，发表于1938年，当年获得澳大利亚建国150周年纪念最佳小说奖，1939年获澳大利亚文学协会金质奖，1940年被授予联邦文学奖金。这是一部反映澳洲北方领地人民生活的长篇小说。故事发生在19世纪末到20世纪30年代之间，涉及地域广阔，从丛林到城镇，从白人居住区到原住民聚居地都有，主要出场人物过百。小说以混血儿诺曼的遭遇为主线，用纪实的手法展示了铁路沿线各处居民的生活片段。其小说结构如同一棵枝繁叶茂的大树，众多的旁枝就是繁杂的各色人物的故事，洋洋洒洒近30万字，向读者展示了一幅全方位的历史风俗画卷。

主人公诺曼是个混血儿，是白人马克和一个当地女人所生。在那个时代，和原住民有染的白人是被人耻笑的，所生的混血儿更是一种耻辱的标志。马克遗弃了诺曼，将他留在原住民聚居地，这个无人照看的孩子“过着一半原住民一半狗一样的日子”[1]。马克的哥哥奥斯卡抚养了这个可怜的孩子，但为了掩盖这个家族丑闻，他隐瞒了马克杀人潜逃的事实，告诉诺曼其亲生父亲已经战死沙场，又向诺曼谎称他身上的混血儿肤色是爪哇君主后裔的标志。毫不知情的诺曼渐渐长大，成为颇有天赋的铁路钳工。但不幸的是，当学成归来的诺曼正期望在家乡做他喜欢的铁路工作时，他的身世被知情人揭穿了，诺曼受尽了他不能理解的歧视和冷眼。仅仅因为肤色，在白人

1 Xavier Herbert, *Capricornia*, Sydney: Angus & Robertson, 1971, p. 42.

社会里，他找不到工作，在各种社交场合碰壁，甚至连自己的堂姐也不愿和他一起出席公开的活动。诺曼的原住民同胞却很欣赏他、欢迎他，但是长期以来所受到的教育和舆论影响让他不愿混迹其中。诺曼也曾爱过一个混血姑娘托克，然而却害怕与她结婚会带来麻烦而抛弃了她。在小说的结尾，当经历了种种波折的诺曼回到牧场，打算与怀着他孩子的托克共度此生时，却在一个水缸里发现了托克和孩子的一大一小两堆白骨。诺曼这个白人社会和原住民社会的冲突焦点，游离在两种文化之间，一直没有找到属于自己的位置。而在那个时代，像诺曼一样的人还有很多很多。

（二）作品生态解读

（1）北部风光的生态美。

作者直接描写了北领地的美丽景色，赞美自然的馈赠。在小说中读者可以通过奥斯卡的眼睛观察到旱雨季的交替。雨季时牧场生机盎然：

> 潺潺小溪，漫漫沼地……郁郁葱葱的野生稻之间是成群的鹬鸟；塘泽满溢，睡莲盛放……深红色的槲寄生垂悬在树枝上，繁花似锦的枝头引来嗡嗡的蜂鸟和蜜蜂；膘肥体壮的牛儿在这片肥美之地悠闲漫步，被蚊虫叮咬了才发疯似的跑起来……[1]

雨季的卡普里康尼亚充满了希望。雨季过后是难熬的旱季，水塘干涸，尘土飞扬，饥渴而死的牲畜又成为野狗的口粮。然而周而复始，下一个雨季又悄然来临，大地还将再次出现水草肥美的样子。而之前受不了旱季收拾行囊离开此地的人们，却又回来了。小说描绘了大自然不可逆转的发展规律。

> 自然并非仅仅是为了人类而存在，生态系统为了所有生物和非生物存在；认识自然的目的也并非仅仅是认识人自己，还有更为重要的目的——认识和遵循自然规律并感悟自然本身的美。[2]

草长莺飞固然是自然之美，但万物萧瑟同样也可谓自然之美，因为这美的根源就是大自然亘古不变的规律，也是最原始的，不以人类意志为转移的自然法则。正如小说中奥斯卡看到的那样，人类和其他自然物都是生态循环的一分子，牲畜的尸骨在自然中也有重要的意义，因此也是自然之美。生态的审美要摈弃人为的、功利性的欣赏，要认识规律，感悟本真。

1 Xavier Herbert, *Capricornia*, Sydney: Angus & Robertson, 1971, p. 68.
2 王诺：《欧美生态文学》（修订版），北京：北京大学出版社，2011年，第57页。

（2）尊重自然的简单生活观。

由于科技的进步、社会的发展，人们的物质生活得到极大的满足，然而在获得基本满足的基础上，却产生了过度的物质追求，有的甚至超出自然所能承受的限度，想要获得物质生活资料的最大化。这样的行为势必造成生态环境的恶化，最终将威胁人类自身的生存。因此对简单生活的倡导成为生态主义的重要内容。

小说中奥斯卡接管了自己兄弟的私生子诺曼，这个非自愿之举让他心生怨恨。奥斯卡的雇工迪弗也有一个与原住民混血的女儿，当得知奥斯卡想要抛弃诺曼时，迪弗劝阻奥斯卡，告诉他原住民经过教育也会和白人一样好，并对原住民原始淳朴的生存智慧表示钦佩。他认为白人自恃高度文明，实际上“野蛮而贪婪。原始的原住民部族却有一种生存优势，他们小规模聚居，使一片土地满足他们所需。同时他们控制人口数量，保护猎物以确保这一优势永远延续下去”[1]。

在诺曼的混血身份被揭开之后，他做的任何事都被贴上原住民的标签，这让诺曼很失意。牧场主安迪鼓励他要看到原住民的智慧，要以自己的原住民基因感到自豪，安迪发现白人无节制的贪欲不仅造成生态失衡，也使自己陷入恶性循环中：

> 我们到底活着为了什么？是为了创造点复杂的东西，然后过了一阵子又扔掉吗？或者只是为了尽可能地享受最简单的生活？什么是最完美的社会状态？难道不应该是人人平等快乐、三餐饱足吗？如果是的话，那我们的原住民兄弟们已经做到了……他们限制人口增长以适应自然的食物供应，而我们白人社会存在的现象却是在牧场里过量地牧养牲畜……（为了放牧更多的牛羊）他们需要各种机器（开垦），但是出于某种原因，需要的机器越多，过度拥挤的牧场也越多，于是又需要更多机器，如此循环。[2]

美国文学家大卫·梭罗也曾经在他的《瓦尔登湖》中呼吁简单的生活：“根据信念和经验，我确信，只要我们过的是简朴而又聪明的生活，那么在这个世界上谋求自立并非苦事，而是娱乐。”[3]倡导简单生活的文学家发现了人类贪欲所带来的威胁，期待人类彻底改变其对待自然的态度，从而改变生活方式；改变过分追求物质财富，崇尚奢侈浪费的价值观，而重新树立起关注生态平衡、物质需求基本化、丰富精神财富的简单生活观。

1 Xavier Herbert, *Capricornia*, Sydney: Angus & Robertson, 1971, p. 79.

2 同上，第325−326页。

3 梭罗：《瓦尔登湖》，徐崇信、林本椿译，南京：译林出版社，2011年，第50页。

（3）人与人之间的不和谐。

生态整体观是生态文学的重要内容之一。它强调自然是一个整体，任何一种生物都不可能单独存在，而必定和其他生物有着密不可分的关联，它们平等共存形成有机统一的自然。因此，在生态整体观的视角下，没有哪一种生物能成为核心，没有哪一类生物的利益能凌驾于其他生物利益之上。由此理论出发，法国思想家史怀泽在他的著作《敬畏生命》中提到，一切生命都是神圣的，生命没有高低贵贱之分，人们“必须像敬畏自己的生命意志一样敬畏所有的生命意志”，“如果我们摆脱自己的偏见，抛弃我们对其他生命的疏远性，与我们周围的生命休戚与共，那么我们就是道德的。只有这样，我们才是真正的人”[1]。

生态整体观中提到的敬畏生命、尊重生命的观点首先要建立在生命平等的基础上。而赫伯特在小说中展示的恰恰是一个人与人之间没有平等公正、践踏他人生存权、充满歧视和敌对的社会，为此作者深感愤怒。小说的第一章就讲述了卡普里康尼亚的原住民血泪史。白人用武力威胁、诱骗甚至投毒等卑劣的手段将当地原住民赶尽杀绝，强占其土地，但又总是不满足于现状，为了找到更好的土地而进军下一站，循环抢夺杀戮的过程。作者将这一章的名称定为“野狗的到来”（“The Coming of the Dingoes”），鲜明地表达了作者对白人入侵者野蛮行径的愤慨。

在小说中，作者揭露了白人社会对原住民的欺压和歧视。主人公诺曼的混血身份使他从小就被遗弃，父亲将他看作耻辱，避之不及，甚至当父亲从原住民聚居地带走诺曼时，他们也没有同坐一节车厢，而是由一个原住民女人带着，“诺曼经过三节供上等乘客享用的车厢，来到最前面的敞篷车厢，这儿的人全是黑人”[2]。年幼的诺曼被独自扔在臭气熏天的敞篷车厢里，里面挤满黑人，日晒雨淋，担惊受怕，带在身上的食物也被其他黑人小孩和狗抢个精光。

小说描写了白人社会的虚伪，人们大谈特谈有色人种和白人一样优秀，但是当被问及是否愿意与有色人种联姻时，却又坚定地说不。因此，在这样的社会大背景下，奥斯卡的雇工迪弗为了自己原住民混血女儿的将来，决定“假装她是另一个民族的混血儿，比如爪哇民族或者一些由于不甚了解而被待以敬意的民族。事实上，她都可以装成是个爪哇公主，那样就可以嫁个好人，进入上流社会”[3]。对此奥斯卡认为太残酷，因为小姑娘必将一辈子活在谎言之中。迪弗回答说：“不这样她怎么可能像她应

1 史怀泽著，贝尔编：《敬畏生命》，陈泽环译，上海：上海社会科学院出版社，1995年，第9、19页。

2 Xavier Herbert, *Capricornia*, Sydney: Angus & Robertson, 1971, p. 58.

3 同上，第79页。

有的幸福生活那样生活下去呢？跟傻瓜就得撒谎，否则，他们就会因为不喜欢你而整死你。”[1]

白人社会极度蔑视原住民的生命。原住民混血姑娘康妮在父亲死后受尽颠沛流离之苦，疾病缠身的她在缺医少药的原住民聚居地垂死挣扎，好心的白人铁路工提姆将她救出，并打电话请接线员紧急联系警察和医生，然而当接线员得知要救治的是康妮时，拒绝连线并野蛮地挂掉了电话。其他人则建议他不要多管闲事，让康妮从哪儿来回哪儿去。甚至连医生也见死不救，在提姆百般央求下才答应完成其他急诊后会来救治。无奈的提姆只能将康妮先带回原住民医院去，而管理原住民医院的人只是将康妮关在铁窗后，任其自身自灭，那个承诺要来的医生却再也没有出现。而政府对于这种漠视生命的行为实际上是默认的。

小说中有一个管理原住民事务的白人官员弗菲，他偷偷在自己的管辖范围内给予原住民多于政府份额的关怀，他很担心政府发现之后会使自己丢了饭碗。面对这种令人窒息的社会现象，作者感慨道：“……政府多么担心种族混杂啊，为了防止此现象出现，他们甚至可以灭绝掉原住民群落。”“这是个什么国家啊，要是它在世界上会有什么发展的话，那就没有上帝了。”[2]作者在小说中对这种白人中心主义、无视平等原则、反生态整体观的社会现象进行了直接的批判，这也是该小说的主要议题。

三、结语

泽维尔·赫伯特的《卡普里康尼亚》描写的是澳洲北方领土的自然风貌和风土人情，反映的是当时种族主义的社会弊端。作者赞美大自然的美景，欣赏自然万物循环共存的生态法则，也对原住民淳朴的生存智慧表示了钦佩。白人以高度文明自居，却被自己的野心驱使造成了生态的失衡；以科技进步自豪，却被自己的发明创造带入了恶性循环。而相比之下，原住民有意识地限制人类活动的范围，这种行为看似落后实则是与自然和谐发展的生存之道，这样的简单生活观才是在这片土地上生生不息的秘诀。小说充分表达了作者对原住民的肯定和信心，同时作者也为他们的悲惨遭遇和不公处境而呐喊，揭露白人中心主义下的残酷世情。作者渴望看到一个人与自然和谐发展、人与人之间也能和谐平等的美好社会。这部小说为澳大利亚生态文学做出了突出的贡献。

1 Xavier Herbert, *Capricornia*, Sydney: Angus & Robertson, 1971, p. 79.
2 同上，第186，187页。

第四节　苏珊娜·普里查德：敬畏大自然

一、作者简介

凯瑟琳·苏珊娜·普里查德（Katharine Susannah Prichard，1883—1969），澳大利亚现实主义作家，澳大利亚共产党的创始人之一。普里查德出生于斐济，父亲是报刊编辑，受其影响，普里查德也显现出超凡的文学天赋和对文学由衷的热爱。童年时代的普里查德随父母来到塔斯马尼亚州生活，后又辗转到墨尔本定居。14岁时，她获得了南墨尔本学院的奖学金进入该校学习，同时开始写作。但是普里查德的人生道路并非一帆风顺。她家境贫寒，为了照顾病重的母亲，她失去了上大学的机会，之后在新南威尔士州多地担任家庭教师以维持生计。1907年父亲的自杀给普里查德带来了沉重的打击。有评论说："普里查德的生活中有着贫穷、悲剧，也有她旺盛的精力和超凡的智慧，这些都促成了她写作事业的成功，促使她成为不知疲倦的共产主义者和和平主义者。"[1]

1915年普里查德的小说《先驱者》（*The Pioneers*，1915）在全英小说大赛中获得了澳大利亚赛区大奖，从此她开始了作家之路。受俄国十月革命的影响，普里查德成为忠实的马克思主义者。1919年她和同为马克思主义者的维多利亚十字勋章获得者雨果·斯罗塞尔结婚，定居西澳珀斯。1920年她成为澳大利亚共产党的创始人之一，1921年出版了小说《黑蛋白石》（*Black Opal*，1921）。20年代有两部小说作者认为是自己最好的作品，那就是1926年出版的《干活的阉牛》和1929年出版的《库娜图》（*Coonardoo*，1929）。之后普里查德的丈夫由于经济大萧条债务累累，再加上自己在第一次世界大战期间的战争创伤，选择了自杀。深受打击的普里查德投身于政治活动中。1969年普里查德去世，人们给予了她一个共产主义者的葬礼，她的灵柩上覆盖着一面红旗。

其有代表性的小说还有《哈克斯比马戏团》（*Haxby's Circus*，1936）、《熟悉的陌生人》（*Intimate Strangers*，1937）和反映20世纪40年代矿山生活的"淘金三部曲"：《咆哮的九十年代》（*The Roaring Nineties*，1946）、《金色的里程》（*Golden Miles*，1948）和《带翅膀的种子》（*Winged Seeds*，1950）。

《库娜图》反映了大自然之美丽、种族矛盾与女性原住民的现实生活。作品中有大量对澳洲牧场风光的生动描写，有反映原住民和自然血脉相连、灵魂相通、让人妒

1　Jane Gleeson-White, *Australian Classic: 50 Great Writers and Their Celebrated Works*, Sydney: Allen & Unwin, 2007, p. 109.

忌和敬畏的和谐之美，还有具有原生态美的女性原住民与理性、现实的白人男性之间的象征着生态自然与理性物质相对立的爱情纠葛。小说以女主人公库娜图和白人牧场主休·瓦特的爱情为主线，展示了原住民黑人妇女与白人男子间微妙而复杂的关系。尽管休·瓦特爱库娜图，被她身上独特的原生态女性之美深深吸引，但他在现实中却对她实行精神和身体的“双重控制”。他爱她，却又牢牢地控制着她；他想占有她的灵魂，却不接纳她的肤色和种族。“种族隔阂和身份差异始终是二人之间横着的一道鸿沟，这便是白人与黑人之间永远无法跨越的界限。”[1]这部作品反映了围绕白人与女性原住民复杂微妙的关系，反映了原住民与自然的浑然一体、灵魂相通，赞美了女性原住民的原生态之美和生态智慧。可以说，这部小说涉及多方面的“生态与非生态”问题，是一部重要的有关女性原住民与白人爱情的生态之作。作家帕尔默也曾高度评价该小说，他说：“如果说我们对原住民的态度已有所改变的话，那主要归功于凯瑟琳·普理查德，因为正是她使我们与原住民的距离缩短了。”[2]

二、主要作品的生态解读

《干活的阉牛》（*Working Bullocks*，1926）

（一）小说简介

《干活的阉牛》出版于1926年，以雷德和黛布这对青年男女的爱情为主线，展示了第一次世界大战后西澳地区的原始自然环境和当地林业工人的生存状态，细腻地描写了伐木工人所经受的身体和心灵的双重创伤。小说一开篇就笼罩在死亡的阴影中。雷德是个优秀的林场赶牛人，在一次运输原木的过程中，其好友，黛布的哥哥克里斯，不幸被滚落的木头压死。眼睁睁看着自己的挚友死去而无力挽回的雷德深受打击，郁郁寡欢中他辞去了伐木场赶牛人的工作。辞职后的雷德终日在丛林中游荡以解心结，折服于大自然生命的力量，于人间蒸发了一年之久后他才收拾心情重新回到林场工作。雷德爱上了单纯的黛布，但是黛布的母亲却反对二人的结合，表示除非雷德有了属于自己的牛队才会同意他们的婚事。为此雷德努力工作。但是在一次赛马会上，本来稳操胜券的雷德，在过去的恋人特莎的央求之下，故意输掉了比赛，原来特莎的如意郎君承诺只有自己赢得比赛才会娶她。雷德虽然厌恶这个矫揉造作的女子但还是决定帮忙。事后雷德被人们误解，大家传言他与特莎赛前密会，传言他从中渔

1　向晓红：《澳大利亚妇女小说史》，北京：中国社会科学出版社，2011年，第81页。
2　黄源深、彭青龙：《澳大利亚文学简史》，上海：上海外语教育出版社，2006年，第85页。

利，看他的眼光也变得异样起来。雷德百口莫辩，逐渐消沉，拼命工作，并开始酗酒，与黛布的关系也因为这伤人的谣言而变得若即若离。悲剧再一次发生了，切割原木的机器成了林场的绞肉机，许多工人丧命在无情的链锯之下，其中也包括黛布的幼弟。悲痛的黛布独自来到丛林中，思考着自然与人的关系，感叹这就是大自然的报复。丛林中暴风雨的洗涤让她鼓起勇气，决定在爱情的道路上勇敢往前走。黛布打破常规，主动约雷德见面表达自己的心意，这一举动让他俩冰释前嫌。雷德再次辞掉林场的工作，选择和黛布一起在丛林中做牧马人，放弃了组建自己牛队的初衷，因为他明白了一句话："人类和他们所驱赶的阉牛相比，好不了多少。"[1] 小说题目中提到的"干活的阉牛"，不仅指在林场中被鞭打被奴役的牲畜，也指这些在其中求生的林业工人，他们何尝不是人类过度开发和过度生产之下一群干活的阉牛呢?

（二）作品的生态解读

（1）拟人化的自然。

作者笔下的自然，不仅是客观景物，而且是一个富有人性、有意识甚至有思考能力的自然。

在描写森林中的各种声音时，作者选择了拟人化的词语，如森林"低语"（whisper），小鸟"欢唱"（sing），被砍伐的树木在链锯之下"尖叫、痛哭和呻吟"（scream, cry, moan）。同时，树木还同人类一样，是有跳动脉搏的活物。当雷德置身于丛林中时，他似乎听到"树液在树干中流动，电流在树根里循环，土壤被搅动，树根伸向它们所需的氮、钾、磷酸盐"[2]。而黛布在丛林中思考人与自然意义的时候，甚至觉得树木在和她说话，在试着让她理解人生的深刻真理，而树木似乎还具有某种预知的能力，在和她交流。

> 当克里斯出事的时候，黛布已经感觉到空气中弥漫着厄运的气息。森林已经告诉她了。它们当时是黑色的。而在那次赛马比赛中，雷德违规丢掉负重的时候，蓝天下的森林发出低沉的声音。年轻的比尔下葬那天也是这样。而现在森林又变成黑色，又发出了之前的呜咽声。森林到底要告诉我什么呢？[3]

作者甚至给自然赋予了思考的能力。小说描写了机器化伐木的场景，在链锯的

1 Katharine Susannah Prichard, *Working Bullocks*, Sydney: Angus & Robertson, 1980, p. 251.
2 同上，第89页。
3 同上，第218页。

轰鸣声中，一棵棵参天大树轰然倒塌，其肢体被切割得四分五裂，而工人们也在不断出现的事故中相继丧命。黛布在锯木厂看到切割木料的场景之后，觉得“这些被杀死的巨人似乎总在等待着报复的时机，在这幽暗的锯木厂里，链锯活生生撕裂着它们的肉体，它们无声地反抗着被肢解的遭遇”[1]。黛布“相信树木不会忘记人们的所作所为……她无法想象人类怎么会有勇气来接近它们，把斧头伸向它们。她心底总是害怕大树会复仇。随着她不断长大，她看到大树在反击，一次又一次。克里斯就是一个例子……”[2]

这样有生命、有思想的大自然，提醒人们。人与自然万物应该是平等的，人类有生存的权利，其他万物也有。自然不是无生命的大背景，不是一个专门为人类提供一切所需的仓库或容器。它本身也是一个生生不息、循环发展的有机体。就像小说中描述的那样，人类的恶行会伤害到这个跳动着“脉搏”、流淌着“血液”，会悲伤、会哭泣、会交流的大自然。

（2）渺小的人类中心主义。

人类自视为自然界所有生物的主宰，抱有强烈的统治自然和征服自然的观念，这样的人类中心主义是生态文学批判的内容之一。而普里查德在小说中描写了一个令人敬畏的自然，它有着强大的力量和原始的美丽，人类与之相比简直不值一提。这样的描写正是对人类中心主义的有力回击。

雷德在挚友死后在丛林中游荡以解心结，他看到“沿着山势生长的树已经被山火烧焦，只留下一副残躯，而新生的树苗已经在枯木旁傲然生长”[3]。作者借雷德之口赞叹大自然的生生不息。当伐木场一棵巨大的红桉树被砍伐倒地时，那雷鸣般的轰响让群山都为之战栗。自然之物的强大力量和恢宏的气势让人类不得不心生敬畏。雷德在丛林中游荡时看到大树参天，丛林绵延不断，他不禁感叹：“在这些树旁，人仅仅是一粒有生命的微尘。”[4]黛布在经历了伐木场的悲剧之后，她同样感觉“树木有一种神一般的气质，它们的威严令她惶恐，它们的力量和美丽又让她不知不觉心生敬仰”[5]。

自然不仅令人生畏，而且还是美丽和纯真的源头。当雷德遇到曾经的恋人特莎时，这个欲拒还迎的女子让雷德厌恶。他回想起自己在丛林中看到的那匹求偶的公野马，它体型完美，四肢健硕，浑身散发着蓬勃的生命力。“雷德想到了博斯在水塘边

1 Katharine Susannah Prichard, *Working Bullocks*, Sydney: Angus & Robertson, 1980, p. 177.
2 同上，第183页。
3 同上，第24页。
4 同上，第20页。
5 同上，第188页。

求偶的样子。动物忠于自己本能。那是最好的了。雷德对自己说，那是最纯净、最自然的……”[1]，而眼前特莎的矫揉造作令他恶心。

自然值得人类去凝视、去尊敬，在大自然面前，人类绝不是统治者，而是其中的一部分。人类中心主义的观点将人与自然物进行主体、客体的对立二分，实际上人乃自然之物罢了，与其他所有自然物没有多大区别，应平等共生。

> 只有在人意识到自然物作为自立的个体而不是人的对应物、象征体、喻体——不是表现人的工具，意识到它们在生态系统中占据着独一无二的、不可替代的位置，进而以人类个体的身份与这些非人类的个体进行平等的交往时，人与自然的交互主体性才能真正实现。[2]

在小说的结尾黛布用一句话对人类中心主义进行了绝佳驳斥：“……（大自然）适用于这些树木的规律同样也适用于蚂蚁、蜜蜂、鸟儿、蚊蠓，还有她自己……”[3]人类应该同黛布一样清楚地认识到自己在大自然中的位置，和其他万物一起共同拥有自然这个整体，理应学会尊敬和欣赏大自然。

（3）恶魔般的机器。

小说中最具悲剧色彩的部分就是对机械化伐木的描写。林场引进的切割机提高了伐木速度，节省了人力，使得产量大大提高，但这轰鸣的机器下却有无数伐木工人的血泪。无情的机器在十几天里让七名工人命丧黄泉，还有六名被认为是“幸运儿”的工人被切掉了手。高度的紧张让伐木工产生了幻觉。有一名工人在醉酒后精神失常，声称“看到切割机的链锯亮着鲨鱼般的牙齿在追赶他，机器的皮带变成蟒蛇吐着信子，紧紧缠绕着他”[4]。为了节省成本，林场主不愿更换旧机器，工人们感叹人命还不如机器值钱。黛布幼弟的生命也被机器吞噬，她悲痛万分，叹息道：“这些机器虽然是人制造的，但这些伤亡简直就是对人类自己和人类所作所为的嘲弄……”[5]

危险的机器加上无情的林场主使得工人们受到身心的折磨。其中一名有权利意识的工人马克一语点破了机械化生产下工人们的生活状态：“你们看上去像是人，实际上你们不是，你们全都是干活的阉牛，明天皮鞭一响你们又会乖乖回来干活。”[6]这是机械化生产下人的异化，是物质利益最大化对人们精神的折磨。

---

1 Katharine Susannah Prichard, *Working Bullocks*, Sydney: Angus & Robertson, 1980, p. 56.
2 王诺：《欧美生态文学》（修订版），北京：北京大学出版社，2011年，第69页。
3 Katharine Susannah Prichard, *Working Bullocks*, Sydney: Angus & Robertson, 1980, p. 248.
4 同上，第183页。
5 同上，第187页。
6 同上，第197页。

人类科技至上，过度的干预自然以获取最大利益的恶行不仅仅对自然造成伤害，同时还会以各种形式反馈到人类自己身上。恩格斯曾在他的《自然辩证法》一书中提出了著名的"一线胜利二线失败论"：

> 我们不要过分陶醉于我们人类对自然界的胜利。对于每一次这样的胜利，自然界都对我们进行报复。每一次胜利，在第一线都确实取得了我们预期的结果，但在第二线和第三线却有了完全不同的、出乎预料的影响，它常常把第一个结果重新消除。[1]

工业和科技文明对自然的征服和破坏，在某种程度上一度增加了人类的物质财富，也造成了人类生存的困境。小说中机器对人身体以及心灵的残害就是人类对自然短暂"胜利"所带来的恶果。

三、结语

苏珊娜·普里查德的《干活的阉牛》给读者展示了一幅西澳地区的丛林风景图：莽莽丛林，遮天蔽日，蕴藏着大自然无限的生命力，点缀着人类生存的景象。作者通过细腻的景物描写，勾勒出美丽的澳大利亚丛林，直接表达了自己对大自然的热爱之情。拟人化的手法将人类和自然万物并置，提醒人们要平等看待自然物，在同一个生态环境之中和谐共处。同时作者采用写实的手法，客观记录了林业工人艰辛的劳动。作者一方面歌颂勤劳勇敢的澳大利亚人民，赞扬他们为求生存的努力，但另一方面也通过男女主人公之口，表达了对人类过度开发自然的担忧。人类对自然过度的索取、在伐木中表现出来的征服欲、对运输木材的阉牛理所当然的奴役，都让作者看到了生态的不和谐。在小说的结尾，雷德放弃伐木的举动表达了作者对这些担忧生态被破坏的态度：人类应该节制自己的行为，在大自然能够承受的范围内获得自身的满足，摒弃人类中心主义，学会热爱和欣赏大自然，认识到自己和自然万物的平等地位，维护和谐有序的生态环境。

1 恩格斯：《自然辩证法》，于光远等译，北京：人民出版社，1984年，第304-305页。

第五节　道格拉斯·斯图尔特：大自然的诗人

一、作者简介

道格拉斯·斯图尔特（Douglas Stewart，1913—1985），澳大利亚20世纪重要诗人，短篇小说家、剧作家和文学评论家，出生于新西兰一个律师家庭。1931年任新西兰多家报社记者，1938年定居澳大利亚，同年担任《公报》杂志编辑并达20年之久，对澳大利亚文学最大的贡献在于支持当时不少文学新人的发展。1961年起他任安格斯·罗伯逊出版公司（Angus & Robertson）的文学顾问，时间长达10年。他不仅出版了同时代重要诗人戴维·坎贝尔（David Campbell）、R. D. 菲茨杰拉德（R. D. FitzGerald）等的作品，还让早期重要诗人的作品得以流传，如亨利·肯德尔、克里斯托弗·布伦南（Christopher Brennan）、肖·尼尔森（John Shaw Neilson）。因其在文学上的贡献，1960年他被授予大英帝国勋章（Order of the British Empire），1979年被授予澳大利亚官员勋章（an Officer of the Order of Australia）。退休后他继续文学创作，活跃在澳大利亚文化界。

斯图尔特共出版了13部诗歌集、5部诗体剧及几篇短篇小说和文学评论文章，并编了几本诗歌选集。斯图尔特的主要代表作品有诗集《绿色的狮子》（*Green Lions*，1936）、《激情的呼唤》（*The White Cry*，1939）、《写给一个飞行员的挽歌》（*Elegy for an Airman*，1940）、《献给无名战士的十四行诗》（*Sonnets to the Unknown Soldier*，1941）、《春日里的驮篮》（*The Dosser in Springtime*，1946）、《格伦科》（*Glencoe*，1947）、《太阳果园》（*Sun Orchids*，1952）、《伯兹维尔小道》（*The Birdsville Track*，1955）、《卢瑟福德》（*Rutherford*，1962），诗体剧《内德·凯利》（*Ned Kelly*，1943），两部广播剧《雪中火》（*The Fire on the Snow*，1944）和《金子般的情人》（*The Golden Lover*，1944），剧本《沉船》（*Shipwreck*，1947）和《渔夫的幽灵》（*Fisher's Ghost*，1960），短篇小说集《红发女孩》（*A Girl with Red Hair*，1944），及评论文集《肉体与精神》（*The Flesh and the Spirit*，1948）和《宽阔的潮流》（*The Broad Stream*，1975）。斯图尔特是一位多才多艺的作家，其诗通俗易懂，蕴含深刻的哲理。

二、主要作品的生态解读

（一）自然诗简介

斯图尔特写过多种体裁和风格的诗歌，其中以自然诗最为出色。他的自然诗常常着眼于细小的植物和动物，很多诗歌的名字就是以这些动植物为题。例如《飞蛾》（“The Moths”）、《蕈》（“The Fungus”）、《向日葵》（“The Sunflowers”）、《褐色的蛇》（“The Brown Snake”）、《蟹与蝉》（“Crab and Cicada”）等。

诗人对每一种生物都细细观察，将其生动地展现在诗歌中。作为大自然的欣赏者，他将这些自然美景用诗歌记录下来。如在《一群红冠凤头鹦鹉》（“A Flock of Gang-gangs”）中，诗人描述了栖息在树枝上的鹦鹉百态：有的在睡觉，有的在木头上磨着喙，有的展翅做愤怒状，有的在整理羽毛，还有的像蝙蝠那样倒挂在树枝上。诗人默默地在一旁数着，共22只，最后还捡了一片飘落的羽毛珍藏起来。寥寥几行将林中小生灵的活泼美态展示得淋漓尽致，字里行间充满了对这些小生命的怜爱。

在有的诗歌中，诗人不仅是自然万物的观察者，而且化身为其他物种，反过来观察人类，用新颖的角度来看待人类的行为，引发读者思考。如《网》（“The Net”）用第一人称“我”一只鲂鱼的口吻来叙述。诗歌记录了它和同被捕获的一只鲶鱼在渔网里的对话。鲂鱼描述了渔夫和渔夫女儿张网捕鱼的场景以及他们大获丰收的喜悦，而海浪却由于鱼儿的挣扎和人类的杀戮变成了红色。

诗人仔细地观察自然，感受到小生命的深刻含义，其笔下的自然物虽小，却孕育着神秘的力量，令人敬畏。《蕈》开篇就是对人类的提醒：“不要去碰它们，那红色是大自然的警戒。”[1]这小小的菌类总是藏身在阴暗的杂草丛里，然后诗人感觉它的触须似乎伸向了茫茫古海之中。微小平凡的生物在与它暗含的宏大背景的对比下，产生壮美的意味，这是对神秘自然之力的赞颂。

（二）部分诗歌的生态解读

1. 《鸟与人》（“Bird and Man”）——万物平等

在诗歌《鸟与人》中，诗人记录了自己观察林中小鸟的情景，而令诗人高兴的是他发现小鸟也在观察自己。诗中描绘了山林的雨景：河水满溢，泛着泥沙的褐色，诗人淌水行走，枝头的鸟儿低头俯看着他，而他也抬头看着小鸟。诗歌将这一画面定

1 Douglas Stewart, *Selected Poems*, Sydney: Angus & Robertson Publishers, 1973, p. 102.

格下来，展示了一幕温馨的场景。接下来诗歌分别记录了鸟与人对视时各自的心理活动：

Man's that tall one, wades the water
Waves a rod and flicks a feather,
A most mysterious thing to do
In the eye of a big grey cockatoo.
Bird is gang-gang, well he knows
His whole head's feathered like a rose.[1]

这个高个子，涉水而来，
挥着一根枝条，轻拂着一根羽毛。
在这只灰色的大鹦鹉看来，
这是最神秘莫测的事情。
他很清楚，这是一只红冠凤头鹦鹉，
它头顶的羽毛就像一朵玫瑰花。

在这里，鸟与人相互审视，人不是以强大的征服者自居，而是用平等的态度看待其他生物。生态主义强调的一点就是万物平等。生物圈中相互依存的所有生物体都有同样重要的价值和权利。美国哈佛大学教授、生态批评领军人物劳伦斯·布伊尔（Lawrence Buell）在他的书中提出："生态中心主义中更加有力的观点，是它召唤人类伙伴去认识存在于人类与非人类之间的相互依赖关系，这种关系无法控制，无论你喜欢与否都要接受它。"[2] 正如诗歌所展现的那样，不仅人类有观察其他生物的行为，非人类生物其实也有认识人类的可能。各个生命体之间没有高低贵贱之分，人类也不能凌驾于其他物种之上。

诗人在后文中明确表达了自己对鸟儿的喜爱：

Watch and glow or climb and dance,
Never doubt my admiring glance,
But I am glad, old cockatoo
That I can also interest you,
Man and gang-gang, so we share
A moment's equal pleasure here;
And wish that I had more to offer
Than what a man is by a river
Before you fly so soon again
Like a wild rose into the rain.[3]

我看着，眼神炙热；它攀爬着，枝头欢舞，
我的钦慕之情毋庸置疑。
但是我也很高兴，鹦鹉啊，
因为我也能引起你的兴趣。
人和鸟，我们就在这里
分享着这一刻平等的欢乐。
我真想能为你多做点什么，
而不仅仅是站在河边的人。
但是你又飞走了，
像雨中的一朵野玫瑰。

诗歌中的鸟和人处于平等的地位，生活在林中，是共享一片自然天地的生物。诗人的生态意识不仅仅表现在诗人不以人类强大力量自居，不打扰或不征服其他物种，能够充分尊重他类的生存权，而且，诗人不只做自然的旁观者，不只站在某种高度审视或评判其他物种，而是将人类自身融入自然界，做观察者和被观察者。在诗歌中，

1 Douglas Stewart, *Selected Poems*, Sydney: Angus & Robertson Publishers, 1973, p. 165.
2 劳伦斯·布伊尔：《环境批评的未来——环境危机与文学想象》，刘蓓译，北京：北京大学出版社，2010年，第113页。
3 Douglas Stewart, *Selected Poems*, Sydney: Angus & Robertson Publishers, 1973, p. 165.

鸟居于高位观察人类，人对鸟儿难掩爱慕之情，并且还想着要为鸟儿奉献自己的力量。诗歌语言简练，感情真挚，寥寥几行展示了一幅人与自然和谐共处的美好图景。

2. 《敌意的群山》（“Hostile Mountain”）——敬畏自然

诗歌开篇描绘的不是山的美景，而是让人心情压抑的事物，展现了大自然的神秘。

Here is the patient hostility of rock	这里岩石怀有耐心的敌意，
And water calls with a cold voice, like iron	水发出冰冷如铁的声音，
That drops with a hushed clang down glooms of ice.	顺着阴郁的冰流淌，缄默的叮当声。
Old stone is angry, the dead volcano	古老的岩石怒气冲冲，死火山
Holds something of stubborn hatred even yet;[1]	埋藏着固执的愤恨

诗歌中选用“冰冷”“阴郁”“怒气”“愤恨”等词来描写岩石、水声、冰以及死火山这些自然现象，赋予了它们某种不可捉摸的特质。在接下来的描写中，诗人讲到在这样似乎充满了不可控因素的环境中，人们还是在山上活动，有游客，有滑雪者，然而诗人对此提出一系列问题，描述了人类在群山面前的感受：

Why do the fools with Kodaks hang back from the canyons,	为什么那些挂着相机的游客在大峡谷前踌躇，
Afraid that invisible hands will push them over?	害怕无形的手会推他们下去？
Here wind is assassin, but greater evil	这里风是刺客，但是更大的邪恶
Lies in wait beneath the slopes that glisten;	在那闪光的斜坡下潜伏以待；
Or why do the girls who sport amongst the snow	为什么做雪上运动的女孩子们，
Suddenly pause...and listen...	突然停住……然后倾听……
And men on the ski-ground shout falsely loud, and laugh	人们在滑雪场上大喊大笑，
With a hollow sound the crags toss to and fro?[2]	山谷中回荡着低沉而空洞的回音？

诗歌中风被形容为“刺客”，悬崖下有不可知的邪恶，山谷中回荡的声音令人战栗。当人处在这样的自然之中时，难免会有惴惴之情。人也许能征服峡谷，登顶眺望，但却会被峡谷的壮美所震撼；人也许能将积雪的山峰变成游乐场，但也会因山谷的回音而紧张。这是诗人对人类征服自然的质疑。

我们所熟知的美国文学家梭罗是热爱自然的典型。在他的《缅因森林》中，梭罗也提出了和道格拉斯同样的质疑。“山顶是地球未造完的部分，爬上那地方，刺探神的秘密，考验它们对人类的影响，这是有点侮辱神明的……这个地方不是为你准备的。”[3]现代人总沉浸在征服自然的快感中，认定世界每一个角落都应该有人类的足

1 Douglas Stewart, *Selected Poems*, Sydney: Angus & Robertson Publishers, 1973, p. 6.
2 同上，第6页。
3 罗伯特·塞尔编：《梭罗集》，陈凯等译，北京：三联书店出版社，1996年，第715-716页。

迹，应当为人类服务，然而大自然是如此的深不可测，充满了神秘的元素，人类在大自然面前显得格外渺小。人只是自然生态中的一部分，并不是一切的主宰，人类需要对大自然持敬畏之心。诗人的客观描述让读者在诗歌创造的意境中去体会其中的意味。

3. 《拍岸浪》（“The Breaking Wave”）——战争批判

道格拉斯直接反映战争的诗歌不多，他最擅长的还是描写自然，而这首《拍岸浪》则借描写自然表达了对战争破坏宁静生活的叹息。

诗人在海边看着拍岸的浪花，想到了枪炮的轰鸣，想到了使我们的世界支离破碎的战争，还想到了第二次世界大战里可怕的轰炸和先进的武器——潜水艇。满目疮痍的世界让诗人倍感无奈：

But will sing with the iron surf of mine and torpedo,
Shipwreck and death by drowning, the droning bomber.[1]

歌唱伴随着铁质的拍岸浪，里面有水雷鱼雷，
船的残骸，溺水者，轰鸣的轰炸机。

残酷的战争带来了触目惊心的破坏，惨不忍睹，诗人的思绪不由得回到了那平和而宁静的时代，于是他问道：

And who will go down to the beach to pick up shells
In the boom of the surf, let him clench them tight in his hand,
Say “Here was a pretty thing!— was love, was laughter;
Such things have been known to exist, even on land.”[2]

还有谁会在浪潮来时去海滩上捡起贝壳，
把它们紧紧攥在手里，说：
“这里以前有美好的事物，爱和欢笑
这些东西大家已知存在，即使在陆地上。”

战争摧毁了世界的宁静，海滩上是一片残骸遍布的凄惨景象，昔日在海边捡贝壳的美好生活已不复存在。诗人通过对比海边场景，表达了他的反战思想。

反战是生态文学作品的重要主题之一，它们批判杀害生命的武器，批判科技进步被用在了开发武器上，批判人类受欲望驱使所造成的对环境和人类自身的伤害。社会领域中的生态思想表现为尊重社会的多元化，维护社会生态平衡、人与自然万物的和谐共存，当然也强调人与人之间的和谐相处，因此反对战争、追求和平是生态主义的题中之义。

三、结语

道格拉斯·斯图尔特的自然诗篇描写细致客观，用语简练，反映出诗人观察的细致和对自然万物由衷的喜爱。在其诗歌中，主角是各种小生物，它们各具特色，和

1 Douglas Stewart, *Selected Poems*, Sydney: Angus & Robertson Publishers, 1973, p. 34.
2 同上，第34页。

人类分享大自然的美丽。诗人时而作为旁观者将其细节一一展示给读者，供读者体会和思考，时而又将自己融入所描写的生物群体中，人类不再是高高在上的观察者和审判者，而是平等共存生态环境中的一环。同时，在这些小生命的身上，诗人还发现了大自然的神奇奥妙。生物虽小，但它们却有神秘的自然元素，提醒人类不能以自己的好恶来判断其他物种。它们并不起眼，但却蕴含着自然的力量。他把自己的诗歌称作“探索宇宙的一种方法”[1]。斯图尔特的诗歌总是令人深思，将大自然的微言大义传递给读者。

1　陈正发：《二十世纪大洋洲文学研究》，合肥：安徽大学出版社，2008年，第65页。

第五章　当代澳大利亚生态文学

第一节　概述

第二次世界大战后澳大利亚的内政与外交发生了根本性的变化：大量的移民改变了本地人的生活方式，丰富了他们的思想与文化；随着冷战结束，世界紧张局势缓和下来，澳大利亚确定首要任务是搞好与亚洲国家的睦邻友好关系，战略重心移向太平洋地区，并开始与中国建交。战后随着经济的繁荣，澳大利亚迅速跨入了发达国家之列，原因如下：（1）冷战中的备战对原料（尤其是羊毛）的需求大增，促进了其畜牧业的迅猛发展；（2）美国与当时的苏联等国的军备竞赛增加了澳大利亚矿产的出口量；（3）战后发现的丰富矿藏为工业提供了物质基础；（4）大量涌入的移民为矿藏的开采和畜牧业的发展提供了充足的劳动力；（5）英国在第二次世界大战中经济受到重创，无暇顾及澳大利亚，为其经济的发展提供了宽松的国际条件。

经济繁荣带来丰富的文化生活，交通和通信的高速发展为思想和文化的交流创造了良好的条件。其思想活跃度达历史之最，一向墨守成规的澳洲本土文学具有国际化特征。澳大利亚当代文坛活跃着多个不同流派，不再是现实主义的天下。作家帕特里克·怀特（Patrick White）1973年获得诺贝尔文学奖，标志着澳洲文学开始走向世界。从此外国文学评论家对澳大利亚文学刮目相看，美国学者盛赞澳大利亚拥有20世纪70年代最卓越的英语小说家和诗人。1982年托马斯·基尼利（Thomas Keneally）以《辛德勒方舟》（*Schindler's Ark*，1982）获得布克奖，而皮特·凯利（Peter Carey，1943—）两次获得布克奖，1995年戴维·马洛夫（David Malouf，1934—）获得都柏林文学奖，另有大量作家获得国际声誉，作品广受欢迎，如蒂姆·温顿（Tim Winton，1960—）、伦道夫·斯托（Randolph Stow，1935—）。

现代澳大利亚的文学形式主要有小说、诗歌、戏剧和儿童文学等。部分作家已有较强的生态意识，这些体裁各异的作品体现了他们的生态理念和生态意识，等待读者去挖掘。

一、现代小说的生态理念

现实主义派、怀特派和新派小说是现当代澳大利亚小说的三个主要流派。它们具有以下生态特征和艺术特点：

（1）内容和创作手法上趋于国际化。经历了拓荒、开发、发展畜牧业和农业、建立现代工业之后，澳洲经济发展水平基本与欧美同步，社会生活内容和社会矛盾与之相似。这种相似性带来文学创作的某些共性，加之文化上的频繁交流使澳洲文学染上了欧美色，多数作家不再强调表现地域特点、风土人情和民族特质等，而转为关注心理上的孤独、压抑和迷茫。

（2）小说的题材广泛。小说题材包括牧场和郊区生活、知识分子的迷茫、普通人的失落与忧患，经济、政治、战争等。

（3）表现方式丰富多彩。有利用梦境和幻觉来反映生活的，有通过象征手法丰富小说内涵的，有编造怪诞故事夸张地反映社会矛盾的，等等；从小说体裁看，有家世、寓言、散文、游记体、讽刺、历史和自传体小说[1]。

该时期的小说家们更加关注工业化的发展给环境带来的直接和间接的危害。随着城市发展步伐加快，郊区逐渐后退。而都市的扩张打破了乡村的宁静，吞噬着人们的心灵。年轻一代不再满足于乡间的宁静，忙忙碌碌地追求都市的繁华；而老一辈因失去土地感到失落与绝望。战争和经济的高速发展带来了人与人之间的激烈竞争和冷漠，对此作者在作品中表示失望和担忧，他们更渴望人与自然和谐相处的生态社会。通过作品，作家勾勒出一幅幅生态乌托邦的美好画面，以体现他们的深层生态意识。

（一）现实主义派小说

该流派的小说家以刻画人物性格为主要任务，强调细节的真实性，通过有头有尾、精心设计的情节来塑造人物形象，反映作者对人生和社会的看法。这一派的主要作家有马丁·博伊德、艾伦·马歇尔、约翰·莫里森等。

马丁·博伊德（Martin Boyd，1892—1972），“四海为家”的人生经历使他的小说背景超越国界，视野广阔，被人称为“国际性小说”。其代表作《露辛达·布雷福特》（*Lucinda Brayford*，1946）描绘了一位出水芙蓉的美少女露辛达的人生经历。她在牧场度过了悠然自得的少女时代。在澳大利亚大自然的怀抱里，在和煦阳光照耀下的山坡上，她体验了她的第一次，孕育了爱的结晶。然而，随丈夫回英国的露辛达生

1 黄源深、彭青龙：《澳大利亚文学简史》，上海：上海外语教育出版社，2006年，第276-279页。

活得并不幸福。这部气势恢宏的家世小说真实地反映了英国与澳大利亚的社会变迁，读者可清楚地解读出笔者的倾向：粗犷而质朴的澳洲充满勃勃生机，而高度文明的英国却死气沉沉，令人窒息。该小说客观地刻画了战争给人们带来的肉体和精神上的创伤，谴责了战争的残酷，发泄了作者对战争的厌恶之情。不难看出，作者对粗犷质朴的澳洲充满希望，对人类无限的私欲及残酷的战争无比憎恨，这正是深层生态学的理念在其作品中的体现。

艾伦·马歇尔（Alan Marshall，1902—1984），澳洲乡土作家，其作品色调明朗，自始至终洋溢着乐观情绪，常常给人以鼓舞。其经典儿童文学作品《我能跳过水洼》（*I Can Jump Puddles*，1955）描写了一个病残孩子勇敢面对人生，克服令人难以置信的困难，终于成为生活的强者的故事。作者巧妙地抓住最能反映澳洲特色的风物，精心刻画乡镇风俗。高大的桉树、茫茫无边的丛林、用树皮搭成的简陋而牢固的小木屋、平坦而空旷的牧场、大旱季草枯畜亡的惨景、携白铁罐四处乞讨的流浪汉等一系列富有丛林风味的画面，把读者带进一个陌生而有趣的新大陆。这里的人们在荒僻的丛林环境熏陶下，形成了豪爽、朴实、坚毅的性格。他们终年辛勤劳动，与恶劣的气候为伴，却充满信心、乐观豪放，往往几杯酒下肚，几首歌一唱，就把劳累和艰辛忘记得干干净净，相信人生永远是晴朗的春天[1]。

约翰·莫里森（John Morrison，1904—1998）代表了50年代澳大利亚传统短篇小说创作的最高水平。他的成功很大程度上归功于对生活的敏锐观察力。他离开阴湿灰暗、烟雾弥漫的高度工业化的英国来到澳大利亚，如他所说，“澳大利亚是另外一个世界”。在后来的岁月中他仍生活在这里，但他却说“澳大利亚有失当初我所感到的魅力”。对这里的一切莫里森有危机感，担忧澳洲会步工业化英国的后尘[2]。

（二）怀特派小说

怀特派小说家认为传统派的现实主义小说过分追求形态的相似度，拘泥于内容的表面真实性，缺乏内涵的深刻度和渗透力，不能充分反映现代世界的复杂性。该流派的小说家纷纷把笔端伸向人物的内心或灵魂深处，探索其内在丰富的精神世界，通过刻画现代人的内心思想生活来反映纷繁复杂的客观现实世界，揭露人类内心深处隐藏着的阴暗与丑恶及内心世界里善与恶的斗争。除帕特里克·怀特外，为首的代表人物还有伦道夫·斯托（Randolph Stow）、贝弗利·法默（Beverley Farmer）、托马斯·基尼利（Thomas Keneally）、克里斯托弗·科契（Chritopher Koch）。

1　黄源深：《澳大利亚文学史》，上海：上海外语教育出版社，2014年，第305页。

2　同上，第307页。

被誉为当代澳大利亚文学领头羊、“少有的天才”帕特里克·怀特，1973年获得诺贝尔文学奖，并在澳洲小说界的表达方式方面掀起了一场深刻的革命浪潮。该浪潮的特征是作家把小说描写的重点从个人与外部大世界的矛盾与冲突转向了人物内心善与恶的冲突，人物的内在精神世界成为小说家的重点表现对象。怀特热切关注人类的进步事业和人民的痛痒得失，并为之奋斗。20世纪60年代，他加入了抗议卷入越战的行列；70年代，他为保护百年公园的生态环境而奔走；80年代初他公开发表反核战演说，为人类的前途感到忧虑。怀特早年在欧洲接受教育时便有了生态意识，正如他在自传中提到的，在战争中，他总是怀念故乡澳大利亚的自然风貌。其作品成功地表达了他的生态意识。在使怀特获得国际声誉的小说《人树》（*The Tree of Man*，1955）里，主人公斯坦夫妇居住在悉尼远郊，跟邻居一样过着平凡的日子，但最后他们赖以生存的农场却因工业不断扩展最终被吞噬了。“人树”暗示人生历程犹如长生不息的树木，人们对自然不断探索和认识，这个过程随着人类的繁衍而代代延续，永无止境。《沃斯》（*Voss*，1957）反映的是早期创业者不畏困难、勇往直前的开拓精神。沃斯在不需要任何外界的帮助和任何超自然力量的庇护的情况下，要征服险恶环境，最后以生命为代价证明了大自然是不可征服的。作者昭示世人应当从物质享受中超脱出来，追求精神上的理想境界，磨炼自己，净化心灵。《树叶裙》（*Leaves of Tree*，1976）里艾伦意外回归大自然之旅，表达了作者返璞归真的生态智慧。怀特通过这个故事告诉读者：回归大自然，在自然状态下才能找到自我，经历苦难才能成长，经过大自然的磨砺灵魂才能得到升华。

伦道夫·斯托着力描写生态环境，关注人与自然之间的关系，试图发现和阐发救赎的道路。其代表作《归宿》（*To the Islands*，1958）从精神生态描写了主人公自我放逐的艰辛历程，最终实现自己与外界的和解，从人格层面逐步探索到精神内核，即人们只有像赫里·奥特那样，在肉体上经历痛苦与磨难，灵魂上进行荡涤之后才能更清楚地认识自己，认识周围的世界，使内心进入平静和谐的新境界。这种把肉体与心灵的历程合二为一加以刻画的做法，在欧美文学中既是古老的传统，又是新发展。《午夜》（*Midnite: The Story of a Wild Colonial Boy*，1967）向成人和儿童传授关于人类居住地的知识，描绘了一幅人与大自然静谧安详、欢快和谐的画面，告诉读者应欣赏并尊重自然万物，遵循自然规律，不能随意打破大自然的平衡。

托马斯·基尼利（Thomas Keneally，1935—）的力作是《吉米·布莱克史密斯的歌声》（*The Chant of Jimmie Blacksmith*，1972）。其主人公象征澳洲这块原始土地，其对立面是“入侵”的白人。二者的观点向世人揭示了一个真理：谁肆意蹂躏这块土地，谁就会受到处罚。获得布克奖的《辛德勒的方舟》（*Schindler's Ark*，1982）叙述了一个名叫辛德勒的商人营救了1 500个犹太人的事迹。辛德勒的伟大就在于他觉得这十分正常，无求回报之意。《澳洲的天使》（*An Angel in Australia*，2000）、《遗孀与她的英雄》（*The Widow and Her Hero*，2007）、《火星的女儿》（*The Daughters of Mars*，2012）虽为战争小说，但视角转向了战争时期的后方，描写了战时国内牧师、烈士遗孀、护士等人物的经历，表现了战争对普通人生活及思想的冲击，也揭示了战争给后代留下的创伤。三部小说通过描写战场之外的普通人的生活及思想，对战争进行了反思与追问。

大卫·爱尔兰（David Ireland，1927—）的《未知的工业囚犯》（*The Unknown Industrial Prisoner*，1971）批判了工业化对生态自然持续不断的掠夺；这部小说告知读者，随着工业化的进一步发展，人们应该有越来越强的生态意识，意识到我们正在毁灭大自然；人们不能抱有侥幸心理，认为总有地方可以逃。在《未来的女人》（*A Woman of the Future*，1979）中，作者抨击了资本主义消费经济破坏澳大利亚资源的现象。

贝弗利·法默（Beverley Farmer，1941—）的《海豹女人》（*The Seal Woman*，1992），是一部以海豹人的神话传说为原型，充满浓郁的异域风情的小说。传说中海豹女人的悲剧和女主人公达格玛（Dagmar）的经历不无相似之处。她们最后都选择离开自己的爱人，回到故乡，回到自己熟悉的归属地。在法默的笔下，人类十分渺小，大自然以无与伦比的魅力和威力为人类提供安全的“栖居之所”；人居于自然之中，与世界万物“齐一”，故唯有尊重自然、融于自然、呵护自然，方能保证自己家园的永存。这部小说体现了法默强烈的生态意识，奠定了她在澳大利亚文学史上生态文学作家的地位。

（三）新派小说

物质的丰富带来的生活便利导致人们道德观念和意识形态的变化。第二次世界大战后，那些缺乏坚定信念的澳洲人开始动摇了，滋生出虚无主义，在此基础上又产生了享乐主义；传统的道德观念被抛弃，吸毒和性解放成为部分年轻人的时髦标志。新派小说是无视文学传统、刻意标新立异的青年作家提倡的一种无论是内容还是形式上都不受任何条条框框约束的所谓创新。在内容上，作家们突破澳洲传统文学的禁区；在表现形式上，他们摒弃了刻画英雄人物和编造精彩情节的老传统。他们着眼于创造情景，刻意追求小说的离奇叙述方式、独特叙述角度。新派作家崛起于20世纪70年代初期的世界政治风云，与越南战争有着密切关系。其代表人物有迈克尔·怀尔丁、彼得·凯里和莫里·斯卢里等。

彼得·凯里（Peter Carey，1943— ）被人们称为澳大利亚魔幻现实主义文学的代表人物，到目前为止，他已经出版发行了13部长篇小说、数部儿童文学作品和短篇小说集。其中长篇小说《幸福》（*Bliss*，1981）荣获迈尔斯·富兰克林奖，长篇小说《奥斯卡与露辛达》（*Oscar and Lucinda*，1988）和《凯利帮真史》（*True History of Kelly Gang*，2000）均获得布克奖；作品《主仆美国历险记》（*Parrot and Olivier in America*，2009）不仅入围2010年布克奖，还获得了国家图书奖。凯里是一位两次获得布克奖的作家。其作品《战争的罪恶》（*War Crimes*，1979）揭露了战争对生态的破坏；作品《美国梦》是作者自认为写得最好的短篇小说，它通过一件乡镇"奇事"展示了战后澳大利亚人既憧憬美国的生活方式又眷恋朴实的乡土生活的矛盾心理[1]。

（四）20世纪80年代至90年代的小说

20世纪80年代，生态危机、环境保护成为世界各界人士的关注点。各国文学产生了一个新的类别——生态文学。生态批评，一个文学批评的新类别也随之兴起。澳大利亚这块远离欧美大陆的新土地也不例外，敏感的文学家早已嗅到了新鲜的生态文学之风。戴维·马洛夫和蒂姆·文顿均是澳洲著名的生态文学家。

戴维·马洛夫在《约翰诺》（*Johnno*，1975）中塑造了一个与环境格格不入、游离于社会之外的现代社会弃儿。从社会角度看，战争是造成他早期顽劣成性的主要原因，生活环境的压抑也成为其命运的地理因素。《飞去吧，彼得》（*Fly Away, Peter*，1982）批判了人类中心主义的自然观，认为其实质是用工具理性将自然完全纳入人类的框架，为人类所利用，满足其各种需要。而人类应以生态和审美的视角来审视与欣赏大自然，唯有如此，澳大利亚人才能真正与这片土地构建亲密联系，建设具有自然意义的家园。

蒂姆·温顿的生活之地是澳洲原始自然景观最丰富的地方，他的作品多以海滩小镇为背景。他着力描写生态环境，关注人与自然之间的关系，试图发现救赎之路。在《露天游水者》（*An Open Swimmer*，1982）中，树木可以说话，海洋包容所有秘密。该小说表达了作者欣赏、尊重自然万物，遵循自然规律，追求人与自然的和谐，追求宁静简单的生活方式的生态意识。《浅滩》（*Shallows*，1984）描述了以奥尔巴尼为原型的传统捕鲸业对小镇人民生活的影响。作者批判了血腥的现代捕鲸业和工具理性霸权：工具理性对人类诗意栖居的乌托邦家园蚕食鲸吞的过程还伴随着人的异化和大自然的物化。在《土乐》（*The Dirt Music*，2002）中，"土"是自然的灵感，即风景可以

1　黄源深：《澳大利亚文学史》，上海：上海外语教育出版社，2014年，第325页。

与渴望理解风景的人进行心灵交流；该小说表达了作者对亲密接触大自然的渴望，他努力寻找自然中的非语言信息，认为音乐正是人与自然的连接。

二、诗歌

20世纪60年代以前的澳大利亚诗坛欧洲传统一统天下。60年代的政治气候下，诗坛出现了“澳大利亚新诗歌运动”：在技巧上改变了五音步诗独霸天下的局面，在内容上主要反映现代人的观点、生活态度和方式，于是过去很少入诗的越南战争、生态保护、环境污染就成为诗人关注的中心[1]。

A. D. 霍普（A. D. Hope, 1907—2000）这位学者诗人在澳洲诗坛的地位堪比怀特在小说界的地位。其诗歌所表现的重要主题是人的孤独和寂寞，诗人深感随着现代文明的发展一切都标准化、机械化了，现代工业使人失去个性，几乎变成了机器。人与人的情感疏远了，个体身处人海茫茫的现代社会难以排解心中的孤独。《飞鸟之死》表达了这种孤独感和渴望回家的归属感。这是诗人在一次旅途中见到一只离群的飞鸟有感而发完成的。诗歌中的候鸟形单影只，因力不从心终结了此次飞行。诗人借此候鸟的悲哀遭遇，揭示了生命与死亡、恋家与放逐、个人与社会的辩证关系，还表现了在浩瀚的大自然里人类无尽的孤独感，内心孤苦的现代人就似那孤独的飞鸟；对澳大利亚人来说，它写出了“年复一年召唤她回家”“离别就是回家”的无所归属的感觉；对于现代人来讲，它反映了内心的孤独；对于整个人类来说，它象征性地揭示了人由生到死的自然历程。在另一首诗歌《澳大利亚》中，诗人笔下的澳大利亚贫瘠、荒芜且缺少古文明，自然环境单调而丑陋；河流消失在炎热的沙漠中，给人民带来灾难；她的五大城市像“溃疡”一样“吸干”了“她的躯干”；土地上住着“二等欧洲人”，饱尝生活的艰辛。这是对澳大利亚历史的高度概括，也是对其地理环境的客观反映。但诗人接下来笔锋一转：尽管自然环境如此不尽如人意，他仍心甘情愿回到这里，因为这是他的家，这里有“深邃”而独特的“精神”[2]。这些诗歌表达了诗人的家园意识和归属感，尽管这个家的地理环境如此恶劣和丑陋，但人类只能与之和谐相处，相伴一生。

戴维·坎贝尔（David Campell，1915—1979）的诗歌语言朴实自然，澳洲俗语和典故运用为其增添了地方色彩。他的诗集《与太阳对话》用寥寥几笔就清晰地勾勒出澳洲的风景：荒凉的土地、太阳和月亮的光芒、歌唱的喜鹊、盘桓的老鹰，金合欢树

1 黄源深：《澳大利亚文学史》，上海：上海外语教育出版社，2014年，第454页。

2 黄源深、彭青龙：《澳大利亚文学简史》，上海：上海外语教育出版社，2006年，第207-212页。

黄艳艳的花朵与白白的雪桉树；喜鹊的欢声、杜鹃的啁啾、乌鸦的聒噪和笑鸟的喧闹，构成了澳大利亚乡间的交响乐。在这样的背景中诗歌一一呈现了独特的牧场风光和粗犷勤劳的赶车人、丛林流浪汉、放牧工等形象。其中一首描写战争的著名诗歌《着绿色军装的人》（“Men in Green”，1962）是诗人根据第二次世界大战时期随空军部队在新几内亚服役的经历写成的，是作者为数不多的反映战争的诗歌中最出色的一首。诗歌反映了战争的残酷及其给人带来的心灵创伤，这种伤痕永远无法抹去，正如诗中的“我”“仍然想着穿绿军装的人”一样[1]。

战争是布鲁斯·道（Bruce Dawe，1930—）诗歌关注的焦点，如越南战争、伊拉克战争。他同情越南人民，反对美国的侵略行为和澳大利亚的为虎作伥，写出了迄今为止澳洲最出色的关于越战的战争诗《回家》（“Homecoming”，1965）。其描写手法较好地表现出类似哀悼和祈祷仪式的沉重感和压抑感，让人体会到简单的词语后面所深藏的悲哀主题——“回家”。回家会激起读者关于返回家园的种种愉快联想，可是这里没有通常“回家”的喜悦和激动，带回的是生命消亡的消息，是家人的无限悲痛，是对活着的人的沉重打击。“电报像冬日的树叶那么颤抖”，写出了多少人接到亲人死讯后心灵所受到的震撼性打击！虽然诗歌没有直接谴责战争，但是字里行间却是对战争的无声控诉，具有极强的感染力[2]。

马克·奥康纳（Mark O’Connor，1945—）是澳大利亚著名的自然诗人。其作品的一个重要主题是咏叹大自然的美丽，强调生态保护的重要性，指出人类污染对各类动植物所带来的威胁。他充分利用自己动植物方面的丰富知识，生动地勾勒出澳大利亚令人赏心悦目的自然世界。奥康纳写诗的另一动机是通过写大自然来宣传环保。十多年来，他笔下出现过澳大利亚的各种地貌环境：山川、树林、湖泊、沙漠、岛屿和珊瑚礁，并从环保的角度加以刻画。在生态批评如火如荼的今天，奥康纳的题材选择无疑非常讨巧，而环保人士的独特视角更为他的作品增色不少。

综上所述，现代澳大利亚各个流派、各种类型的文学创作，无论是现实主义流派、怀特派还是新派小说，抑或是诗歌，均在不同程度上反映出作家们从绿色家园的环境保护意识到深层生态哲学等较深刻的生态理念。这一时期文学作品的生态意识大致可归纳如下：

（1）抒发故乡情。那些自幼生长在牧场的作家难以割舍对故乡的怀想和对家乡的思念，他们借助小说和诗歌抒发他们的思乡情。这样的作品如实记录了澳大利亚人随着工业社会的发展离开故土的茫然及对丛林家园的思乡之苦，这是人类自然情感的

1 黄源深：《澳大利亚文学史》，上海：上海外语教育出版社，2014年，第446页。
2 同上，第463-465页。

倾诉。

（2）对征服控制自然的批判。澳洲工业化的发展触角伸向内陆地区，人类的行为干预了自然，原始环境被打上人类的烙印。城市化的进程加剧了人性的罪恶，无限膨胀的欲望驱使人们在物质追求的漩涡中挣扎求生，拜金主义使人走向异化的边缘。

（3）对简单生活的渴望。人们应该放下对现世物质的过度追求，停下追逐的脚步，提倡回归自然，远离城市的繁华，涤净尘嚣的心灵；实现“诗意地栖居”和与天地万物和谐相处的田园生活梦想，拥有生机勃勃的牧场、带有花园和草地的农舍以及与宁静的牧场情调相匹配的和谐的家庭气氛。

（4）生态整体主义的体现。人是生态圈中的一部分，不仅需要同其他物种保持平等关系，也需要与人他和谐共处，反对任何形式的中心主义，批判了白人对原住民民族的歧视，赞美了原住民原始而淳朴的生态智慧。

（5）对生命无常、自然规律不可撼动的感慨。战争使人们感受到生命的渺小，也感受到人类将武器和战争作为自己欲望延伸工具的可怕性。万事万物都离不开自然规律，无论生前多么荣耀，终将消失在永恒的自然之中。

第二节　帕特里克·怀特：深层生态学的倡导者

一、作者简介

帕特里克·维克多·马丁戴尔·怀特（Patrick Victor Martindale White，1912—1990）被誉为20世纪最杰出的英语小说家之一，是澳大利亚文学由民族化向国际化变革的先行者。

（一）生平简介

帕特里克·怀特生于伦敦，父亲是来自英国的澳大利亚人，母亲是地道的英国人。半岁时他随父母来到澳大利亚，在悉尼度过童年，自幼酷爱戏剧，6岁时就看过戏剧《威尼斯商人》。10岁时，其文学天赋初见端倪，开始写成年人主题的剧本。1925年怀特被送到英国学习，熬过这段被怀特描述为“四年的监禁”生涯之后，回到父亲的农场，度过两年手执羊鞭、夜宿营帐的游牧生活。乡土生活既练就了他坚强的意志，也为他后来的创作积累了丰富的素材，奠定了其朴素的生态理念基础。他敬重土地，身体也更健康[1]，然而他对此并不满足。

1932年，怀特考入剑桥大学攻读法国和德国文学，在此期间出版了诗集《农夫及其他诗歌》（*The Ploughman and Other Poems*，1933）、剧本《面包黄油女人》（*Bread and Butter Women*，1934）。1935年获得学士学位后，他开始了《欢乐谷》（*Happy Valley*，1939）的写作。

1937年，怀特获得父亲留下的大笔遗产，这使他没有后顾之忧，可以安心写作。小说《欢乐谷》出版后在伦敦大受欢迎。20世纪30年代末怀特在美国度过大量时光，并完成了《生与死》（*The Living and the Dead*，1941）。第二次世界大战爆发时他回到伦敦，在英国皇家空军情报部门服役，作为情报员服务于埃及、巴勒斯坦和希腊，直到战争结束。

战后，怀特回到澳大利亚，在悉尼郊区买了一栋老房子，开始潜心写作。1948年他在美国出版了《姨母的故事》（*The Aunt's Story*，1948），几年之后《人树》（*The Tree of Man*，1955）在英国出版。《人树》这部巨著获得"澳大利亚的创世纪"之作的美誉，给他带来了国际声誉。在好评如潮的同时，该书在澳洲本土却被评论家们抨击为非澳洲作品，以致怀特怀疑自己是否该继续写作，最后他决定坚持下去。下一部小说《沃斯》（*Voss*，1957）使他在澳大利亚文坛的地位有显著提高，并获得富兰克林文学奖。

1961年，怀特出版了使他名利双收的作品——《战车上的乘客》（*Riders in the Chariot*，1961）。该书销量不错，再次获得迈尔斯·富兰克林文学奖。虽然他已荣获世界级作家的美誉，朋友圈已显著扩大，他仍深居简出，拒绝采访，拒绝在公开场合露面。1970年怀特出版的《活体解剖者》（*The Vivisector*，1970）描写了一位执着的艺术家。怀特是艺术品收藏爱好者，年轻时深受画家朋友的影响，他试图以优美的散文模拟绘画。

1973年，怀特荣获诺贝尔文学奖，那是因为"他以史诗般的和擅长于刻画人物心理的叙事艺术，介绍一个新大陆进入文学领域"[2]。怀特用这笔奖金建立了帕特里克·怀特奖励基金，奖励有创意的作家。

怀特不愿意在公共场合发表长篇演讲，但是在1982年的"棕枝全日"（Palm Sunday）这天，他在3万人前发表演说，呼吁禁止开采铀矿，销毁核武器。这是他又一次反对军事扩张、呼吁环境保护的身体力行的行动。1990年9月30日怀特在悉尼

1 David Marr, *Patrick White, a life*. Milsons Point, NSW: Random House, 1991, pp. 93-99.

2 1973年诺贝尔文学奖瑞典皇家科学院新闻稿引文http://nobelprize.org/nobel-prizes/literature/laureates/1973/press.html.

去世。2012年他的一部未完成的小说《悬挂着的花园》（*The Hanging Garden*）出版了。该小说描述两个在澳洲避难的战争孤儿的生活，反映了战争给孩子们身心带来的极大伤害。

丰富的人生经历是怀特取得辉煌成就的原因所在：青年时代接受的英国教育和国际文化的熏陶给了他接受当代英美文化潮流的便利；在澳大利亚度过的少年生活使他既熟悉澳洲，又不囿于该文化，具有容纳世界文化的博大胸怀；在欧美许多国家旅游，异国风情与风光使他大开眼界，形成了他观察世界风土人情和独立分析思考问题的思维方式。

（二）主要作品所体现的生态意识

1. 荒野之美——原住民之智

深层生态学桂冠诗人加里·斯奈德（Gary Snyder）提出了“狂野”“野性”“荒野”三个基本概念，强调人的“位置感”。他渴望野性、美好、神圣三位一体的美景。基于此理论，加里建立了荒野伦理观（Wilderness Ethics）。荒野伦理包括非人类及人类社会的伦理，即这个大自然的伦理。

怀特的多部作品展现了荒野之美、土地乃人类生存之本、原住民与大自然之和谐，诠释了野性、美好、神圣三位一体的荒野伦理。《人树》前半部表现了丛林之美、大地之慷慨与辽阔，勾勒出天人合一、人与自然和谐相处的生态乌托邦画面。《沃斯》里的沙漠也有奇异之美，如雨后的绿色海洋：

> 这里阳光与阴影交错，空气中飘浮着干草的芬芳，大地充满了美好与宁静。
>
> (Such peace and goodness as was apparent in the earthly scene, in the light and shadow, and the abundance of fragrant, wilting hay,...)[1]

> 矿石的光辉在夕阳中愈加灿 烂了。棕色渐渐隐退，银色的矿脉在溪谷中赫然醒目，一块块蓝宝石和紫水金的矿石在山上闪闪发光……黄昏的紫色薄雾在塔下飘浮，这美景几乎使沃斯沉醉。
>
> (Its mineral splendours were increased in that light. As brone retreated, veins of silver loomed in the gullies, knobs of amethyst and sapphire glowed on the hills,...)[2]

1 Patrick White, *Voss*, London: Vintage Books, 1994, p. 49.
2 同上，第128页。

作者对原住民的原始生态智慧大加赞赏。在主人公沃斯带领的探险队里，两名原住民均成功返回，虽然年长者预计他们会失败，早早要求离开。另一个还是孩子，一直跟随沃斯，然后独自一人仅凭生存本能，一路寻找食物和水，成功返回出发地。沃斯去世的原住民营地也是难以寻觅的人间仙境。在生存条件恶劣的沙漠腹地，原住民也能找到适合生存的土地、食物和水，其生态智慧让现代文明人叹为观止。

《树叶裙》不仅描绘了风景如画的大自然，更展现了原住民的包容性（plurality）[1]。

> 太阳西下，湛蓝、淡绿、火红相间构成绝世佳境，美不胜收。尽管生长在风景如画的乡村，也无法面对这突如其来的变化，她呜咽了。[2]
>
> 在收留艾伦的原住民部落里，她为如此美景所感慨：暮霭的余光把黑人的体型抚弄得雍容华贵，给尘土飞扬的、乱七八糟的营地增添了生机盎然的图案。[3]

原住民教给她生存技能，最后完全接纳她，使她感到前所未有的自由，另一个白人甚至不愿回到“文明社会”，宁可与原住民为伍，在荒野里继续“野蛮人”的简朴生活，愿意“返璞归真”。

2. 物无贵贱，众生平等

中国道家视生命为最高价值的存在，既强调人与自然万物的关系中的生态伦理关怀，追求泛爱万物和谐共存的理想，又强调社会生活中人与人关系的公正和平等，追求对所有社会成员平等的人文关怀，让人的生命得到尊重，使每个人的生存权利得以实现[4]。怀特的以下两部作品充分体现了道家的“物无贵贱，众生平等”这一生态理念。

《战车上的乘客》（*Riders in the Chariot*，1961）表达了恶势力的肆虐以及对人的摧残不仅存在于战火纷飞的年代，也存在于平凡的日常生活中；人们只有通过追求崇高的思想境界，多行善事，即通过受苦受难达到赎罪之目的，才能与之对抗。这部小说通过主人公的言行举止表现了作者希望“拥抱自然”之夙愿。主人公黑尔自幼受父母的冷落，在万般绝望中领悟到在大自然中才可得到真正的解脱。黑尔投进自然的怀抱，以真诚的爱心和奇特的方式保护着宅院里的生灵。她与鸽子交谈，与蛇沟通，与花鸟鱼虫结

1 Hannah Arendt, *The Human Condition*, Chicago: The University of Chicago Press, 1998, p. 7.
2 Patrick White, *A Fringe of Leaves*, London: Vintage Books, 1997, p. 242.
3 同上，第247页。
4 陈霞：《道教生态思想研究》，成都：巴蜀书社，2010年，第207页。

下了深厚的友谊，成为自然的积极参与者，而不是控制者或破坏者。她对自然的关爱远远超过了包括父母在内的人类。在大自然中，她终于领悟了那无处不在的“上帝”存在的真正含义，“每片树叶”都是上帝的化身[1]。这个天真的小女孩在“感知”真实世界的一草一木，真可谓“人之生初，天真未凿，人与天是自然合一的”[2]。

在短篇小说《白鹦鹉》（*The Cockatoos*，1974）中，一群漂亮的白鹦鹉飞到农场，让一对感情不和的夫妻有了修复情感的契机，开始享受重归于好的快乐。然而残忍的邻居企图枪杀无辜的白鹦鹉，丈夫在争斗中死于邻居的枪口下，造成鸟死人亡的悲惨结局。在澳洲，有的地方鹦鹉太多，常常破坏庄稼，所以与兔子一样成为农场主大肆虐杀的对象。怀特在这部小说里给予漂亮鹦鹉极大的同情，认为它们也有生存的权利，尽管它们有时给人带来某些微不足道的干扰，但同时也给人们带来不少快乐。该小说表达了作者对弱小动物的关爱之情，体现了作者的万物生态平等观。

3. 诗意栖居，生态乐土

从古到今，东西方的生态哲学家均强调“诗意栖居”的生态家园意识。德国著名学者海德格尔早就提出“诗意地栖居在自然的土地上”（poetic dwelling in nature of the earth）[3]，接下来还进一步阐述诗人追求“返乡”的审美目标：“诗人的天职是返乡，惟通过返乡，故乡才作为达乎本源的切近国度而得到准备。”[4]工业革命对环境的破坏加剧了人们的“茫然失去家园”之感[5]。“小桥流水人家”“每逢佳节倍思亲”“少小离家老大回，乡音未改鬓毛衰”，这些家喻户晓的诗句承载的是中国文化古老的生态智慧。这种生态哲学的思想在怀特的长篇巨作《人树》和《欢乐谷》里表现得淋漓尽致。

《幸福谷》是怀特的第一部小说，故事发生在新南威尔士州一个名叫“幸福谷”的小镇。那里的居民，即欧洲移民，过着沉闷、乏味且孤独的生活，没有归属感，无法在澳洲土地上生根。小说抒发了新移民“身在异乡为异客”的思乡情，以及挥之不去的“无家可归”与“茫然失其所在”的伤感，充分体现了怀特的深层生态学的“家园意识”。

《人树》是为怀特赢得国际声誉的鸿篇巨制，描述了存于大自然的丛林人在田园牧歌、诗情画意般的生活；而都市的扩张打破了乡村的宁静，吞噬着他们的心灵，年

1 陈正发：《二十世纪大洋洲文学研究》，合肥：安徽大学出版社，2008年，第107页。

2 陈霞：《道教生态思想研究》，成都：巴蜀书社，2010年，第150页。

3 Martin Heideger, *Elucidations of Holderlin's Poetry*, Humanity Books, 2000.

4 马丁·海德格尔：《荷尔德林诗的阐释》，孙周兴译，北京：商务印书馆，2000年，第15页。

5 曾繁仁：《生态美学导论》，北京：商务印书馆，2010年，第328页。

轻一代不再满足于乡间的宁静，忙忙碌碌地追求都市的繁华，而老一辈因失去土地感到失落与绝望。

斯坦像一棵树，自然世界的大树，牢牢扎根于大地，他发现其神性体现在与周围自然世界的默契中，在与土地的关系中他发现了“自我的定义”（definition of self），在这片土地上，他对大自然的经验皆具特殊性和普遍性[1]。斯坦一家人在这和谐的家园中共同面对一切灾难，从社会动荡到各种自然灾害。

在这部看似单调的描写日常生活的小说中，怀特成功地阐释了海德格尔的观点：“我们人类终将成长，生活和死亡在这块土地上，它给予我们可靠而稳定的基础。当我们的土地失去，我们就会失去我们的归属感。”（We human beings will finally grow, live and die on the land from which we have gained the foundations of our reliability and stability. When our land is lost so we lose our sense of belonging.[2]）

4. 至人无为　大圣不作

“至人无为，大圣不作，观于天地之谓也。”这句话出自《庄子・知北游》，其意为有学问有修养的人懂得人类需顺应自然，不能自命不凡，肆意妄为，胡作非为；高智慧的人懂得天地间的万物之运动变化有它们自己的规律和法则，各种事物的表象及相互间的关系复杂多变，对此人不可能完全认知和把握，应保留谨慎、敬畏之心态。唯有如此，人与自然、人与社会才能和谐相处，共存亡、同荣辱。这句至理名言体现了中华先哲大真大善、大仁大智的境界，堪称华夏民族弥足珍贵的精神财富。怀特在小说《沃斯》里诠释了这一生态智慧，验证了古老中华生态哲学的重要价值。

《沃斯》是怀特的经典之作，描写了德国医科学生沃斯在悉尼富商的资助下率领一队人马赴澳洲中部地区探险的经过。

沃斯的探险历程具有双重含义。其表层含义为一次同自然的壮烈搏斗，反映了早期创业者不畏艰难的开拓精神，展现了澳洲沙漠荒野之美、气候之严酷以及原住民俗之谜。此外，作者还赋予小说以耐人寻味的深层意义，使一次试图征服自然的探险活动成为对自身与他人的心灵探索。从心理学维度看，澳洲沿海象征心理的意识层，而中部内陆地区则象征深处的无意识层，因而沃斯的探险经历成了对灵魂的探索。正如女主角劳拉，沃斯的女友和精神伴侣所说：“假如他善恶并存于身的话，他在与恶做斗争，但他失败了。”[3] 沃斯身上的恶，首当其冲便是狂妄自负。而产生这一思想的

1　David Taccey, Patrick White, *Fiction and the Unconscious*, Melbourne: Oxford University Press, 1988, p. 88.

2　Martin Heideger, *On the Way to Language*, Harper One Feb. 24, 1982, pp. 199-200.

3　Patrick White, *Voss*, London: Vintage Books, 1994, p. 445.

根源，就在于他对权力意志的顶礼膜拜。沃斯在此思想的支配下，欲在大沙漠中自由驰骋，试图以“强力意志”实现尼采提倡的“超人”梦；同时，还企图凭借这股力量驾驭探险队，征服每个探险队员的心灵，而结果却恰恰相反。非理性的判断导致他犯下一个又一个错误。例如，指挥失误，耽误行程；强行过河，导致面粉落水，加剧了粮荒；射杀爱犬，向同伴证明其坚强等。这些疯狂之举加速了他走向毁灭之路。在痛苦地等待死亡降临的过程中，沃斯幡然醒悟：“我再也不是你们的上帝了，哈利。”他意识到自身能力的局限，意识到与上帝抗衡、挑战自然大道、违背“天时”“地利”“人和”“天人合一”乃愚蠢之举。当一个人变得谦卑，明白自己不是“上帝”时，此刻他离上帝最近，最后其灵魂才有可能升华，进入天堂。

怀特通过傲慢的沃斯探险给予读者的启迪是，大自然不会为人类的傲气所折服，人类尊重自然规律，与自然和谐相处，与同伴和谐共处乃生存之本。怀特的深层生态哲学思想与中国道家倡导的“和谐”“天人合一”不谋而合。正如沃斯最终以生命为代价得出的结论是：他不是上帝，即“圣人无为，大圣不作”。这与西方现代哲人倡导的超人哲学大相径庭。

5. 天之照人，与镜无异

道教的第一部经书《太平经》卷十八至三十四中便说：“天之照人，与镜无异。”“王者百官万物相应，众生同居，五星察其过失。”[1]人的善恶行为能够被天感应到，人的一言一行都逃不过神灵的明察。神灵依据人的善恶功过进行赏罚，小过减其福寿，大善功德则增其寿。这是西方哲学里所没有的生态智慧。然而这在怀特的小说《风暴眼》里却有所体现。自私的主人公伊丽莎白·亨利太太年轻时生活糜烂奢侈，甚至与女儿争夺情人，同样自私的儿女当然弃她而去。

《风暴眼》通过历史和现实两条线索，即主人公伊丽莎白对往事的回忆与其儿女们为抢夺遗产所进行的谋划和斗争，刻画了现代社会中人们疯狂追求金钱、物质的占有欲等丑恶人性，指出了只有摆脱贪得无厌的物欲，经历磨难灵魂才能升华。小说昭示人们，完全受物欲支配的人性可扭曲变丑到何等卑劣的地步[2]。

70多岁独断专行的亨利太太以其风韵犹存的身姿夺走40多岁单身女儿的男友。女儿愤然离她而去后，她藏在地窖里躲避索命的暴风雨，为自己的罪孽而忏悔。直到80多岁生命终结之时，她为此仍感愧疚。临终前，神志不清时还念念不忘向女儿忏悔。

疾风骤雨之后，老太太走出地窖，来到宁静的海边，被眼前美丽的景色所感动：

1 王明：《太平经合校》，北京：中华书局，1960年，第18页。

2 黄源深、彭青龙：《澳大利亚文学简史》，上海：上海外语教育出版社，2006年，第133页。

我已经准备好随上帝而去，然而鸟儿接受了我手中的食物，我们在一个圈里没有丝毫仇恨。

(I was prepared for my life to be taken from me. Instead the birds accepted to eat out of my hands. There was no sign of hatred or fear while we were-encircled.) [1]

成千上万的海鸟在小憩，在飞翔，在潜水，或在海平面平静地寻觅食物……她跪着给野天鹅面包碎屑，它们接受了……承认平等。

(Thousands of seabirds were at rest; or the birds would rise, and dive, or peacefully scrabble at the surface for food…she was on her knees and fed the wild swans with scraps of bread, which they accepted …acknowledging an equal.)[2]

在家庭乃至大自然的暴风骤雨之后，女主人终于在大自然中找到了祥和与宁静。怀特以大自然的疾风暴雨及之后的宁静与祥和与专横的亨利太太控制下的家庭矛盾与亲情相对比，影射更为复杂而矛盾的人类社会：战火永不停息，而天长地久的和平才是众望所盼。

6. 返璞归真，涤净凡尘

生命返回到始初的状态，道教称之为“返璞归真”。中国道教认为，人之初的本性是纯朴和纯真的，近于“道”的本性。

《树叶裙》里的艾伦因一起事故而回归大自然，在与原住民生活中她获得了自由，成就了自我，历经磨难赢得了真爱。

经大自然的磨砺回到文明社会的艾伦宛如一只凤凰浴火重生，成长为一位坚强且有思想的独立女性。但她仍然非常怀念那自由自在的日子。在她即将离开边远的居住地去繁华的悉尼时，作者描述了艾伦是如此留念临行前的夜空：这是她合上眼以前最后一次看到这样的星空[3]。

该作品宣扬了回归自然，即“返璞归真”的生态思想。在怀特看来，大自然是未被社会罪恶污染的净土，有着净化心灵的魔力。被社会上的各种污物所毒化的现代人，应回到大自然中去接受风雨的洗礼，获得新生[4]，成为真正的君子[5]，大

1 Patrick White, *The Eye of Storm*, New York: Picador, 1974, pp. 409, 424-425.

2 同上，第424-425页。

3 Patrick White, *Fringe of Leaves*, London: Vintage Books, 1997, p. 400.

4 黄源深、彭青龙：《澳大利亚文学简史》，上海：上海外语教育出版社，2006年，第136页。

5 Plato, *The Republic*, Trans. Desmond Lee, Intro. Melissa Lane, London: Oxford University Press, 2008, p. 261.

度包容[1]。

7. 绿色世界，幸福家园

怀特未完成的小说《悬挂着的花园》经整理于2012年出版，小说描述了第二次世界大战时期两个逃难到澳洲的欧洲孤儿的故事。他们喜欢在一个荒弃的花园里玩耍，还在树上搭建了一个属于他们的小屋。然而好景不长，房东去世，他们被分到别的家庭，厄运等待着他们，最后纵然战争结束，父母双亡的他们也无家可归。

> 既然战争已结束，真正的战争，你们的战争……你要回到属于你的地方。吉尔回到伦敦？在那里有弹坑和他母亲的棺材，他朋友奈吉尔·布朗的鬼魂。吉尔自己也似一个幽灵在卡梅伦街的花园绝壁上游荡，就像你在这发霉的后院溜达一样。一对小鬼一起出没游荡。那么这是属于我们的地方吗？
>
> (Now that the war is over—the real war—your war... and you will return to what belongs to you. And Gil to London? To the bomb craters and his mother's coffin, and his friend Nigel Brown's ghost. Gil himself a ghost haunting the garden on the precipice in Cameron Street, as you are haunting this mouldy back yard. Twin ghosts in the one haunting. Is this where we belong then?）[2]

作者以“悬挂的花园”比喻战争孤儿丧失了自己的祖国和父母，过着浮萍般的生活，他们漂浮不定，无地扎根。怀特的深层生态意识由此可见：只有承载不同文化的民族彼此兼容，才能实现人类的和平；在人类和平的基础上，才能实现人类与自然的和谐。战争使平民流离失所，丧失家园，对人类与自然皆是可怕的破坏。人祸更大于天灾，人类自己制造了给予自己和大自然毁灭性的灾难。

二、主要作品生态解读

（一）《人树》（*The Tree of Man*，1955）“天地无人则不立，人无地则不生”[3]

> 我们的一生都在学习这样的真理，围绕每一个圆可再画一个圆；自然没

1 Hannah Arendt, *The Human Condition*, Chicago: University of Chicago, 1998, p. 7. “plurality”意为复数性，兼容性，强调人的宽容性和适应能力。

2 Patrick White, *The Hanging Garden*, North Sydney：Random House Australia, Knopf, 2012, p. 214.

3 陈霞：《道教生态思想研究》，成都：巴蜀书社，2010年，第89页。

有终结，而且每一终结都是一个开端。

——爱默生

(Our life is an apprenticeship to the truth that around every circle another can be drawn; that there is no end in nature, but every end is a beginning; ...

—Emerson)[1]

1. 创作背景

到第二次世界大战后的经济危机结束时，经济的繁荣、物质的丰富虽然使澳大利亚摆脱了一个半世纪以来的孤立状态，但澳大利亚人对上帝的崇敬受到强烈冲击。在原有信仰尚未彻底瓦解、新的信仰尚未确立之时，悉尼人似迷惘的、信仰真空的“蚂蚁”到处游动着。现代工业的发展是以牺牲丛林土地——农民生存之根本和纯洁的人性为代价的，无根的生命、精神的空洞使悉尼成为无常的灵魂羁绊[2]。

1948年，怀特回到澳洲。同年，他的得意之作《姨母的故事》出版，本以为会得到评论界的赞许，出乎意料，评论界反应冷淡。怀特一时心灰意冷，和其好友曼诺力在悉尼郊区的农场里干活、养牲畜，似乎与文学绝缘了。然而雄心未死的怀特抑制不住创作的冲动，不甘心放弃自己的抱负，沉默7年之后，终于隆重推出了《人树》。

关于《人树》的写作意图，怀特在自己的自传中曾这样写道：“澳大利亚的巨大空虚向四面八方延展。鉴于我要填补的空白如此之大，我试图通过普通男人和女人的经历向人们展示生活每一个可能的侧面。同时，我要寻找平凡生活背后的不平凡，去发现生活的神秘和诗意。”[3]

2. 生态解读

在这部关于澳洲乡村生活的小说里，怀特成功地描绘了普通人物的特殊形象，记录了中心人物斯坦·帕克（Stan Parker）及其家人几十年来命运的改变。他们生活虽艰辛，经历过暴风雨的洗礼、洪水的肆虐以及山火的威胁，仍能与自然和谐相处，与邻居相安无事，然而最终快速的城市化进程彻底击败了他们。

（1）男耕女织，生态家园。

小说叙述了斯坦·帕克一家从拓荒创业、生儿育女到最后斯坦去世的故事。斯坦，一个铁匠和女教师的孩子，继承了铁匠父亲强壮的身体和无畏的胆略，传承了母

1 Emerson, *Circle in The Essential Writings of Ralph Waldo Emerson*, New York: Random House, 2000, p. 252.

2 张红霞：《解析〈人树〉之人生主题》，《安徽农业大学学报》（社会科学版），2004年第2期，第106-108页。

3 同上。

亲富有诗意的个性。母亲告诉他家里有一块荒地从未开垦耕耘过，父母去世后，斯坦带着狗，驾着马车来到这片被丛林覆盖的荒地。他开始垦荒耕作，修建房屋，娶了临近小镇上一个瘦弱的孤女艾米为妻，生儿育女，过着伊甸园般的日子。

“人就是一棵神圣的树，靠他的根向上长，这个根就是他的脑袋。”[1]怀特以对树的描写拉开故事的序幕：

> 这些（桉树）是这片丛林的主要树木，鹤立于枝叶交错的灌木之上，显得庄严古朴。马车就这样，擦着毛乎乎的树干，停了下来。
>
> (These were the dominant trees in that part of the bush, rising above the involved scrub with the simplicity of true grandeur. So the cart stopped, grazing the hairy side of a tree...)[2]

在主人公孤独无助时，树成了人类的朋友。与第一章遥相呼应的最后一章中，作者描写了两腿细长、面色苍白的男孩（斯坦的孙子）走进丛林，如若刚刚来到丛林蛮荒之地年轻时的斯坦。

怀特理想中的澳大利亚，包括他的自然观，都非常清晰地展现在斯坦的生活故事里——像纯朴的农民那样接近自然，在丛林里过着简朴的田园生活。作者以神话史诗般“人与自然”的结构叙述旷野里农场和家庭的发展。在这个寓言般的故事里，怀特张扬了人类历史发展中所表现出的勇气和耐力，挣扎着与澳大利亚充满野性的丛林和谐共生。连黄昏时分飘荡在乡村尘埃中、树枝叶间的小调，也变得与他休戚相关了。

（2）不惧灾害，处之泰然。

大自然——“人类的母亲”永不可征服，应受到爱戴和尊重，尽管这位“母亲”有时并不友好甚至残酷且危险。正如美国哲学家约翰·杜威所言：“大自然是人类的母亲，人类的家园，尽管有时是继母。”[3]

在该小说里，怀特以斯坦的经历揭示了这一生态观。在澳洲原始丛林里，大自然变幻莫测，令人生畏，人类只能坦然接受，勇敢面对种种磨难。斯坦尽其一生享受与大地母亲交流之欣喜，对其顶礼膜拜达忘我之际，这位母亲总是向他展示无尽的威严——暴虐的洪水、火灾和风暴。对于斯坦这样单纯的人，大自然就是他最好的朋友，尽管残酷的自然灾害似乎随时可能发生。

---

1 Emerson, *Poet, in The Essential Writings of Ralph Waldo Emerson*, New York: Random House, 2000, p. 301.

2 Patrick White, *The Tree of Man*, London: Vintage Books, 1994, p. 9.

3 John Dewey, “Art as Experience”, *Perigee Trade*, July 5, 2005, p. 28.

大自然常常在斯坦面前呈现出继母的残暴，然而他对其爱慕崇拜，甚至甘愿为奴。他的妻子艾玛仅仅是他的同居者、孩子的生育者。正如澳大利亚怀特研究专家大卫·塔可瑟（David Taccey）在其专著里所写的那样："大地母亲是他真正的爱人和新娘。"[1] 斯坦像一棵树，自然世界的大树，牢牢植根于大地，他发现其神性体现在自然的世界里，在与土地的关系上他发现"自我的定义"，在这片土地上他对大自然经验皆具特殊性和普遍性[2]。

在这和谐的家园，斯坦一家人与邻居共同面对各种自然灾害。大水来临时，斯坦与邻居加入志愿队去救助遭受水灾的村民。在丛林大火逼近时，大伙儿聚集在可能着火的房屋前，随时准备救援。斯坦的妻子催促他冲进着火的房屋去营救邻居家漂亮的未婚妻。斯坦进入这栋漂亮的大房子，找到姑娘所在的房间，却情不自禁地欣赏火光映衬下那美丽的身段、诱人的红发。冷静的姑娘沉浸在对往事的回忆中，观看冲天的火光。在灾难面前，这两个象征美丽与力量的普通人相互吸引着、欣赏着，希望时间停留。

> 他突然希望自己的脸能陷入她的肌肤中，去闻那温馨；希望能分开她的双乳，把脸贴入其中。……现在，她不得不承认，且是毫无反感地承认，他身上的汗水使她沉醉。如果可能，她会从他的一双眼睛钻进去，不再回来。……他们来到楼梯中间的平台，感到火舌已过来。他们屏住呼吸。现在，马德琳的美貌已不复存在，斯坦·帕克可能有过的任何期望也烟消云散了。……他把她抱了起来。现在他们已经不再是肌肤相触，而是筋骨相连。
>
> (Suddenly he wished he could sink his face in her flesh, to smell it, that he could part her breasts and put his face between... The sweat of his body was drugging her, and that she would have entered his eyes, if she could have, and not returned... Then they came out on to the half-landing and felt the first tongue of fire. The breath left them. Now Madeleine's beauty had shrunk right away, and any desire that Stan Parker might have had was shriveled up... Till he picked her up. It was not their flesh that touched but their final bones.)[3]

怀特以大段文字描绘了细腻的人物心理活动、大火的恢宏场面及火光中教堂与丛

---

1 David Taccey, Patrick White, *Fiction and Unconscious*, Melbourne: Oxford University Press, 1988, p. 51.

2 同上，第88页。

3 Patrick White, *The Tree of Man*, London: Vintage Books, 1994, p. 180.

林的剪影，使此小节成为该小说的高潮部分；还赞扬了在灾难面前朋友互助的友谊之情。村民在大灾面前沉着冷静，不忘欣赏大自然的魅力，男女的相互吸引与欣赏也是大自然赋予人类的最基本特性。在火光中两个陌生的男女沉醉于对美丽与强壮的欣赏中。斯坦看见披着红发的女郎站在竖琴旁时，甚至希望世界在这美丽至极时坍塌，让其生命永远定格在与心中女神见面的神圣时刻，那着火的房屋成为他崇敬的精神伊甸园。

（3）都市喧嚣，丛林安然。

斯坦从大火中救出了美女，受到邻居和妻子的赞扬，也得到感谢的酬金。然而却有人在背后议论，说他脖子上吊着一位半裸的小姐，从火里游荡出来。被救出来的马德琳几十年后成了斯坦女儿的朋友，一身珠光宝气，同塞尔玛来到斯坦的家，见到斯坦夫妇却没有前去辨认并感谢近在咫尺的救命恩人。人心叵测，淳朴而富有诗意的人性荡然无存。

怀特在颂扬丛林拓荒者平凡、简朴的生活的同时，讽刺了某些澳大利亚人的实用主义和精神荒漠。被现代文明主宰的悉尼都市就像蚂蚁的世界，城市像一张无形的网，束缚着人们的生活与灵魂。熙熙攘攘的人们为各自的生活奔波忙碌着，没有个性；在躁动不安中，做着别人的梦，找不到自我。远离了土地、大自然的和谐，这里人们精神空虚；命运如同他们的生活一样，匆促而多舛。

女儿塞尔玛没有继承父亲斯坦朴实无华的美德。她一心远离丛林，向往都市生活。对她来说，悉尼是人生的重要标志，她把这座由沥青铺的路、钢铁做的车的城市变成了自己所拥有的“诗”。她顺着社会阶梯往上爬，做了律师的妻子，穿上了裘皮大衣，过上了上流社会的生活。塞尔玛在物质方面得到的东西太多了，对她来说，得到更多财富已经没有意义了。因此她把注意力转向精神方面的“提高”和“完善”。她挥霍散财，行善布施，她常为自己的善举而激动。塞尔玛对钱也许很有把握，但对于自己的灵魂却束手无策。信仰的苍白不时笼罩着她。塞尔玛忘记了自己卑微的出生，忘记了自己的童年，忘记了自己的根，沉醉在对现代物欲追求的迷惘中。她脱离了丛林，脱离了真正的生活。

以塞尔玛为代表的现代人，过着空虚、苍白的生活。他们住在砖砌的“陵墓”里，过着死气沉沉的生活。带花的地毯和迸射出光彩的墙饰也不能掩饰他们生活的空虚无聊。在这精神赤贫的生活里不可能有任何神秘或诗意。

怀特字里行间流露出对塞尔玛之流的鄙视和唾弃，对丛林人的褒扬和敬佩。后者虽然过着简朴的生活，但他们对自然的一草一木，对每个细节都充满了笃爱深情，与自然的亲密依存关系催他们奋发向上，最终生活回报给他们的则是内心的安宁和精神的永恒。

通过斯坦与女儿塞尔玛的人生鲜明的对比以及丛林与悉尼世界的对比，怀特咏赞了丛林人生活的纯真美好，贬斥了工业化都市的空虚贫乏。在与喧嚣、躁动的悉尼人的对比中，丛林人愈发显得纯洁伟大[1]。

（4）都市发展，自然破坏。

充实的生活只有在人与自然建立密切和谐关系和对心灵真实的执着追求中才能获得。生活的神秘和诗意蕴藏在丛林人和自然那纯朴而亲密的关系中，蕴藏在丛林人年复一年、日复一日的辛勤劳作和日常生活里，蕴藏在他们对精神真实的孜孜不倦的追求中。

但随着社会的发展，这样的日子最终被打破。正如巴登所言，“这部小说的中心：自然和人类发展的目标”[2]。

怀特所描述的诗意的栖居——在大地上浪漫的乡村生活——也随之改变：越来越多的人来到乡村，同时有人则迁移到城市实现自己的发财梦。斯坦的妻子也不满足于农场生活和她的农民丈夫了；儿子和女儿拒绝遵循父母的生活方式，但他们无法找到适合自己的位置，无论是在城市还是农村，均不能找到幸福。

斯坦的归属感也随土地的一小块块地出售而逐渐丧失，迷失于充满诗意的内心世界。这一切都因为城市的发展侵占了斯坦及孩子们的自然生活领域，他们无所适从。他自己渴望与大自然交流，而孩子们却已经产生了敌对情绪。大自然能够满足人类的需求，但是无法填平其欲壑，所以当人们变得太过苛刻与贪婪时，大自然就不会那么友好了。

当人类的发展触及《人树》这片土地时，他们就再也得不到安宁[3]。田园的宁静最终结束于现代都市的扩建和郊区的延伸。到最后斯坦一家的生活龌龊而混乱，郊区的发展超过了他们农场的发展，他们的土地最后不得不分成小块卖掉。这正是怀特自己在悉尼郊区农场真实生活的写照。他曾在解释这部小说时写道：“我感觉表面上，生活如此凄凉、丑陋、单调，但是一定隐藏着诗意，它给予生活目的，所以我开始发掘这隐秘的核心，于是《人树》这部作品诞生了。”[4]

1 张红霞：《解析〈人树〉之人生主题》，《安徽农业大学学报：社会科学版》，2004年第2期，第106-108页。

2 Barden Garrett, “Patrick White’s The Tree of Man”, *Studies: an Irish Quarterly Review*, Vol. LVII, Spring, 1968, pp. 78-85.

3 David Taccey, *Patrick White, Fiction and the Unconscious*, Melbourne: Oxford University Press, 1988, p. 48.

4 Patrick White, *Letters*, ed. David Marr, Sydney: Random House, 1994, p. 188.

砖头水泥砌成的房屋正在吞噬宁静的风景，怀特被迫出售他位于郊区的地产。显然这就是怀特自传里所描写的生活状况，在城堡山写作时他担心城市别墅的蔓延会波及自己的农场[1]。这部小说就是描写在城市扩建压力下怀特的真情实感。

小说结尾时，悉尼郊外的丛林已经被庞大的外围郊区占据。正是都市与现代化的侵入，改变着普通人的生活方式及他们的心态。随人类贪欲增长而增加的经济发展压力，以及随之而来的人口增长和城市扩张，毁灭了融入自然的家庭生活。

（5）诗意回归，源于自然。

在这部小说里，怀特深层次地阐述了自己的生态理念，即最原创性的诗性思维来源于自然的审美思维。这部小说沉浸在澳大利亚本土文化的神话中，怀特试图注入边远澳洲丛林文化的特征。斯坦，一个孤独且沉默寡言的人，内心拥有伟大的诗歌世界。他在脆弱时渴望放飞自己隐秘的心灵，比如当他带着儿子雷（Ray，即“阳光”之意）进入丛林时就希望这宏大、充满野性、辽阔的景色激发儿子的想象力，就像他自己那样从大自然中获得诗意。很不幸，那只是他富有诗意的梦想罢了。通过斯坦的生活故事，怀特表达了他对大自然的敬仰之情，他用拟人化的手法生动描绘出人与自然的互动画面。书中有大量的例子：

> 天空，蔚蓝的，不厌其烦地运行着。整块玉米地公然追求着她冒着秘密被猜测到的危险…… 树木逃跑了。
>
> (The sky, of that blue, was moving with little whorls of impatience. A whole field of corn would pursue her blatantly with secrets to be guessed at... trees fled.)[2]
>
> （蚂蚁）在悬崖上挣扎而上，而且继续挣扎着，就像在冰冷的天空痛苦的太阳。旋转又旋转。奋斗但快乐着。
>
> ([Ants] struggling up over an escarpment. But struggling. Like the painful sun in the icy sky. Whirling and whirling. But struggling. But joyful.)[3]

小说结束于斯坦去世的那天。他坐在圆形的菜园中心，这个圆是其他圆的中心，而最外层一圈则是“冬天冰凉的金碗”。很显然，怀特在诠释爱默生关于自然的“圆圈”理论。尽管他的生命终结了，然而其希望仍在。他坚持认为，其孙子会谱写出“生活之诗，生命之歌”。斯坦有敏锐的洞察力和丰富的内心世界，其浪漫和敏感气

---

1 David Taccey, *Patrick White, Fiction and the Unconscious*, Melbourne: Oxford University Press, 1988, p. 66.

2 Patrick White, *The Tree of Man*, London: Vintage Books, 1994, p. 285.

3 同上，第477页。

质与平凡的生活既矛盾又和谐。斯坦一生的经验留给后人的启迪就在自己普普通通的前院。怀特最后概括为一句话：

> 归根结底，这里有树木。男孩（斯坦的孙子）低着头，穿过树林，瘦小的身躯正在成长，绿色思想的嫩枝正在舒展。因此，归根结底，没有终结。
>
> (So that in the end there were the trees. The boy walking through them with his head drooping as he increased in stature. Putting out shoots of green thought. So that, in the end, there was no end.)[1]

在小说的结尾，作者寄予了绿色的希望：人类的历史犹如绵延不绝的树木，生机勃勃，一代接一代；人类像树一样在孕育生命的土地上缓慢而长久地存在。书中还多次提到斯坦宅旁的蔷薇，从幼嫩的枝芽长成粗壮的大树。树就是人类的营养，生命在土壤中，人像一棵树一样活着，缓慢地生长，长久地存在[2]。

3. 小结

主人公斯坦·帕克开垦了一片被森林覆盖的荒地，与妻子开始了田园生活。随着迁居来的人数不断增加，垦荒的发展、城市化进程加快，荒芜之地变成了悉尼郊区。儿子自幼乖戾，成年后堕落为罪犯。女儿顺着社会的阶梯往上爬，做了律师的妻子，成为上流社会的一员。最后斯坦·帕克去世于自家圆形的菜园中心。帕特里克·怀特用他的故事诠释了爱默生关于自然的“圆圈”理论。斯坦是小说的核心人物，是丛林人的缩影。他的身上凝聚了普通丛林人朴素而伟大的品质。其充实的人生不仅表现在他与丛林、土地、大自然剪不断的亲密联系上，还蕴含在他对丛林的奉献和对生活的执着中。从某种意义上讲，斯坦就是怀特本人。怀特1948年结束了20多年的旅居生涯，回到乡下，过起了日出而作、日落而息的农场生活，目睹了丛林文化传统被工业化的繁华都市不断蚕食的过程。这一切令他心痛，他反复思考这片养育自己的土地，思考澳洲人失去这片土地后的命运和前途。这充分体现了中国道家的生态思想，即“天地无人则不立，人无地则不生”，失去土地的人犹如树木失去扎根的土壤，难有生存之机。这就是该鸿篇巨制命名“人树”的由来。

在这部描写斯坦看似单调的日常生活的小说中，怀特还成功地阐释了海德格尔的观点：“我们人类终将会成长、生活和死亡在这块土地上，它给予我们可靠而稳定的基础。当我们的土地失去，我们就会失去我们的归属感。”（“We human beings

---

1 Patrick White, *The Tree of Man*, London: Vintage Books, 1994, p. 497.

2 叶敬霞：《〈人树〉的象征主义研究》，《湖北经济学院学报》（人文社科版），2013年第9期，第75-79页。

will finally grow, live and die on the land from which we have gained the foundations of our reliability and stability. When our land is lost so we lose our sense of belonging." [1]）都市的扩张迅速渗入原始丛林，它打破了农民和谐自然的生活，让人们失去赖以生存的土地。土地乃人类生存之本，丧失土地人类将何以安生?

通过该小说，帕特里克·怀特告诉读者，大自然有时给人类带来灾难，但人类的疯狂行为即人祸更可怕，给人类自己带来毁灭性的灾难。在怀特后来的小说《沃斯》中，他的生态思想更前进了一步，阐述了为什么人祸大于天灾，人类胆大妄为之举直接导致包括其自己在内的团队的死亡。

（二）《沃斯》（*Voss*，1957）——征服者的悲哀

We had seen God in his splendors,
Heard the next that Nature renders,
We had reached the naked soul of man.
—Ernest Shackleton

我们目睹神之辉煌，
耳闻自然之本性，
我们已达人类赤裸之灵。
——欧内斯特·沙克尔顿[2]

人类必须拥有宽阔的胸怀，彼此包容的心境，因为大自然可随意责备并处罚人类。假如沃斯能够理解英国著名探险家欧内斯特·沙克尔顿（Ernest Shackleton）的思想，其探险也许会像后者一样流芳百世。

《沃斯》，怀特的经典之作，描写了德国医科学生沃斯在悉尼富商的资助下，率领一队人马赴澳洲中部地区探险的经过。以下分析将展示怀特塑造沃斯这离奇人物的征服欲以及他所领导的探险故事，从中挖掘作者的深层生态意识，即大自然是不可征服的。

1. 取于真实的探险，源于生活的教训

该小说部分取材于1848年德国探险家雷查德（Leichardt）的探险。雷查德试图从北澳的摩顿湾即布里斯班，穿越大沙漠到达珀斯，结果消失得无影无踪。小说还加入1861年伯克和威尔斯领导的命运多舛的探险故事。该探险队在探险过程中缺乏有序的组织而致惨败。本书以这两次探险为蓝本，展现了人与自然、灵魂与肉体之间的漫长斗争，是一部"天路历程"。作者还生动真实地描绘了20世纪澳洲殖民地的风土人情。

小说《沃斯》借用了历史上著名的伯克和威尔斯的探险故事，沃斯的性格在某种

1 Martin Heidegger, *On the Way to Language*, Harper One Feb. 24, 1982, pp. 199-200.

2 Ernest Shackleton, *Endurance: Incredible Voyage*, London: Weidenfeld & Nicolson, 1999, p. 97.

程度上就是伯克的夸张版。伯克对友好的原住民也充满敌意。他否决了别人的建议，决定尝试到达离牧区最遥远的前哨。他们装备条件差，只有一个幸存者。这位幸存者最后到达的海湾是约翰金。一个叫燕诸王哈（Yandruwandha）的原住民部落收留了他，给他提供食物和住所，他为原住民捕捉鸟禽，直到获救。在现实世界中，欧洲白人还是可以与原住民和平共处的。原住民并不是传闻中那样充满敌意。

怀特的《沃斯》选取了1848年那次探险的路线以及德国领队的身份，影射希特勒似的疯狂；借用了1861年探险组织的不和谐导致探险失败，唯一的幸存者在公众舆论中受到诋毁而失败的死者却得到荣誉的故事。在小说里，沃斯的探险队最终兵分两路消失在茫茫沙漠中，与雷查德的探险尝试一同印证了早期欧洲移民相信的传言：澳大利亚内陆是不祥的危险地带[1]。事实是沃斯傲慢而疯狂的控制欲使他完全忽视澳洲自然环境，忽视其他队员的建议而一意孤行，这才是导致远征失败的根本原因。

2. 名为探险，实为征服

小说的主人公沃斯经过周密计划，主动拜见资助者，成为探险队的组织者，他是一个神秘、傲慢、孤独的人物。他的探险目的不是为了认识大自然，而是要满足自己征服一切的野心。约翰・A. 韦格尔道评论道，作者用希特勒来比喻狂热领袖沃斯[2]。他宣称团队成员是由殖民“赞助者”强加给他的，对于他是一种约束；对于恩主们认为必须带去的牲畜和有用的行李，他也认为是一种负担。显然，他宁愿独自探险，甚至愿意徒步来证明自己的能力。沃斯认为意志决定一切，而事实却是他缺乏组织、协调、合作的能力，尽管他相信自己已经成为殖民者规划的一个浪漫的“项目”，但在精神和心理上他一直保持冷漠。

怀特这样描述沃斯在出行时前呼后拥的骄傲情形：

> 这个外国人自己感到无所谓，高高地坐在马背上，专注于自己的心事。他的目光越过众人头顶傲慢地望着整个田野，他双眼看见的是：群山与河谷静静地躺在那里……他感到十分快乐。
>
> (The foreigner himself remained indifferent. Seated on his horse and intent on inner matter, he would stare imperiously over the heads of men, possessing the whole country with his eyes. In those eyes the hills and valley slay still... it was a

1 C. A. Cranston, Robert Zeller, *Literature in the Arid Zone: Australian Contexts and Their Writers*, Jan. 1, 2007, Rodopic, Amsterdam, p. 82.

2 John A. Weigel, *Patrick White*, Miami: Miami University, by G. K. Hall & Company, Twayne Publishers, 1983, p. 48.

period of great happiness to him.)[1]

怀特让狂妄自大的沃斯把自己看作一位来自欧洲的“上帝”，注定要征服澳洲神秘的中心地带，其实他是虚荣心的受害者。为了强调主人公的傲慢，怀特以不寻常的方式写这部探险小说，即表面是写穿越沙漠探险，而真正探索的是探险家的心路历程。怀特曾在书信里写道：“沃斯是‘冲动的恶魔’，一个行为难以自控的人。沃斯的理想总是在神秘而遥远、遥不可及之地。对他而言，女神游离于意识的边缘，若隐若现，这诱人形象的刺激并召唤他进入大陆深处秘密的地方。他的束缚不是在脚下地球母亲，而是导致他毁灭的黑暗昭示。”（Voss is ‘the fiend of motion’, a man of compulsive activity and movement. For Voss the ideal image is always somewhere else, somewhere mysterious, remote, out of reach. For him the Goddess is a seductive presence at the borders of consciousness, a figure that inspires activity by beckoning him into continental interiors and secret places. His bondage is not to the maternal earth beneath his feet, but to the dark inspiration who leads him to his ruin.）[2]

3. 假装和谐，旨在驾驭

沃斯在招募探险队成员时，完全不考虑他们是否能够担当探险之大任，探索自然的重任也不在他考虑之列。他寻找的人员如下：哈里·罗伯茨（Harry Roberts），还是个孩子，崇拜沃斯似恩人和英雄；体弱多病的波尔弗里曼（Palfreyman），鸟类学家，受英国人委托来澳洲收集动植物标本，似乎与自然沾点边，然而收集到的标本最后全扔到了河里；弗兰克·乐·麦舒里尔（Frank Le Mesurier），流浪汉，他认为探险可提高自我认知度；酒鬼特纳（Turner），他认为依赖沃斯有保障。一群乌合之众怎能担当探险科考之重任？但他们却能够保证沃斯的绝对领导地位，没有哪一位会对其领导地位构成威胁，这是他选择这帮人的唯一原因。

在邀请麦舒里尔参加远征时，沃斯这样说道：

> 在这令人不安的国家，有可能比较容易丢弃无关紧要的东西，去探索无限的空间。你也许会被烧死，被撕得粉碎，你还可能受到许多最原始的、最可怕的折磨，但你会发现你的天赋，有时你认为你拥有这样的天赋，并且你不会对我说你害怕。
>
> (In this disturbing country,…it is possible more easily to discard the inessential and to attempt the infinite. You will be burnt up most likely, you will have the flesh

---

1 Patrick White, *Voss*, London: Vintage Books, 1994, pp. 154-155.

2 Patrick White, *Letters*, ed. David Marr, Sydney: Random House, 1994, p. 188.

torn from your bones, you will be tortured probably in many horrible and primitive ways, but you will realize that genius of which you sometimes suspect you are possessed, and of which you will not tell me you are afraid.) [1]

这个例证很好地说明了这位德国队长扮演的是什么角色，沃斯身上体现出希特勒式法西斯精神，他既不需要热情的赞美，也不需要爱和任何物质的东西，即使是一个完人，只要是他厌恶的，便要踩在脚下。再看沃斯如何引诱一个幼稚男孩加入他的解体狂欢。沃斯教唆他鄙视局限性和死亡，追求“无限”，描绘该行为是“一个野蛮的受虐狂投身到原始的空间”[2]。醉汉特纳有点清醒，他宣称：沃斯的追随者们“与一个正在疯狂的疯子签约……到地狱去走一遭”[3]。

沃斯在和其他三名成员会晤时表明，他承认跨越澳洲大陆的唯一原因是想用心去认识它，与科学调查和自然本身没有任何关系：“我要横跨大陆，我非常希望用心了解它。为什么这样，我和你一样搞不清楚，我们彼此也不了解，因为我们前天才认识。”[4]当沃斯预测可能有牺牲的危险时，麦舒里尔似乎明白了，大喊道：“你疯了。”[5]

由以上对话不难看出沃斯招募队员的用心，他绝非以试图成功完成探险为目的，而是随意找一群任他忽悠的乌合之众，以确保他的绝对领导地位。他怀着征服之心组织这次探险，先征服这群队员，然后征服这片浩瀚的沙漠。

4. 缺乏合作精神，无视他人明鉴

捐助者推荐的队员是类型完全不同的人物。如刑满释放犯嘉德，他有行走沙漠的经验，极能适应环境。“一个身强体壮，且品行端正的人。”[6]一个力量和灵巧的结合体，像那经受岁月与气候折磨而扭曲的大树，叶子在风中依旧颤动且常散发出微妙的幽香。他很安详，还善于辞令。人们觉得他可能学识渊博，虽不肯卖弄，而沃斯一直看不起嘉德这样的优秀人物。怀特这样描述他们的关系：

他相信自己能够学会了解嘉德，这种想法看起来的确是不切实际的，因为岩石不能了解岩石，石头和石头无法结合，它们只能相互碰撞。而沃斯，

1 Patrick White, *Voss*, London: Vintage Books, 1994, pp. 35-36.
2 David Taccey, *Patrick White, Fiction and the Unconscious*, Melbourne: Melbourne Oxford University Press, 1988, p. 71.
3 Patrick White, *Voss*, London: Vintage Books, 1994, p. 43.
4 同上，第33页。
5 同上，第31页。
6 同上，第22页。

似乎有点像次等的石头，更脆的石头，神经过敏的碎片……

(He promised himself in learning to understand Judd did seem illusory, for rock cannot know rock, stone cannot come together with stone, except in conflict. And Voss, it would appear, was in the nature of a second monolith, of more friable stone, of nervous splinters…)[1]

嘉德向大家表白他是一个单纯的人，而沃斯则觉得他最复杂。沃斯无法了解他的内心，因犯曾在地狱里受过磨炼，且活了下来。沃斯害怕嘉德能读懂他的内心，对其领导地位造成威胁。捐助者波恩纳也认为嘉德是一个非常安静且理智的人，又像狮子那样勇猛，身体强壮。其狮子个性引起沃斯反感，说不定那“狮子”会把他吞掉。在探险过程中对于嘉德的建议，沃斯选择忽略，而事实证明嘉德的建议每次都是正确的。沃斯探险队的唯一目的是征服，所以他拒绝接受失败与被困的可能性。这是典型的以自我为中心的疯狂人格的表现，他企图通过征服达到尼采的“超人”境界，把有用的朋友也当作敌人，具有典型的超人特性。

5. 自我为中心，占有欲过强

沃斯带着七个同伴和两个原住民，从东海岸向内陆出发，经历了既干旱又潮湿，危机四伏而迷人的荒野。而对于沃斯，神秘而辽阔的荒野如同已到手的处女，任由其占有、征服。怀特妙笔下的草原、山谷与沙漠的景色唤起沃斯对大地占有的激情。

沃斯情绪激昂地喊道：“我开始收到万物存在的证据了，我能感受到大地的模样了。”他气喘吁吁叉开双腿站在那儿，这样大地仿佛可呈现出真实的模样，在他的脚下卷曲呈轴。

(Voss called out in the lust of his activity: ‘I begin to receive proof of existence. I can feel the shape of the earth.’ And he stood there panting, with his legs apart, so that the earth did seem to take on something of its shape, and to reel beneath him.)[2]

沃斯认为没有到过的地方使人着迷，因为在那里可望得到最后的安宁和幸福。

正是峡谷本身吸引了沃斯，矿石的光辉在夕阳中更加灿烂了。棕色渐渐隐退，银色的矿脉在溪谷中赫然突显，一块块蓝宝石和紫水金的矿石在山上闪闪发光，直到马队绕到堡垒的后边，极其雄伟的美景才被遮住。

(It was the valley itself drew Voss. Its mineral splendours were increased

1 Patrick White, *Voss*, London: Vintage Books, 1994, p. 136.

2 同上，第49页。

in that light. As brone retreated, veins of silver loomed in the gullies, knobs of amethyst and sapphire glowed on the hills, until the horseman rounded that bastion which fortified from sight the ultimate stronghold of beauty.)[1]

“啊！”沃斯看到这景色大声喊了起来，几乎沉醉，想象自己进入了那广阔的、期待已久的天地，不管那地方是一片沙石荒漠，是朦胧的群山，还是妖娆的森林，总之是他的；他的灵魂一定要先体验一下由那条极其痛苦的通道进入那个天地深处的滋味，就像体验精神初夜权那样。他相信没有人如此深刻地探索自己的心灵，也许嘉德例外，沃斯无法了解他的内心。

尽管这个德国人自己也与其他人一样欣赏星星的诗意，不过对象不同……那些他注视的星星碰巧寒光闪闪。

(Yet the German himself appreciated a poetry of the stars, as did each of the other men, a different one. It was the simplicity... those stars at which he happened to be staring, to flash with cold fire.)[2]

在此，怀特以可吞没一切的黑夜来比喻沃斯强烈的占有欲，犹如康拉德以“黑暗之心”比喻殖民者强烈的贪欲[3]。由此可见，怀特笔下的沃斯之占有欲乃殖民主义者强势的标志。

6. 自然威力凸显，探险征服败北

在探险进程中，沃斯根本没有意识到大地母亲具有如此巨大的破坏力。他被无边无际的景观耗尽，而包围沃斯的景色似乎更加生气勃勃。景观以伟大母亲的形象出现：

眼前的世界完全游弋于绿浪中。她被披上了绿装，绿影几乎掩盖她的脸庞……

(All the immediate world was soon swimming in the same liquid green. She was clothed in it. Green shadows almost disguised her face...)[4]

沃斯不在乎自然法则，不计代价地疯狂满足其征服欲。地球已成为一个活生生的生命呈现在面前，饥荒的凶悍和丑陋清晰可见。而沃斯及其内心只专注于“疯狂的东

1 Patrick White, *Voss*, London: Vintage Books, 1994, p. 128.
2 同上，第138页。
3 Joseph Conrad, *Heart of Darkness*, London: Penguin Classics, 2007.
4 Patrick White, *Voss*, London: Vintage Books, 1994, p. 198.

西”，力争“毁灭世界”，“这样人们会破坏你和我所知道的良心”，“这是一个疯狂的形式”[1]。

探险队先跨越干旱的沙漠，然后要穿过洪涝的平原，洪水阻碍他们前进，他们被迫撤到一处洞穴等待天气好转。探险境遇每况愈下，沃斯无法找到解决方案，队员对他的忠诚开始动摇。探险队面临分裂的严峻考验，有的人相信他富有远见，有的人信任嘉德的生活经验。显然，与沃斯相比，经验丰富的嘉德更了解如何在野外生存，那些不愿盲从的队员更愿意让嘉德领导探险。

> 此外，嘉德依然对自然形态很感兴趣。比如说，他会挑选树上的黑果子把种子剥出来……看起来，嘉德就是大自然的元素。
>
> (Jadd remained, besides, intensely interested in natural forms. For instance, he would pick at the black fruit of trees to release the seed... Jadd, it would sometimes appear, was himself an element.)[2]
>
> “他（嘉德）是我们的人……他会把我们带出去。他是一个男子汉。”“你只要看他的双手。”
>
> (‘He is ours, ... He will lead us out. He is a man.’ ‘you only have to look at his hands.’)[3]

嘉德对沃斯的探险目的心存疑虑，这一点反而强化了沃斯的自我形象，自认为是神，而嘉德是背叛他的犹大。难以置信的是，沃斯最后把自己想象为救世主[4]。

自私狭隘导致沃斯的失败和死亡，他的人格进一步退化，嫉妒摧毁他爱的本性，嘉德是他嫉妒的焦点。他认为自己能够像神一样征服一切，征服自然，征服自己的天性，也包括其同伴嘉德，他以爱犬为代价战胜嘉德。在描写沃斯杀死爱犬那一段里，怀特给予狗和主人极大的同情。

> “吉波的状况很好，先生。”一天他们骑马前行时，嘉德对沃斯说。他知道队长喜欢这条狗，暗想用这话来让他高兴。
>
> “我想过杀掉它。”沃斯说，“我们没有羊了，因此，吉波就再也没有什么用了。”……
>
> “我真希望能够享受多愁善感的乐趣。”他说。

---

1 Patrick White, *Voss*, London: Vintage Books, 1994, p. 255.

2 同上，第243页。

3 同上，第257页。

4 John A. Weigel, *Patrick White*, Miami: Miami University, Twayne Publishers, 1983, p. 95.

中午休息时，德国人把狗叫来，它跟着他走了一小段。他对它说了几句话，注视着它充满爱的眼睛，他扣动了扳机。他浑身冷汗，真想打掉自己的下巴，然而他痛苦地说服自己，他做对了，并且将来遇到严厉的锻炼时要做得更好些。

“它不过是一条狗，有可能成为累赘，杀死它可能是对的。只是，在这种环境里，我们全是，每一个人全是狗。”……

到了晚上他为狗的垂死挣扎感到浑身难受……他受到那件柔软爱的外衣的折磨。

('Gip is in fine condition, sir,' Judd remarked to Voss one day as they rode long. He knew the leader's fondness for the dog, and thought secrectly to humour him in this way...

'I have thought to destroy her,' said the fascinated Voss, 'since we have no longer sheep, hence no longer any earthly use for Gyp.'

'I would like very much to be in a position to enjoy the luxury of sentiment,' he said.

Accordingly, when they made the midday halt, the German called to his dog, and she followed him a short way. When he had spoken a few words to her, and was looking into the eyes of love, he pulled the trigger. He was cold with sweat. He could have shot off his own jaw. Yet, he had done right, he convinced himself through his pain, and would do better to subject himself to... discipline.

'It is only a dog, is it not? And might have become a nuisance. It could be that he has done right to kill it. Only, in these here circumstances, we are all, everyone of us, dogs.'...

At night, though, his body was sick with the spams of the dying dog... He was tormented by the soft coat of love.)[1]

当所有人反对杀害猎犬时，沃斯无奈地苦笑，但坚持说服自己是正确的。为了战胜一切就不需要感情，这是典型的“超人”精神。假如沃斯没有杀狗，在关键时刻狗或许可救他。不幸的是因为与探险队员的矛盾，忠实的狗惨死主人之手。如果没有如此激烈的冲突，以嘉德的经验、沃斯的坚强意志和所有队员的齐心协力，探险队或许会走出困境。令人遗憾的是，沃斯太小气，疑神疑鬼，心里只装着具有征服意义的

1 Patrick White, *Voss*, London: Vintage Books, pp. 265-267.

“探险”。

沃斯拥有破坏性的双重人格，有时似恶魔般邪恶。他是理想化而不切实际的尼采超人，更是典型的殖民地受害者[1]。一方面，沃斯探险的失败是其人性内在矛盾与冲突的必然结果；另一方面，沃斯试图打破崇尚物质享乐世界中的价值观，尝试重构新价值观的精神探索。最后在事实面前他幡然悔悟，勇敢地面对死亡，从某种意义上讲他是一个“充满悲剧色彩的英雄”。毕竟他经过死亡的洗礼，从一个不可一世的狂人，回归到一个闪耀着人性光辉的真正的人。

7. 扭曲的事实，偏执的人格

沃斯傲慢而错误的领导使探险队在沙漠中央地带分裂了。一组由沃斯领导，另一组由苦役犯嘉德领导，结果除嘉德外其他队员全部死亡。

小说的结尾，作者复制了1861年的探险结局，死去的伯克和威尔斯得到公众的赞誉，而活着的约翰金被遗忘。怀特让沃斯得到荣誉，而嘉德被遗忘。捐助者再组探险队去沙漠里寻找，无功而返，20年后因纪念沃斯的伟大创举为他塑了铜像，小说结束于铜像揭幕仪式那天。在沃斯的铜像揭幕仪式上，嘉德，唯一的幸存者以悲剧人物出场，他被另一个探险队从原住民部落里解救出来。在折返过程中，另外两个体弱的队员因环境恶劣相继死去，身强体壮的嘉德融入原住民部落得以生存下来。回到欧洲人居住点时，他发现妻子和孩子都死了，他对他的队友和家人的死亡感到悲哀。他告诉沃斯的情人劳拉“是我给他合上眼的”，其实他并不在现场，这表明对沃斯的死亡他深感遗憾。

嘉德尊重大自然规律生存下来了，但公众视其为叛变者、懦夫。关于公众对嘉德不公平的评价，怀特显然深表同情。在他看来沃斯是被扭曲的，他已消失，追究其对错荣辱毫无意义。

怀特把主人公描绘得比希特勒还要偏执。希特勒渴望征服整个世界，而沃斯甚至想征服大自然。他既不害怕也不尊重自然规律，这是导致探险失败乃至其丢掉性命的根本原因。沃斯完全以自我为中心，认为自己就是“上帝”，忽略他人的存在，独自决定一切。其思想行动与希特勒的著名说法不谋而合：士兵不用思考，我替你们想一切。以征服为目的之探险的失败警示读者，人不是神，大自然不可被任何人征服；尊重自然规律、适应大自然是人类生存的唯一选择。

8. 冷酷之至，漠视挚爱

为了使探险故事更曲折、生动，有诗意，怀特为沃斯塑造了另一个相关人

1 David Taccey, *Patrick White*, *Fiction and Unconscious*, Melbourne: Oxford University Press, 1988, p. 69.

物——生活在探险队赞助者邦纳家里的孤儿，沃斯的情人劳拉·特里维廉（Laura Trevelyan），一位聪明、安静、单纯的年轻女子。当沃斯为其远征第一次去拜见赞助人时，与劳拉相见了。他们的见面从此改变了劳拉的命运。她在与沃斯短暂的会面和交流中就被其神秘感吸引，这是与欲望或性爱无关的柏拉图式爱情的魅力。

当赞助者邦纳先生问沃斯是否有信心与其他队员和谐相处时，沃斯支吾着说："我保证，我能够领导这个远征队伍穿过这片大陆……"这一家人都认为沃斯是"疯子"，只有劳拉，被爱所蒙蔽，认为"沃斯不害怕这个国家，而其他人仍然害怕，我们中的大多数……"[1]在她的眼里他是神，其言行皆正确。

而沃斯的态度全然不同。在见劳拉的第一眼时，他不得不承认劳拉的美丽。但傲慢使然，沃斯放弃了男人的本性：拒绝承认已被女性的美丽所吸引，他认为自己不需要漂亮女人。劳拉也有类似的错觉，相信自己是"高傲的人"。随着故事的发展，两个善于妄想的人产生了冲突。两者之间的共生关系出现了，她的弱势遭遇他的强势而获得其自身强度，她意识到他需要女人柔弱以使其更强壮[2]。

很不幸，劳拉不属于沃斯，只有土地之精神属于他，但他没有意识到人类只是自然的孩子。他当然不能真正与大自然母亲成婚，她辽阔无边，变幻莫测且包罗万象[3]。虽然人类是自然的精华之一，但他怎么可能比自然更强大？沃斯从没表现出对自然或自然体系应有的尊重。他只渴望征服，证明自己的意志力强大无比。

怀特把他们的爱情约会描写得如伊甸园般美丽，那是大自然赋予人类的精神天堂，然而沃斯放弃了。沃斯在临行前夜与劳拉在花园散步。

> ……草丛仍然体贴地躺在他们脚下。光滑几乎冰凉的树叶抚摸着他们的脸和手……海绵般的黑夜包围着他们……
>
> "你是个宽广丑陋的人。"劳拉重复着说，"我可以想象出一片沙漠，上面有石头，偏见的石头，甚至还有仇恨的石头。你如此孤独，所以你被沙漠的远景迷惑了……"
>
> "我也被你迷住了"……"你是我的沙漠！"
>
> 不过他不打算享受这种柔情……
>
> 此刻劳拉迷失在黑暗的花园里。
>
> (... grass that was still kindly beneath their feet. Smooth, almost cold leaves

1 Patrick White, *Voss*, London: Vintage Books, 1994, p. 28.

2 David Taccey, *Patrick White, Fiction and Unconscious*, Melbourne: Oxford University Press, 1988, p. 71.

3 同上，第78页。

soothed their faces and the backs of their hands....of a piece with the spongy darkness that surrounded them....

'You are so vast and ugly,' Laura Trevelyan was repeating the words; 'I can imagine some desert, with rocks, rocks of prejudice, and yes, even hatred. You are so isolated. That's why you are fascinated by the prospect of desert places...'

'I am fascinated by you,'...'You are my desert!'

But he did not propose to enjoy any such softness...

By this time Laura Trevelyan had become lost somewhere in the darkness of the garden.)[1]

他们之后的关系与探险队的进程平行发展。尽管仅见过几次，他们已经沉迷于压倒一切的强烈情感和理想化的爱情幻想中，成为精神伴侣，心灵已属于彼此。这种情感的自我放纵，似乎不适合沃斯这个冒险领导者，尽管是一次几乎不能成功的冒险。他们大胆交换信件，确定并深化了关系，他们相信彼此就是夫妻，尽管信件大都遗失，在无人居住区不可能收到任何信件。他们幻想着：

他们骑着马在小山间向北走，有的小山披着柔软的绿装，嫩玉米穗在旁飘动，有的坚硬碧蓝，有如蓝宝石……他们的爱情语丝化着微风汇入玉米叶在风中的沙沙声和小鸟欢快的啼鸣里。

(They rode northward together between the small hills, some green and soft, with the feathers of young corn ruffled on their sides, others hard and blue as sapphires.... What they were saying had not yet been translated out of the air, the rustling of corn, and the resilient cries of birds.)[2]

他们的浪漫故事结束于20年后的沃斯铜像揭幕仪式上，劳拉说出了作者的结束语："真正的谦卑。""……他不是神，但他最接近。"（"Truly humbled," "... he is not God, he is nearest to becoming so."）[3] 劳拉经典地诠释了沃斯高傲退去后的悔悟。

9. 谦卑时的生态情怀，高傲时的妄自菲薄

沃斯内心充满矛盾，他也会为怀念麦田和熟透的苹果而感到痛苦，也怀念自己的家乡。"我很少为我离开德国而感到遗憾。""虽然我会突然发现我渴望再次到德

1 Patrick White, *Voss*, London: Vintage Books, 1994, pp. 87-88.

2 同上，第163页。

3 同上，第387页。

国去过一个夏天。德国的原野不像其他国家那样崎岖，曲曲弯弯的溪流缓慢地在坡上流淌。树木实在太绿啦，即使布满尘土也是这样。还有河流，啊，奔腾的河流呀！”（‘Seldom have I regrets for the Germany I have left,’ ‘Although I will suddenly realize I have a yearning to experience another German summer. The trees are too green, even under dust. And the rivers, ah, how the rivers flow.’）[1]这些话语充分表达了其浓浓的思乡情。他在谦卑时同样被美丽的景色所吸引。

> 那天，山谷从来没有那么美丽，太阳也从来没有那么早就下山了，山谷披上了金色、蓝色和紫色的长袍。……这个人（沃斯）被这纯朴的力量吸引，牵动了怀乡的愁肠，这种纯朴，他通常会斥之为无知，或怀疑它是用来掩盖狡诈的。
>
> (The day had never been more beautiful in that valley, nor had withdrawn more quickly from it in long robes of gold, and blue, and purple...the man was drawn nostalgically towards that strength of innocence which normally he would have condemned as ignorance, or suspected as a cloak to cover guile.)[2]

然而当沃斯心存高傲时，他则完全以另一种心态看景色：

> （他在给劳拉的信里这样写道：）没有哪一所房屋能够容纳下我的情感，而这无垠天地却使人滋生更多的渴望……我得留下来为前途奋斗，与石头搏斗，去攀登，如果需要，还得流血。
>
> (No ordinary House could have contained my feelings, but this great one in which greater longings are ever free to grow... I am reserved for further struggles, to wrestle with rocks, to bleed if necessary, to ascend.)[3]

在小说的结尾怀特借嘉德的话再次阐明其生态思想：“他从来不是上帝，尽管他乐于认为他是。有时，他忘记的时候，他就是人。”（“He was never God, though he liked to think that he was. Sometimes, when he forgot, he was a man.”）[4]

自相矛盾的多重性格又勾勒出沃斯极其复杂的人性特点，沃斯探险的失败则是他人性内在的善与恶冲突的必然结果。正如其精神伴侣劳拉所说：“沃斯是一个善恶

1 Patrick White, *Voss*, London: Vintage Books, 1994, p. 80.
2 同上，第152页。
3 同上，第216-217页。
4 同上，第443页。

并存的人。”[1]沃斯身上的恶，首当其冲便是他的狂妄与自负。而产生这一思想的根源，就在于他对权利意志的顶礼膜拜。沃斯在这种思想的支配下，欲在大沙漠中自由驰骋，实现自己的超人梦。同时，他也试图凭借这股力量驾驭探险队，征服每个探险队员的心灵。然而结果如何？一次次不理性的判断导致他犯下一连串错误。例如，指挥失误，耽误行程；强行过河，面粉全部落水，加剧了粮荒；射杀自己的爱犬，向同伴证明自己的坚强等。所有这些疯狂之举促使他快速自我毁灭。在痛苦地等待死亡降临的过程中，沃斯幡然醒悟，他意识到与上帝抗衡、挑战自然之道、违背客观规律是不可能成功的，唯有谦卑与信仰上帝才能在精神上挽救自己。

怀特笔下的沃斯表现出的精神上的冲突，是跟他那个时代分不开的。不言而喻，小说中的沃斯形象之所以呈现出如此鲜明的善恶冲突的性格特点，实则反映了作家怀特本人对现代人面临的生存状况的关注以及对现代人精神世界的探索。沃斯探险的背后，隐含着作者对现代人生存困境的思考。通过对沃斯这个狂妄、自负的形象的刻画，怀特表达了对“个人权利意志”的否定。

10. 小结

傲慢的沃斯试图在澳大利亚征服大自然，他只关注企图征服自然的个人抱负，对澳洲沙漠环境和原住民缺乏必要的了解，对团队成员缺乏尊重，结果酿成悲剧。怀特通过描写傲慢的沃斯的探险经历告诉读者：人类只是大自然的孩子，大自然的一部分而已，大自然永远不可被任何人征服；人类决不能奢望成为上帝，进而控制世界，不管其虚荣心有多大，大自然不为人类的傲气与野心所折服，人类只能尊重自然规律，与其和谐相处，与同伴和谐共处。怀特的深层生态哲学思想与中国道家倡导的“和谐”“天人合一”不谋而合。正如沃斯最终以生命为代价悟到的那样：他不是上帝，即“至人无为，大圣不作”。

正如德国哲学家海德格尔所言：“拯救大地既不能控制，也不能征服。”（To rescue the land is neither to control, nor to conquer it.）[2]人类是自然的一部分，自然界的一切都是平等的，不能以征服他者得到昌盛。所以，人类不可能征服自然，孱弱的人类必须认识自然规律，与自然和谐相处，否则灾难会降临。沃斯的探险失败凸显了这一理论的正确性。他的失败不单是因为缺乏智慧，还因他缺乏以爱为基础的团队组织管理能力；不断膨胀的傲慢和私欲是人类的灾难，一个团队领导毁灭的只是一个团队，而一个国家有这样的领导，遭破坏的将是整个国家乃至整个世界。

通往地狱之路不一定都是敌人铺设的，也很有可能是由“善意”铺成的，如果人

1　Patrick White, *Voss*, London: Vintage Books, 1994, p. 445.
2　Martin Heidegger, *Voträge und Aufsätze*, 北京：三联书店，2005.

类仅凭良好的意愿，自以为是地去设计社会，那么就有可能把自己引向灾难的深渊。许多事实不正是老子和庄子倡导的自然无为之道的历史回应吗？

（三）《树叶裙》（*Fringe of Leaves*）："返璞归真"的生态观

我们以言行切入人类世界，这种切入如二次诞生，在其中我们自我确认并承担我们最初的身体显现这赤裸裸的事实。

——〔美〕汉娜·阿伦特《人类境况》

(With word and deed we insert ourselves into the human world, and this insertion is like a second birth, in which we confirm and take upon ourselves the naked fact of our original physical appearance.)

—H. Arendt[1]

在《树叶裙》中，怀特在深层次展示其生态哲学：城里的人应回归自然，涤除尘世污垢，磨砺意志，升华灵魂，以获得重生，以更新的生命之力、更强的适应力和更宽广的胸怀面对都市复杂的多元文化社会。

1. 婚姻的桎梏，自然的亲切

艾伦·格拉雅斯（Ellen Gluyas），家里唯一的孩子，乡村女孩，与父母生活在自家农场，在康沃尔（Cornwall）的廷塔杰尔（Tintagel）附近。她爱这片养育她的土地，被赖以生存的自然环境所折服，并因此对生活充满希望。不管从哪方面看，她都算是一个能干的野丫头。父亲依赖于她，而她也认为帮助父亲是应尽的义务。

艾伦的生活发生了巨大变化，皆因妈妈收留了一个房客，一位体弱的中年男人奥斯汀·罗克斯堡先生。每当恐惧"自由之深渊"[2]时他总是撤退到最喜爱的书《维吉尔》[3]里。艾伦像母亲一样照顾他，最终他放弃了贵族的虚荣心给她写了一封求婚信。对于父母双亡的艾伦来说接受求婚似乎是她唯一的选择。在母系家庭的婆家，她仅学会了礼貌交谈和写日记。在五年的婚姻中艾伦怀孕两次。第一次以流产告终，第二次小男婴出生不久也去世了。丈夫满足于他"神奇的"物，仿佛更似她在农场常见的公母羊的关系，毫无激情。她厌恶地戴着面具的顺从，唯一的安慰是结婚誓言，"爱，并服从"。

1 Hannah Arendt, *The Human Condition*, Chicago: University of Chicago, 1998, p. 176.

2 "自由之深渊"（the abyss of freedom），有人叫嚣着渴望自由，从生活的烦恼中解放出来，忘掉过去。其实当他们获得所谓"自由"时却不知道该干什么，甚至感到恐惧。

3 西方传统把维吉尔被列为罗马最伟大的诗人之一，他的书被认为是古罗马的民族史诗。维吉尔的作品对西方文学产生了广泛而深刻的影响。

奥斯汀的弟弟加奈特为了避免被起诉伪造罪，从英国逃到澳洲蛮荒的范迪门斯地（Van Diemen's Land），并成功地开垦了一块农场。罗克斯堡夫妇决定同他一道度假。艾伦第一次见到她丈夫崇拜的兄弟时就感到厌恶甚至憎恨。她所厌恶的不仅是这个男人，还有她自己的想法。那是丈夫和婆母也不曾想到过的她灵魂深处还涌动的生命之泉。这是长期被压抑的年轻女性的自然流露，也是人类最原生态的生命本性。

澳洲广阔的原野向她展示出令人惊讶的秀美，她不能因为讨厌小叔子而破坏自己的兴致。她在日记中写道："我开始感到比其他人更接近自然。"[1]在小叔子的农场"美妙斋"，她常骑马去树林里散步，享受曾被剥夺了的自由。她缺乏经验，从马上摔下来伤了脚，小叔子发现并诱奸了她，当时她无法逃脱也无力抵抗，也许还有几分本能的渴望。作者是这样描述其感受的：她再次闭上眼睛享受等待了一生的感官体验[2]。怀特笔下的艾伦犹如"查泰莱夫人"[3]，出自女性生理本能的需求而已，绝非《包法利夫人》里的爱玛，别有目的的荡妇；在此，怀特为艾伦在后面的故事里原生态地爱上杰克埋下了伏笔。

艾伦不想再与小叔子纠缠，只能转向大自然寻找生活之灵感，那里的每一处风景都是一幅水彩画。在大自然中长大的孩子对大自然有着本能的亲近感，无论是哪里的大自然，哪怕是远在地球的另一边，也如母亲般亲切。这应该是作者自己从英国回到澳大利亚的亲身体验。

罗克斯堡夫妇决定提前乘布里斯托尔少女号轮船离开风景如画的范迪门斯地，经过托雷斯海峡，取道好望角回英国。一路上奥斯汀都需要艾伦母亲般的照顾，艾伦终于可以逃脱小叔子的不轨行为了。令她吃惊的是她发现自己怀孕了，她试图重新燃起对丈夫的激情，但失败了。经过苦难生活，她同情在"美妙斋"看到的罪犯，为他们所受的鞭挞感到震惊。他们俩虽谁也没有受过鞭打，却相互折磨着。艾伦相信她更能忍受鞭打的痛苦，但她不得不忍受婚姻，那是她唯一的生活目标。

很不幸，船在昆士兰海岸触礁了，他们逃到救生艇上，艾伦流产，两名船员死亡。经过许多磨难，罗克斯堡夫妇所乘的小船到达海滩，很快原住民发现了他们。有人开枪打死了一个原住民，导致船长和罗克斯堡被原住民的长矛刺死。

> 罗克斯堡夫人独自在海边，太阳西下，湛蓝、淡绿、火红构成绝世佳境，美不胜收。尽管在风景如画的乡村长大，她也无法面对这突如其来的变

---

1 Patrick White, *A Fringe of Leaves*, London: Vintage Books, 1997, p. 104.

2 同上，第116页。

3 劳伦斯的小说《查泰莱夫人的情人》里的女主人因丈夫性无能而爱上了狩猎人。

化，她呜咽了。

(While the sun sank lower the landscape was subjected to a tyrannical beauty of deeper blue, slashed green and flamingo feathers. She who had been reared among water colours whimpered at this sudden opulence...)[1]

一群当地女人走来朝她脸上扔沙子，然后扒去她的衣服。她甚至帮她们解开了自己的胸衣。丈夫去世了，象征等级的“胸衣终于解开了……她感到彻底解放了”[2]。艾伦失去了文明社会的一切财富，走出尘世间的藩篱，获得自由，完全回归大自然，回归人类的原生态。

2. 意外回归自然，有幸获得自由

回到了大自然，为了生存，她找回了来自康沃尔荒野的艾伦·格拉雅斯。脱离了罗克斯堡兄弟的控制，她感觉自己很快就被那些原住民接受了，获得了新生。艾伦·格拉雅斯用长藤绕在腰部，跟着原住民从海滩走到他们的营地。

在阳光灿烂的蓝天下，营地旁绿莹莹的湖面闪烁着金色的光芒。她们让她给一个婴儿喂奶，悲哀地抱着不断啼哭的孩子，她仍惊叹于如此美景：暮霭的余光把黑人的体型抚弄得雍容华贵，给尘土飞扬、乱七八糟的营地增添了生动的自然图案[3]。她没有什么超然的能力，也看不到自己有什么希望，但她几乎感受不到肉体上的痛苦，因为她很快就沉浸在部落梦幻中，不时有孩子们轻声的哭泣和成人的呻吟及咕哝打破美梦[4]。

怀特把艾伦放入了原生态社会，在这里，她学会的第一课就是生存，必须得到食物。刚开始，只能在火堆旁找点原住民吃剩下的，然后她被逐步引入其生活方式，她的头发被她们用尖利的贝壳削短，她的身体抹上了腐臭的油渍和木炭，掩盖了她洁白的皮肤。艾伦思考着丛林，接受她们的“款待”。尽管她厌恶烦闷至极，但她仍然感慨自然的美丽：

她们脚下的野草和身旁的灌木散发出一股股露水的清香。天空仍是一片祥和。如果现在死去，她最后所思所想，将是海水般湛蓝的天空。

(...a delicious smell of dew rising from the grass their feet trampled and the bushes they brushed against in passing. The sky was still benign. Were she presently

1 Patrick White, *A Fringe of Leaves*, London: Vintage Books, 1997, p. 242.
2 同上，第244页。
3 同上，第247页。
4 同上，第249页。

to die, her last thought, would be of watered blue.)[1]

现在她靠自生能力与资源生活，与她的童年一样，艾伦把希望全寄托到了大自然。她学会了适应原住民的生活方式，融入了原住民的世界。她挖“土豆”的技术逐渐提高，当同伴朝这边看时，她因挖到的东西而高兴地笑了，那黑女人也报以一笑。原住民单纯善良，是大自然的孩子，他们的生活就是搜寻食物，极度饥饿使食物搜寻成为看似唯一理性的行为。而艾伦继续观察大自然，大自然是她的生命之源、生活之本，从中她寻找希望和力量。即使与原住民过着艰难的生活，她仍然性感，那是大自然赋予生命的最基本的功能。

黎明前，她的灵魂随着缕缕雾气，飘荡于幽灵般的树林间，发现自己又出现在海边，这里平淡无奇，无边际，无羁绊……

(The hour before dawn offered compensations. Her ghost drifted with the wraiths of mist, among the ghosts of trees, and found itself again haunting the shore, a bland, unobstructed verge…)[2]

她在浅滩的海水里站着，任凭微波在脚踝边嬉戏，搓着两个粘着沙的小腿，听着贝壳与卵石在潮水的冲刷中发出有节奏的咔咔嗒嗒声。她发现自己因这些微不足道的乐趣而微笑，而这正是奥斯汀·罗克斯堡谴责的“艾伦本性中的感官享乐的一面”。

(She stood awhile in the shadows, letting the wavelets play round her ankles, rubbing one sandy shin against the other, listening to the clatter of shells and pebbles as the current dragged them back and forth. She found herself smiling for these lesser pleasures which Austin Roxburgh deplored as ‘the sensual side of Ellen’s nature’.)[3]

部落完全接受她是在她学会上树时。一个身材高大的男人教她爬树，捕捉树梢的负鼠。她被拖上前，藤蔓也准备好了让她抓着藤蔓爬上去。令人吃惊的是她真的这样做了。如果不这样，黑人会用火棍戳她的屁股，她会痛苦又恐惧地哭喊着：“不，不！我想我会的，只是不要伤害我。”她开始学习令她感到可怕的攀爬，如果她感到软弱无力或信心不足时，下面有火棍支撑着[4]。到底是对灼伤的恐惧还是野丫头艾

1　Patrick White. *A Fringe of Leaves*, London: Vintage Books, 1997, p. 252.

2　同上，第255页。

3　同上，第256页。

4　同上，第263页。

伦·格拉雅斯的精神来搭救了她，不清楚。她最终帮助黑女人捕捉负鼠、取鸟蛋、采蜂蜜，她还参加了部落的宗教仪式和舞蹈等活动。

艾伦在心理上总是保持与自然的和谐共处，接受原住民永恒的时间观，明白大自然是他们赖以生存的唯一资源。现代人相信他们的“阿基米德点”在宇宙中的某个地方[1]，不是客观现象，最后得到的只有仪器上的数据而不是自然，用海森堡的话说，即“人遭遇他自己”[2]。而艾伦仅靠本能便适应了原住民的风俗习惯和生活方式，能与自然和谐相处。这样的关系建立在艾伦对原住民生活方式的大度包容上。

3. 伊甸园里的爱情，浴火重生的凤凰

当整个部落搬到新据点时，艾伦认出那个带着斧头的大个子男人是逃犯，得知他的名字叫杰克，并求他帮助她逃到摩顿湾定居点。因害怕受惩罚，杰克起初犹豫不决，但他最终还是找到一个机会，趁黑人不注意抓住她的胳膊，一阵狂奔跑进了茂密的丛林。杰克成了她的救星，他熟悉地形，能够在丛林生存。接下来的任务仅仅是完成艰难的旅程，穿过这原始荒野地带到达布里斯班白人居住地。

与杰克相遇，艾伦的情感生活又起波澜。单纯的杰克和艾伦自然相互吸引，他们的关系迅速发展，艾伦收获了爱情。怀特把他们的爱情描述得如伊甸园般美丽纯洁：

> 她睡了醒，醒了睡。太阳一定爬得老高了。她感觉到鸟儿的歌声以阳光与寂静为经纬编织着纵横交错的图案。阳光之手穿过茅草棚抚摸着她的身体，同样抚摸着她身旁四肢伸展的男人。她感觉在这无垠的和平世界里完全不存在不和谐……
>
> (She slept, and woke, and slept, and woke. The sun must have climbed high. She was conscious of a criss-cross of bird-song imposed on light and silence. Fingers of sunlight intruding through the green thatch stroked her body and that of the man stretched beside her. The incongruous had no part in the world of limitless peace to which her senses had been admitted…)[3]
>
> 她能闻到灌木篱外荒野地上露水的清香，她喜欢早起，赤脚走出营地，感受露珠的清凉……
>
> (She could smell the dew from the fields beyond the hedgerows. She loved to rise early, and go outside their bivouac without shoes and feel the dew on sole of

---

1 Hannah Arendt, *The Life of the Mind*. Harcourt, New York: Inc., N.Y., 1978, p. 15.

2 Hannah Arendt, *The Human Condition*, Chicago: University of Chicago, 1998, p. 78.

3 Patrick White, *A Fringe of Leaves*, London: Vintage Books, 1997, p. 290.

her feet...)[1]

尽管赤身裸体，他却彬彬有礼地带着她迈着轻快的步伐走过荒野花园。

(Their nakedness notwithstanding he might have been leading her on a polite, if over-brisk walk through a wild garden.)[2]

她从未意识到自己是多么渴望毫无保留的爱，也渴望她被无条件地接受。

(She have never fully realized how much she had desired to love without reserve and for her love to be unconditionally accepted.)[3]

艾伦甚至希望延长旅程，这种不为时日所限的神秘吸引着她。

(Seduced by the mystery of timeless, she might have chosen to prolong the journey than face those who would quiz them upon their unorthodox arrival.)[4]

杰克因杀害不忠的女友被判终身监禁，没有希望得到赦免。他害怕因逃跑而受惩罚，内心恐惧万分。艾伦认为，无论多么困难，她也要为他请求赦免，因为这是她有生以来的第一次真爱，对其救援也心存感激。

当他们终于到达农场时艾伦欣喜若狂："你看到吗？正如我们所计划的！"杰克回答说："啊，艾伦我能听到'三脚架'。他们正等着我呢！""杰克不要离开我。我不会穿过田野。"[5]他转身飞奔跑回了丛林，艾伦只身回到文明社会。艾伦受到一个农夫妻子的热情款待，然后是整个摩顿湾的欢迎，包括指挥官洛弗尔（Lovel）夫妇及家人。

艾伦戏剧性地走出了丛林，尽管赤身裸体，脏兮兮的，精疲力竭，但她很快恢复了健康。尽管是回到曾经生活过的白色墓地里（whited sepulcher）[6]，在大自然经历了磨砺的艾伦宛如浴火重生的火凤凰，具有较强的心理承受力和生活适应力，不再是受伪君子罗克斯堡兄弟随意摆弄的单纯的"艾伦"。现在的她是自己的主人，学会保持镇静，掩饰伤感，抹去在丛林里别人会耻笑的记忆——曾赤身裸体和"歹徒"同住在树枝搭成的窝棚里。面对指挥官的询问她镇静自若，一段令人痛苦而漫长的过程。真诚的艾伦为替杰克争取获得特赦，竭尽全力说服指挥官带她去悉尼觐见总督。

1 Patrick White, *A Fringe of Leaves*, London: Vintage Books, 1997, p. 297.
2 同上，第301页。
3 同上，第302页。
4 同上，第306页。
5 同上，第332-333页。
6 J. Conrad, *The Heart of Darkness and Other Tales*, London: Oxford University Press, 2009. 康拉德在小说《黑暗之心》里把欧洲殖民地描绘成白色墓地。

艾伦的说词得到指挥官的赞许，并获得许可去悉尼面见总督阁下，恳请特赦杰克。在指挥官的陪同下，艾伦登上了前往悉尼的客船。

虽然尽管艾伦已经回到了文明社会，并且还获准去觐见总督，但是此刻，她的心情非常复杂，丛林经历令其难以忘怀。她不仅留恋丛林美景，更怀念她曾经获得的自由以及在伊甸园中体验到的真爱以及原住民的纯朴。然而她将要永远失去这一切。怀特以一段优美的文字高度概括了艾伦对回归的感慨：

> 星光灿烂宛若珠宝，艾伦·罗克斯堡相信这是她合上眼以前最后一次看到这样的星空，同时还有持续不断却毫无恶意的微风。
>
> (There was jewelry of stars such as Ellen Roxburgh believed she might be seeing for the last time before a lid was closed, and persistent, if in no way malicious, breezes for an instant halted her in the steps of memory.)[1]

艾伦·罗克斯堡在回归大自然中获得新生。在英国社会，她不再是来自康沃尔的野丫头，而是“堂堂正正的君子”（man writ large），有信心、谨慎还富有同情心和爱心的罗克斯堡太太。

4. 小结

怀特通过把艾伦放回大自然的故事告诉读者，人在自然状态下才能找到自我，经历苦难才能够成长，经历大自然的磨砺灵魂才能得到升华。果实不单需要阳光，也需要凉夜，冰凉的雨水使它们成熟；人的性情陶冶不但需要欢乐，还需要艰难困苦。该作品宣扬“回归自然”的深层次生态思想，充分体现了怀特关于简朴人生与和谐社会的生态意识：大自然是未被社会罪恶污染的生存环境，它有着净化心灵的魔力；在社会上被污染了的现代人，应回到大自然去，接受考验和磨砺，获得新生。

三、结语

从短篇小说集《欢乐谷》到未完成的《悬挂的花园》，我们不难读出帕特里克·怀特的深层生态意识：《欢乐谷》表达了作者对故乡的眷念之情，证明了移民易而扎根难的事实；《白鹦鹉》传递了对无辜鹦鹉死亡的悲哀之情；《人树》因都市高速发展，乡村变为郊区，农民因失去土地而迷茫失落；在《沃斯》里，野心勃勃的征服者至死才醒悟人类不是上帝的真谛；《树叶裙》里艾伦回归大自然之旅，表达了“返璞归真”的生态智慧。在《悬挂的花园》中，对因战乱而无家可归的孤儿，怀特

1 Patrick White, *A Fringe of Leaves*, London: Vintage Books, 1997, pp. 399-400.

给予了极大的同情，感叹战争的残酷，希望和平永存，长久维护“诗意栖居”的生存状态。

这一系列小说充分体现了怀特对大自然的尊重；对人类为满足自己之贪欲对自然的肆意破坏甚至企图征服的行为感到无比震怒，对人类战争造成自然和人类的灾难倍感愤恨。这些作品显现了怀特的生态思想不断深化的过程。由此可见，生态危机一直是怀特的关注点，所以怀特于1982年发表“棕枝全日”演说，呼吁保护环境。

帕特里克·怀特倡导的生态理念领先时代潮流，他认为表面风景如画的澳洲仍潜伏着生态环境危机。虽然在其有生之年生态批评还没受到高度重视，在政治上也被忽视，但从其小说中可发现作者对生态危机认识的渐进过程，他不再停留于“爱护环境”“环境保护”等表层的生态意识上；科学技术和行政命令虽有助于改善环境，但改变不了人们的世界观、思维方式。而倡导“和谐”“和平”“返璞归真”“天人之和”等深层次的生态意识就是以改变人们的价值观和生活方式为目的，这正是怀特的小说所宣扬的生态哲学。作者本人也积极参与反战抗议，倡导和平，真可谓引领时代潮流之生态倡导者。

第三节　蒂姆·温顿：家喻户晓的生态文学大师

一、作者简介

（一）生平简介

蒂姆·温顿（Tim Winton，1960—），澳大利亚小说家和短篇故事作家，出生于西澳大利亚州首府佩思郊区默斯曼（Mosman）的一个警察世家。温顿生活的西澳大利亚州濒临印度洋，地广人稀，矿产丰富，自然风光与生态环境呈原始状态，是澳洲原始自然景观最丰富的地方，也是最能领略澳洲风情的地区之一。这里漂亮的海滩、尖峰石阵、宁嘉璐珊瑚礁等大自然奇迹享誉世界。首府佩斯濒临印度洋，有上千个湖泊，被誉为世界上最孤独的明珠。温顿在佩斯郊区长大，多数时间都待在海边和沙滩，受其叔父影响，自幼阅读了大量书籍，对写作颇有兴趣。在其《陆地边缘》（*Land's Edge*，1993）一书中，温顿回忆道：“我整天整天地学习，学习我的生活方式，狩猎，收集外来世界的舶来物——垂钓、跳水、游泳、冲浪、篝火、划船，感受来自四面八方的风景——回到家之后我开始思考、写作和阅读，只有在这里我才能感受到微风轻抚，这里是我的梦想之地。”[1]

温顿自诩来自一个“家事口口相传”的家庭，即家人都擅长语言表达。他的奶奶知道所有故事，他们常常坐在她身边聆听。温顿自幼开始写诗，在澳大利亚文坛享有“神童”的美誉。12岁时温顿搬到距佩斯418公里的山区城市奥尔巴尼（Albany），在那里他生活了三年，小城和南海岸的居住经历丰富了他的写作背景。17岁时温顿进入佩斯的科廷大学（Curtin University）学习文学创作，18岁时已创作40多篇故事，在澳洲文坛崭露头角。21岁的温顿发表了第一部长篇小说《露天游水者》（*An Open Swimmer*，1982），获得澳大利亚弗格尔文学奖。之后他获奖无数，是澳大利亚多产的知名作家之一。

温顿不但是澳大利亚的国宝级作家，而且是环境保护运动积极分子，在澳大利亚环保组织中坚持做了10年以上的志愿者，也是多个澳洲环保协会的赞助人。他积极参加这些协会组织的各项环保活动，主要有澳大利亚海洋保护协会（AMCS）、抵制捕捉蟾蜍基金（Stop the Toad Foundation）、保护莫顿海湾（Moreton Bay）组织、澳大利亚野生动物保护协会。2003年，温顿获得西澳大利亚作家奖章，他将奖金25 000澳元捐出，用于支持保护宁嘉璐珊瑚礁运动。生活中的温顿极其低调，除了新书发布或参与环保活动，他基本不会出现在媒体镜头前。在接受杰森·斯德哥尔（Jason Steger）采访时他曾说道：“偶尔为了倡导绿色环保我会被推到幕前来，但也只有参与环保活动能让我站出来。”[2]

迄今为止，温顿出版了《露天游水者》（*An Open Swimmer*，1982）、《浅滩》（*Shallows*，1984）、《云街》（*Cloudstreet*，1992）、《蓝背鱼》（*Blueback*，1998）、《深处》（*The Deep*，1998）、《土乐》（*Dirt Music*，2002）等十多部长篇小说。其中，《露天游水者》获得1981年澳大利亚弗格尔文学奖；《浅滩》《云街》《土乐》分别获1984、1991、2002年迈尔斯·富兰克林奖；《蓝背鱼》获得1998年野生动物社会环境奖、澳大利亚儿童文学奖。目前，温顿的多部作品被译为25种文字出版，部分被改编成话剧、电视剧和广播剧搬上了舞台和荧幕。其中《浅滩》《呼吸》等6部小说被改编成同名电影，《云街》被改编成电视连续剧和话剧在澳大利亚上演。

---

1 Tim Winton, *Land's Edge*, Illustrated by Trish Ainslie, Roger Garwood, Sydney: Penguin Aus., 1993.

2 Cited by Jason Steger, It's a risky business, *The Sydney Morning Herald*, Sydney, 2008, p. 28.

（二）主要作品及生态意识

温顿的作品体现了朴素的生态伦理思想。生态理论学由法国哲学家史怀泽和英国环境学家利奥波德创立，史怀泽从对生命的崇拜出发，进一步提出尊重生命的伦理学。利奥波德则提出了“大地伦理”概念[1]。他认为，现在的伦理学研究要把道德权利扩展到动物、植物、土地、水域和其他自然界的实体，确认它们在一种自然状态中持续存在的权利，即从人类中心主义的伦理过渡到生态中心主义的伦理[2]。生态伦理学理念把人类与生态系统中的其他部分看成与大地共同体平等的成员。作为生态主义作家，温顿的作品时时处处折射出生态伦理思想。在一次采访中温顿谈道：

> 我来自一个风景秀丽、人口稀少的大岛屿。因此，与欧洲作家相比，我能更多地感受到自然形态、风景和空间的影响，风景对我——一个小说家而言，是最主要的灵感之源。即使当我创作那些试图解释人类经验的故事的时候，也同样需要这种灵感。我的作品通常以风景描写作为开端，仿佛这个地方的地貌和空间为故事的发生创造了独特的情境。对此，地理学家可能比文学评论家感触更深。一名曾经采访过我的德国研究生专攻文学和地理这一专门学科，因此她能够清楚地阐述上述观点，让我深感惊讶。她更了解地貌和环境对我作品的影响，对《土乐》尤其感兴趣。
>
> 我确实写了很多关于沿海和海洋的故事，但是我同样也对沙漠中的海洋地带感兴趣！我猜想，这是一种对广阔空间的迷恋，巨大的沙漠和荒芜景色使我们容易想到人类的渺小。当然，在沙漠和海洋之间也有很多表面相似的地方，如沙丘、山脊的起伏和地平线的闪光，甚至没水的地方在高温时看起来也很湿润。事物有时并非像它们表面看起来的样子，海洋和沙漠是能给身体和心灵带来挑战的地方，是奋斗和沉思的地方，是宽阔寂寥的地方。[3]

作者的诸多作品均以自然为主题，生动刻画了人类与生态环境的关系，深刻阐述了拯救生态、保护环境的道理，如《浅滩》、《蓝背鱼》、《冬日黑暗》（*The Winter Dark*，1988）。特别值得一提的是《浅滩》，小说围绕捕鲸者和环保主义者们之间的重重矛盾，讲述了发生在澳大利亚最后的捕鲸小镇安吉勒斯一对意见截然不同的夫妇如何最终达成一致共同抗议捕鲸的故事。短篇小说《冬日黑暗》讲述了一头无形野兽

1　任重：《全球化视阈下的生态伦理学研究述论》，《生态环境学报》，2012，21(6)，pp. 1184-1188.

2　胡志红：《西方生态批评研究》，北京：中国社会科学出版社，2006年。

3　刘云秋，《蒂姆·温顿访谈录》，《外国文学》，2013年第3期，第149−155页。

出现在一个村庄捕食村里家禽和动物的惊悚故事。温顿将现实生活与幻境、自然与超自然因素结合起来，探讨人类与野生动物之间的关系。寓言故事《蓝背鱼》讲述了发生在一对母子和一条长生不老的蓝背鱼之间的忧伤故事，可以说是温顿等环保主义者为保护海湾与房产开发商斗争的象征。短篇小说集《岔路口》（*The Turning*，2005）虽然叙事结构变化离奇，分别从多个角度描写阐述小镇生活，但大海却始终贯穿整个小说集，是小说集的主体。文艺评论家菲利普·汉修（Philip Hensher）在《浪潮统治》（"Ruling the Waves"，2011）一文中说道："温顿作品中最重要的主题就是自然，他笔下海洋的力量代表了澳大利亚的文明。"[1]

作为生活在西澳的作家，温顿在多部作品中融入了原住民元素，如温顿所言："比起我的苏格兰祖先来，我离原住民文化更近，我已经学会离这块土地更近，但这几乎不能与真正的原住民意义上的归属相比。我羡慕原住民与大地及部落神灵的同一性。"[2]例如在小说《云街》中，有位神秘的原住民时常出现，给彷徨中的费希指点迷津。又如，在《土乐》中，温顿更是让主人公卢瑟按照原住民的方式，在"地图外"而不是在"地图上"行走，即摒弃对现代文明的产物——地图的依赖，仅靠一支低音风笛、一根钓鱼线在荒野过简朴的生活。历经生存考验及自然的锤炼，卢瑟受伤的心灵逐渐康复了[3]。温顿在景观描述上也表现了原住民元素。在原住民眼中，土地不属于人类，而是人类属于土地，土地对于人类而言不仅仅是赖以生存的家园，还是人类的圣地、偶像、脐带之地。如《浅滩》中昆妮在阔别家乡7年之后，带女儿回到安吉勒斯小镇来朝拜和延续自己与故土难以割舍的脐带情。《云街》中的多莉、罗丝、奎克在离家之后无一不怀念故土，向往家庭，最终踏上漫漫回家路，回归云街。在原住民文化中万物共生，皆有灵性，温顿在其作品中也处处显示出原住民文化中人类与自然亲密无间、共生共存的理念。例如《浅滩》中的昆妮可以跟海豚对话；《云街》中的猪可以讲话；《土乐》中卢瑟孤岛生存，与鲨鱼为伍。

温顿的作品还常常引用圣经经文，将文化升华到信仰，万事万物、一切存在皆附上神性，人类恣意开发海岸的行为实则是对自然的亵渎与违抗。起重机、钢铁架、建筑工人对海滩的破坏，犹如在自己的躯体上开出大洞[4]。当然，这些都和原住民文化

---

1 Philip Hensher, Ruling the Waves, *Spectator* 3 May 2008. Literature Resource Center, Web. 24 July 2011.

2 Ben-Messahe S., *Mind the Country—Winton's Fiction*, Crawley: University of Western Australia Press, 2006, p. 107.

3 Jacobs L., *Tim Winton and West Australian Writing*, Nicholas B., Rebecca M. A. Companion to Australia Literature since 1900, New York: Camden House, 2007, pp. 307-320.

4 Tim Winton, *Mininum of Two*, Camberwell: Penguin Books Australia Ltd., 1998, p. 76.

生态思想一致，原住民认为对土地不敬将会导致恐怖的后果，而白人一直都在做[1]。

二、主要作品的生态解读

（一）《露天游水者》（*An Open Swimmer*，1982）

这是温顿的首部作品，1981年获得澳大利亚弗格尔（Vogel）文学奖，从此他开始了文学创作生涯。

小说讲述了两名从小一起长大的年轻人杰瑞（Jerra）和肖恩（Sean）的故事。他们时常一起出海钓鱼，长大后两人的差异变得越来越大，交流中彼此言辞越来越尖锐，思想也开始渐行渐远。旅程中杰瑞认识了一位住在他们营地附近的老人，他发现这个老人放火烧掉自己的小屋，里面还有自己的妻子。这个故事引起杰瑞内心深处对过世母亲的怀念。他向好友肖恩吐露心声，回顾母亲在世时的喜怒哀乐。杰瑞不得不面对母亲受虐待被摧毁的经历，也因为母亲自杀而深深自责，从此快乐不再，人生梦想破灭。

温顿通过大段未表明角色的对话，描写了杰瑞的成长心路历程，成长往往伴随着孤独，唯一让杰瑞感受到力量和安全的就是自己的爱好——垂钓。在鱼儿上钩，右手抓住鱼头抵住左腿，从鱼钩上取下，将之放进桶里还是放回海洋的那一刻，自己可以决定鱼儿命运，仿佛对生与死有了掌控的权力。

故事结尾，在与肖恩分道扬镳之后，杰瑞一个人回到海边，独自躺在车里，而此时风雨交加，大树被吹倒砸到车顶。最后杰瑞在老人的棚屋醒来，回到自己的面包车旁，划燃火柴，一把火将车身点燃。《露天游水者》深刻描绘了青少年成长过程中的恐惧与喜悦，是对过去和现在的一首冥想曲。在整个故事中，各种形式的欲望都通过温顿之手，在深邃的海洋中表现得淋漓尽致。性与爱，生与死，海洋是一切梦想之源。在《陆地边缘》中，温顿记录了他第一次对孤独的感受：

> 在海岸边我遇到了半蹲在灌木丛中的孤独者，我第一次看到了自己的人生并为此感到害怕。我18岁以来第一次看到了这孤寂、怪异的独行者们寻找庇护却又不断陷入困境的过程，他们被卡在那些属于背叛、耻辱和愤怒的时刻无法动弹。他们长期躲藏在回忆里，以至于所有人都忘了他们，他们顾自悲伤，徒留遗憾，不留痕迹。正是他们，给予了我创作第一部作品的灵感，

1 Butstone D., *Spinning Stories and Visions*, Sojourners,1992, 21(8), p. 21.

还有我的初恋。[1]

《露天游水者》正是温顿将自己成长的感受付诸笔端的结晶。在大自然中，树木可以说话，鱼儿象征着自己，海洋包容所有的秘密。而杰瑞正是他在微风吹拂的海岸上遇到那些孤独的人们的代表。和众多澳洲作家一样，温顿将人类作为海洋的一分子，只有融入自然，像鱼儿融入深邃的海洋一样，才会真实地感受自己的存在和成长。这是因为作者本人及其代表的生活在西澳海洋周围的人们与海洋相依相存，不可分割。

（二）《浅滩》（*Shallows*，1984）

长篇小说《浅滩》于1984年获得澳大利亚最高文学奖迈尔斯·富兰克林奖。

故事发生在以奥尔巴尼（Albany）为原型的小镇安吉勒斯（Angelus）。小镇的传统产业是捕鲸业。主人公克利夫·库克森（Cleve Cookson）无意间发现妻子昆妮（Queenie）祖上留下的捕鲸日记，好奇心驱使下他开始阅读日记，一步步深入了解一百多年以来安吉勒斯小镇上人们的生活状态和捕鲸活动的发展史。克利夫的妻子昆妮是小镇旅游局的导游，虽出生于捕鲸世家，却是一名忠实的环保主义者，积极致力于组织抗议捕鲸活动。她坚信"生态平衡在于物种之间的交流，在于与环境的共存"[2]。克利夫因赞成捕鲸、反对妻子参加抗议捕鲸活动，与妻子产生矛盾而分居。一个偶然的机会，克利夫在昆妮的爷爷丹尼尔·库帕的房间里发现了库帕家族祖上留下的航海日记。翻开砖头一般厚的日记，一点一点阅读，克利夫重新认识了鲸这个物种，见识了捕鲸人的生活，对19世纪30年代的捕鲸过程的残酷和血腥有了进一步了解，内心开始发生变化，思想有了转变，重新审视上百年来小镇的传统产业——捕鲸，重新思考人类与其他物种、与环境的并存关系，最终和妻子昆妮一起参与抗议捕鲸的活动。

故事以两位年轻人为代表。昆妮从捕鲸世家成员到激进的反捕鲸活动倡议者，克利夫从赞成捕鲸到与妻子重归于好，共同反对捕鲸活动，反映了当时发生在这个澳洲小镇上一代人的价值观的转变，明确了简单而深刻的道理：正视历史，反对捕鲸，人与自然和谐共存，尊重和保护环境。小说中，温顿讲述了人类如何一步步吞噬鲸的过程，揭示了捕鲸活动的残酷与血腥：

---

1 Tim Winton, *Land's Edge*, Illustrated by Trish Ainslie, Roger Garwood, Sydney: Penguin Aus., 1993.

2 蒂姆·温顿：《浅滩》，黄源深译，上海：上海译文出版社，2010年，第48页。

臭气与日俱增。海滩上躺着鲸腐烂的尸骨，沙已被鲸油污染，成了蓝色。破碎的骨架，像一条船停在海滩上，海鸥成群地扑上去。[1]

这些座头鲸，它们是有着最大心脏和大脑的哺乳动物，是人类最忠诚、最无私、最值得信赖的朋友，它们和安吉勒斯的“英雄们”形成了最鲜明的对比。[2]

小说发人深省，温顿以日记主人之口，引发读者对人与其他物种、人类与自然环境的关系更为深刻的认识和反思，将“保护鲸”的信念植入读者心中：

……每一头鲸都和人类一样，有自己独特的声音。理论上讲，这种交流可能被人类理解和破译……这是一种感官的通灵。[3]

我们已经成了动物。不如它们。肮脏，以及绝望的野蛮。[4]

土地要呻吟多久？每块土地上的草要多久才枯萎？因为那些居住者的罪过，野兽和飞禽都一扫而光。[5]

在环境保护问题上，温顿坚决批判了《圣经》中以基督教为基础的人类中心主义。在丹尼尔·库帕的航海日记中，温顿就引用了赛亚的一段话：“到那日，耶和华必用他刚硬有力的大刀，刑罚鳄鱼，就是那快行的蛇；……并杀海中的大鱼。”[6]接着他在日记中痛斥滥杀鲸的恶行：“这些无知的家伙相信抹香鲸就是毒蛇、恶魔的代理。”[7]在航海日志中，丹尼尔·库帕常回忆母亲给自己念《圣经》的事，在一遍遍回忆摩西、约拿和路得的故事过程中，他觉得生活中的一切都是美好的。而身边人类为了自身利益而滥杀无辜、滥杀鲸的行径却让他对上帝产生了质疑，一度怀疑人们将《圣经》作为荼毒生灵的理论依据。捕鲸经历最终让他心灵受创，精神萎靡，丧失信念，众叛亲离，并因此选择自杀。

但是，整个故事还常常引用《圣经》训示或直接大量引用《圣经》经文，使小说

1　蒂姆·温顿：《浅滩》，黄源深译，上海：上海译文出版社，2010年，第107页。
2　同上，第132页。
3　同上，第50页。
4　同上，第161页。
5　同上，第76页。
6　同上，第121页。
7　同上。

蒙上一层宗教色彩。小说中《圣经》经文贯穿始终，将捕噬鲸的行为同人与自然和谐共处的矛盾升华到宗教信仰的高度，引发读者思考与共鸣，耐人寻味。

（三）《云街》（*Cloudstreet*，1992）

《云街》被认为是温顿最受欢迎的作品，在澳大利亚最受欢迎小说排行榜上长期名列前茅，被改编成电视剧，成为澳大利亚的文学经典。

小说跨度20年，围绕居住在佩斯云街的两个家庭展开，讲述了同一屋檐下两家人的悲欢离合。“云街”（Cloudstreet）这个名字在小说中分开来定义：“云”（cloud）的缥缈和“街”（street）的实在，二者结合起来象征着与邻里生活隔绝的两家人。萨姆·皮科尔斯（Sam Pickles）天生嗜赌，视钱如命，又经常夜不归宿，是典型的恶棍形象。其妻多莉（Dolly）对他越来越不满，在痛失爱子特德（Ted）之后，她开始寻找刺激，经常在酒吧喝得烂醉如泥，和别的男人厮混。处于青春期的女儿罗丝（Rose）对母亲的浪荡行为感到耻辱，厌倦位于云街的这个所谓的家，在和奎克（Quick）结婚之后决定另觅住处。然而一家人的心依然连在一起，萨姆对妻子仍有爱意，多莉始终向往家庭，罗丝依然怀念云街，一家人最终和解。云街上另一个家庭勒斯特·莱姆（Lester Lamb）的儿子菲史（Fish）溺水之后成为智障人，一家人从南方小镇搬到云街，过着节俭、井井有条的生活。然而女主人奥瑞尔（Oriel）始终为儿子的不幸自责，因儿子在苏醒之后唯一不能认出的竟然是自己而更加绝望，她变得孤僻起来。奎克对弟弟的遭遇也深感自责，最终离家出走。正是对家的想念，让奎克迷途知返，与母亲和解。经过20年的风风雨雨和矛盾波折，这两个原本交往不多、迥异的家庭终于从各自的家庭悲剧中走了出来，重新开创新的生活，并在强烈的家庭和社区意识下更加紧密地团结在一起[1]。云街从撼动两个家庭的“大大的空房子”变回充满爱与和谐的家园。

徐在中在《平淡之中显大义——解读蒂姆·温顿〈云街〉的“和解”主题》一文中提到：“和解”是贯穿《云街》始终的主题。其中，人与自然的和解是重要的一个部分[2]。小说中温顿关注城市化进程所带来的环境破坏——佩斯城渐渐从植被覆盖的生态村落变成钢筋水泥的现代化城市。“他们正在用推土机推倒老式街道和房屋，填满河道，似乎他们不想把任何生活过的痕迹留下来。”[3]新建起来的现代公寓让佩斯

1 徐在中，《平淡之中显大义——解读蒂姆·温顿〈云街〉的“和解”主题》，《国别文学研究》，2010年第2期。

2 同上，第2页。

3 Tim Winton, *Cloudstreet*, Great Britain: Picador, 1991, p. 411.

城再找不到原来的样子。河流污染，老房子被推倒，城市发展让历史痕迹消失，人们赖以生存生活的环境恶化。温顿认为，这与“人与自然和谐共处”的理念是相违背的。小说中他借原住民之口，声讨了城市现代化进程的深重罪孽。奎克问黑人：“你没有家可回吗？”黑人回答：“这儿没有。”[1]对这位黑人而言，现代化的佩斯并不是他的家。原住民认为不是土地属于人类，而是人类当归属于土地。

白人对物质的过度追求是以牺牲自然环境为代价的。原住民的居所因城市发展被征用，他们失去了家园，在原本属于自己的土地上变得无家可归！《云街》这部小说将社会发展与自然环境的矛盾和家庭矛盾、邻里矛盾结合起来，也自然而然地将人类、自然与社会融合起来，突出了作家对现代物质文明发展的强烈责任感，体现了作家对生态环境，对人与自然关系的关注。

（四）《土乐》（*Dirt Music*，2002）

该作品曾获得布克奖提名。其女主角突破了澳大利亚女性千篇一律的形象。

女主角乔吉·贾德兰（Georgie Jutland），40岁，当过护士，是两个孩子的继母，生活在西澳大利亚一个名叫怀特普安（Whitepoint）的海边小镇上。乔吉·贾德兰虽是个坏女人，但角色却依然非常讨好。在她身上几乎集中了温顿早期作品的所有女性角色的特点。乔吉出生于西澳中产阶级家庭，她聪明、复杂、寻求物质成功以外的精神满足。她的伴侣吉姆·巴克兰德是一名渔夫，亲近自然与海洋，是温顿理想中的英雄人物。巴克兰德家族曾经充满暴力，挥金如土，极大地影响了吉姆的童年。他坚持要补偿自己的过去，并为此四处寻找家族的宿敌——独来独往的音乐家卢瑟·福克斯（Luther Fox）。而在福克斯离开去往澳大利亚西北部之前，乔吉不满自己的生活现状，和放荡不羁的福克斯有过一段罗曼史。这样故事就将三个主要角色串联起来。

故事中福克斯北上旅程一部分为叙事诗，另一部分为小说。福克斯也是一个受过伤害的灵魂，被梦想、过往和回忆左右，他的生活方式则是忘记。他四处流浪，到处搜寻父亲被杀死之地石棉矿山。旅途中他所遇见的各种角色以及他们的音乐让福克斯发现这才是自己追寻的人生。福克斯旅途中所遇到的人和他一样都是迷失的人们，一些人漂泊流浪，一些人经历过重创。他们在旅行中寻找自我，这样的旅程将他们与大自然紧密联系起来。当福克斯到达矿山的时候，眼中的矿山周围的风景是这样的：“这里是皮尔布拉（Pilbara）。这里所有的一切看起来都很大而且很专业。一排排巨大的铁山之前全是树木。这片土地看起来如梦境一般，充满了力量和神秘感。”[2]福克

1　Tim Winton, *Cloudstreet*, Great Britain: Picador, 1991, p. 376.

2　Tim Winton, *Dirt Music*, Australia: Bolinda Publishing, 2005.

斯也在漂泊中学习在孤岛上生存，与鲨鱼为伍，以作奸犯科为荣。小说的文字引起读者的共鸣，将人类与环境联系在一起。

小说的结尾，乔吉和吉姆坐着水上飞机寻找福克斯，结果飞机坠落海洋，乔吉幸运地被一个神秘野人所救，这个野人正是福克斯。在戏剧般的情节中，人物逐渐觉醒，最终，一切坠落于温顿理想化的，归属于尘土、音乐和海洋的精神境界。

温顿与著名广播剧作家拉奇·欧辛斯（Lucky Oceans）合作，为《土乐》灌录了CD——《土乐——专为小说定制的音乐》。这些音乐就是温顿对大地魔幻般的呼唤和对土地韵律的描写；三个主人公的堕落行为，正如作家对西澳大利亚风景的描写的那样——荒凉而黯淡。

（五）儿童小说《蓝背鱼》（*Blueback*，1998）和《深处》（*The Deep*，1998）

《蓝背鱼》被誉为一本当代寓言。小说中温顿将自己的环保思想巧妙地融于故事之中，语气轻快却令人深思，表达了作者对生态平衡的责任。

亚伯·杰克森（Abel Jackson）生活在澳大利亚一个居于国家公园和海洋之间的海湾，亚伯的祖上是捕鲸者，父亲是一名珍珠采集者。在亚伯10岁那年，其父亲被鲨鱼吃掉，于是亚伯和母亲一起生活，帮助母亲下水捉鲍鱼。和坏人科洛斯特不同，亚伯和母亲在抓捕鲍鱼的时候，总是能少抓就少抓，留下一些任其繁殖和生长。母子二人深知生态平衡的重要性。一天他抓到了一只巨大的蓝色石斑鱼，他将这条鱼命名为蓝背鱼。蓝背鱼聪明、大胆，是鱼类中的传奇。亚伯和蓝背鱼成了要好的朋友。而这时开发者和渔夫们想方设法掠夺这片海湾，他们不但破坏了他们生活的环境，还置蓝背鱼于危险之中。最后在他们将渔夫们驱逐走时，亚伯明白了“自然界中没有什么比起人类的贪婪更残忍和野蛮的道理”[1]。多年来，不良开发者们制造的污染正不断威胁着他们赖以生存的海湾，亚伯的母亲建议立法者们将此处列为保护区。而今，亚伯已成为一名海洋生物学家，但他不断梦见自己的好朋友蓝背鱼，最后他决定放弃事业，将自己奉献给蓝背鱼所在的这片海湾，让它们一代一代繁衍下去。

插画小说《深处》讲述了一个小女孩如何克服心理障碍的温暖故事。温顿借这个插画故事倡导人与海洋自然相处，教育小朋友应有大自然和人类共存的意识。故事中的小女孩爱丽丝住在海边的一所房子里，她不怕蛇和蜘蛛，却畏惧深不可测的海水。因此，尽管爱丽丝会游泳，却因无法克服自己的恐惧心理，天天看着父母和两个哥哥

---

1 Donna Seaman, *Blueback*, Booklist 15 Feb. 1998: 986, Literature Resource Center, Web. 24 July 2011.

每天欢乐地下海潜水、畅游嬉戏，自己只能独自在岸边观望、感叹和羡慕，也因恐惧而生气、绝望。为了克服害怕心理，爱丽丝不断安慰自己“海水看起来异常美丽，泛着蓝绿的光芒，深邃而不可测”[1]，却依然不敢靠近深水区域。一天，爱丽丝在海滩上玩耍，她发现一群海豚在海洋中嬉戏跳跃，对海豚着了迷的爱丽丝不知不觉中一步步靠近海豚，突然惊喜地发现自己早已远离海岸，来到深水中。爱丽丝既紧张、兴奋又骄傲，她意识到在深水处游泳其实和在浅水区游泳一样，她对海洋深处的畏惧渐渐因她对海洋深处的向往而越来越小，直至渐渐消失。

温顿的这本儿童插画小说内容丰富，海豚、各式各样的鱼儿、爱丽丝和她的家人，在蓝绿色的海洋背景中欢乐游戏，让读者看到人与自然和谐相处的唯美画面，同时它也是一本鼓励人们克服内心恐惧的佳作。

三、结语

蒂姆·温顿的创作富于澳大利亚地域色彩。作品多以西澳海滩小镇为背景，聚焦平凡人的生活，风格淳朴，擅长以轻松随意的笔调刻画人物。温顿曾这样说过：“对我来说环境是我创作的灵感，如果对你所处的这片土地没感觉，那么自然也不会感受到这一方水土上的人和事。”[2]温顿是一名环保主义作家，农田、森林、山峰、沙漠、海岸线小镇，在其笔下不仅仅是故事的发生地，更是其作品的主体。他不但积极投身环保活动，更善于将人文故事与自然环境结合起来，其作品中含有大量对自然形态、风景和空间的描写。

第四节　贝弗利·法默：异国风情的生态书写

一、作者简介

（一）生平简介

贝弗利·法默（Beverley Farmer，1941—），澳大利亚著名长短篇小说作家，生于维多利亚州的墨尔本市，曾就读于麦克罗伯逊女子中学（Mac. Robertson Girls' High School），1960年毕业于墨尔本大学，获得文学学士学位。1965年，法默嫁给了希腊

1　Tim Winton, *The Deep*, Australia: Fremantle Arts Center Press, 2000.

2　Tim Winton, *Land's Edge*, Illustrated by Trish Ainslie, Roger Garwood, Sydney: Penguin Aus., 1993.

移民克里斯托斯·泰理麦尼蒂斯（Christos Talihmanidis），这段婚姻持续了13年。法默曾随丈夫在希腊生活了3年，于1972年儿子出生前返回澳大利亚。法默从事过多种职业，主要是教师和女招待。1978年离婚后，她才开始专事写作。法默以小说闻名，也写散文、诗歌和评论文章，其作品在《越野》（*Overland*）、《西风文学杂志》（*Westerly*）、《岛屿杂志》（*Island Magazine*）、《公报》等众多杂志、期刊和报纸上发表。其代表作有短篇小说《蛇》（"Snake"，1982）、《牛奶》（"Milk"，1983）、《回家时间》（"Home Time"，1985），《短篇小说集》（*Collected Stories*，1987），长篇小说《孤独》（*Alone*，1980）、《海豹女人》（*The Seal Woman*，1992）、《光中之屋》（*The House in the Light*，1995），散文集《骨屋》（*The Bone House*，2005），作品集《一泓水》（*A Body of Water*，1990）。法默曾多次获得资助，其作品多次入围并获得奖项：1984年短篇小说《牛奶》获新南威尔士州总理文学奖（New South Wales Premier's Literary Awards）和克里斯蒂娜·斯特德小说奖（Christina Stead Prize for Fiction），1996年小说《光中之屋》获迈尔斯·富兰克林奖（Miles Franklin Award）提名，2009年获帕特里克·怀特奖（Patrick White Award）[1]。

（二）主要作品的生态意识

法默的作品大多以自己的生活经历为原型，尤其是她的"异国经历"[2]，对"异国"的探讨是法默作品的标志性特征。在这些源于跨国生活经历的小说中，法默表达了作为当代女性作家特有的生态意识。其主要作品的生态意识可概括分析如下：

第一，对异国风光，尤其是希腊的自然风景的描绘。在文学创作中，法默既能用精确、残酷的文字将生活的无奈与丑陋面呈现在读者面前，又能以诗人般的情怀和优美的笔调描绘自然风光的美好。这一方面是法默对异国风光热爱的本能流露与书写，另一方面表达了作者对田园牧歌生活的渴望，体现了一定的生态意识。

这方面的代表作有小说《光中之屋》和《海豹女人》。前者是法默对希腊自然风光及风土人情描绘的集大成之作。希腊是法默前夫的祖国与家乡，也是法默曾生活了三年的地方，是其第二故乡。几近原生态的自然景观、令人神往的田园风光及淳朴自然的风土人情令法默魂牵梦绕，即便是离婚多年后亦久久不能忘怀。在《光中之屋》中，法默对这份牵挂进行了酣畅淋漓的诠释，流露出对希腊田园风光、自然风物的热

1 "Farmer Wins 2009 Patrick White Literary Award", *Boomerang Books*, Retrieved 2009-11-11.
2 Laurie Hergenhan, *The Australian Short Story*, St. Lucia: University of Queensland Press, 2002, p. 413.

爱与留恋。在《海豹女人》中，法默更是一展自己对大自然风光的热爱之情，其笔下所描摹歌颂的风光不仅有自己的母国澳大利亚，还涉及远在地球两极的南极洲、北极洲以及北欧（尤其是挪威和瑞典）。这部小说堪称法默描绘异域风光的经典之作。她笔下的澳洲泻湖宁静惬意，北欧峡湾险峻旖旎，极地白雪皑皑，冰川雄伟壮观，无不流露出法默对大自然美景的热爱与赞叹，表达了法默对田园牧歌生活的渴求，是其生态生存意识的本能流露。

第二，亲情的疏远是法默小说的另一个基本元素，体现了其渴望有所归属的"场所意识"。法默在小说中探讨了人与人之间的疏远问题：丈夫对妻子的疏远、父母对子女的疏远、希腊人对澳大利亚人的疏远等。法默写出了人与人之间的距离，曾经相爱之人分道扬镳的疏远。在其小说中几乎看不到和谐的夫妻关系，大多数家庭都关系紧张，甚至伴有暴力。这种疏远既是情感上的，也是地理上的。在短篇小说《出生地》中，怀孕的贝尔一直为是留在希腊生产还是回澳大利亚生产而困扰，她希望获得丈夫的支持，没想到丈夫却认为她"是一个顽固的、自私的、冷血的女人"[1]。这种孤立无助伴随着法默笔下几乎所有的女人——贝尔、安和芭芭拉等，是法默强烈的归属感及"场所意识"的流露。

第三，法默作品中的女主人公面对男性压迫时往往不积极反抗，反而"退回到代表女性空间的母亲、自然、疯狂和死亡之中"[2]。女性角色的被动让法默的小说受到一些评论家的批评。"没有了男性，法默小说中的女性似乎是'无所归依'的。"[3]在这些作品中，法默探讨了男女不平等的社会问题，体现其对和谐的生态社会的期待，流露出一定的社会生态意识，如短篇小说《老妇人》《在码头》《蜂房女人》。

第四，法默在很多小说中探讨了战争的残酷与无情，表达了自己对和平与安宁的向往以及对宁静温馨的美好生活的渴望。例如，在长篇小说《光中之屋》中，法默探讨了意大利、德国等欧洲国家入侵希腊，以及希腊的国内战争造成的亲戚反目、邻里成仇、家园被毁的惨状；在短篇小说《信天翁》中，法默探讨了纳粹党对犹太人的迫害，并驳斥战争，因为战争剥夺学生读书的权利。作者提到，在以色列战争中，很多学生的父亲兄长都踏上战场，而自己也即将奔赴前线，根本无法安心读书；在短篇小说《墨尔波》中，法默探讨了德国的侵略使得希腊的不少家庭夫妻

1 Beverley Farmer, *Collected Stories*, Queensland: University of Queensland Press, 2004, p. 372.

2 Marian Quigley, *Homesick: Women's Entrapment within the Father's House, a Comparative Study of the Fiction of Helen Garner, Beverley Farmer, Jessica Anderson and Elizabeth Harrower*, Melbourne: Monash University, 1995, p. 3.

3 同上，第8页。

离散，家人无法团聚。

第五，对全球环境污染问题的探讨体现了法默对全球环境危机及生态危机的关注。代表作《海豹女人》是集中体现法默强烈生态意识的作品。

二、主要作品的生态解读

（一）《海豹女人》（*The Seal Woman*，1992）

1. 穿梭于现实与神话间的故事

《海豹女人》是贝弗利·法默最有影响力的代表作之一。该小说以海豹人的神话传说为原型。海豹人的传说是小说的主线，贯穿小说的始终。其中第三章便以“海豹人”为题，在这一章中作者穿插讲述了苏尔岩的海豹人传说。最后，作者甚至辟专章介绍“海豹女人”的故事。

小说从异文化的视角，讲述了一位无法融入异国文化的女人之情感纠葛。女主人公达格玛（Dagmar）是丹麦人，丈夫费恩（Finn）是一位海员，经常出海在外，后来在一次海难中丧生。由于丈夫没有生育能力，临终也未能留下子嗣。在澳洲朋友菲（Fei）的力劝之下，万分悲痛的达格玛只身来到远在地球另一端的澳大利亚天鹅港，希望远离故土，远离与丈夫有关的一切，逐渐忘却痛苦，从这段生活的阴霾中走出，获得心灵的平静与救赎。然而，在天鹅港，达格玛陷入了一段跨国恋情，与一位经历了婚姻失败的澳大利亚人马丁（Martin）相恋。但好景不长，由于两国文化和思维差异，诸多误解、隔阂在两人之间悄然出现，两人的恋情亮起了红灯。后来，达格玛发现自己怀孕了，可又深知经历了婚姻失败还带着女儿的马丁是绝对不会再要孩子的。于是，她决意守住这个秘密，不对任何人提及怀孕之事，并理智地做出决定：在被人发现之前，迅速离开澳大利亚的天鹅港，回到自己熟悉的国土，在那里生下孩子，并独自把他抚养成人。女主人公达格玛的经历与传说中海豹女人的经历不无相似之处，她们最后都选择离开自己的爱人，回到故乡，回到自己的归属地。这一结果，在一定程度上流露了法默的家乡归属意识。

2. 生态特色

《海豹女人》是一部融多国风土人情、文化及神话传说于一体的优秀小说，为澳大利亚及各国读者打开了一扇了解澳洲、南极、北极和北欧（挪威、丹麦）异域风情的窗户。在法默的笔下，人类显得十分渺小，大自然以无与伦比的魅力和威力为人类提供安全的“栖居之所”；人居于自然之中，与世界万物“齐一”，故唯有尊重自然、融于自然、呵护自然，方能保证人类家园的长久永存。在这部小说中，法默不仅关注大地问题，亦关注海洋问题，体现了她强烈的生态意识、人与自然和谐共生的生态观，具体分析如下[1]：

第一，书写自然，体现"复魅"观。在该小说中，法默对澳洲、南极、北极和北欧（挪威、丹麦）的异域自然风光进行了细致入微的描绘与书写，为读者呈现了一幅幅栩栩如生的异域风景图：险峻旖旎的北欧峡湾，宁静惬意的澳洲泻湖，白雪皑皑的极地美景，神秘震撼的极昼、极夜与极光现象，雄伟壮观的南极冰川和憨态可掬的南极企鹅，展现了大自然的雄壮、威严、震撼与神秘，流露出作者对大自然的敬畏之情。在法默的笔下，大自然为人类提供了诗意栖居之所。在美丽震撼的自然风光面前，人类渺小如沙粒，但却与大自然须臾不可分离。小说对自然的书写体现了法默对"人与自然和谐相处、共生共存诗意般栖居"的向往与追求。

在小说中，法默还探讨了古老的凯尔特传说："（人类）在生命的清晨，也就是童年时期是属于大海的；生命的下午，也就是成人时期是属于大地的；生命的夜晚，也就是暮年时期是属于天空的。只有死后我们（人类）才和这三种元素融为一体，同属于它们。"[2] 凯尔特传说把人类与大海、大地和天空联系起来，体现了远古时期朴素的生态意识。在法默看来，大自然应恢复一定的"神性"，即"复魅"，人类应该对大自然保持适度的敬畏，而不应坚持人类是大自然主宰的"人类中心主义"观念。

除此之外，法默还探讨了其他澳洲及北欧的神话传说。如海豹人传说、萨满巫师神话、北欧版和澳洲版人类起源神话及澳洲版创造了女人的班吉尔雄鹰大神传说等，展现了法默的自然"复魅观"。

第二，关注陆地生态问题。在该小说中，法默探讨了诸多陆地生态问题，如偷猎老虎、外来物种干扰和自然保护区被破坏等，表现了作者对陆地生态危机的关注，流露出强烈的生态意识。在小说中，作者详细描述了一段关于偷猎老虎的录像：

> 偷猎者蹑手蹑脚地靠近一只老虎，他一边靠近，一边设陷阱；接着，镜头里出现了一个长满络腮胡的下巴和摇来晃去的肩膀；然后，画面里传来沉重的脚步声和近距离的枪声。而后，偷猎者蹲下去，用剃须刀片割开老虎的肚皮，从鼻孔一直割到尾巴，再割到四个展开的爪子。像接生婆一样，他小心翼翼揭掉虎皮，光滑赤裸的虎架露了出来，鲜血不停地顺着四

1 李新新：《从生态批评的视角解读贝弗利·法默的海豹女人》，《山花》，2015年，第12期。

2 贝弗利·法默：《海豹女人》，李新新、骆晓晴、姜涛译，成都：四川大学出版社，2012年，第230页。

肢、鼻孔渗出来。[1]

偷猎者手段之残忍和血腥令人震惊。通过对偷猎老虎恶性事件的披露，作者揭露了目前世界上普遍存在的偷猎野生动物事件。同时，法默还探讨了澳洲因引进物种导致原生态系统的破坏问题。如兔子的引进致使澳洲大陆的兔子泛滥成灾，给当地的生态系统带来严重干扰；因大量外来鹿群等野生动植物的介入，澳洲的一些自然保护区遭到践踏，当地的生态系统受到破坏。

第三，关注全球性环境危机。在小说中，法默探讨了全球环境危机的话题：切尔诺贝利核泄漏事故。达格玛到澳洲的朋友菲和鲍勃家里疗伤，顺便给要到美国出差的这对夫妇照看房子。菲和鲍勃临行前邀请马丁、菲奥娜和苔丝来家里相聚。在吃饭期间的闲聊中，大家谈到切尔诺贝利核泄漏事故。菲奥娜认为，切尔诺贝利核泄漏事故导致核污染蔓延几个国家，甚至连远在希腊的食物都受到污染。正如主人公达格玛所说，“世界远没有我们过去所想的那么广大，已经被全部污染了”[2]。通过对这一核泄漏事故及其造成的影响的探讨，法默流露出自己对全球环境危机的忧虑与关注，也警示人们应关注核问题、人类安全、健康及食品安全问题。2011年的日本福岛核泄漏事故再次印证了法默的忧虑不是多余的：核泄漏事故已成为当前人类所面临的最棘手的全球性生态环境危机之一。

第四，海岸生态观。海岸是大海与陆地相交之处，具有双重属性，是典型的边缘地带。人类通过海岸与大海相连，其生态环境的良性循环对人类的生存意义重大。这里“适应潮汐的岩岸、受海浪影响的沙滩、被洋流控制的珊瑚礁和红树林都是生命的天堂”[3]，人类的任何干扰均会损害海岸生物种群，危及海岸生态环境。在法默看来，沙滩、礁石犹如潮水般遵循潮汐规律，有起有落，在潮起潮落的沙滩上活跃着许多海洋生物：四处觅食的各种海鸟，如海鸥、天鹅、白鹭、鹈鹕、唐鹅、信天翁；到处忙碌的螃蟹，如远洋梭子蟹、沙蟹、水草蟹、寄居蟹；蠕动着觅食藏身的鼻涕虫；被海浪冲上岸的蓝环章鱼、海胆、海星、水母（如帆水母、葡萄牙军舰水母）、牡蛎、纸鹦鹉螺和冒贝等。海岸上不时还会有鲸、海豹、海狗、海象等海洋动物游上来小憩。法默在小说中提到，在纳勒博海岸上，一对母鲸和幼鲸经常游到这里的海岸上，悠然惬意地一起潜水、嬉戏。在法默笔下，海陆之交的海岸是一个生机盎然、海

1 贝弗利·法默：《海豹女人》，李新新、骆晓晴、姜涛译，成都：四川大学出版社，2012年，第67页。

2 同上，第61页。

3 钟燕：《蓝色批评：生态批评的新视野》，《国外文学》，2005年第3期，第18-28页。

洋生命异常丰富之场所，在无生命的沙、石、海草及波浪中，“形态万千的生物各有其自身的生态位”[1]。

第五，海洋生态观。法默在该小说中探讨了基于海洋生物链的海洋生态问题。小说提到：“在南极水域聚集着大量半透明的小鱼小虾群，以海蝴蝶为食，南极须鲸又以这些半透明的小鱼小虾为食。”[2]正如作者所言，“这里虾米被小鱼吃掉，而小鱼又被大鲸吃掉”[3]。在法默看来，在蔚蓝色的浩瀚海洋里，各种生物构成了一条相互依赖、须臾不可分离的生物链：生物链的最初端是浮游生物，小鱼、小虾以浮游生物为食，大鱼吃小鱼、小虾，企鹅吃大鱼、乌贼，海豹吃企鹅，海星以海豹的粪便为食，海豹则会成为北极熊乃至人类的食物。通过对海洋生物链的梳理，法默强调了各物种之间相互依赖、共生共存的生态整体观。

第六，关注海洋生态危机。法默在小说中探讨了多种海洋动物生存的困境，表达了对人类面临的海洋生态危机的关注，具体体现在以下三个方面：

（1）海洋污染导致大量海洋生物的生存受到威胁，影响海洋物种的繁衍，而这一点又可以从以下三个角度进行分析：①人类生活垃圾——生锈的易拉罐、废弃的塑料包装袋、聚苯乙烯杯、汽车轮胎等——对大海及海岸造成污染，导致海鸟在捕鱼时嘴巴或脖子被易拉罐或塑料包装上的环扣紧紧套住，无法进食，直至饿死，影响了海鸟种群的繁衍。②工业废物如多氯联苯对海洋造成污染，导致一些海洋生物染瘟疫致死，数量大减，种群繁衍濒临危境。小说中，法默援引报纸对北欧海域多氯联苯污染的报道，揭露了海洋污染的严峻现实，极具说服力：

> 这里所发生的一切，沿瑞典西海岸线一直到波罗的海沿线都有发生，污染已经波及整个卡特加特海峡和斯卡格拉克海峡，以及沿西德和荷兰的北海海岸的海豹群。……80%的雌性灰海豹都无法生育了。波罗的海灰海豹的总数已从本世纪初的100 000头锐减为1 500头……[4]

该新闻报道增加了海洋工业污染的真实性，“100 000”和“1 500”两个数字的巨大反差对读者造成强烈的感官冲击，突出了灰海豹濒临灭绝的危境。③海难事故导致海

1 钟燕：《蓝色批评：生态批评的新视野》，《国外文学》，2005年第3期，第18-28页。

2 贝弗利·法默：《海豹女人》，李新新、骆晓晴、姜涛译，成都：四川大学出版社，2012年，第48页。

3 同上。

4 同上，第16页。

上漏油事件，部分海域被油污覆盖，造成了相应海域的污染，对该海域的种群生存与繁衍带来致命灾难。如，小说中提到内拉·丹号油轮被撞击失火，大片的油污漂浮在海面上，附着在海鸟羽毛上，使其无法飞行、无法觅食，被困致死，许多其他海洋生物亦中毒身亡。法默通过这个海上事故来警示读者正视海洋生态危机的严酷现实。

（2）在日益膨胀的贪欲驱动下，人类大肆捕鲸，猎杀海豹、海狮、海象等大型海洋动物，过度捕捞各种鱼类、贝类，导致很多海洋生物濒临灭绝，海洋生物链中的某些链环中断，对海洋生态环境造成无法弥补的影响。

（3）随着全球变暖加剧，极地冰川、冻土大面积消融，极地生物的生存环境被破坏，极地生物链受到损坏，造成极地生物如北极熊、企鹅数量的急剧减少，极地生态环境的恶化向极地海洋生物的生存提出挑战。从这层意义上说，法默对海洋生态危机的关注更具时代意义。

（二）《光中之屋》（*The House in the Light*，1995）

1. 一个与家人和解的故事

该小说以法默在希腊的生活经历为原型，是法默最成功的作品之一，曾获1996年迈尔斯·富兰克林奖提名和2009年帕特里克·怀特奖。

该小说的场景设定在女主人公贝尔（Bell）前夫的家乡——希腊。离婚之前，贝尔曾跟随丈夫在这里生活过一段时间，留下了难忘的回忆：温馨、喜悦、美好，甚至还有不融洽、不和谐……凡此种种，贝尔久久无法忘怀。于是，在离婚多年之后的某个复活节前夕，贝尔怀着忐忑的心情又回到前夫的家乡，看望前婆婆。当年贝尔背井离乡随丈夫来到遥远的希腊小村庄，以为自己会在此度过一生，养育孩子，赡养公婆，未曾想世事难料，现已和丈夫劳燕分飞，物是人非。这次造访正值复活节前夕，前夫的兄弟一家也来此共度复活节。小说讲述了贝尔在这里度过的复活节周的每一天，细致地描绘了富有希腊民族风情的生活细节和婆媳、妯娌间戏剧性的思想斗争。前婆婆既对贝尔这位前儿媳怀着亲人般的感情，又对她的诸多不当举止心存不满。贝尔不得不试着去协调自己的情感眷恋和环境改变的矛盾。一方面，她必须尊重主人的盛情和当地的风俗习惯，尤其是尊重年迈的前婆婆；另一方面，她又不愿意放弃自己的生活观及价值观。在多种情感因素的共同约束下，贝尔努力协调着、适应着。很快，两个女人重温往日的亲情，旧日的误解也随之浮出水面。几经思想挣扎与情感纠结，临别之际，婆媳二人终于冰释前嫌，真诚相拥……

2. 生态特色

该小说的创作体现了法默一定的生态意识，详细分析如下：

（1）探讨“房子”的多重寓意，渴望美好生活，体现生态生存思想。

法默笔下的房子在不同时期、不同心情下呈现不同的样子，表达不同的寓意：和前夫热恋时，根据前夫的描述，贝尔的心中勾勒出一所光芒四射、温馨安宁，充满田园风情的房子；和前夫感情破裂时，贝尔一心想摆脱这单调贫穷、与世隔绝的生活，此时房子在其心中就像一座坟墓、一具棺材；世事变迁，多年后，贝尔一方面仍感觉这所房子在监视着自己，吞噬着自己，另一方面也不时从遗留下来的蛛丝马迹中回味旧日的美好时光[1]。显然，这所房子已经在贝尔的心中留下深深的印记，好在这个印记大部分是美好的，值得留恋的。据此法默流露出自己对家的渴望以及对田园诗意般美好生活的期待与向往。

（2）探讨孤独主题，渴望有所归属，体现“场所意识”。

该小说依旧探讨了法默作品一以贯之的孤独主题。然而，在临别之际，女主人公贝尔和前婆婆各自的孤独感以及二人之间的隔阂与疏离终于得到化解，和谐的音符在二人之间悄然奏响：离别的前一刻，贝尔还在庆幸自己终于要摆脱这个令她拘谨的前夫家了，可是，当汽车鸣响喇叭即将启程时，贝尔却本能地寻找着那个一直约束自己的老太婆。婆媳离别前的相见温馨而感人，一声“妈妈”融化了二人间冰封已久的隔阂。此刻，贝尔的孤独感消散殆尽，她的内心最终有所归依，在一定程度上体现了法默渴望有所归属的“场所意识”。

（3）探讨战争问题，渴望和平宁静，体现生态“家园意识”。

在《光中之屋》中，法默多次提到战争的话题。希腊是一个饱经战争洗礼的国家，多次被欧洲国家如意大利、德国入侵。贝尔的前公公不得不应征入伍，征战于各地，保家卫国；其前夫年仅10岁时，国内战争爆发，家里只剩下他和祖母一老一少，革命军焚烧了他们的房子，而令人惊愕、难以置信的是“那群人里有他们的亲戚，也有他从小到大都熟悉的邻居”[2]。在法默的笔下，战争是残酷的，使亲人反目、邻里成仇；战争使大量男人丧失生命，而没有走上战场的女人却不得不承担失去丈夫和美好生活之梦破碎的沉重代价。法默认为，是战争摧毁了人类的美梦，摧毁了人类的家园。法默高扬爱国主义旗帜，提倡为崇高的人类和平事业恪尽职守，表达了对和平的美好生活的渴望，体现了深刻的生态“家园意识”。

1 向晓红：《澳大利亚妇女小说史》，北京：中国社会科学出版社，2011年，第184-185页。

2 贝弗利·法默：《光中之屋》，郑小燕译，成都：四川大学出版社，2013年，第127页。

（三）《短篇小说集》

1. 作品介绍

《短篇小说集》收集了39篇小说，是法默短篇小说之集大成者，不仅收录了《牛奶》、《回家时间》和《出生地》中所有作品，还增加了《一泓水》中出现过的短篇小说和其他以前未被收入的作品。在这些短篇小说中，法默用精练的文字、紧凑的情节，“令人难以忍受的清晰度将人类体验的片段呈现出来”[1]，探讨了澳大利亚和欧洲国家，尤其是希腊文化之间的碰撞与交融，有理解与欣赏，亦有误解与不屑。这些短篇小说的主人公通常是与希腊有诸多关联的澳洲女性，如凯（Kay）、贝尔（Bell）、芭芭拉（Babala）等，但也不乏其他主角和声音：“黑头发的女人”采用第一人称叙述，而其叙述者竟为一名强奸犯；“沙滩上的女子”采用与女主人公曾相识的一个男人作为叙述者。法默作品中叙述者的多变性、叙述角度的多样化以及叙述清晰度的最大化，使其作品的真实感和震撼力远远超出常人之想象。

2. 生态特色

在该作品所搜集的小说中，法默展现了自己对生活、对社会的冷静思考，流露出其特有的生态意识：

（1）热爱农家生活，渴求宜居之所。

在短篇小说《石榴》中，法默对女主人公索菲亚（Sofia）的菜园着墨甚多，充满温情：

> 四周篱笆上爬满了豆荚和牵牛花；泛黄的叶子下面西红柿挂果累累；地里还种着圆个儿的和长条儿的辣椒，已经深红而成熟，那黑亮亮的茄子弯得就像号角。几只母鸡刨着泥土，而后跑开，旁边还有两只瘦骨嶙峋的小火鸡呢。罗勒香草上盛开着丁香般的紫白色花朵儿。[2]

这段农家田园生活的描绘可谓栩栩如生，令人艳羡。对贝尔这个前儿媳来说，前婆婆家的这个菜园着实令她热爱，离开七年之后再次造访不禁勾起她对过去在此度过的美好时光的回忆，贝尔多么希望能够回到那个充满农家情趣的田园生活的时光。这里蔬菜、瓜果一应俱全，花儿灿烂，家禽肥美，是一个无忧无虑、无所羁绊的安乐之居，充满魅力。这些文字流露出法默对自给自足的农家生活的热爱和对宜居之所的渴求。

1 向晓红：《澳大利亚妇女小说史》，北京：中国社会科学出版社，2011年，第188页。

2 贝弗利·法默：《贝弗利·法默短篇小说集》，王阿秋等译，上海：上海世界图书出版公司，2012年，第317页。

（2）视土地为家，诠释生态理念。

在《石榴》中，法默勾勒了一个曾经在海上漂泊无依、性格粗犷的水手，后来在老婆的鼓励下放弃海上生活，学习神学的形象。他从此在陆地上定居下来，从事牧师职业，但他似乎并未领悟在陆地上生活的真谛，不满足于安定的现状，经常以不屑的口吻抱怨“我一辈子在海里纵横，可儿子都在土里倒腾”[1]。对于他的抱怨，女主人公贝尔回应道“哪儿有土地，哪儿就有家”[2]。不难看出，贝尔对土地有着深深的依恋，视其为“家”，一个为自己提供安居之所的地方；而大海却是漂泊不定、令人无所归依之处，在这里即便是灵魂亦无处安息。这是法默土地情结的流露，是其以土地为家、以土地为生命之本的生态理念的体现。

（3）探索生死规律，体现生死哲学思想。

法默在众多短篇小说中探讨了女性的衰老和死亡。在她的笔下，女主人公年轻时大多美丽漂亮，风情万种。然而，随着岁月流逝，往昔的风华不再，只留下头发花白、满脸皱纹、耳聋眼花、步履蹒跚的凄惨模样。正如在短篇小说《老妇人》中描绘的那样：“我明白，现在的自己嵌在一个皱纹满布的面具里……鼻子和脸颊上更是斑痕点点……眼睛四周，皱纹重重叠叠，还有黑眼圈。岁月如蜡，将我凝结。”[3]面对此情此景，即便是曾经孤傲的女主人公也不得不感慨“岁月无情催人老”[4]，道出了生命规律的必然及不可抗拒。尽管柔弱，面对死亡，这些女人们却能坦然接受，以自己认可的方式迎接青春流逝、容颜衰老的现实，直至死亡逼近。这些形象体现了法默对生死规律的肯定与认可，这是其生死哲学思想的集中表现。

（4）探讨战争话题，热爱和平安定。

对这一话题的探讨在《短篇小说集》中多有涉猎，如《信天翁》《墨尔波》等，鉴于前文已有分析，故此处不再着墨。

三、结语

贝弗利·法默作为一位拥有跨国生活经历、对异国风光情有独钟的澳洲作家，在其小说创作中大力描写众多异域自然风景，如远在地球两端的南极、北极，远离母国澳洲的北欧、挪威和瑞典等，表达了她对田园生活的渴望，亦是其生态生存意识的本能流露。作为第二次世界大战后成长起来的澳大利亚女性作家，面对现代社会越来越

1 贝弗利·法默：《贝弗利·法默短篇小说集》，王阿秋等译，上海：上海世界图书出版公司，2012年，第320页。

2 同上。

3 同上，第1页。

4 同上。

严峻的环境危机，贝弗利·法默在其文学作品中表达了自己对现实环境问题的思考，流露出其在现实语境下特有的生态意识，其中不乏对陆地生态问题和海洋生态危机的关注，表达了她以土地为生命之本的生态观，以及基于海洋生物链的海洋生态观。总而言之，法默在其作品中，一方面关注大地，探讨陆地污染及陆地生态危机问题；另一方面亦关注海洋，探讨海洋污染及海洋生态危机问题。从这层意义上来说，法默堪称一位“绿色环保”作家，是一位名副其实的生态文学作家[1]。

1 李新新：《从生态批评的视角解读贝弗利·法默的〈海豹女人〉》，《山花》，2015年第12期。

第六章 女性作家的生态文学

第一节 概述

澳大利亚女性文学蕴藏着丰富的生态思想，涉及自然、人与自然、女性主义、族群关系等与生态文化密切相关的主题。女性作家的生态写作在人类反思工业文明而跨入生态文明之际，起着举足轻重的作用。在理性工具主导下的资本主义工业社会，遭受"男权中心主义"压迫的女性与遭受"人类中心主义"压迫的自然，地位同为"他者"，丧失了原有的生机和美丽，人与自然疏离，生态危机、道德危机、精神危机四伏。人类感叹"家园意识"的丧失。在人类文明的初期阶段，人类在大自然的怀抱中，与自然有着天然的有机联系，地球母亲给人类提供赖以生存的物质养料和精神养料。那时，未曾"祛魅"的自然母亲与养育后代的女性都受到尊崇。16至17世纪，欧洲发生了波澜壮阔的科技革命与工业革命。"卡罗琳·麦茜特认为在十六至十七世纪之际，一个以有生命的、女性的大地作为中心的有机宇宙形象，让位于一个机械的世界观。"[1]西方进入工具理性主导下的资本主义工业社会，开始对自然疯狂地征战和对其他国家和地区疯狂地掠夺。"当自然遭逢劫掠时，女性也受到奴役，艺术也将走向衰微。"[2]"西方现代文明中的一切偏颇、一切过错、一切邪恶，都是女人天性的严重流丧、男人意志的恶性膨胀造成的结果。"[3]"女人，大地母亲盖娅、文艺女神缪斯、神圣的女性三位一体，这是我们生存天地中至为重要的另一极，忽略了这一极的存在，任何'生态平衡'都将无从谈起。"[4]

澳大利亚女性文学不仅含有自然和女性这两个主题，而且还常常涉及殖民主义、女权主义、族群关系等更广阔的社会历史问题。澳大利亚曾作为罪犯流放地的特殊历史和作为移民国家的特殊国情使得澳大利亚女性生态文学气质非凡：其生态思想广博、深远而又独特，尽显澳洲女性在人与自然的关系、不同种族之间的关系、两性关系和自身的物质存在和精神存在（更高层次的生态存在）的关系处理中的非凡生态智

1 曾繁仁：《中西对话中的生态美学》，北京：人民出版社，2012年，第266页。

2 鲁枢元：《生态文艺学》，西安：陕西人民教育出版社，2000年，第91页。

3 同上，第93页。

4 同上，第95页。

慧——她们既豪放、坚毅，又柔情、慈悲；她们既独立、自我，又包容、豁达；她们不满足于物质的存在，追求高远的文化艺术（精神）存在，也可谓她们一直在追求女性向往的独立自由而又和谐诗意的栖居；她们深谙平衡、和解的价值。在生态女性主义视阈下研读澳大利亚女性文学作品，深刻、多样的生态思想渐次浮出文本，引人深思，耐人寻味。

本章纵向沿着殖民化、民族化和国际化三个重要历史阶段，横向沿着原住民女性作家、盎格鲁-凯尔特裔女性作家、移民女性作家三类女性作家群体，对蕴含生态思想的、有代表性的一些澳大利亚女性作家作品做简略评说，以展现澳大利亚女性文学的生态特质。

迈尔斯·富兰克林（Miles Franklin，1879—1954）作为澳大利亚民族主义文学发展期一位重要的女性作家，其作品往往被放在民族主义和女性主义视阈下研读。然而，在生态女性主义视阈下，人们发现她的作品竟蕴含着相当广博、深刻的生态思想。她的经典之作《我的光辉生涯》（*My Brilliant Career*，1901）可以看作一部生态思想丰富的生态女性主义作品。劳森曾这样高度评价《我的光辉生涯》："这本书真实地反映了澳大利亚——这是我读过的最真实的一本书。"[1]书中有大量关于澳洲牧场景致、独特动植物和自然灾害的生动逼真的自然描写。除了真实再现澳洲拓殖时期的自然环境，作品还反映了女主人公在现实存在与理想存在、物质存在和精神存在中的挣扎（她不愿为婚姻所束缚，努力追求独立、自由、自主，坚持不懈地超越现有存在去追寻文学艺术梦想的执着和痛苦），以及女主人公对祖国、同胞（包括不同种族的兄弟）的深情关爱，甚至对牛羊等动物（包括河里的鱼儿）的怜爱之情。作品中深刻的女性生态主义思想由此可见。因此，不难理解黄源深等人的观点——西比拉（有很多迈尔斯·富兰克林的影子）这一澳洲丛林少女艺术形象"在澳大利亚文学发展史上有着特殊的地位"[2]，她"追求独立人格……"[3]。可以说，在很大程度上《我的光辉生涯》体现了女性、自然与文学艺术三个重要的"生态要素"的紧密相连。

在谈到反映原住民原生态生活的女性文学作品时，有一位作家不得不谈。她就是活跃于20世纪上半叶，关注女性权利、社会公正、贫困、环境保护和教育的重要女作家埃莉诺·达克（1901—1985）。她的历史小说《永恒的大地》（*Timeless Land*，1941）是一部较为全面客观地反映英国拓殖和原住民生活习俗的作品。小说建立在大

1 Henry Lawson, *My Brilliant Career*, Preface by Miles Franklin, Melbourne: The Text Publishing Company, 2012.

2 黄源深、彭青龙：《澳大利亚文学简史》，上海：上海外语教育出版社，2006年，第82页。

3 同上，第81页。

量翔实的史料之上，被称为“小说化了的历史”[1]。小说用原住民的叙述视角描绘了1788年至1792年间首批踏上澳洲大陆的英国定居者最初五年的艰辛生活。重要的是，小说较为客观地呈现了原住民质朴安宁的生活状态。小说末尾描写了被带到英国接受教化的原住民班尼朗在与总督菲利普归国途中的船上，一边喝酒，一边无可奈何地摇头感叹“我已忘记了和睦相处的生活”。在《永恒的大地》的序言中，达克说：“我深信我们的‘进步’十有八九是技术上的完善精致所致，相对于生活艺术而言，不管原住民多么缺乏技术，他们的生活艺术已经达到了很高的高度，我们可以学到很多。‘生活、自由、对幸福的追求’，对我们而言，是多么令人渴望的字眼，是对遥远目标的描述，然而，对原住民而言，这些词只是对他们理所当然的生存状态的总结。”[2]

在澳大利亚文学从民族化转向国际化时期，出现了一位关注战后工业社会、对第二次世界大战后的澳大利亚未来社会状况极具前瞻性的女性作家——伊丽莎白·哈罗尔（Elizabeth Harrower，1928—）。她关注人的存在、存在的价值、人的精神（文化）生态、人际关系的生态，尤其是对成长中的女孩给予了深切的关注。这些重要的主题在她的《遥远的展望》（*The Long Prospect*，1958）中得到了充分的体现。在生态批评视野下，她与其作品闪耀着熠熠的生态光辉。

20世纪六七十年代，随着第二波女性主义浪潮的兴起，澳大利亚迎来了女性文学的繁荣期。海伦·加纳（Helen Garner，1942）的《毒瘾难解》（*Monkey Grip*，1977）被视为澳大利亚的“第一部女性主义小说”[3]，一部“将会改变女性生活的书”[4]，“她的作品多聚焦家庭成员间的关系形式，以及女性对性、爱、母亲身份、独立的需求与家庭社会对她们的要求之间的关系的复杂协调”[5]。她的一部具有生态女性主义特质的小说《孩子们的巴赫》（*The Children's Bach*，1984）讲述了生活在男权氛围笼罩下的家庭主妇雅典娜追寻自我的故事。雅典娜厌倦了一成不变、与世隔绝的生活，渴望自由，尝试着接近艺术；她尝试冲破家庭束缚，飞向外面的世界，但短暂的自由飞翔后，最终她还是选择了回归家庭。《孩子们的巴赫》算得上是一部探讨已婚女性的生态存在的作品。作者实现了对雅典娜寻求自由解放与履行责任义务的“平衡”处理。这种和解的理性态度值得肯定。

不少澳大利亚女性文学作品蕴含生态思想，其中不乏歌颂自然、和谐、和平，反

1　向晓红：《澳大利亚妇女小说史》，北京：中国社会科学出版社，2011年，第115页。

2　Eleanor, Dark, *The Timeless Land*, Sydney: Angus & Robertson Publishers, 1980, p. 8.

3　Elizabeth Webby，《澳大利亚文学》，上海：上海外语教育出版社，2003年，第198页。

4　同上，第199页。

5　同上。

对战争的诗歌。朱迪思·赖特（Judith Wright，1915—2000）就是这样一位在国内外享有盛誉的诗坛巨匠。20世纪60年代起，她积极参与环境保护工作，成为一名知名度很高的人物。1970年当选为澳大利亚人文学院院士，1993年被授予女皇诗歌金奖，是澳洲获此殊荣的第一位诗人。她写了众多反映澳大利亚自然环境、历史文化、社会现实以及歌颂自然、倡导和平的生态诗，如诗集《流动的形象》（*The Moving Image*，1946）、《女人对于男人》（*Woman to Man*，1949）、《鸟儿》（*Birds*，1962）、《夜鹭》（*Night Herons*）等。在她用"爱"编织的诗歌里，"爱"是灵魂：爱自然、爱同胞、爱和平，爱天下万物。

在生态批评的视阈下，重审澳大利亚女性文学，我们发现不少女性文学作品蕴含着相当丰富、深刻的生态思想。本章对蕴涵生态思想的、有代表性的澳大利亚女性作家作品做了一个跨种族、跨文化、跨体裁的粗略梳理，发现了澳洲女性作家丰富的生态写作艺术和澳洲女性的生态智慧。

第二节　迈尔斯·富兰克林：提倡两性平等的女性生态主义者

一、作家简介

（一）生平简介

迈尔斯·富兰克林（Miles Franklin, 1879—1954）生于新南威尔士州的一个牧场主家庭，拥有德国和爱尔兰血统。她在几乎与世隔绝、群山环绕的丛林地区度过了童年。在一位毕业于爱丁堡大学的家庭教师的影响下，她爱上了文学，这为她后来的文学创作打下了坚实的基础。她16岁开始创作，撰写出后来被视为澳大利亚文坛具有鲜明女性主义思想的经典文学作品《我的光辉生涯》。然而，亲戚们却将书中人物与自己"对号入座"，深感不满，以至于她愤然到书店将书取回。1904年，富兰克林前往悉尼和墨尔本定居，先后当过护士和女佣，与当时的文学巨匠亨利·劳森建立了联系，开始当上自由记者，并以笔名"老单身汉"和"在家出生的奴隶"为《每日晨报》和《悉尼先驱晨报》撰稿。在与女权运动领袖罗思·斯科特和维达·戈尔茨坦建立友谊后开始从事早期的澳大利亚女权主义事业。在19世纪末和20世纪初，男性作家占主导地位，反映澳大利亚地方色彩、民族主义和写实主义的男性文学占绝大多数，出版社稀少，编辑对作品有很大的改动权，女性作家作品的出版显得异常困难。因此，《我的光辉生涯》在她16岁时写成，3次被出版社拒绝，

1901年她21岁时才在文学巨匠亨利·劳森的帮助下得以出版。

1905年，富兰克林移居美国芝加哥，先后担任妇女工会团的财务秘书和《生活与劳动》杂志编辑。第一次世界大战爆发后，她奔赴英国，在苏格兰妇女医院和军队服务，战后继续留在英国工作，1933年返回澳大利亚定居，专事写作。

富兰克林终身过着简朴的生活，却为后人留下了巨大的精神财富。她资助成立了迈尔斯·富兰克林文学奖，成为当今最重要的澳大利亚文学奖项之一。她把毕生精力投入到澳大利亚民族文学的发展中，给年轻作家尤其是为因婚姻和写作不能兼顾而苦恼的女性指明了方向。在很多方面，她被视为澳大利亚女性文学的象征。她留给世人的另一笔财富是她在离世前将自己所有的图书资料捐给了米切尔图书馆，这在当时为第一人。

1954年，迈尔斯·富兰克林永远地离开了这片她深爱的土地和她视为兄弟姐妹的同胞。遵照遗嘱她的骨灰洒在了心灵深处不可代替的美丽家园的“歌唱的河水”（土著语“Jounama”）里，那意味着她依旧流淌在家乡母亲的血液里。

（二）主要作品的生态思想

富兰克林一生共创作了17部著作，其中12部为小说。12部小说中有6部是用笔名“宾宾地区的布伦特”发表的。主要小说是《我的光辉生涯》、《我的破产经历》（*My Career Goes Bang*，1946）、《自鸣得意》（*All That Swagger*，1936）、《乡下》（*Up the Country*，1928）。

《我的光辉生涯》作为一部自传体小说，成功地塑造了丛林少女“西比拉”的形象，真实地反映了牧场主创业的艰辛。对西比拉从童年到少女的成长过程中居所的几度变迁和在此期间精神的苦闷求索挣扎的描写，反映了女主人公质疑婚恋、挑战男权社会传统观念、追求自由独立的鲜明的女性主义思想，以及她热爱自然、文艺，追求个人存在的精神文化生态和信奉万物平等关爱的生态主义思想。西比拉这个艺术形象在澳大利亚文学发展史上具有特殊的地位，这个人物形象比劳森等人笔下的人物更接近现实，更真实，更富有生命力，因而具有更高的审美价值。”[1]富兰克林客观忠实地记录先驱者们奋斗和发家的艰辛历程。无怪乎劳森这样高度评价《我的光辉生涯》——“这本书真实地反映了澳大利亚——这是我读过的最真实的一本书”[2]。她的小说情感丰富，语言自然流畅，精辟幽默，思想深刻，耐人寻味。

---

1 黄源深、彭青龙：《澳大利亚文学》，上海：上海教育出版社，2006年，第82页。

2 Henry Lawson, *My Brilliant Career*, Preface by Miles Franklin, Melbourne: The Text Publishing Company, 2012.

出版于1936年的《自鸣得意》是她成熟时期的代表作。小说中的主人公丹尼的原型是富兰克林的祖父。小说描述了自1830年至1930年一百年间四代人的生活，集中刻画了牧场主丹尼·德拉西携新娘来到殖民地谋生，在牧场奋斗，历尽艰辛，最终建立美好家园，老死他乡的经历。丹尼·德拉西勤劳勇敢、坚定执着、无所畏惧、正直善良的品质为人们所称颂，他主张的人人平等的思想在百年后的澳大利亚大地依旧闪耀着光芒。作品中的女性诚如丹尼一样勤劳勇敢，善良淳朴。

迈尔斯·富兰克林深爱着澳大利亚这片土地和土地上的人们，对澳大利亚民族文学，尤其是女性文学有着巨大的贡献。她爱这片土地，颂扬这片土地上顽强、乐观、纯真的人们；她对牧场上受旱灾之苦的牛羊充满怜惜；她热爱生活，热爱文学艺术；她不愿为婚姻和传统观念束缚，大胆执着地追求独立自由、平等公正；她向往着自由自在、无拘无束的诗意本真的存在。

作为澳大利亚民族文学时期的重要女作家，迈尔斯·富兰克林坚决主张表现澳大利亚地方色彩，发展澳大利亚的民族文学。纵观富兰克林的作品，我们可以读出鲜明的民族主义思想和女性主义思想；更重要的是，透过女性主义视角，我们惊奇地发现这位伟大的女性主义作家作品中竟然蕴藏着为人们所忽略的、如此广博而深刻的生态思想——她爱祖国，爱自然，爱同胞，爱生活，她执着地追求着本真、美好、高尚的存在。她充满爱心，秉持万物平等共存、人与人友好互助的观点。其作品中的生态思想体现在如下方面：

（1）反映澳大利亚这片土地上独特的生态自然美景，有“荒野之美”、田园风光之美。

（2）反映人物身上的质朴本真美。早期拓荒者和劳动人民具有坚强、乐观、淳朴、善良、友好互助，努力建立“美好家园”，追求美好栖居的优秀品质。

（3）具有倡导社会公平正义的政治生态思想。态度鲜明地批判社会等级，同情、关注流浪汉，揭露宗教的虚伪。

（4）具有万物平等、尊重生命的慈爱思想。对牧场上饱受旱灾之苦的牛羊充满怜爱之情。

（5）重视文学艺术，向往、追求精神文化层面上的诗意。

二、主要作品的生态解读

《我的光辉生涯》（*My Brilliant Career*，1901）

《我的光辉生涯》满是对澳洲大陆独特生态美的描述——鲜花盛开、树木成荫、潺潺的溪流、蕨类丰茂的山谷、广袤的丛林草场、辉煌壮丽的日出日落、不经意间起飞的鸟群、河里嬉戏的鸭嘴兽。展现在读者眼前的是一片片独特的原始风光。作品中不仅有大量自然生态美的描写，还蕴含着作者广博而深刻的万物平等、彼此关爱的生态思想和慈悲情怀。作者消解二元对立（包括统治阶级与劳动人民、男人与女人、人与动物的对立），主张万物平等、相互协助，认为每个个体都应履行自己的责任和义务，并且还表达了生态存在和美好栖居的思想。

该小说的主人公西比拉的人物形象在澳大利亚文学中占有重要的地位，她鲜明的民族主义和女权主义思想具有本真存在的美感。她个性鲜明，坚定地追求自由独立，看上去咄咄逼人，但却具有深刻的生态思想。她主张万物平等共存、友好互助，重要的是她不懈地追求精神和文化层面上的本真。

（一）环境分析

澳洲的自然环境独特美丽，却异常严酷，时有水灾、旱灾发生。牧场开垦期，人们的精神文化生活也非常贫瘠，这在《我的光辉生涯》里有充分的体现。聚焦女主人公西比拉从儿童到少女成长期的居所变迁，可以窥见早期澳大利亚社会的自然环境和人文环境状况。

出生地卡特加（Caddagat）是西比拉度过最美丽温馨的童年时光的地方。这里她尽情地享受着大自然的美好赐予和父母给予的最大程度的自由、理解和尊重。在这个美丽、生态的存在空间，她像一朵小花儿，自由烂漫地开放。

> 我的兄弟姐妹患“大嘴巴”，出痧子，闹猩红热，发百日咳，我同他们一起在床上打滚，却什么也没有染上。我与狗跳来蹦去，爬上树去捣鸟窝，还按赶车工人本大叔的指导，驾车赶起阉牛来。我常常给爸爸做伴，到两岸长满灌木、清明澄碧的山间小溪游泳，那小溪在神秘莫测的山谷流淌，又深又荒凉。山谷中覆盖着厚厚的一层铁线蕨和无数种类的山蕨。
>
> 妈妈对我直摇头，为我的前途战栗，可是爸爸似乎认为我并没有什么反常的地方。他是我心目中的英雄，是我的知己，是一部百科全书，是一个伙伴，甚至他就是我的宗教信仰，这样到了10岁，打从那儿以后，我便不信什么宗教了。[1]

西比拉9岁时，父亲带着妻儿搬家至波索姆（Possum），打算建个新的牧场，从事畜牧投机交易，以发挥其所谓的“才干”。但令人失望的是，这里毫无美感，单调

1 Miles Franklin, *My Brilliant Career*, Melbourne: The Text Publishing Company, 2012.

乏味。有着贵族气质的母亲因繁重的家务变得不再温和柔美。父亲的理想破灭，穷困潦倒，而他曾是儿时西比拉心目中的英雄、知己、伙伴，甚至是宗教。在这里，西比拉像一朵未见阳光雨露的花儿毫无生气地开着。她逐渐成熟的内心痛苦地挣扎着——“这心里又仿佛是一条没有竿儿可绕的藤蔓，在地上摸索着，擦伤了自己，急急乎要寻觅一件结实的东西攀附上去。”[1] 映入眼帘的新家波索姆环境严酷，令人绝望。刚到那晚，西比拉在悲伤中抽泣着入睡：

> 我们的新房子共有十个单间，木质结构，坐落在荒芜的小山边。厨房与房子分开，厨房后面的山脊上长着弯曲矮小的桉树，灌木丛生，有樱桃、蛇麻草和金合欢。房子前面是一片平地，有垦殖过的痕迹，不过见不到一滴水。后来我们在平地上发现了几个又圆又深、长满青草的水潭。碰上雨天，潭水上涨，汇成小溪，流得遍地都是。在这个地区，波索姆谷雨水最充足，因此它能抵御最严重的旱灾。经验和知识使我们懂得这清冽、柔和的水的价值。可是，那时我们刚从山区搬来，原先每个山谷都有清澈见底的小溪，而现在却要喝这种水了，一想起来心里就感到厌恶。
>
> 我觉得新牧场太狭小了，最宽的地方不过三英里。难道我就这么永远、永远住在这里，再也回不到勃拉格勃朗去了吗？我们到达的第一个晚上，我就这么忧心忡忡地哭泣着睡着了。[2]

时来运转，祖母的来信让她得以重返心中真正意义上的“家园”——卡达加特。这里有儿时美丽的回忆，有如画的风景，有理解、关爱她的亲人，更重要的是，这里有她一直渴望而却难以有的文化艺术土壤——书、画、音乐。这里，她像一朵玫瑰羞涩而又热情地绽放开来。在恬静智慧的姨妈海伦的启发指引下，她变得自信大方，开始展现出个性魅力。在卡特加，她对爱情、婚姻的认识和态度，以及她坚定追求独立自由、万物平等的个性和人与人应友好互助的思想得到了充分的展现。书中对她即将奔向儿时美丽家园怀抱的雀跃心情的描写生动且充满激情：

> ……我觉得好像要振臂高呼，庆幸自己摆脱了这个地方。啊，家！上帝不允许波索姆谷成为我回忆家园的唯一源泉。虽然我实际上是在那里长大的，但我打从心底里不把它当作家。那里死气沉沉，单调乏味，我过去恨它，现在也恨它。它从来没有引起我美好的回忆。在我的记忆中，这是一个

1 Miles Franklin, *My Brilliant Career*, Melbourne: The Text Publishing Company, 2012, p. 29.
2 同上，第13–14页。

阴郁沉闷、孤陋寡闻、埋没人才的地方。此刻，我可不是离开家，而是兴冲冲地飞奔回家。回到卡特加的家去，回到蕨树丛生的谷地去，回到甜蜜的山水奔泻的地方去，回到坎坷而雄奇的鲍冈去；回到有着亲爱的老外婆、舅舅、姨妈的家去，回到音乐、雅致、伙伴和欢愉中去，回到我如此热爱的故园去。[1]

女主人公对回到远在山谷里的家的渴望，不仅表达了作者的家园意识，还表达了作者对家园良好的生态宜居家园的环境意识。很明显，她以前的家园更具原生态风貌，她和父母在那里生活得更快乐幸福，拥有更多自由和空间。

（二）人物分析

女主人公西比拉个性鲜明，本真，倔强，热爱文学艺术，执着地追求自主、平等。在努力实现自我的同时，她也将目光和关爱投向了底层劳动者、流浪汉和其他族裔的弱势群体。以下人物分析将聚焦西比拉的生态人际观和其自我的精神生态追求。

1. 人与人之关系

就人与人之关系而言，《我的光辉生涯》表达了作者对以平等互助为特征的生态社会的向往。她批判二元对立（包括统治阶级与劳动人民、男人与女人、人与动物的对立），主张万物平等、友好互助，并指出每个个体在其所处的社会关系网的位置上都应履行对他者应尽的责任和义务。

当时的澳大利亚，社会等级分明。作者以西比拉的口吻对社会等级和社会不公发问，体现了富兰克林强烈的社会责任感。面对大量四处流浪、乞讨食物、寻找工作的流浪汉，西比拉不仅慷慨接济，还给予他们作为人应该得到的尊重和同情，并深入思考众多流浪汉产生的社会根源，这充分体现了作者对弱者的生态伦理关怀。在西比拉前往巴尼山隘担任家庭教师的火车上，当友好的同行者告诉她如果觉得不能忍受身旁人的难闻气味可以与他交换座位时，她示意他小声点儿不要伤害别人的自尊。这个细节充分体现了作者不分种族、人人平等的人文精神。另一方面，值得赞扬的是，作品充分反映了与冰冷的社会等级制度形成强烈对比的坚强乐观、淳朴善良的底层劳动人民所结成的，体现了丛林精神、伙伴情谊的互助协作关系网。在这张网里，人们彼此关爱、互助。比如，旱灾时，相互帮助，拯救牛羊；火灾时，一同灭火。

自然环境的严酷和生活的艰辛时常使父母与子女的关系以及夫妻关系陷入紧张状态，原本贫困的家庭因理解和关爱的缺乏而变得更加贫乏、冰冷。西比拉一家来到

1 Miles Franklin, *My Brilliant Career*, Melbourne: The Text Publishing Company, 2012, p. 69.

波索姆谷后不久，每况愈下。牧场破产，债台高筑，父亲一筹莫展，变得沉默寡言，失去了温情，完全将作为父亲、丈夫和社会公民的责任义务抛到脑后。同时，昔日文雅的母亲也变得粗暴。西比拉和父母的关系紧张疏远，严重缺乏交流理解。她踌躇满志，追求自由独立，向往文学艺术，但没人与她交流。她精神异常苦闷，渴望爱，渴望理解。为此，西比拉以强烈的语气批评了不履行父母职责的人——“我快要入睡时思忖道，父母对孩子应负的责任比孩子对父母应负的责任要大。在这方面没有尽责的父母跟道德上放荡的人一样，就像小偷一般使社会堕落，对国家起着巨大的破坏作用。”[1] 同时，当母亲因家庭濒临绝境而提出将弟妹送给他人抚养的想法时，她态度鲜明地表达了自己的意见：“让孩子们各自分开长大，是很可怕的，他们相互间会变成陌生人。”[2]

在两性关系上，西比拉渴望找到与之能产生精神共鸣的伴侣，但她绝不会为了婚姻而失去自我。她纳闷：“为什么社交的陋习不允许一个男人和一个少女交朋友呢，就像两个男人之间或者两个少女之间相互要好一样，彼此都很愉快，而除了纯粹的神交，别无其他想法。”[3] 她认为性别不是横在男女之间的主要障碍，她完全可以与男性自在相处且乐在其中。她难以理解传统的祖母为什么非要认为那样做是女孩轻浮的表现。她不赞同祖母持有的女人结婚后便该本分地待在自己的家庭空间里全身心照顾家庭的观点。她追求自主、独立，渴望有一份让自己经济独立的职业，她向往文学艺术，不满足于大多数丛林女孩仅有的睡觉和劳作两种存在状态。在英俊富有的牧场主比彻姆向她敞开心扉时，她极不自信，恐惧，怀疑。而在比彻姆破产之后，她却坚定地要嫁给他，她认为他需要她，她认为有责任帮助他，她愿意给予，不想让困境中的人失望。当比彻姆重新拥有牧场所有权后，她却拒绝嫁给他，她认为他不再需要她，她可以选择不结婚。对婚姻的恐惧和抵触，也许源于她对自由独立的深深向往。她不愿附属于男性，不愿为婚姻所禁锢。

2. 人的自身存在：物质存在和精神存在之关系

西比拉认为她的母亲其实是一个很不错的女人，她自身也不是那么罪孽深重，但两人就是合不来。她自嘲自己如一台机器，缺乏理解的母亲把发条给上错了，使得她整个身体构造的轮子发出嘎吱嘎吱的不和谐的声音。其实，与她不和谐的岂止母亲，还有整个男权社会对女性的束缚和压迫。

西比拉因自身外貌平平而极不自信，内心一直处于与各种不同的、令人不满的

1 Miles Franklin, *My Brilliant Career*, Melbourne: The Text Publishing Company, 2012, p. 342.
2 同上，第46页。
3 同上，第121页。

现状的冲突和调适中。但是，她执着地追求独立、自由、平等，绝不为任何事物所束缚而放弃自由；她排斥婚姻，即便对方是英格兰国王；她认为哪怕嫁给世界上最好的男人，对她而言，都降低了自身的价值；她不满足于吃睡劳作，向往文学艺术，挤出时间阅读写作，那些诗人作家都是她的朋友——拜伦、萨克雷、狄更斯、朗费罗、戈登、肯德尔，她爱他们，可惜他们大多已不在人世，幸好还有她的同胞——活着的凯恩、佩特森和劳森。尽管西比拉的有些观点和行为（尤其是在对待异性和婚恋时）显得偏激，值得商榷，但这并不能遮挡她身上散发的女性主义和生态主义光辉。她听从心声，坚守自我，痛苦但又超凡，无悔地做着自己想做的事，本真地存在着。

三、结语

迈尔斯·富兰克林的《我的光辉生涯》蕴含着深刻的万物平等、彼此关怀的生态思想和慈悲情怀。她力争消解对立、压迫，追求自身的独立、自由、平等。同时，她也饱含深情地将彼此平等、相互关爱之情投向在这片大地上生息的兄弟姐妹和自然万物。在其作品中，我们可以读到万物共生共存、自由平等、友爱互助的生态社会理念。

第三节　伊丽莎白·哈罗尔：以生态视阈展望未来社会

一、作家简介

（一）生平简介

伊丽莎白·哈罗尔（Elizabeth Harrower, 1928—　　）生于悉尼，在工业城市纽卡尔斯度过11年，这期间的生活构成了小说《遥远的展望》的原型。哈罗尔20多岁时，旅居英国，学过心理学。1966年，其另一力作《瞭望塔》（*The Watch Tower*, 1966）问世。

哈罗尔的童年时代主要在工业城市纽卡尔斯度过，她在那里一直待到12岁。她很小的时候父母就分居了，因此她时而与母亲住，时而与祖母住。她从小养成了写长信和记日记的习惯。23岁时，她前往苏格兰和英格兰探亲，认为自己可能再也不会返回澳大利亚，但因思念澳大利亚，思念母亲，1959年回国。1970年母亲离世，她饱受打击，深深自责自己太沉浸于个人的生活而忽略了母亲。

她认为写作需要全身心的投入。《瞭望塔》问世后不久，她不再写小说，虽然也在继续写虚构的短篇小说。关于这一点，很多当时的澳大利亚作家，包括她的诸多好友如怀特都感到不解，鼓励她继续创作。她有时嘲讽自己是在自我毁灭，然而，她依然热切地关注周围的人和事，学习意大利语，研究佛教，饱读悉尼图书馆馆藏图书。她具有较为鲜明的政治意识。1973年，工党首次执政，惠特曼当选为总理，她倍感幸福加入了工党，一直忠心耿耿，2011年因无法接受陆克文总理的很多执政理念被解雇而退党。晚年，她独自住在悉尼的寓所里，虽然忍受着衰老和病痛的折磨，但过着自在、不被打扰的生活。

（二）作品简介

哈罗尔的童年和青年时代的个人经历以及所处的社会大背景对她后来四部主要长篇小说的创作主题和创作风格产生了重要影响。童年时期，父母的离异和在工业城市纽卡尔斯11年的童年生活，让她远离了母爱的温暖和安全感以及家园的宜居美感。青年时代她远走他乡到了英国，经历了第二次世界大战，感受了战后疯狂的工商业发展以及物质主义和享乐主义之风的盛行。这一切又让她产生了漂泊无依感，她渴望高尚的文化生活和人文关怀。

哈罗尔的作品非常重视对人物内心（精神）的探索和描写，具有较强的心理现实主义色彩。作为作家，她从属于注重人物内心世界探索和描写的怀特派。诺贝尔文学奖获得者帕特里克·怀特反对过分强调客观真实性的现实主义写作手法，注重对人物精神的探索和描写，其创作题材已超越了澳洲特色，上升到对人类普遍问题的关注。

《遥远的展望》作为一部战后女性文学作品，在当时被视为仅次于帕特里克·怀特的《沃思》，可见其地位和魅力非同一般。作品中的小女孩艾米莉在很大程度上是作者哈罗尔儿时的化身。小说以一个50年代虚构的工业小镇为背景，涉及工业生产、人居环境、物质生活和精神（文化）生活、人际关系、价值观冲突、个人隐私、个人权利和职责、女孩成长等众多主题，内容丰富，思想深刻。更让人惊叹的是，在生态女性主义视阈下，丰富而深刻的生态女性主义思想竟然深蕴于作品中。

哈罗尔的另一力作《瞭望塔》以澳大利亚战后商业城市为背景，故事围绕落入自私冷漠、喜怒无常的小商人菲利克斯的掌控中的劳拉和克莱尔姐妹俩截然不同的人生道路展开，紧张气氛弥漫整个故事。人物的心理活动和心理冲突描写极其逼真，扣人心弦。可以说《瞭望塔》是一部非常成功的描写心理的现实主义小说。作品反映了不负责任的母亲对子女的伤害，探讨了权利与责任；也反映了困境中的少女成长的艰辛，探讨了自我的坚守和妥协等主题。将作品放在生态女性主义视阈下，可以发现作者对生态自我存在和生态人际关系的思考。

在哈罗尔的作品中我们可以读到女性主义的内容，尽管她不认为自己是女性主义者。在生态女性主义视阈下研读其作品，我们可以发现其作品中包含女性的精神生态、文化生态——她批判第二次世界大战后澳大利亚社会普遍存在的物质主义和享乐主义思想，揭露战后突飞猛进的工业生产对居住环境的破坏，关注处于不利成长环境中的少女的成长，探讨权利和责任的关系以及物质享受和精神追求的关系，表达了对独立、自由、尊重、理解、关爱以及宜居独立的生活空间和高尚的人文空间的重视。

二、主要作品的生态解读

《遥远的展望》

女性和自然是生态女性主义批评的切入点。“生态女性主义文学批评的视点是多元的，它关注一切受压迫和受控制的群体，但始终有两个焦点：女性与自然。”[1]在生态女性主义批评视阈下解读《遥远的展望》，聚焦“自然”和“女性”，可以看出，伊丽莎白·哈罗尔十分关注人居环境、两性关系以及人的精神文化是否生态。她批判工业生产对人居环境的破坏，肯定小女孩艾米莉发现美、接近美的生态特质，倡导体现人与人之间（男女之间）的平等、理解、尊重的生态人际关系，嘲讽当时社会人们纵情物质享乐而无视精神追求的现象。作者对小女孩的成长环境及其在成长中对关爱、理解、交流和理性指引的渴求给予了极大的关注，值得肯定，体现了作者对幼小生命的关怀。因此，可以毫不夸张地说，伊丽莎白·哈罗尔是一位重要的、具有深刻生态女性主义思想的战后女性作家。

（一）环境分析

《遥远的展望》以一个虚构的20世纪50年代的郊区工业小镇绿山（Greenhills）为背景。“绿山”不绿，工厂机器轰鸣，空中烟雾弥漫，道路尘土飞扬。“钢铁厂似乎是这个工业区存在的唯一理由。”[2]绿山人居环境不佳，缺乏宁静、和谐的生态之美。

绿山工业小镇的居住环境并不宜居，那里杂乱，个人隐私难以得到保障，这与小说中人们思想上的混乱空虚和庸俗状态相映衬。“繁荣引发的社会生活的变化伴随着道德上的种种焦虑。”[3]因此，作品中塑造的人物躁动，沉溺于物质享乐，浅薄庸

1　谢鹏、郭晶晶：《生态女性主义文学批评述评》，《南京林业大学学报》，2006年第6卷第1期，第60页。

2　Elizabeth Harrower, *The Long Prospect*, Sydney: Sydney Amsterdam New York, 1995, p. 42.

3　斯图亚特·麦金泰尔：《澳大利亚史》，上海：中国出版集团东方出版中心，2009年，第199页。

俗，缺乏责任感和同情心。那里，人们的思想和言行并不美好。艾米莉的祖母莉莲是这类人的典型代表，她不仅缺乏女性的柔美、慈爱，而且还凭着殷实的物质基础，行事霸道，不懂得尊重他人，缺乏悲悯之心。她构建了一个支配、打压他人的“权力中心”“霸权中心”，以她为中心形成的人际关系是非生态的。

尽管绿山并不那么生态宜居，但作品中不乏关于自然之美和人与自然和谐之美的描写，但这些美好大多数是通过小女孩艾米莉纯净的眼睛和心灵来发现的。她与大自然亲近，大自然也带给她温暖和慰藉。她对着大地哀诉她的痛苦；她仰望星空，让星光驱散她的恐惧；她能看见大人们不易发现的海崖上方的美丽彩虹；她常沿河边散步，仰望星空思索。当马克思来到绿山时，她想将小山上诗意的修道院介绍给他。随父母搬到悉尼后，她的首次露面也被安排在了草坪上的玫瑰园里。女性与大自然天然亲近，孩童更是如此。华兹华斯认为：“天真的孩子、襁褓中的婴儿由于没有受过‘庄严思想’的熏陶，更多地葆有‘神圣的灵性’，因此要比成年人、尊长者更容易领悟宇宙间‘不朽的信息’，更接近自然中‘真实的生命’。”[1] 从环境分析可以看出，作者关注人居环境，批判工业生产对环境的破坏，嘲讽人们重物质享乐、轻精神追求的现象，肯定了小女孩所特有的发现自然之美、接近自然之美的特质。

（二）人物分析

我国生态文艺学家鲁枢元指出，生态学研究应意识到人不仅仅是自然性的存在和社会性的存在，同时还是精神性的存在。精神性的存在是人类更高的生存方式，人类的精神因素注定要对人类面临的生存境遇产生巨大影响[2]。他还提出生态学三分法：自然生态、社会生态、精神生态[3]。相应地，人物分析不仅应关注人与人之间的关系生态和谐与否，还应关注人自身的精神状态生态和谐与否。本小节人物分析主要涉及人物的性格和价值观以及人物的两性观与人际观等。

1. 女性霸权人物——莉莲

莉莲40多岁，精力旺盛，行事霸道，沉浸于自我享乐之中，玩弄男性，漠视弱小。她被描写为“虐待狂”，像破坏性的飓风驾驭着自己的生活，并凌驾于他人的生活之上。“和她在一起生活就像是在进行一场不流血的战斗。”[4]她的两性观也极具攻击性。“和男性战斗，使他们渺小，从中得到乐趣。”[5] 罗森在莉莲面前是个可

1 鲁枢元：《生态批评的空间》，上海：华东师范大学出版社，2006年，第33页。
2 同上，第19-20页。
3 同上，第93页。
4 Elizabeth Harrower, *The Long Prospect*, Sydney: Sydney Amsterdam New York, 1995, p. 135.
5 同上，第27页。

怜的应声虫。莉莲的一挥手、一瞪眼都会让他畏缩、惧怕。绿山小镇的这个家，在孙女艾米莉看来是阴盛阳衰，她认为30多岁的知识分子马克思的到来将“调整女性力量，使权力中心得到恰当的回归”[1]。莉莲敢于挑战男权社会的价值观念的精神值得肯定，但她的观点和行为过激，没有意识到男女两性应该平等互补。从这里可以看出哈罗尔对强势女性的霸权作风所持的否定态度，也许她在善意地暗示并反对女性在反对男权时可能会出现的女性霸权中心。

2. 苍白无力的女儿、母亲和妻子——珀拉

作为妻子和母亲的莉莲是不称职、不光彩的。莉莲与男性的暧昧关系给女儿珀拉造成了很大的负面影响，女儿草率结婚生子，最终夫妻感情不和，异地而居，把女儿留在了霸道俗气的祖母莉莲身边。虽然珀拉不时回绿山看望女儿，但母女关系疏远、冷淡，缺乏情感交流。珀拉的母爱显得苍白无力，也许她也不具备走进女儿内心的资质，她感情冷漠，思想平庸，缺乏主见，对母亲莉莲言听计从。

珀拉在两性关系上态度消极。她敌视男性，排斥、惧怕马克思这样一个能激起他人思考和讨论的男性。在马克思被莉莲等庸俗之辈污蔑、驱赶之后，她与丈夫哈里、女儿艾米莉搬到悉尼开始发生新的家庭生活。逐渐地她的家庭观、两性观开始发生静静的变化，她意识到男人和家庭对一个女人而言意味着社会意义上的体面。在男女两性观上，珀拉最终懂得了与男性和解、和谐相处的意义，较之莉莲咄咄逼人的“与男性战斗”的态度，珀拉的态度值得肯定。

3. 具有生态特质的小女孩艾米莉和知识分子马克思

虽然艾米莉生活在缺乏关爱之心、思想庸俗的祖母身边，与母亲也非常疏远，但她并没有因此而变得平庸。她强烈渴望爱，渴求知识，向往高尚美好的思想，并具有相当强的洞察力和独立思考能力。

幽闭的成长环境让艾米莉一直处于对爱的饥渴状态中，她向往、寻求甚至幻想母性般的关爱。她幻想老师是她失散的姑姑，渴望“死”在西娅的怀中，她幻想和马克思、西娅在一起，幸福无比，像一家人。她更渴望理解、尊重和精神上的引导和交流。知识分子马克思的到来给她带来了巨大的影响。初见她时，马克思给予的平等注视，让她惊讶地意识到了自己的存在和价值感。后来，马克思经常与她进行思想交流，谈诗歌、艺术、历史、政治等，并鼓励她考大学，认为她有光明的未来。艾米莉脸上流露出的不自信和不确定感，以及莉莲对她的冷嘲热讽令马克思十分难受。在马克思身上，艾米莉真正感受到了人与人之间的平等、理解、尊重带来的惬意和深邃高

1 Elizabeth Harrower, *The Long Prospect*, Sydney: Sydney Amsterdam New York, 1995, p. 70.

尚思想的魅力。拥有人文思想和关爱精神的马克思深得艾米莉的崇敬和喜爱，不难理解她在祖母莉莲之流污蔑马克思后所表现出的强烈愤怒之情。然而，深邃、宽容的马克思却语重心长地对艾米莉说“不要到处说或想着你恨别人……那是一种不应坠入的尤为不好的思维习惯”[1]，“向人们学习，而又不遭其排斥驱赶。记住困境会有补偿。不开心并不完全是失去，绝不是”[2]。这些话语充分体现了马克思的智慧、人文关怀和包容精神。

知识分子马克思不喜社交，喜欢看书。在物质俗气的莉莲看来，他过着和尚一般的生活。然而，他思想深邃高尚，懂得理解、尊重、关爱，赢得了艾米莉和年轻女佣多蒂的崇敬和喜爱。多蒂认为他很深沉、特别，甚至莉莲的一位肤浅的朋友比莉也抱怨为什么不早点儿把这么好的人介绍给大家。马克思与莉莲形成鲜明的对照，前者代表着平等、理解、尊重、关爱、理性、高尚，后者则截然相反，其本质是生态与非生态的对立。颇具讽刺意味的是作为母亲、祖母的莉莲本应具有关怀弱小的慈爱意识，但她却霸道、冷漠甚至残忍，而作为陌生男性的马克思却充满仁慈和关爱。比莉勾引马克思未成，恼羞成怒，罗森因遭受莉莲的冷落而无端妒忌马克思，两个俗人质疑马克思与艾米莉的友谊。为了维护自己的霸权，莉莲将马克思无情地赶走。

从此部分的分析可以看出，作者非常关注小女孩艾米莉的成长环境和内心状况。成长中的物理环境和人文环境对小孩的健康成长关系重大。

三、结语

伊丽莎白·哈罗尔的《遥远的展望》为读者勾勒出一幅五六十年代第二次世界大战后澳大利亚郊区社会的物质生活和精神生活画面，是一部重要的战后文学作品。通过对《遥远的展望》的生态女性主义解读，可以看出伊丽莎白·哈罗尔是一位具有深刻生态女性主义意识的战后作家，她倡导人与人之间（包括男女两性）应平等、理解、尊重，人的物质享受和精神追求应保持平衡，人的精神应该追求高尚美好。对小女孩成长的关注充分体现了她的生态关爱精神。作为澳大利亚战后工业社会里一位严肃的、重要的女性作家，哈罗尔关注社会，思考未来，对未来社会状况有一定的前瞻性。

1　Elizabeth Harrower, *The Long Prospect*, Sydney: Sydney Amsterdam New York, 1995, p. 114.
2　同上，第168页。

第四节　朱迪思·赖特：生态智慧诗人

一、作家简介

（一）生平简介

朱迪思·赖特（Judith Wright, 1915—2000）出生于新南威尔士州阿米代尔（Armidale）一个显赫的牧场主家庭，自由地生活于牧场上，与大自然亲密接触，饱览了澳大利亚的乡间景色，为后来撰写反映澳洲风物的诗歌创造了条件。在母亲和祖母的文学熏陶下，她6岁开始写诗，10岁便在《悉尼邮报》儿童版上发表诗歌。1928年赖特就读于新英格兰女子中学，继续进行诗歌创作。1934年进入悉尼大学接受高等教育，广泛涉猎当代西方文学，主修了英语、历史、哲学、心理学和人类学，开始接触现代派文学，如T. S. 艾略特和杰拉尔德·曼利·霍普金斯。深受诗歌新理念的影响，她开始创作自由诗歌。在此期间她首次接触原住民文化，并接触了迥异于英国帝国史的别样历史，开始质疑当时的政治狂热。她对大自然的热爱和强烈的环保意识离不开父亲的影响。父亲是澳大利亚第一个野生动物保护协会的终身会员，也是1931年创立新英格兰国家公园的主要负责人。在创作后期，诗人越来越关注现实，不少诗歌涉及越南战争、环境污染和生态破坏等政治问题和社会问题。

朱迪思·赖特是澳大利亚唯一被提名诺贝尔文学的女诗人，一生获奖无数，被7所大学授予名誉博士学位，1970年当选澳大利亚人文学院院士，1992年被授予女皇诗歌奖，是澳洲第一位获此殊荣的诗人。澳大利亚文学研究会（Association for the Study of Australian Literature）在将澳大利亚A. A. 菲利普斯奖（A. A. Phillips Award）颁给她，以表彰她作为诗人、批评家和活动家所取得的伟大成就时，其颁奖词这样写道："在创作中，赖特花了很长的时间努力建构一种澳大利亚民族身份，这种身份充分认识到过去和现在、个人和社会、男人和女人、爱和恨，尤其是环境和居住者之间的关系。"[1]她一贯坚持综合路线，反对二元对立，坚定乐观地寻求各种关系的平衡。她充满爱心，极具生态智慧。她热爱大自然，热爱澳洲土地上的一草一木、一鸟一兽；她讴歌爱情，思考时间，探讨生命；她怀着深深的负罪感积极投身原住民文化与其土地权利的保护运动中；她怒斥战争，批判理性和科技至上的现代社会在盲目发展经济

1　Veronica Brady, "Judith Wright: 1915-2000", *Dictionary of Literary Biography*, Volume 260: Australian Writers, 1915-1950. A Bruccoli Clark Layman Book, ed. Selina Samuels, Detroit, Michigan: The Gale Group, 2002, pp. 416-428.

和科技的过程中对自然的无情破坏，揭露其造成的人与自然的分裂、人的异化以及现代人精神家园丧失带来的无依托感。

除了文学创作，赖特还积极投身环境保护运动，致力于建立国家公园和自然保护区，为保护大堡礁和弗雷泽岛、抵制开采石油和石灰岩东奔西走。她一生关注社会问题和政治问题，反对任何形式的压迫和剥削，坚持社会公正平等，信奉万物平等共生，反对因过分崇尚理性和科技而导致的对情感的压抑、忽视。作为诗人，她以诗意的眼光看待万物，感受着其他动物和其他种族的因人类中心主义和白人中心主义而遭受的苦痛，并身体力行将她深沉的思想和社会活动结合起来。她相信人类未来的出路在于情感的投入，在于人类感性体验的重新重视。她认为诗人担负着引人向善的重要道德责任。她对世间万物充满着广博而深沉的爱。她一生致力于对美好和谐、团结友爱的大同理想世界的追求。她的思想和作品富含深刻的生态思想。她的非凡成就离不开自身的天赋造诣，离不开她从小所接受的良好家庭教育和学校教育，更离不开对她的思想和创作产生重要影响的丈夫——非经院派哲学家杰克·麦金尼（Jack McKinney）。杰克·麦金尼是第一次世界大战退伍老兵，经历了战争的残酷和恐怖，毕其一生探索西方文化的病根。他的思想在赖特的许多作品中有所体现，如生态灾难、战争威胁、语言危机、诗歌困境等。

1937年初，赖特前往欧洲游历，亲身体验了德国法西斯的嚣张气焰，感受到欧洲人民深深的恐惧和无助。相比之下，“我遥远的祖国，在我看来，就是一个自由的天堂”[1]。返回故里的赖特对生养她的澳洲土地产生了新的感受，开始对这片土地产生深深的认同和热爱之情。晚年，她不遗余力地与环境破坏行为做斗争，并为原住民和被边缘化的少数族裔的权利摇旗呐喊。20世纪60年代伊始，赖特积极投身于各项事务。赖特对原住民命运的持续关注与她和原住民作家凯思·沃克（Kath Walker）之间长达30年（1963—1993）的友谊密不可分。赖特在接受访谈时肯定了沃克对自己的影响。她说：“凯思·沃克是我最真挚的朋友……与她的关系是我人生中很重要的一部分，它改变了我对他人的整个态度，在其他许多方面对我也有很大的影响。”[2]

70岁生日时，赖特宣布全力投入政治活动。她说：“最紧要的是，我要写散文传达我关于原住民困境和环境危机方面的观点。”[3]

---

1 Judith Wright, *Half a Life Time*, Melbourne: The Text Publishing Company, 1999, p. 135.

2 Ramona Koval, “Judith Wright”, *Tasting Life Twice: Conversations with Remarkable Writers*, Sydney: ABC Books for the Australian Broadcasting Corporation, 2005, pp. 256-266.

3 Penelope Layland, “A Lifelong Campaign”, *National Library of Australia News* 6.6, 1996, pp. 19-21.

（二）作品简介

在澳大利亚，没有哪位诗人比赖特在海内外文坛享有更大的声誉[1]。她对澳大利亚文学乃至世界文学做出了巨大的贡献。她极具诗才，堪称澳大利亚诗歌创作的一面旗帜，一生创作了无数优秀诗歌。她的抒情诗再现了年轻时生活过的新英格兰风景；她的哲理诗探究时间与人的关系；她写爱情诗，揭示了爱的意义及其带来的新生和创造力；她的诗也反映社会和自然环境的变迁，阐释因袭的欧洲观点与澳大利亚现实之间的关系。在后期她越来越关注社会现实，写了不少涉及越南战争、原住民、环境污染和生态破坏的政治问题和社会问题的诗。

第二次世界大战后期，1938至1942年间，赖特陆续在《南风》（*Southerly*）、《公报》等刊物上发表诗歌，其中不乏生态主题的作品。如诗集《流动的意象》（*The Moving Image*，1946）所描写的内容是地区性的，涉及诗人生活的乡间风景、早先的历史、被束缚的动物、逝去的隐士农人和牛车夫等，很有地域特色；《鸟》（*Birds*，1962）揭示了人与自然之间的关系；先后发表了《女人对男人说》（"Woman to Man"，1949）、《通道》（"The Gateway"，1953）、《两种火》（"The Two Fires"，1955）、《五种感官》（"Five Senses"，1963）、《另一半》（"The Other Half"，1966）、《阴影》（"Shadow"，1970）、《活着》（"Alive"，1973）、《第四季度》（"Fourth Quarter"，1976）和《虚幻的寓所》（"Phantom Dwelling"，1985）等共计300余首诗歌。这些诗歌全部收录于1994年出版的《朱迪思·赖特诗歌全集》（*Judith Wright: Collected Poems*，1994）中。赖特还编辑诗选，做文学评论，写短篇小说。短篇小说集《爱的本质》（*The Nature of Love*，1966）以及儿童文学《野狗之王》（*Kings of the Dingoes*，1958）、《高山玩耍的日子》（*The Day the Mountain Played*，1960）、《高山山脉》（*Range the Mountains High*，1962）和《河流与道路》（*The River and the Road*，1966）也受到了读者的广泛欢迎。

晚年，赖特还出版了回忆录《姨妈的故事：朱迪思·赖特回忆录》（*Tales of a Great Aunt: A Memoir by Judith Wright*，1998）和自传《我的前半生》（*Half a Life Time*，1999）。

毕宙嫔在其博士论文《"诗性智者"——澳大利亚诗人朱迪思·赖特研究》中对赖特的环境观、社会观、女性观、民族观和文学观做了鞭辟入里的评述，展示了赖特在多个领域里所持有的"平等共生、和谐相处"的思想[2]。下文概述如下：

1 Charles Higham, "Judith Wright's Vision", *Quadrant* 5.3, 1961, pp. 33-41.

2 毕宙嫔：《"诗性智者"——澳大利亚诗人朱迪思·赖特研究》，苏州：苏州大学博士学位论文，2010年，第22-23页。

环境观。早期殖民者对澳大利亚缺乏了解和认同，肆意破坏环境。面对严峻的生态灾难，赖特深刻反思并积极寻求出路，她强调情感在建立人与周边环境的和谐关系中起着重要的作用。

社会观。赖特关注社会，关注女性。她倡导两性关系平等融合，反对各种人际关系中的占有和支配；她涉足女性性爱体验、生命创造的话题，观点大胆、含蓄而又深刻；她认为爱情中平等互补的男女关系能为双方带来心灵契合和精神满足；她还写了不少反战诗，反思霸权主义、激进民族主义和工具理性的破坏性后果；她指出社会的健康发展离不开更多情感的投入。

民族观。赖特深深意识到原住民饱受的迫害、剥削和歧视，主张原住民与白人和解，要求以原住民为代表的少数族裔的文化和权利受到尊重和保护。她对文学创作中一味地将丛林人树立为“典型的澳大利亚人”的做法持保留意见。

文学观。赖特主张兼收并蓄的文学发展观。她既反对对欧洲文学传统的一味模仿，也反对一味地追求“澳大利亚性”，提倡既要恰当继承欧洲文化遗产，也不忘吸收澳洲的本土价值；她主张调和理性和感性、艺术和现实的关系；她认为诗歌在当今世界具有重要的存在价值。

赖特一贯坚持综合路线，努力调和各种关系，包括人与自然、人与人——男人与女人、白人与原住民和其他少数族裔、澳洲文学和欧洲文学的关系。其思想和行动体现了万物平等、共生共存的生态意识。作为诗人，她以敏锐的眼光和慈爱的心关注世间万物，她在探寻诗意的栖居。作为个体，在某种程度上，她已实现了诗意的栖居。

二、主要诗歌的生态解读

赖特对大自然充满尊重、敬畏、欣赏、热爱之情。她认为人类只是大自然的一部分，提倡摒弃人类中心主义，对自然采取尊重、敬畏的态度。在她看来，既然人类不是“个别的、孤立的”，而是“永恒宇宙”的一部分，那么人类就没有任何理由凌驾于其他事物之上。相反，人类应该欣赏和歌颂自然：

While world's our own and our heart's food no need to fear eternity. ... let us, who hang like a wave on the sea praise all the dead and all who live.[1]	既然世界是我们和心灵的食粮， 不必忧虑来生。 ……我们像海浪一样翻卷前行， 赞美呵，所有的逝者和生者。

对赖特而言，仅仅礼赞自然还不够，人们还要学会尊重自然万物的发展规律，不加干涉，才能保持宇宙良好的生态系统。

1 Judith Wright, *Collected Poems*, Sydney: Angus & Robertson, 1994, p. 188.

Walking here in the dark my torch lights up	我点燃火炬，在黑暗中前行，
something massive, motionless, that confronts me.	扑面而来的是静默的巨能。
I've no wish to chisel things into new shapes.	我无意把一切雕琢成新的样子。
The remnant of a mountain has its own meaning.[1]	山川的遗容就有它自己的意义。

神秘又神圣的大自然是不能用科技理性完全掌控的大机器，它极具威力。在大自然无形而巨大的力量面前，人类应感其渺小，应恢复对大自然的敬畏之心。诗人感叹："我无意把一切雕琢成新的样子。山川的遗容就有它自己的意义。"

对澳洲这片土地，赖特更是充满热爱。长期以来白人定居者以两种不同的心态看待这片土地：欧洲弃儿、流放者的敌视厌恶心态和自由移民者的困惑而又抱有希望的心态。总的来讲，他们对这片奇异的新土地不友好，或敌视厌恶，或将自然视为其发财致富的掠夺对象，疯狂砍伐、放牧，肆意破坏，最终破坏了这片古老人地的和谐。赖特认为对这片土地的明智态度是认同加热爱，唯此才会有归属感、家园感，才可在情感深处热爱这片土地。

（一）《我平日的南边》（"South of My Days"）——融入血液里的故乡

赖特在《我平日的南边》动情地描述了血脉相连的故乡——新英格兰。在客观真实的描写中，环境严酷，也有温情的故事。故乡已融入她的血液、她的梦境。诗歌不仅表达了诗人对故乡的热爱，更表达了她与这片土地彼此融入、不可分离的关系。瘦骨嶙峋的山坡、突兀的花岗岩、"饥饿"的国家，但有遮风避雨的小屋、裂口的水壶悬挂于火上，发出"嘶嘶"声。难以置信某日夏天将会再次来到，出现在一片玫瑰波浪中。夏日和玫瑰象征热情、希望和爱。骨瘦如柴的老丹紧拽着70个夏日的70个故事。这70个夏日像是他心中蜂房的陈年蜂蜜。这片土地因辛勤的开拓者而有了故事，岁月也如蜂蜜值得品尝回味。为了躲避暴风雪和雷电，驱赶牲畜虽然异常艰辛，但人们不惧困难，坚定乐观。诗末作者再次呼唤故乡土地："我平日的南边，我知她在星空下一片漆黑。那充满古老故事的高耸而又贫瘠的故乡依旧行走在我的睡梦里。"[2]

South of my days' circle,	我曾度过岁月的南方，
part of my blood's country	我血脉相连的国家的一部分，
rises that tableland, high delicate outline	高原耸立，嶙峋斜坡，那高远而精致的轮廓
of bony slopes wincing under the winter,	在冬季里不再傲然，
low trees blue-leaved and olive,	蓝色和橄榄色的矮树，

1 Judith Wright, *Collected Poems*, Sydney: Angus & Robertson, 1994, p. 240.

2 同上，第20页。

outcropping granite	还有那显露的花岗岩
clean, lean, hungry country[1]	纯净，萧疏，饥饿的国家。

（二）《女人对男人说》（“Woman to Man”）——两性和谐

作为一名女性诗人，赖特在诗篇中不断歌颂爱情。她在《我的前半生》中写道：“两个互补的思想，得到的喜悦超乎我的想象，生活在一起充满了新的喜悦，分享的是全新的友谊和幸福，而我一直以为误解和对立是男女关系不可避免的。”[2]丈夫麦金尼是赖特“最好的听众和爱人”[3]。赖特认为慷慨的爱、无私的奉献能给爱恋中的男女双方带来精神满足，但占有所爱的人不是爱的真谛，这显示出她较为成熟的爱情观。

赖特对性爱的重视与她对人的自然天性的崇尚密不可分。对于赖特而言，生机盎然的大自然受到现代文明破坏的同时，人的自然本能也受到了工业化、城市化文明的摧残。赖特认为性爱不仅是两性和谐关系的重要因素，而且是万物之源，是人类生命和谐的迸发。她在诗歌中谈论生理之爱，颂扬孕育和分娩。

赖特的第二部诗集《女人对男人说》开创了她在诗歌创作中的新领域——从女性的角度书写性爱。该诗歌表现了男女在孕育过程中的特殊关系，将读者带入性爱的奇妙世界和创造生命的神秘瞬间。“躺在我们怀里的第三者”是每次欢愉后潜在的可能。“我”的强烈欲望描述得如此生动：“这是你手臂所知道的力量／这是我胸部的肌肉的弧线／这是我们的眼睛的水晶珠。”情感则在诗歌的最后一句达到巅峰，待产的母亲寻求伴侣的保护：“哦，抱着我，因为我害怕。”[4]

The eyeless labourer in the night	夜间的没有眼睛的劳动者
the selfless, shapeless seed I hold	我身上无私、无形的种子
builds for its resurrection day	为了它复活的日子而成长
silent and swift and deep from sight	沉默，迅速，深深地隐藏
foresees the unimagined light	预见没有想象过的光明
This is the strengthen that your arm knows	这是你手臂所知道的力量
The arc of flesh that is my breast	这是我胸部的肌肉的弧线
the precise crystals of our eyes	这是我们的眼睛的水晶珠
This is the blood's wild tree that grows	这是血液的疯狂的树
the intricate and folded rose[5]	它长出复杂而含苞的玫瑰

1 Judith Wright, *Collected Poems*, Sydney: Angus & Robertson, 1994, p. 20

2 Judith Wright, *Half a Life Time*, The Text Publishing Company, 1999, p. 239.

3 同上，第240页。

4 Judith Wright, *Collected Poems*, Sydney: Angus & Robertson, 1994, p. 27.

5 同上。

（三）《火车》和《献给世界末日的两首歌》（“The Trains”，“Two Songs for The World’s End”）

赖特写了不少反战诗。在诗中她怒斥战争，揭露可怕的战争对宁静生活的无情破坏，表达了对和平美好生活的向往。

第二次世界大战，战火第一次蔓延到澳洲本土。赖特在《火车》中娴熟地运用各种意象，将战争的恐怖气氛渲染得淋漓尽致，表达了作者对和平宁静生活的珍爱，对阴冷恐怖的战争的鞭挞。

诗中象征富饶和安宁的果园与象征危险和恐怖的老虎形成鲜明对照。火车轰隆隆的声音把孩子从美梦中惊醒，像打碎玻璃似的搅乱了老人的睡眠。没有人会否认扰乱小孩的梦乡和老人的睡眠是多么无情。“老虎”影射了战争的兽性和人性中的兽性。诗末，载着军火的火车身负“冷酷的使命”，发出狂野的、兽性的呼喊，驶过绵绵无尽的果园。整首诗渲染了一种即将打破平和宁静生活、一触即发的紧张氛围。此时的布里斯班人心惶惶，人们纷纷逃离城市，到内陆或者山区避难。

Tunnelling through the night, the trains pass	列车奔驰，穿过黑夜，
in a splendour of power, with a sound like thunder	开足马力，隆隆如晴天霹雳；
shaking the orchards, waking	震撼果园，惊醒
the young from a dream,	沉睡的少年，
scattering like glass the old men’s sleep; laying	玻璃般地打破老年人的睡梦；
a black trail over the still bloom of the orchards.	把浓烟撒在果园静谧的花间。
The trains go north with guns.[1]	载着枪炮，列车北去。

1950年，第二次世界大战刚结束5年，朝鲜战争又爆发了。赖特的女儿刚好在这一年出生。一年后，第一颗氢弹试验毁灭了太平洋上整个珊瑚岛，在赖特看来，“人道价值随着它们的毁灭而消失”[2]。她在写给女儿的《献给世界末日的两首歌》（“Two Songs for the World’s End”，1953）中表达了对战争的恐惧。

Bombs ripen on the leafless tree	炸弹在光秃秃的树上成熟
under which the children play.	树下孩子们在嬉戏
And there my darling all alone	其中我那亲爱的孩子
dances in the spying day.	一个人在偷偷舞蹈
I gave her nerves to feel the pain,	我给她勇气，让她感受到痛苦
I put her moral beauty on.	我亦曾穿着她平凡的美丽的外衣
I taught her love, that hate might find	我教她爱，也教她

1 Judith Wright, *Collected Poems*, Sydney: Angus & Robertson, 1994, p. 12.

2 Judith Wright, *Going on Talking*, Springwood: Butterfly Books, 1992, p. 40.

its black work the easier done[1]	仇恨比爱更容易做到

（四）《黑人崖，新英格兰》（“Nigger's Leap, New England”）

1942年赖特回农场帮忙后的一天，父亲带她来到一处陡峭的悬崖边，告诉她这里曾发生在原住民身上的悲惨一幕：为了报复原住民杀了他们的牛，白人把一群原住民男女老少推下悬崖。她体会到父亲的不安，一方面他的家庭如今占有了原本属于原住民的土地，另一方面，他始终难忘自己对原住民奶妈的情感和与原住民雇工之间的友谊。她把这个悲惨的故事连同她的切身感受写进了诗歌《黑人崖，新英格兰》，揭开了这段被尘封的历史。

Swallow the spine of range; be dark, O	黑暗吞没了山脉的脊梁。哦，孤凄的空气
Make a cold quilt across the bone and skull lonely air	为这尸骨和头颅做一套冰冷的被褥。
that screamed falling in flesh from the lipped cliff	曾经的血肉之躯从这有嘴的崖上尖叫着落下
and then were silent, waiting for the flies.[2]	下来是一片死寂，等待着青蝇吊客。

赖特在该诗里还把这个具体的屠杀案例扩展到了更广的空间：

Did we not know their blood channeled our rivers	难道我们不知道它们的血液灌溉了我们的江河，
and the black dust our crops ate was their dust?[3]	它们的骨灰正是润泽我们植物的黑色养料。

（五）《夏娃对女儿说》（“Eve to Her Daughters”）

诗歌《夏娃对女儿说》是赖特对《圣经》中的创世纪故事的后续演绎，形象地嘲讽了亚当被上帝逐出伊甸园后，一直耿耿于怀，极力建造一个人间伊甸园的狂妄自负行为。夏娃对亚当的狂妄、无视上帝存在的态度深表担忧，思考人类的出路，认为让女儿来接管世界也许是出路所在，但又担忧女儿继承了自己顺从、唯亚当是从的性格，并且认为向亚当提出这样的建议没有丝毫用处，因为亚当已将自己变成了一个没有任何过错的上帝。

《夏娃对女儿说》颠覆了《圣经》创世纪故事中夏娃贪婪、引诱亚当、违背上帝规定的负面形象，塑造出一个全新的夏娃形象——她调整自己以接受惩罚，在世间心甘情愿地追随亚当，毫无不悦之情，顺从且满足，并为亚当的狂妄自负、心无上帝的态度和行为深深忧虑。亚当决意在地面上建一个新的伊甸园。这里有各种现代家用设

1 Judith Wright, *Collected Poems*, Sydney: Angus & Robertson, 1994, p. 107.
2 同上，第15页。
3 同上，第16页。

备和现代通信设备，这里有数不尽的安稳投资机会和让孩子们接受更好教育的机会。他在揭秘万物的过程中找到了世界万物的“玄机”；他深信机械主义，认为这是一切秘密所在；他总是带着机械主义的思维方式；他嫉妒、自我，狂妄得让人担忧。

诗歌辛辣地嘲讽了人类（主要是男性）狂妄自负的人类中心主义思想、理性主义和机械主义思想。在赖特看来，与天地对抗战斗，世界未来前景黯淡，令人担忧。也许充满柔情和爱心的女性能改变这可怕的人类发展趋势。对于实现人类美好栖居于地球家园的前景而言，赖特对女性寄予了厚望。陈正发认为：“诗人觉得男人一统天下的局面似乎应该变一变了，而当由性情温柔、充满爱心的女性出来接管这个世界。”[1]

But Adam, you know	但是，你知道，亚当……
He kept on brooding over the insult	他一直对那屈辱耿耿于怀
over the trick they played on us, over the scolding	对他们施于我们的捉弄和责骂难以释怀
He had discovered a flaw in himself	他发现了自身的瑕疵
and he had to make up for it.	他决定弥补……
So he set to work.	他开始干起来
The earth must be made a new Eden	一定要把地球造成一个新的伊甸园
....	…………
But it’s useless to	但是根本没用
make such a suggestion to Adam.	给亚当如此建议
He has turned himself into God	他已将自己变成了
Who is faultless, and doesn’t exist.[2]	没有任何过错的，不存在的上帝。

（六）《夜鹭》（“Night Herons”）

《夜鹭》捕捉了生活中的一个小镜头，诗人通过描绘雨后初晴在昏黄的灯光下出现的两只鹭鸟，歌颂了大自然的生态之美，暗示如果自然界少了那些千姿百态的生物，人类的生活将会平淡得多，从而说明维护生态平衡的重要性。这是一首反映大自然生态之美、人与自然刹那交融的小诗，极具感染力。两只夜鹭突然造访，孩子们惊喜地开窗探望。“像点燃了一根长长的导火线，消息不胫而走。”“但没有人大声高喊，人人都说‘嘘’。”[3] 夜鹭的到来让孩子们想起了喷泉、马戏团、给天鹅喂食，让女人们记起了年轻时曾说过的话。两只夜鹭竟然有如此魔力：将孩子与动物的相处，将女人年轻时说过的话语从记忆中牵引出来！雨后黄昏，夜鹭的出现瞬间点亮了人们的生活，给人们带来惊喜，勾起孩子和女人美好的回忆。瞬间，人与自然、现在与过往诗意般交融。地球不只是人类的家园，也是千姿百态的万千生物共同的家园。

1 陈正发：《朱迪思·赖特的诗》，《外国文学》，2010年第6期，第34页。

2 Judith Wright, *Collected Poems*, Sydney: Angus & Robertson, 1994, p. 232.

3 同上，第175页。

自然界的生物多样性赋予地球神秘的美感，少了它们，人类的生活将变得平淡乏味。因此不难理解诗句“突然夜鹭腾空飞走，灯光也变得黯淡”[1]的深刻含意。该句虽然使用了夸张手法，但充分反映了人类的生活离不开多样的生物的事实。诗歌在突出生态美的同时，展示了保护生态多样性和生态平衡的重要性。

First one child looked and saw	第一个孩子瞧见了什么
and told another	他告诉另一个孩子
Face after face, the windows	窗子里探出一张又一张脸
Flowered with eyes	像花一样绽开了眼睛
It was like a long fuse lighted	犹如点燃了一根长长的导线
the news traveling	那消息不胫而走
No one called out loudly	没有人大声高喊
everyone said “Hush.”	人人都说：“嘘！”
....	…………
Everyone said “Hush”	人人都说：“嘘！”
No one spoke loudly	无人高声言谈
but suddenly the herons	突然夜鹭腾空飞走
Rose and were gone. The light faded[2]	灯光也变得黯淡。

三、结语

朱迪思·赖特的生态思想深刻而广博，富有诗意。她提倡不同种族、男人与女人、人与自然万物皆应平等尊重、共生互补，而“爱”将一切联系起来。她强调情感投入，重视感性体验，重视温柔的女性在改变世界中的价值。她认为人类只是大自然的一部分，应摒弃人类中心主义，对自然采取尊重、敬畏的态度。她热爱自然、欣赏自然，对澳洲这片远离欧洲的奇异土地充满认同和热爱之情。她认为唯有对澳洲这片土地持理智的认同态度，才会有归属感和家园感，才能从情感深处真正接纳并热爱这片土地。她嘲讽人类（主要是男性）的狂妄自负，批判人类中心主义思想、唯理性主义和机械主义思想。她是一位充满爱意的生态诗人、妻子、母亲，是人类与自然的高尚朋友。

1 Judith Wright, *Collected Poems*, Sydney: Angus & Robertson, 1994, p. 175.

2 同上，第175页。

第七章　原住民作家的生态文学

第一节　概述

I am a child of the Dreamtime People	我是梦幻时代的先民之子
Part of this Land, like the gnarled gum tree	像那满是节瘤的桉树，是这片土地的一部分
I am the river, softly singing	我是江河，轻声吟唱
Chanting our songs on my way to the sea	歌唱着我们自己的歌谣奔向大海
....	…………
I'm the snow, the wind and the falling rain	我是雪，是风，是降落的雨滴
I'm part of the rocks and the red desert earth	我就是岩石、沙漠红土的一部分
....	…………
I am this land and this land is me	我就是这片土地，这片土地就是我
I am Australia.	我就是澳大利亚。
—Hyllus Maris	——叙洛斯·玛瑞斯[1]

1770年，当英国库克船长率领船队踏上澳大利亚这片土地时，他惊叹其纯然天成。经粗略勘察，他宣布：这片土地未经耕耘利用，不属于任何人，可任意占有，即所谓无主之地（Terra Nullius）。事实上，4万年来生活在澳大利亚的原住民一直与这片土地相依相存，他们积累了大量管理和利用土地的经验，以其特有的方式培育着澳洲大陆。

"原住民"的英文"Aborigine"，源于拉丁语"*ab origine*"，意为"先民"（from the beginning），指"原始原住民"[2]。澳大利亚原住民的信仰核心以及生活外延都源于土地和大自然，源于他们世代传承的一个古老的传说——"梦幻时代"。传说中的各种故事和神话展示了他们与大自然难以割舍的关系，体现出原住民的信念：万事万物的意义都与土地和动植物相关。在漫长的岁月里，这些"梦幻时代"的神话故事口口相传，发展为丰富的口头文学，内容涉及气候变化、动植物资源、水源信息、狩猎知识和地理路线等，以及万物有灵论的世界观。这些文化遗产展现了各种动植物之间千丝万缕的联系，可帮助动植物及人类生生不息地繁衍下去。在原住民的神

1　Kevined Gilbert, *Inside Black Australia*, Ringwood: Penguin Books Australia Ltd., 1988, p. 60. 引文除《我们要走了》外均系笔者自译，下文中不再另注。

2　A. W. 里德：《澳洲原住民文化传说》，北京：中国民间文艺出版社，1988年，第1页。

话中，人类与动物有共同的祖先，河流、山川、岩石都是伟大的祖先在与恶灵交战之后，为原住民和澳洲大陆上的动物留下的取之不尽、用之不竭的宝藏。

欧洲人理解的神话意义多停留在象征层面上，而原住民神话却在实际生活中整合了尊重土地的教育意义和滋养土地的实际操作意义，概括了维持生态系统中各种微妙平衡的具体方法。如努那考族（Noonuccal）的妇女凯伦·马丁（Karen Martin）曾指出，原住民相信土地是一个真正的理性本体，每一件事物都因其在整个生态系统中的独特位置而被承认和尊重[1]。原住民普遍认为在一个共生的生态系统中存在互联性，人类仅仅是其中一个元素，这种观点反复出现在原住民文学作品中。但欧洲白人的入侵和殖民，斩断了澳大利亚原住民与自然环境和谐共生的状况和进程。在地球环境日益恶化的今天，西方环保主义者四处奔走呼吁大家保护环境、拯救地球，理由往往是为了人类的下一代。而在澳大利亚原住民固有思想中，每一个生态元素都有生存权，都有其有待完成的特殊功用，都在其生态群落中起着必不可少的保护自己和滋养周围环境的作用。因此，根本没有必要去“证明其他生命体同样有生存的愿望和权利”[2]，因为万事万物都因其自身和其他生命体在生态社会中的不可取代的关系而被认为是有价值并必须生存下去的。原住民的生态哲学就是“使所有物质合理地存在的哲学”[3]。

亚当·休梅克（Adam Shoemaker）在《追溯澳大利亚原住民黑人的故事——当代原住民文学》（“Tracking Black Australian Stories: Contemporary Indigenous Literature”）一文中指出，“原住民文学并不是20世纪60年代中期以来的一个新现象，也不仅仅是一种展示这块大陆的冰封过去的古老叙事艺术”[4]。他认为原住民文学的发展向我们揭示了一个真理：“在文化意义上，澳大利亚一直以来都是一个自然丰富的国家，绝不是一个荒无人烟、缺乏文明的无主地。”[5]怀念与自然的和谐关系，要求夺回土地重建生生不息的民族文化自古就是原住民文学的核心主题。原住民

1 Karen Martin, ‘Ways of Knowing, Being and Doing: A Theoretical Framework and Methods for Indigenous and Indigenist Re-Search’, *Journal of Australian Studies*, No. 76, 2003, p. 207.

2 Deborah Rose, *Nourishing Terrains: Australian Aboriginal Views of Landscape and Wilderness*, Canberra: Australian Heritage Commission, 1996, p. 10.

3 Alice Robinson, Dan Tout, ‘Unsettling Conceptions of Wilderness and Nature’, John Hinkson, Paul James and Veracini, Lorenzo (eds), “Stolen Lands, Broken Cultures: the Settler-Colonial Present”, *Arena Journal*, Nos. 37-38, 2012, p. 157.

4 Adam Shoemaker, ‘Tracking Black Australian Stories: Contemporary Indigenous Literature’, Bruce Brennett and Jennifer Strauss, ed. *The Oxford Literary History of Australia*, Melbourne: Oxford University Press, 1998, p. 332.

5 同上。

文学家在文字中用其民族语言歌颂“梦幻时代”的平静生活，追忆已经灭绝的物种，控诉欧洲殖民者对环境的破坏，呼吁同胞们反抗殖民统治，为保卫祖先留下的传统和神圣遗址而战。这些以自然和环境为主题的文学作品被一些白人主流社会的有识之士称为原住民的“生态智慧”。

从20世纪中期开始，原住民作家开始使用殖民者的语言，英语，来传承文化，回顾历史，进行与夺回土地权利和保护环境紧密相连的文学创作。带着这种使命，原住民生态文学在诗歌、小说、生命故事等领域取得了令人瞩目的成就，并呈现出以下特点：生态诗歌数量庞大且成绩卓著，叙事小说回顾澳洲土地的变迁，“生命故事”延续原住民与土地的共生关系。

一、数量庞大的生态诗歌

20世纪60年代是原住民文学崭露头角的时代。从这一时期起，原住民诗歌就占了很大比例。据澳大利亚理事会原住民艺术委员会的调查，55%的原住民文学家都创作过诗歌[1]。自然风光和土地是其最为常见的主题。原住民诗人在诗歌中表达他们与土地的联系被斩断后流离失所的漂泊感，悲叹土地的丧失导致原住民文化失去延续性，控诉现代工业对自然环境的践踏，抨击核试验给当地原住民带来的伤害，以及粗暴混乱的原住民民俗旅游经济对澳大利亚原住民文化和丛林生态的破坏。原住民诗人们用“遗憾的年代”（Sorry Time）来特指那段使他们失去土地并失去一切的痛苦历史[2]。这类“遗憾”诗歌怀着巨大的悲痛缅怀辉煌的“梦幻时代”，追忆祖先在故土的美好家园，颂扬澳大利亚丛林中人与自然的生态和谐。

20世纪早期的原住民诗人，肯·斯通（Ken Stone）和珍妮佛·马丁涅罗（Jennifer Martiniello）等将吟唱歌谣中的比喻和拟人的修辞手法运用到诗歌中来，唤起同胞对土地的归属感。20世纪六七十年代，原住民文化先驱杰克·戴维斯（Jack Davis）、罗莉·威尔斯（Laury Wells）、肯·鲁索（Ken Russell）等诗人的作品悲叹原住民传统生活方式和自然环境所遭受的破坏，并揭露核试验对生态环境带来的威胁。

后来的原住民诗人尝试用“灵够语”（lingo）这种被原住民社会广为接受的原住民与英语结合的产物以及其他原住民英语进行创作。其代表诗人茹比·兰福德·吉尼

1 彭妮·范·图恩：“Indigenous Texts and Narratives”，伊利莎白·韦比编，《澳大利亚文学》，上海：上海外语教育出版社，2003年，第33页。

2 Brenda Saunders, ‘Caring for Country. The Eco-wisdom of Australian Aboriginal Poetry: An Overview’, *Five Bells* (Poets Union of New South Wales), Vol. 16, No.4, Spring 2009, p. 54.

比（Ruby Langford Ginibi）、格兰德法勒·库里（Grandfather Koori），呼唤同胞回归大地，延续传统文化。高登·胡吉（Gordon Hookey）全部运用"E"开头的单词，如"问题爆发的生态系统"（erupting ecosystems）、"加速最终的环境终结"等组成诗句，言辞辛辣地讥讽并愤怒控诉欧洲殖民行为造成的难以挽回的环境恶化和与人类休戚有关的生态危机。

最具代表性的原住民诗人是凯思·沃克（Kath Walker）、杰克·戴维斯（Jack Davis）、凯文·吉尔伯特（Kevin Gilbert）。他们的诗歌中弥漫着悲伤情绪，他们追忆逝去的和平生活，怀念宁静的自然景色。凯思·沃克是第一位原住民诗人，也是最早以生态保护为题材书写的环保主义文学家之一。其诗集《我们要走了》（*We are Going*，1964）出版后引起了巨大反响，结束了一个白人殖民者对原住民的呐喊声充耳不闻的年代，原住民第一次有了自己书面的声音[1]。她的诗歌言辞犀利，直抒胸臆，如万马奔腾，猛烈抨击欧洲殖民者对自然环境的破坏。怀念童年记忆中纯净的原住民生活是其生态诗歌最重要的主题。

二、对比今昔土地的叙事小说

小说是原住民作家取得耀眼成就的另一个领域。彭妮·范·图恩（Penny Van Toorn）认为，原住民的图案象征艺术，如沙画、文身、绘画和岩石画等，其实都可以看成是一种写作，但这种艺术形式一直没得到欧洲文学传统的认可[2]。原住民作家不得不采用西方文学的小说这一表达方式，在其中融入个人真实经验、历史神话、民族意象，以解构欧洲传统文学体裁的分类标准，挑战其文学传统中的真实与想象、历史与神话之间的二元对立。

20世纪五六十年代的小说家柯林·约翰逊和阿尔奇·韦勒最早在小说中呈现原住民在郊区自然状态下的生活场面，传递出原住民关于人与自然关系的声音。90年代以后，原住民作家更加活跃，他们采用魔幻现实主义来书写他们对土地永恒、永无止境的创世纪过程，以及他们对自然母亲的包容和治愈作用的理解。如金姆·司各特（Kim Scott）的《真正的国家》（*True Country*，1993）、萨姆·沃特森（Sam Watson）的《科戴洽之歌》（*The Kadaitcha Sung*，1991）、亚历克斯·赖特的（Alexis Wright）《希望的平原》（*Plain of Promise*，1997）以及阿尔奇·韦勒

1 黄源深、彭青龙：《澳大利亚文学简史》，上海：上海外语教育出版社，2006年，第308页。

2 彭妮·范·图恩："Indigenous Texts and Narratives"，伊利莎白·韦比编，《澳大利亚文学》，上海：上海外语教育出版社，2003年，第19页。

（Archie Weller）的《金色云彩之地》（*Land of the Golden Clouds*，1998）都属于这一类型。在这些作品中，魔幻现实主义有效地帮助原住民作家传播原住民知识体系对世间万物的理解。在他们眼中，过去与现在、真实与幻象、永恒与当下、人与自然本来就不存在对立和冲突，它们天然融洽。在这类独树一帜的原住民小说中，“梦幻时代”的原住民神话贯穿全篇，融入现实，难分彼此。一种特定文化知识体系下的信仰和思想往往是由这种文化对人类和自然的关系的定位来决定的。原住民的图腾式宗教使他们相信人与自然界的精灵之间有着血亲关系，这种关系使得他们在将神话融入现实时游刃有余，浑然天成，呈现出原住民的神圣信仰和生态平衡之间的微妙关系。

三、追溯土地祖根的“生命故事”

在蓬勃发展的原住民文学中，“生命故事”（lifc story）有别于欧洲传统的文学表达形式，特别引人注目。它近似于通常意义上的自传体文学，由原住民传统口述文化发展而来；在原住民与白人殖民者两百年来的各种斗争和妥协中，这种对家族和民族历史的追忆逐渐系统化，最终从“生活讲述”变成“生活写作”。原住民自传体小说通常挖掘原住民作家的原住民身份、家族或民族历史、白人殖民者的压榨和剥削以及自己或家族的抗争。自传体小说很大程度上被看成是寻根小说。小说中原住民主人公把故事的叙述看成是一个旅程，目的地是故乡或原住民传统中的圣地，重写被欧洲殖民者歪曲的历史，重新认识自我和民族，恢复原住民民族与自然特有的亲密关系。他们提醒同胞，也提醒读者，这片白人殖民者眼中曾经蛮荒的不毛之地，却是他们从“梦幻时代”起就与之相依相存、难舍难分的故土。原住民作家总是对土地怀有特别的情感，以至于英语里的“国土”（country）在原住民看来并不是一个普通名词，而是一个专有名词。黛博拉·萝丝（Deborah Rose）在《滋养万物的地域》（*Nourishing Terrains*）一书中说道：

> （原住民）谈论土地时就像在谈论一个人。他们与故土谈话，向它歌唱，去探望它，为它担忧，为它感到遗憾，盼望回归故土。……故土是一个有生命的实体，它拥有昨天、今天和明天，拥有意识，拥有对生命的渴望。
>
> (People talk about country in the same way that they would talk about a person: they speak to country, sing to country, visit country, worry about country, feel sorry for country, and long for country… country is a living entity with a

yesterday, today and tomorrow, with a consciousness, and a will toward life.)[1]

因此，在原住民自传体小说中，土地才是永远的主角，在原住民主人公触摸伤痛的民族历史、寻回原住民身份时，也是他们重回自然母亲的怀抱、结束流离失所的边缘人的地位、人和自然回归其位的伟大时刻。

20世纪20年代初期的"生命故事"作家们较早就在其自传中展现出古代原住民社会的欣欣向荣，凸显人与自然的相通。进入八九十年代，原住民女性小说家的文学成就大放异彩，引人瞩目。亚当·休梅克指出："到20世纪90年代末，原住民女性作家成功地为原住民文学增添了新的意义和非凡的表现形式。"[2]其中代表性作家有萨利·摩根（Sally Morgan）、茹比·兰福德·吉尼比（Ruby Langford Ginibi）、多丽丝·皮金顿（Doris Pilkington）、格兰尼斯·沃尔德（Glenyse Ward）、艾丽·噶弗尼（Ellie Gaffney）等。萨利·摩根因其小说《我的位置》（*My Place*，1987）而成为生命故事体裁中里程碑式的作家。生命故事寻觅家族起源的过程也是回归传统土地与自然合一的过程。回归故里沿途的自然景观充满暗示意义，与故乡的自然百态共同构成了生命旅程的终极意义。这些生命故事表明真正擅长讲故事的不是原住民，而是那些澳洲大陆特有的鸟类、有袋动物、树木、岩石、沙漠及河流。原住民文学家只不过是这片"滋养万物的地域"的代言人，所有的故事只是在向这片"赐予和接受生命"的土地致敬[3]。

20世纪六七十年代，原住民女性作家在作品中大声疾呼维护原住民权利、保护原住民文化，揭露欧洲殖民者曾犯下的罪行。原住民女性作家具有强烈的生态平等意识。凯思·沃克被誉为"原住民文学的先驱"，其第一部诗集《我们要走了》被认为"标志着原住民文学的开始"[4]。它揭露了原住民所遭遇的不公，大力弘扬原住民文化。萨利·摩根的《我的位置》被视为原住民寻根文学的开山之作，反映了白人对原住民的种族歧视以及"被偷走的一代"及其后代所面临的尴尬社会处境。

相对于使世界陷入各种灾难、冲突、战争、精神困惑、信仰丧失、环境恶化的西方文明而言，原住民文学家试图向世人展示的原住民文化是一种自然的、和谐的、可

---

1 Deborah Rose, *Nourishing Terrains: Australian Aboriginal Views of Landscape and Wilderness*, Canberra: Australian Heritage Commission, 1996, p. 7.

2 Adam Shoemaker, 'Tracking Black Australian Stories: Contemporary Indigenous Literature', p. 344.

3 Deborah Rose, *Nourishing Terrains: Australian Aboriginal Views of Landscape and Wilderness*, Canberra: Australian Heritage Commission, 1996, p. 7.

4 黄源深、彭青龙：《澳大利亚文学简史》，上海：上海外语教育出版社，2006年，第308页。

持续的健康文化。他们倡导在自然环境中，你中有我、我中有你的共生关系，而不存在征服与被征服、占有与被占有的关系。不管是原住民作家愤怒的抗议还是对“梦幻时代”土地深情的召唤，都是在向白人主流社会展示他们几万年来所传承下来的可使澳洲大陆美丽繁荣的“生态智慧”。

第二节　凯思·沃克：原住民生态文学先驱

一、作家简介

（一）生平简介

凯思·沃克（Kath Walker，1920—1993）是澳大利亚努那考（Noonuccal）部落原住民文学家、社会活动家、艺术家和教育家。在1988年反对澳大利亚殖民200周年庆祝活动期间，她重新启用自己的原住民姓名“乌杰瑞·努努查尔（Oodgeroo Noonuccal）”，此后她以该名闻名于世。

20世纪60年代，沃克的诗歌是其政治活动的延伸，主要目标有两个：争取原住民合法权利和保护自然环境。她积极参加了一系列原住民维权运动的政治组织，如担任昆士兰州联邦原住民与托雷斯海峡岛民进步理事会（FCAATSI）秘书。1967年她成功地说服政府废除了澳大利亚宪法中歧视原住民的第52条。她还担任国家原住民部落委员会主席、原住民艺术委员会主席、原住民住房委员会和昆士兰原住民发展联盟主席。

1972年，沃克回到在北斯特拉布罗克岛的故乡，建立了努努查尔-纽业（Noonuccal-Nughie）教育和文化中心，邀请世界各地的孩子来参观，开始了她倡导的从孩子开始消除种族隔阂、推广原住民生态理想的事业。成千上万的孩子在小岛上了解到了古老的原住民文化以及原住民与自然的亲密互动关系。

沃克曾获得多个文学奖项，如玛丽·吉尔默勋章（Mary Gilmore Medal，1970）、杰西·利奇菲尔德奖（Jessie Litchfield Award，1975）和澳洲作家奖学金奖（Fellowship of Australian Writers' Award），并且被麦格理大学、格里菲斯大学授予荣誉博士学位。

（二）作品简介

凯思·沃克是第一个现代原住民“抗议”作家，以诗歌著称，其创作始于20世纪60年代，正是原住民文学初露锋芒时。她的创作生涯可大致分为两个阶段。创作早期，她活跃于为原住民争取正义的各种社会活动中，她所高举的“抗议诗”大旗给萌芽中的原住民文学家以极大的鼓励。

其处女作《我们要走了》是第一本正式出版的原住民女性书籍，也是影响巨大的作品。该诗集获得了极大的成功，多次重印。此外，她还有诗集《黎明在即》（*The Dawn Is at Hand*，1966）、《我的人民：凯思·沃克选集》（*My People: A Kath Walker Collection*，1970）。目睹传统土地被大量破坏，传统文化遭到难以复原的摧毁，沃克痛心疾首，她在这些诗歌中表达的情绪也更加激烈、激进。《凯思·沃克在中国》（*Kath Walker in China*，1988）、《彩条》（*The Colour Bar*，1990）、《白千层树》（*Oodgeroo*，1994）、《让我们不再痛苦》（*Let Us Not Be Bitter*，1990）、《白澳》（*White Australia*，1970）和《同一个种族》（*All One Race*，1970）等作品在澳大利亚广受欢迎，她因此成为能和C. J. 丹尼斯（C. J. Denis）媲美的澳大利亚最畅销的诗人。

在沃克的创作早期，诗歌是其主要的创作形式。1998年的一份调查显示，55%的原住民作家都写过诗歌。原因在于诗歌对体裁和技巧的要求更灵活随意，更贴近于原住民民族本身的“吟唱歌谣”，便于他们表达思想，直抒胸臆。因此诗歌一直是原住民作家最热衷的创作体裁。沃克的诗歌主要有两个主题：斥责白人殖民者对原住民文化的破坏，怀念原住民民族往昔的生态和谐。她的诗句在表达愤怒时铿锵有力，掷地有声；在叹息扼腕时，哀婉惆怅，引起无数原住民和非原住民读者的共鸣。原住民作家亚力克西斯·赖特（Alexis Wright）曾赞扬她通过诗歌留给人民的宝贵遗产“是全体原住民为之骄傲的灯塔和灵感”[1]。沃克以笔为武器，像一个冲在最前面的勇士，面对傲慢自大的白人，揭露“他们曾在这片土地上犯下的偷窃土地的暴行”[2]。

到了20世纪70年代，沃克对于自己在政治领域为原住民争取权益的努力结果多少有些挫败感，她厌倦了白人殖民者拒绝承认历史错误的固执愚昧和对日益恶化的原住民区域环境问题的视而不见，转而投身儿童文学创作，将希望寄托在孩子身上，坚信消除种族隔阂应该从下一代开始，应该从孩子开始培养对土地和环境的热爱。1972年，沃克回到自己在北斯特拉布罗克岛上（North Stradbroke Island）的牧嘎勒巴地区

1 Alexis Wright, ‘A weapon of poetry—The poetry of Oodgeroo Noonuccal’, *Overland*, No.193, Summer 2008, p. 19.

2 同上，第19页。

（Moongalba，意为“静坐的地方”）的家，并在此建立了努努查尔-纽业教育和文化中心，邀请一批一批的儿童到岛上参观，教授他们原住民文化知识以及原住民与自然和谐相处的生态智慧，让孩子们“带着一种满足感，带着在学校里没学过的关于澳大利亚的知识离开”[1]。虽然沃克一生被冠以“泛原住民社会活动家”和“人民诗人”的头衔，但她本人更希望被称为教育家。其间她开始创作寓言故事以及儿童短篇小说，出版了散文故事《斯特拉布罗克梦幻时光》（*Stradbroke Dreamtime*，1972）。该书包括27个童年的幻想散记和原住民神话传统故事，从一个原住民儿童的视角向世界展现原住民社会独特的生态和保持生态平衡的古老智慧。

到了80年代，她开始涉足青少年文学，出版的传奇故事和绘本故事都属于儿童读物，《父天和母地》（*Father Sky and Mother Earth*，1981）是“纯粹的针对孩子的环保宣传”[2]。此外，还有《虹蛇》（*The Rainbow Serpent*，1988）、《澳大利亚传说和景观》（*Australian Legends and Landscapes*，1990）和《澳大利亚未书写的历史》（*Australi's Unwritten History: More legends of Our Land*，1992）等。

她创作的小说和诗歌迈出了弘扬原住民传统文化的第一步，帮助世界了解原住民的生态理想和环保意识。沃克接受其诗歌为“宣称口号”的评价，希望通过自己激进的姿态，让世界看到她作为原住民的骄傲，从而使原住民的合法诉求和环保理念为世界所接受。

沃克是第一个出版诗集的澳大利亚原住民作家，她通过文学向澳大利亚和世界展现原住民生态智慧。沃克在她的诗歌中流露出原住民对传统原住民生活方式和生态和谐的丧失的深深的失落感。原住民的民族根基在于与土地的精神联系，沃克在诗歌中表达了她的忧虑：如果老一辈原住民带着与土地和平相处的智慧在失落和沮丧中相继去世，原住民与土地的精神联系也就随之消亡，那么年轻一代的原住民将无法延续这条与土地的精神纽带。带着这样的担忧，沃克写下了很多带有怀旧情绪的诗歌，如《拜阿米》（“Biami”）、《沼泽怪兽》（“The Bunyip”）、《诺拉》（“Nora”）、《礼物》（“Gifts”）、《加利的爱情之歌》（“Jarri's Love Song”）、《狂欢会》（“Corroboree”）、《布瓦拉猎人》（“Bwalla Hunter”）、《黎明为死者恸哭》（“Dawn Wail for the Dead”）、《年轻女孩旺达》（“The Young Girl Wanda”）。她在自己的社会活动和文学作品中，不断强调原住民

1 Robert Tickner, 'Oodgeroo's impact on federal politics', *Australian Literary Studies*, Vol.16, No. 4, 1994, p. 151.

2 Adam Shoemaker, 'Aboriginal creative Writing: A Survey to 1981', *Aboriginal History*. Vol. 6, December, 1982, p. 125.

生活方式的独特价值，确立文化自尊，号召白人热爱澳大利亚的原始风貌并尊重原住民与土地的精神联系。

二、主要作品的生态解读

（一）《我们要走了》（*We are Going*，1964）

沃克的第一部诗集《我们要走了》以悲愤的口吻怀念被白人工业文明破坏的原住民传统文化和自然环境，哀叹被迫消失的生态和平，用警醒的笔调告诉白人，澳大利亚的生态环境和传统文化已经被破坏得如此严重，原住民同胞只得愤怒地离去。其诸多诗集在斥责白人的侵略和掠夺的同时，竭力展现殖民者到来之前原住民安详平静的美好生活，歌颂澳大利亚伟大土地对民族文化的滋养，颂扬原住民与自然环境的良性互动关系。

该诗歌对自然的歌颂，对生态和平的怀念是原住民的共同心声，是压抑已久的呐喊和呼号，其中有失去传统土地的愤怒和生态环境被破坏的痛惜。在接受采访时，沃克提到她的《我们要走了》时说："不觉得这是我的书，这是人民的书……在原住民世界里我们不以个人自居，我们以一个群体来思考，所以我的责任在于记录原住民的感情、热望和失望。"[1]

They came in to the little town	他们来到小镇，
A semi-naked band subdued and silent,	半裸的一群人，默默无语，
All that remained of their tribe. Good.	他们是种族的仅存者。
They came here to the place of their old bora ground	他们来到举行成年仪式的老地方，
Where now the many white men hurry about like ants.	如今这儿无数白人像蚂蚁一样忙忙碌碌。
Notice of estate agent reads: 'Rubbish May Be Tipped Here.'	地产商告示："此地可倒垃圾。"
Now it half covers the traces of the old bora ring.	现在垃圾已淹没了举行传统仪式大半个圈子，
They sit and are confused, they cannot say their thoughts:	他们坐着，百思不解，难以说出心中的想法：
'We are as strangers here now, but the white tribe are the strangers.	"如今我们是这里的陌生人，可白种人才是陌生人啊。
We belong here, we are of the old ways.	我们属于这里，属于古老的传统。
We are the corroboree and the bora ground,	我们就是狂欢会，要举行成年仪式的地方。
We are the old sacred ceremonies, the laws of the elders.	我们就是古老的神圣礼仪，是长者的法律。
We are the wonder tales of Dream Time the tribal legends told.	我们就是种族传奇所讲的'梦幻时代'的神奇故事。
We are the past, the hunts and the laughing games, the wandering camp fires.	我们就是过去，是狩猎，是喧闹的游戏，是流动的营火。

1 Kath Walker, 'Interview with Jim Davidson', *Meanjin*, Vol. 36, No. 4, 1977, p. 428.

We are the lightning-bolt over Gaphembah Hill
Quick and terrible,
And the Thunderer after him, that loud fellow.
We are the quiet daybreak paling the dark lagoon.
We are the shadow-ghosts creeping back as the camp fires burn low.
We are nature and the past, all the old ways
Gone now and scattered.
The scrubs are gone, the hunting and the laughter.
The eagle is gone, the emu and the kangaroo are gone from this place.
The bora ring is gone.
The corroboree is gone.
And we are going.'[1]

我们就是盖普赫姆巴山上的雷电，
迅捷而可怕。
雷神追着他，那大呼小叫的家伙。
我们是平静的曙光，照亮了暗淡的小潭。
我们是鬼影，营火低燃时悄悄地回来了，

我们是自然，是过去，是一切古老的传统。
现在都没有了，烟消云散了。
灌木丛没有了，狩猎和笑声没有了。
雄鹰飞走了，鸸鹋和袋鼠都离开了这个地方。

仪式圈子没有了。
狂欢会没有了。
我们要走了。"[2]

白人肆意加速城市化进程，给原住民社会带来毁灭性的打击，神圣不可侵犯的祭祀场所如今却被白人的垃圾"掩埋了祭祀场的半个旧址"。原住民与土地的精神纽带被割裂，他们感到自己仿佛是"陌生人"。

沃克的笔端下展现了部落记忆中对自然的敬畏与尊崇，那是与自然和谐共生的辉煌往昔。她用掷地有声的语言宣布原住民的根"属于自然，属于往昔，属于一切古老的生活方式"，控诉白人的入侵毁掉了原住民的生态和谐，丛林、雄鹰、鸸鹋和袋鼠消失了。原住民民族的根基已毁，他们也被迫迁徙，可是何去何从，沃克用犀利的文字传递出对原住民的未来和传统土地的恶化的担忧。

《我们要走了》的出版被公认为当代原住民文学的开端。如澳大利亚评论家彭妮·范·图恩（Penny Van Toorn）所强调的那样，这是见证了"白人对原住民文学视而不见的时代的终结"[3]。凯思·沃克把自己的诗歌风格描述成"口号式的，民权维权式的，朴素的，简单的"[4]。她让傲慢自大的白人殖民者意识到，他们所无视的和正在破坏的是在这片土地上延续了千万年的人与自然的亲密联系，那是原住民与土地的精神联系。这种精神联系体现在祭祀场所、自然万物、仪式活动、宗教信仰等方方面面，它是最早的居民与这友善而严酷的土地经过千万年磨合，衍生出的互利互惠又自给自足的宝贵经验。沃克将澳洲早期居民振聋发聩的声音带到了澳大利亚主流媒体

1 Nicholas Jose, *The Literature of Australia*, New York: W. W. Norton & Company, 2009, p. 665.
2 黄源深、彭青龙：《澳大利亚文学简史》，上海：上海外语教育出版社，2006年，第309页。
3 彭妮·范·图恩："Indigenous Texts and Narratives"，伊利莎白·韦比编，《澳大利亚文学》，上海：上海外语教育出版社，2003年，第37页。
4 Kath Walker, 'Aboriginal Literature', *Identity*, Vol. 2, No. 3, 1975, p. 39.

前，全世界为之喝彩。

（二）《时不待人》（“Time Is Running Out”，1970）

在《我的人民：凯思·沃克选集》（*My People: A Kath Walker Collection*，1970）的《时不待人》中，沃克将丧失传统文化的失落感加以升华，在急促的节奏中，她宣泄愤怒的情绪，向原住民同胞们揭示现代化伪装下的暴行：传统土地已受到威胁，外来矿业公司就是敌人。

The miner rapes	矿工掠夺了
the heart of earth	土地的心脏
with his violent spade	用他那狂暴的铁铲
Stealing, bottling her black blood	盗窃，灌装运走了她那黑色的血液
For the sake of greedy trade ...	为了贪婪的贸易……
Come gentle black man	来吧，温和的黑人
Show your strength:	展示出你的力量
Time to take a stand.	是该说出你的立场的时候了
Make the violent miner feel	让那些暴力的矿工知道
Your violent	你对土地
Love of land.	那强烈的热爱[1]

她坚决号召原住民不要做逆来顺受的受害者，应“展示出你的力量，是该说出你的立场的时候了”。在诗歌中原住民与土地千万年的和睦关系被颂为“强烈的爱”，她以强大的气势来震慑那些“暴力的矿工”，以坚定的口吻号召原住民同胞抵制现代工业带给大自然和传统土地毁灭性的破坏，即使是“温和的黑人”也要为保护家园而奋起反抗。这里“时不待人”既针对正在迅速消亡的原住民文化，也针对正在被肆意破坏的生态环境。这两点结合成为沃克后期的创作主题，她用原住民特有的生态关怀强调城市化进程对环境的巨大破坏，呼吁人们不要忘记自然母亲的恩慈，这样的号召赢得了白人社会中有识之士的支持。

（三）《我的人民》（“My People”，1970）

沃克反思现代文明和原住民生态传统追求的冲突。在西方文明的入侵下，原住民也被迫过上被现代技术包围的生活，可这并不能阻断他们对传统文化的思念。在主题诗歌《我的人民》中，沃克以一个普通的场景反映出原住民渴望回归自然、回归传统土地的夙愿。

1 Kath Walker, *My People*, Brisbane: Jacaranda, 1970.

Tonight here in suburbia as I sit
In easychair before electric heater,
Warmed by the red glow, I fall into dream:
I am away
At the camp fire in the bush, among
My own people, sitting on the ground,
No walls about me,
The stars over me,
The tall surrounding trees that stir in the wind
Making their own music,
Soft cries of the night coming to us, there
Where we are one with all old Nature's lives
Known and unknown,
In scenes where we belong but have now forsaken.
Deep chair and electric radiator
Are but since yesterday,
But a thousand campfires in the forest
Are in my blood.
Let none tell me the past is wholly gone.
Now is so small a part of time, so small a part
Of all the race years that have moulded me.

今夜我坐在郊外
摇椅上，前面是电暖气
红色的光温暖着我，我进入了梦乡：
我去到了很远的地方
丛林中营火旁
我的族人坐在地上
我们周围没有高墙
头顶是繁星满天
高大的树丛在风中婆娑摇曳
弹奏着它们自己的音乐
轻轻的呼唤声传进我们耳朵
我们与古老的各种自然生命融为了一体
无论是我们认识或不认识的生命体
那些我们曾属于却已经遗弃的场景，
低低的椅子和电暖气
只不过是昨天才有之物
但丛林中的一千堆营火
燃烧在我的血液中。
不要告诉我，过去已经死亡
当下只是时间中渺小的一部分，如此渺小
只是那造就我的民族记忆中的很小一部分[1]

日夜思念传统土地的原住民同胞，即使是在梦中，也要回到丛林中的营火旁，幕天席地，倾听自然的声音，“与古老的自然的各种生命融为了一体”。可见千万年来原住民的生态理想和生活方式是，和自然界的其他生命形式彼此相融，和睦共处。对时间的独特理解也给予这种生态理想以宏大的背景衬托。原住民对时间的理解不是线性的，而是平行共生的，过去、现在和未来存在于平行的空间里。因此“过去”并没有死，因为“当下只是时间中渺小的一部分”。“梦幻时代”的创世纪过程不是一个历史性时刻，而是在当下和未来持续进行的。这使得原住民将生命形式和时间看成是动态的、变化的有机整体。原住民民族在澳洲大陆上自然形成并自成一体的生态世界观完全浓缩于此。人类仅仅被看成是巨大的生态网络中微小的一分子，其重要性并不高于任何其他“我们认识或不认识的生命体”。只有带着这种谦卑的心态，以宏观整体的视角去看待人与自然的关系，人类才可能拯救自己。

1 Oodgeroo Noonuccal, *My People: A Kath Walker Collection*, Brisbane: Jacaranda, 1990, p. 86.

（四）《斯特拉布罗克梦幻时光》（*Stradbroke Dreamtime*，1972）

《斯特拉布罗克梦幻时光》包括短篇小说20篇：第一部分是自传式童年散记，第二部分是传统原住民传说。它并非传统意义上的儿童文学，沃克把自传故事与原住民部落传奇故事结合起来，将对传统文化的继承和追求融合在对城市生活琐事的描述中，用纯朴的语言来阐释对原住民世界观的当代理解。在斯特拉布罗克岛，沃克度过美好的童年，茂密的丛林、平静的湖泊使她尽享大自然的滋养。成年后，这座小岛是其世界观的雏形，是她“知识的来源，是图腾符号”[1]。在童年散记中，沃克着力表现童年记忆中白人侵略者到来之前原住民社会的宁静生活和美好的自然环境，同时猛烈抨击白人现代文明对传统原住民山河的肆意破坏。而在介绍民间传说部分中，沃克从原住民世界观的角度，向读者提供了对创世纪和自然现象的原住民理解，带领读者走进原住民尊崇自然秩序、敬畏万物的和谐生态世界。

“Oodgeroo”，意为“白千层树”。《斯特拉布罗克梦幻时光》中收录的故事《白千层树》，记叙了一个与部落失去联系的原住民妇女如何在白千层树的帮助下回到自己魂牵梦绕的部落的故事。“她回到了自己的部落，再也没有离开过白千层树，人们叫她乌杰瑞（Oodgeroo），现在她很快乐，因为拜阿米大神的神力，时间对她已经没有作用了。”[2]这标志着沃克毅然放弃自己在白人社会的身份，转而回归原住民同胞，回归自然，延续原住民依托于自然的精神遗产。在澳大利亚政府庆祝殖民200周年纪念期间，沃克重新使用自己的原住民名字“乌杰瑞·努努查尔”（Oodgeroo Noonuccal），表达对政府掩盖殖民历史真相的抗议，这同时表明了她民族精神和自然之根的回归。

（五）《虹蛇》（*The Rainbow Serpent*，1988）

沃克对于原住民传统文化的追溯和崇尚是与滋养万物的大地之母紧密联系在一起的。在她的诗句中，万物皆有灵性，自然依托万物召唤人类回归良善本性，重新认识人类与自然的和谐关系。

在她与儿子卫维恩（Vivian）共同创作的儿童文学《虹蛇》中，万物皆被诗意化处理：鸸鹋（Dooruk），仍旧矗立在红色沙地上，提醒人民回归传统土地，巨蜥（Mungoonarlie）告诫人们已经很久没有团聚了。诗歌婉转绵延，称颂乌卢鲁巨石（Uluru）创造大地时的神勇，他升起了高山和丘陵，惊醒了富罗格部落，又使得河

1 Marie T. Farrell, ‘Oodgeroo of Noonuccal: a voice for the people—some notes and reflections for the Year of Tolerance’, *Australasian Catholic Record*, Vol.72, No.4, Oct. 1995, p. 427.

2 Oodgeroo Noonuccal, *My People*, Singapore: Jacaranda Press, 1990, p. 40.

流和湖泊奔流不息。良善之神拜阿米的微笑变成了光，照亮了狩猎和垂钓的地方。沃克带领人们去感受大地包容万物的精神，是它带来彩虹和蛋白石的美丽色彩，送给人类作为礼物。同时沃克笔锋一转，提醒人们要警惕工业化进程无情的脚步，“巨大的机械”没有感情，它会给大地带来危险，人们应该谨慎利用，否则会适得其反。最后，沃克真挚地劝告她的澳大利亚同胞：“大地上的同伴们，慢慢来。让这神圣的大地的精神抚摸你，就像它抚摸我的族人。”[1]

三、结语

在那个原住民识字并不多的年代，凯思·沃克的创作在白人和原住民思想文化之间架起了一座沟通的桥梁。她让白人听见原住民掷地有声、铿锵有力的抗议，见证他们与自然浑然天成的和谐关系。在她之前，极少有原住民能够用文字系统地表达原住民的生态审美追求。沃克从其原住民视角向澳大利亚和世界传达原住民千万年来的生态经验和智慧，其情感的真挚和宝贵的知识赢得了不少白人开明之士的同情和支持。沃克和澳大利亚著名诗人、环保主义者朱迪思·赖特有长达30年的友谊，彼此互为良师益友。因对澳大利亚自然地貌强烈的爱，朱迪思·赖特全力支持沃克的创作，希望通过倾听原住民的声音，“从内部去了解原住民文化”[2]。朱迪思·赖特还专门在诗歌《我们为什么不听》中表达她对原住民丧失传统土地的理解。

If we are sisters, it's in this— our grief for lost country, the place we dreamed in a long ago, poisoned now and crumbling.	如果我们是姐妹，那是因为—— 我们有为失去的土地的共同的悲哀， 我们共同梦想的地方， 现在正在被荼毒和蹂躏。
Let us go back to that far time, I riding the cleared hills, plucking blue leaves for their eucalypt scent, hearing the call of the plover.	让我们回到那远古的时代， 我奔腾在青翠的山峦上， 为着桉树的芬芳摘取它们蓝色的叶子， 倾听千鸟的呼唤。
In a land I thought was mine for life. I mourn it as you mourn.	在这片我以为终身是属于我的土地上。 我因为你的悲伤而悲伤。[3]

凯思·沃克始终以传承民族传统文化和拯救当代生态危机为创作重心，坚信民

1 Marie T. Farrell, "Oodgeroo of Noonuccal: a voice for the people—some notes and reflections for the Year of Tolerance", *Australasian Catholic Record*, Vol. 72, No. 4, Oct. 1995, p. 433.

2 Jennifer Jones, "Why weren't we listening? —Oodgeroo and Judith Wright, Paper in Old Wounds", *Overland*, No. 171, Winter 2003, p. 45.

3 同上，第47页。

族传统中蕴藏着巨大的宝藏。正如亚当·休梅克指出的那样："原住民作家感到他们有特有的资格来向其他非原住民的澳大利亚人解释独特的民族经验。"[1]沃克最早让白人社会听见原住民千万年来一脉相承却鲜被言说的生态智慧，她也让自己的同胞重新确认与自然的紧密联系，坚定了保护传统土地和自然环境的信心。她像灯塔一样矗立，照亮原住民同胞为家园、为故土而战的道路。

第三节　亚历克西斯·赖特：魔幻现实主义的生态书写

一、作家简介

（一）生平简介

亚历克西斯·赖特（Alexis Wright，1950—）来自澳大利亚北部的卡彭塔利亚湾高地的瓦安伊（Waanyi）。赖特的曾祖母嫁给了一位中国厨师，因此赖特有八分之一的中国血统。父亲是一名白人牧场主，在她5岁时去世。赖特随着母亲和外祖母在昆士兰州的克伦库瑞（Cloncurry）地区长大。

赖特以"原住民的代言人"的身份积极投入社会活动，她为原住民夺回土地权利、抵抗政府干预北部领土的原住民事务奔走呼吁。看见传统文化遭到破坏和原住民同胞们遭受的痛苦她感到痛心疾首。她认为文化丧失的症结在于原住民被剥夺土地权，其后果就是传统文化的毁灭和自然环境造的破坏。赖特号召原住民团结起来和政府签订平等的协议，归还他们赖以生存并承载着原住民传统的土地，这样原住民才可放下心中芥蒂，与白人共享他们千万年来积累的深奥而神秘的生态智慧，共同拯救家园。

目前赖特是西悉尼大学文学院研究员，皇家墨尔本理工大学（RMIT）荣誉博士。

（二）作品简介

西方文化教育和原住民文化熏陶这两种因素在赖特心中融合发酵，使她的文字奇特绚烂。她的第一本小说《希望的平原》（*Plains of Promise*，1997）获得多个文学奖提名，昆士兰大学出版社重印7次。同年她出版了纪实文学《格洛格酒之战》（*Grog*

1　Adam Shoemaker, "Aboriginal creative Writing: A Survey to 1981", *Aboriginal History*, Vol. 6, December, 1982, p. 127.

War，1997），该书记录了澳大利亚中部的腾南特·克里克（Tennant Creek）的原住民社会围绕限酒令展开的斗争，引起巨大反响。真正使赖特成为著名原住民作家的是小说《卡彭塔利亚湾》（*Carpentaria*，2007）。该小说获得澳大利亚多项文学大奖：迈尔斯·富兰克林奖、昆士兰总理小说奖以及ALS金奖和万斯·帕尔默小说奖等。

《卡彭塔利亚湾》以原住民视角来展开发生在澳大利亚北部海港城镇的故事。这个故事涉及种族歧视、环境破坏、民族内部矛盾、传统文化保护等多个主题；气势磅礴的风格在澳大利亚各界广受好评，被称为史诗般的巨著，其独特的原住民视角极大地肥沃了澳大利亚文学土壤。赖特的创新之处在于采用西方魔幻现实主义叙事方式将传统与现代性融合在一起，将梦幻与现实的界限模糊化，消解了人之于自然的必然主体性。赖特试图以这种方式帮助现代人理解原住民的世界观和生态观，再现“梦幻时代”的神话对原住民的意识构建和日常生活产生的巨大影响，让人们感受到自然对人类精神的关照和庇佑。在《卡彭塔利亚湾》获奖当天，赖特发表了慷慨激昂的抗议信，强烈反对政府试图控制澳大利亚北部领土的政策。

在赖特作品的多样化主题中，她始终关注澳大利亚日益严重的环境问题，揭露传统土地上正在发生的难以逆转的生态危机，竭力向世界展示原住民的生态智慧。她于2012年出版的小说《天鹅之书》（*The Swan Book*，2012）围绕同样的主题，由“天鹅”这个意象展开，描写气候变化导致人民流离失所的混乱世界。

二、主要作品的生态解读

《卡彭塔利亚湾》（*Carpentaria*，2007）

2007年，亚历克西斯·赖特凭借《卡彭塔利亚湾》成为澳大利亚历史上第二位获得迈尔斯·富兰克林奖的原住民作家。澳大利亚文学界沸腾了，不仅是赖特的原住民叙事视角吸引了人们，而且她在原住民的神话框架中将原住民区域环境恶化和生态失衡问题展示在读者面前，令人痛心疾首，发人深省。

《卡彭塔利亚湾》的故事背景是澳大利亚北部的卡彭塔利亚湾南部，作者以古福瑞特国际矿业公司与德斯珀伦斯镇原住民的矛盾为主线，部落内部矛盾为辅线，描写原住民在现代化进程中的挣扎与迷惘，反映出原住民的政治诉求和生态理想。赖特花了两年时间构思故事框架，6年时间完成，力图纠正“白人的文献记载不够完整也不够准确”的地方，“从一个原住民作家的角度”，“表达我的民族的东西、我的人性中的东西、我性格中的东西和我灵魂中的东西”[1]。

1 Alexis Wright, “Alexis Wright Interview”, *Hecate*, Vol. 33, No.1, 2007, p. 217.

该小说不仅展现了卡彭塔利亚湾原住民与白人之间的斗争，也客观地揭露了原住民社会的内部分歧。种族矛盾是小说的重点，触发赖特创作这部小说的导火索是矿业公司在她家乡造成的生态破坏。赖特将原住民远古“梦幻时代”的神话投射到当代原住民生态理想中，展现原住民鲜为人知的生态智慧和生态诉求。这部里程碑式的巨著被澳大利亚著名评论家亚当·休梅克称赞为“澳大利亚最伟大的，最别出心裁的，最具有催眠迷幻色彩的原住民史诗”[1]。赖特将原住民社会的远古民族生态理想、环境恶化现状、生态困境中的挣扎以及远期生态诉求，都浓缩在这样一部真正具有原住民民族视角的史诗巨著中。

1. 虹蛇、“梦幻时代”与魔幻现实主义

小说的开篇即以虹蛇创世的大气磅礴的景象营造了整部小说的史诗气氛。

> 从老祖宗故事中流传下来的那条大蛇……从星星上盘旋而下……在卡彭塔利亚湾潮湿的泥土之上笨重地爬来爬去。……穿过滑溜溜的泥滩……形成深深的峡谷。……那泥汤注入蜿蜒曲折的沟壑，形成一条条弯弯曲曲的大河，流淌在海湾辽阔的平原。……连绵逶迤的山岭在这里把大陆和大海隔开。[2]

这恢宏壮阔的场景源于原住民所笃信的世界“梦幻时代”的起源。许多原住民神话都涉及某个地形地貌的起源，常常可追溯至创造者的物质化身，或其活动造成的影响。例如，珀斯的努嘎族人相信达令岭是大蛇瓦吉尔（Wagyl）的身体创造的，它迂回于大地之上，创造了江河湖泊。

《卡彭塔利亚湾》中所描写的古老虹蛇在原住民信仰中是河流的前身，在瓦安伊的石灰岩地区形成了巨大的暗流，孕育了大量的鱼类和蛇类。它们在小说中占有重要的地位，既是真实的角色也是原住民生态理想中自然的化身。虹蛇创造世界也毁灭世界，它也以飓风的形象出现，既是破坏者也是新世界的缔造者。虹蛇崇拜贯穿始终，传递出原住民对神圣自然的敬畏。赖特认为，在原住民的文化中，虹蛇被看成是“伟大的大地之母”，她可以发挥威力引起洪水、暴雨、干旱或飓风等自然灾害，这也是古代的祖先在象征意义和文化意义上展示他们的知识、智慧、告诫和警示的一种方式。她强调“原住民故事将我们与土地的命运紧密联系在一起，我们是土地的保卫者

1 Adam Shoemaker, “Hard Dreams and Indigenous Worlds in Australia’s North”, *Hecate*, Vol. 34, No.1, 2008, p. 55.

2 亚历克西斯·赖特：《卡彭塔利亚湾》，李尧译，北京：人民文学出版社，2012年，第1页。

和养护者，而土地则向我们提供强大的自然规律”[1]。

原住民对虹蛇的崇拜来自于自“梦幻时代”就开始的古老信仰。澳大利亚原住民相信万物有灵论，支撑他们的精神、信仰和日常生活的就是他们笃信“梦幻时代”的存在和意义，自然界的生灵占据了非常重要的位置。在原住民的世界观中，“梦幻时代”是超越时间和空间的，没有通常意义的线性时间概念，过去、现在和未来融为一体。“梦幻时代”是永恒的，它的存在超越个体生命的开始和结束。澳大利亚原住民将自然现象和生命看成一个庞大而复杂的交互式关系网络的一部分。赖特在小说中写道：“黏土湖像人的皮肤随着呼吸起伏。你能感觉到生命的力量就在你的骨髓里流淌。”[2]而这个连接生命体的系统因起源于原住民祖先的图腾式精神而受到尊重。在小说中赖特从原住民的视角解释道：“生活在你脚下那块土地里的东西不管是什么，一定比你大得多，而且赋予古老部族真正的力量。老人们说，这就是为什么要继续生活在他们繁衍生息之地的原因。”[3]原住民坚信宇宙的生态完整性，他们能够从宏观的角度重视维持生态系统的连续性，而欧洲人直到20世纪上半叶才由利奥波德首次阐述了生态整体主义的思想。原住民认为在这样的生态关系结构中，每一环都是不可或缺的，这就形成了原住民文化中的某些食物禁忌，有效防止了对某些物种的过度捕猎，维持了当地环境的生物多样性。在小说中“诺姆能认出哪条鳕鱼是朋友，这条鳕鱼还带他去捕鱼，他的心中充满敬畏之情”[4]。

“梦幻时代”的古老神话与现实世界的任意交错重叠是小说的精髓，也是小说艰深难懂的原因。这种写作方式对于非原住民读者来说是陌生的，其实与大家所熟知的魔幻现实主义手法较相似。在赖特构建的小说世界里，人、鬼魂、祖先、神灵、自然界的生物可以任意交流，时间和空间可以随意重叠。理性世界中的时间和空间概念被颠覆。用“魔幻”或“梦幻”来形容原住民文化和他们的世界观，易使人们给他们贴上蒙昧和非理性的标签。将“梦幻时代”的故事翻译为故事、神话、传奇等掩盖了这种古老信仰系统中的各种记叙对原住民文化的宏观规划和具体指导作用。弗朗西斯·德温格拉斯认为，在赖特的魔幻现实主义原住民故事中，神圣之物并非是经验主义的对立平衡物，最终可成为长期观察自然现象的结果[5]。赖特将“梦幻时代”的故

1 Alexis Wright, “Deep Weather”, *Meanjin, Melbourne*, Vol. 70, No.2, 2011, p. 73.

2 亚历克西斯·赖特：《卡彭塔利亚湾》，李尧译，北京：人民文学出版社，2012年，第301页。

3 同上。

4 同上，第202页。

5 Frances Devlin-Glass, “A Politics of the Dreamtime: Destructive and Regenerative Rainbows in Alexis Wright's *Carpentaria*”, *Australian Literary Studies*, Vol. 23, No. 4, 2008, p. 395.

事投射到一个当代故事中，该地区亟须解决的生态问题使得自然的微妙存在与神话的宏大构架相呼应。

赖特的成功之处在于她将恢宏的神话与深奥的生态智慧联系起来，在某种程度上完成神话的科学化过程。赖特借助魔幻现实主义的叙事模式带出了人们心中最原始的对自然母亲的敬畏和亲近感，穿插于原住民平凡人物的日常生活中，自然之伟大凸显于细小事物之中，提醒世人应担负维持自然界生态平衡之大任。

2. 保卫生态和谐之战的多重矛盾

在小说中赖特将白人和原住民对环境的态度进行了对比：白人读不懂大自然发出的信息，在利益驱使下大肆破坏当地环境；原住民则掌握古老大地生生不息的奥秘，顺应自然法则，与之和平共处。但政治上的失权状态导致原住民挣扎在丧失传统土地、语言、文化、习俗和生态活动的危险中，因此他们的生态智慧并没能给当代澳洲生态保护带来足够大的影响。

赖特认为多年以来的受压迫地位使得原住民和澳洲政府在政治关系上严重失衡。她强调原住民的律法和澳洲政府的法律之间应维持基本的、恰当的互相尊重，在此基础上才能平等交流。她希望澳洲白人也能够像原住民那样亲近自然，理解土地中所蕴含的伟大力量。因此她说“重点在于接受和尊重其他的知识形式”[1]，然后才能从包含深奥智慧的原住民故事中有所收获。“我们可以找到天气变化图、气候记录，了解原住民是如何适应这片大陆的。”[2]赖特坚信这些原住民传统故事中的“变革力量”能让听到它的人们改变认知方式，意识到千万年来蕴藏在这片土地之下的嫡传信仰的正确性和有效性。

作为原住民作家，赖特曾解释说她有她的创作原则，那就是“有些原住民社会的东西不能写，那是一些神秘的、神圣的只有我们自己知道的知识（不能让外人知道）。”[3]。在《卡彭塔利亚湾》中，原住民不与白人交流他们对环境恶化的担忧。白人对原住民进行侮辱、压榨、虐待、强暴，根本不屑于倾听他们的声音，而原住民则眼睁睁地看着白人带来的工业化、城市化进程对家园造成难以逆转的破坏却束手无策，他们只有采取暴力手段捣毁矿业生产。

面对现代化带来的环境问题，赖特认为原住民生态智慧被忽视的原因有两点。一方面是澳大利亚政府压制原住民的声音，剥夺了他们表达的权利。“原住民世界的

1 Alexis Wright, “Deep Weather”, *Meanjin, Melbourne*, Vol. 70, No. 2, 2011, p. 80.

2 同上，第81页。

3 Alexis Wright, “An Interview with Alexis Wright”, *Antipodes* (Brooklyn, New York), Vol.18, No.2, Dec. 2004, p. 120.

声音被压制了，没有听众。我们所说的被认为是不重要的。”[1]另一方面，由于原住民对白人政府的恐惧和历史伤痛，他们不愿意与白人分享自己的生态智慧。但赖特相信，为保卫共同的家园，原住民的生态智慧值得与这片土地上的其他人民分享。赖特将原住民与白人政府合作治理环境问题的基础设定为签订彼此尊重的条约，实现原住民自治。原住民文化的起源和精华在于“梦幻”，只有签订平等和平条约，原住民才能在自己的土地上保有安定平和的心境，才能孕育出新的梦幻故事，才能和大家分享“浩瀚的智慧宝库，解决很多当代的环境问题”[2]。

在控诉白人政府的压榨和剥削的同时，赖特也客观地揭露了原住民社会内部难以调和的矛盾，如东西区两个原住民部落之间难以弥合的裂缝。在具体人物的平行并置上，主人公诺姆·凡特姆与其妻安吉尔·戴就是态度迥异的两类人物。诺姆懂得欣赏自然之美，希望回归传统的自然和谐，代表大多数原住民的呼声和诉求。他尤其想回到河边生活，那里“古老的棕榈树和河边果实累累的海枣树枝叶婆娑，发出阵阵呼唤。呼声下是已经埋藏了几百万年的森林的化石。清澈的河水从森林中流过”[3]。他怀念“那过去的美好时光！那美好的记忆！那时候，人都是堂堂正正的人，鱼也多得是，人们从来没有想过要把船刷成可伪装的灰色”[4]。诺姆对自然的热爱在于内心与自然的共鸣，并非如某些白人环保主义者那样仍站在人类中心主义的立场上，认为自然值得保卫乃因它可以更好地为人类所用。与之相对的形象是其妻安吉尔，她不理解诺姆的生态理想，对大自然也毫无亲近之感。她的形象是受到嘲讽、否定和令人痛心的。安吉尔靠捡垃圾为生，端坐于垃圾“天堂”自得其乐。赖特讽刺其为“澳大利亚原住民进步发展新理念的天才”，“成了先进典型”，证明了“政府执行的政策完全正确”[5]。安吉尔·戴代表的是被迫在白人现代文明的夹缝中求生的一类原住民，他们长期被驱赶、被压迫，为了生存下去只有安于现状；他们可悲地把白人垃圾当宝，而放弃了自己宝贵的土地和文化。安吉尔无法与诺姆“梦寐以求已逝的岁月”[6]产生共鸣，难以理解诺姆与海洋、河流、虹蛇之间的精神交流。借安吉尔·戴这样的人物，赖特深刻地剖析民族内部的传统文化丢失现象，警示自己的人民应承担起继承祖先精神文化遗产的重任。

1 Alexis Wright, ‘Deep Weather’, *Meanjin, Melbourne*, Vol. 70, No. 2, 2011, p. 78.
2 同上，第82页。
3 亚历克西斯·赖特：《卡彭塔利亚湾》，李尧译，北京：人民文学出版社，2012年，第13页。
4 同上，第15页。
5 同上，第13页。
6 同上，第13页。

面对白人矿业公司对传统土地的侵占及其造成的环境破坏，原住民在夺回土地的方式上存在分歧。有的人反对为争取土地权益奔走呼号的“宣讲队”，阻挠争取土地权，互骂为黑鬼；有的人坚持要让矿业公司把土地还给他们；另一些人试图用暴力的方式发泄愤怒，夺回土地。“我们可以弄得像是一场事故，趁他们喝酒的时候，把他们弄死。也可以搞得像打架斗殴造成的过失杀人。”[1]这正是原住民社会各种尖锐矛盾的缩影。如何夺回祖先的土地，如何制止白人矿业公司对生态环境的进一步破坏，原住民社会内部也在进行激烈的争论，寻找最佳途径，在保守和激进之间达成平衡，但总之是要“打破民族内部对土地权的沉默这个禁忌”[2]。

赖特将这些耐人寻味的问题投射到这个海港小镇，表达出她对自己同胞的希望和告诫，号召他们回归传统生态环境中，人与自然和谐共存，不要被现代西方急功近利的错误观念所迷惑。

3. 采矿业加剧环境恶化

澳大利亚生态环境所面临的威胁主要来自以下几大产业：（1）伐木业，过度砍伐导致大面积森林消失；（2）畜牧业，森林被改造成农田或牧场，土壤迅速盐碱化和沙化；（3）羊毛工业，过度放牧使大量土壤沙化；（4）采矿业，肆无忌惮的开采和缺乏科学的管理使环境遭到破坏，尤其危及覆盖着原住民传统文化遗迹的传统土地[3]。在赖特生活的卡彭塔利亚湾南部地区，采矿业使传统土地遭到严重破坏，原住民几乎没有土地权。他们被驱赶至矿山和牧场以外，被限制在保留地和归化区中，无法继续保护传统土地的生态平衡和民族文化记忆，而矿业公司则长期破坏澳大利亚北部的生态环境。赖特在《卡彭塔利亚湾》描述道：“开矿、运输、驳船倾倒的废物，沿途撒下的矿石把这里的山山水水搞得很脏。”[4]极端气候也不只是存在于新闻里，德斯珀伦斯镇的居民深切地感受到这种变化：“这两年，隔几个星期就刮一次龙卷风。以前谁听说过这种事情？”[5]“梦幻时代”的信仰认知使小镇原住民认识到这些可怕的自然灾害“是老祖宗伟大的魂灵从污染严重、粉尘肆虐的大海发

1 亚历克西斯·赖特：《卡彭塔利亚湾》，李尧译，北京：人民文学出版社，2012年，第313页。

2 Alexis Wright, “Breaking Taboos”, *Australian Humanities Review* (*Online*), No. 11, Sept.-Nov. 1998.

3 Glen. R. E Phillips,《澳大利亚人的生态观——透过文学作品看澳大利亚人生态意识的演变（1788—2008）》，《西华大学学报》，2012年第1期。

4 亚历克西斯·赖特：《卡彭塔利亚湾》，李尧译，北京：人民文学出版社，2012年，第325页。

5 同上。

出的愤怒的呼号”[1]。

赖特用犀利的文字严厉地谴责唯利是图的矿业公司对土地的蹂躏，她将矿业公司的挖掘机比喻为“可怕的魔鬼”，曾经无辜的“碧绿的土地”被他们挖出一个个巨大的窟窿。“大地被开肠破肚，埋下一条条管道，宛如新的梦幻之路切断了旧的梦幻之路，捆绑着辽阔的原野。”[2]正如爱默生所悲叹的那样，“若一片土地正在被人们肆意开垦，你则无法尽情欣赏它的壮丽”[3]。采矿业所带动的相关产业如伐木业、运输业等又使小镇环境遭到进一步破坏。德斯珀伦斯的人们“穿上伐木工人的衣服……去砍伐已经所剩无几的可怜的老树”[4]。这些德斯珀伦斯的“劳动者”恐怕也包括部分原住民。他们被卷入经济利益的洪流，加入白人破坏自然的队伍，忘却了自然之于原住民的重要意义。曾经平静的海洋世界，也被现代化运输业毁掉了宁静的海平面。威尔无奈地回忆起由于运输采矿设备的油轮无休止地来来往往，海面变成了画家灰色的调色板，浅水区被挖泥机挖得乱七八糟，“而这里曾经是漂浮着丰美海草的绿地”[5]。面对白人矿业公司的野蛮入侵，让赖特感到痛心疾首的是同胞的背叛。“所有那些老矿井、老设备、老矿工、老矿工的棚屋、放在厨房里矿工的遗骨，所有和采矿有关的东西都被‘打包’到一起，作为当地吸引旅游者的‘撒手锏’推向市场。旅游手册上选择这些作为历史遗址或博物馆的展品印在精美的封面上，吸引从机场、酒店、汽车旅馆前来的人们，以及把采矿业作为卖点的旅行社，去参观游览。”[6]在以经济利益为导向的价值观影响下，部分原住民失去自我，传统、历史、文化都被贴上价签兜售，打着原住民文化旅游的旗号，连民族的历史伤疤都被推向市场，裹上包装，用来换钱。

在赖特饱含深情的文字中读者可解读出她对传统土地上的生物正遭受人类带来的痛苦的同情。她借助威尔的目光追随一只海蓝色的翠鸟惊恐地越过天空，飞行在老祖宗留下的“地图”上。威尔无法乞求神灵让这些鸟远离矿山，因为“到处都是矿山废料。大地覆盖着被污染了的碎石”[7]。他的心因鸟儿们的命悬一线而纠紧：“什么时

1 亚历克西斯·赖特：《卡彭塔利亚湾》，李尧译，北京：人民文学出版社，2012年，第325页。

2 同上，第314页。

3 Ralph Waldo Emerson, *The Essential Writing of Ralph Waldo Emerson*, New York: Random House, 2000, p. 4.

4 亚历克西斯·赖特：《卡彭塔利亚湾》，李尧译，北京：人民文学出版社，2012年，第375页。

5 同上，第314页。

6 同上，第9页。

7 同上，第319页。

候它们才能意识到来这个地方会冒多大的风险？它们需进化多少代才能把包括矿山的自然环境列入需要远离的危险之地呢？”他忧心忡忡地目睹鸟儿停在化学废料堆成的大坝上，那里的水铅含量严重超标。赖特借威尔之口叹息道，“鸟儿正在经历变种之苦”。在采矿联合企业筑起的那堵高墙上，“鸟儿在那高墙上跳来跳去，野兽则在下面挖洞”[1]。

在白人矿业公司疯狂作业的挖掘机下艰难挣扎的原住民只有回归与自然的和谐关系才能抚平内心的创伤，小说中的人物威尔则在祖先记录的自然美好中找到了安慰。威尔在一个岩洞的岩壁上发现了老祖宗留下的关于人类历史的壁画。威尔“深情地抚摸着洞壁几个地方，拥抱自己民族的永恒。待在禽鸟、走兽以及很早以前部落成员待过的岩洞，他感到卑微又觉得荣耀”[2]。

赖特曾指出，澳大利亚人错误地认为这个国家有文字记载的历史只能追溯至200年前的殖民时期。但事实上，千万年来原住民一直在用他们的方式记载着关于这片土地的记忆和故事，岩石画艺术就是其中一种。在赖特的家乡，在殖民时代早期，北部的原住民部落被迫迁离传统土地，被禁锢在规划地和保留地之中，如阿纳姆地区（Arnhem Land）地区的岩画艺术处于无人保护状态，“像一个孤儿，没有任何人来保护它”[3]。赖特谴责说：“在开发进步的名义下，我们的国家一直忽略并且经常破坏祖先的智慧宝库，把他们当成是毫无意义的。”[4]实际上，传统土地及其所承载的文化仪式是古代智者留给后人的礼物，极其珍贵，值得后人保护和学习。矿业公司的冰冷机械给原住民带来恐惧，而传统土地上的岩石画则能使原住民的心灵得到祖先的慰藉，这是提醒他们必须为保卫传统、保卫家园而战。赖特说：“那是我来自的地方，是我最了解的地方：那片土地在我的心灵深处。”[5]

三、结语

亚力克西斯·赖特的生态书写一如既往地延续了原住民生态文学中强调人与自然灵性的沟通，而非以理性思辨来说服读者重视环境问题的特点。小说中的原住民主人公与自然的灵性合一令人神往，足以使读者反思人类文明进程中抛弃自然的重大错

---

1 亚历克西斯·赖特：《卡彭塔利亚湾》，李尧译，北京：人民文学出版社，2012年，第320页。

2 同上，第149页。

3 Alexis Wright, ‘Deep Weather’, *Meanjin* (Melbourne), Vol. 70, No. 2, 2011, p. 79.

4 同上，第79页。

5 Alexis Wright, ‘An Interview with Alexis Wright’, *Antipodes* (Brooklyn, New York), Vol. 18, No. 2, Dec. 2004, p. 120.

误。相比20世纪原住民生态文学的朴实和直接，赖特另辟蹊径，采用原住民文化传统中固有的魔幻成分与现实社会不健康的发展模式造成的严重生态危机进行对比，这样显得更具思想性，发人深省。在原住民民族内部，在面对传统土地和短期经济利益的选择上，赖特痛心地刻画出原住民同胞的背叛，让人感到复兴原住民传统生态智慧的必要性和紧迫性。赖特的生态书写同诸多原住民作家一样，都是与政治诉求紧密相关的。她悲叹澳大利亚作为一个新兴的国家，却一直没有利用原住民的深奥智慧学会怎么和这片土地共存共处，而“当地的原住民一直在试图去保护在文化意义上通过无处不在的神话故事来解读自然环境试图向我们传达的信息的权利”[1]。她坚信，如果那些古老的故事加以正确地理解和解释，将在很大程度上向人类提供解决当前环境问题所需的知识。这就是赖特创作《卡彭塔利亚湾》等作品的根本动力，古老悠久的原住民文化是能够在现代社会重获生机，重新焕发光彩的，特别是关于自然环境的独特理解和有机统一的生态观是能为日益严重的全球环境恶化问题提供别样而有效的解决途径的。但这要建立在原住民回归传统土地，获得土地权，重新修复与土地、自然的和谐关系的基础上，重新认识到“我们的心灵和思想从何而来，它们如何在这片土地上生存”[2]的意义。

第四节　萨利·摩根：原住民生态小说家

一、作者简介

萨利·摩根（Sally Morgan，1951—）出生于西澳大利亚珀斯市的曼宁郊区，在5个孩子中排行老大，其父长期遭受战后精神疾病困扰，酗酒，在摩根9岁时自杀。此后摩根及其弟妹由母亲格拉迪斯和外婆黛西抚养。摩根小时候，母亲告诉儿女们他们的家族来自印度，但摩根始终充满怀疑，在坚持不懈地查找后，摩根在14岁时了解到他们是西澳大利亚皮尔布拉（Pilbara）地区的拜尔古族（Bailgu）。从此，探寻原住民身份和发扬原住民传统文化成为其文学和艺术生涯的重心。

《我的位置》（*My Place*）是摩根的第一部小说，出版于1987年，当年即重印3次，第二年又重印9次，并在短时间内销售50多万册，在美国、英国、德国和亚洲多国翻译出版。该小说在文学、文化和社会层面上的成功使得它成为澳大利亚原住民文学最有代表性的作品之一。

1　Alexis Wright, “Deep Weather”, *Meanjin* (Melbourne), Vol. 70, No. 2, 2011, p. 79.

2　Alexis Wright, “Alexis Wright Interview”, *Hecate*, Vol. 33, No. 1, 2007, p. 219.

20世纪90年代，摩根又为家族创作了多部传记作品，如《瓦纳木拉嘎尼亚——杰克·麦克菲的故事》（*Wanamurraganya—the Story of Jack McPhee*，1990）、《母亲与女儿：黛西和格拉迪斯的科朗那的故事》（*Mother and Daughter: The Story of Daisy and Glady's Corunna*，1994）和《亚瑟的故事》（*Arthur Corunna's Story*，1995）。摩根认为传承原住民文化应该从孩子开始。她在90年代出版了多本儿童文学，并亲手绘制其中的插画。《小猪们》（*Little Piggies*，1991）、《飞翔的鸸鹋及其他澳大利亚的故事》（*The Flying Emu and Other Australian Stories*，1992）等赢得广泛好评。

摩根同时也是一名享有盛誉的画家。她从自己原住民亲属那里获得灵感和动力，重拾童年时对绘画的兴趣。她在画作中竭力展现澳洲原住民特有的艺术风格，其画作被澳大利亚国家画廊收藏，并入选1993年庆祝"普遍人权宣言"的纪念邮票画册。摩根于1997年出任西澳大利亚大学原住民历史和艺术中心主任。她呼吁政府和社会保护原住民传统土地的文化艺术，如伍德斯托–克阿拜多斯（Woodstock-Abydos）地区的岩画艺术，告诫社会原住民神圣遗址"展现了我们已经不再有的一些生活方式"，不要到未来我们只能为他们仅仅存在于我们的记忆中而哭泣[1]。

二、作品的生态赏析

《我的位置》（*My Place*，1987）

《我的位置》获得人权奖（1987）等多个奖项，在澳大利亚国内和国外都取得了巨大的成功。在出版前，澳洲原住民所遭受的殖民压迫，特别是"被偷走的一代"一直是个禁忌话题，原住民文学作品很少能得到主流社会如此多的关注。萨利·摩根的这部小说为澳大利亚社会的白人和原住民提供了一种回顾历史、抚平伤痛的新角度。这是第一部原住民作家创作的畅销小说，也是第一部拥有自己的完整评论文集的原住民小说，其在原住民文学乃至澳大利亚文学界的地位可见一斑。澳大利亚著名学者亚当·休梅克评论说："没有任何讨论当代原住民作品的文本能忽略萨利·摩根的影响。"[2]

故事的主线是原住民女孩萨莉探寻自己的家族起源和变迁的故事。故事跨度从她的舅公亚瑟在克朗纳·玛斯（Corunna Downs）出生时到该书出版之时。小说从萨莉孩提时代对自我身份的种种质疑入手，逐渐牵出几位家族长辈的沉痛回忆。前半部是

1 Sally Morgan, Ambelin Kwaymllina, Blaze Kwaymullina, "Fighting for Cultural Heritage in the Wild Wild West", *Indigenous Law Bulletin,* Vol. 6, No. 20, 2006, p. 8.

2 Adam Shoemaker, "Tracking Black Australian Stories: Contemporary Indigenous Literature", Bruce Brennett and Jennifer Strauss, ed., *The Oxford Literary History of Australia*, Melbourne: Oxford University Press, 1998, p. 332.

萨莉的成长经历，留下关于自我定位的焦虑和悬念，后半部由舅公、母亲格拉迪斯和外婆黛西的回忆构成。整部小说事实上是摩根家族的集体自传，这种多角度的叙事方式使读者可以客观地重构原住民的灾难历史。在揭露被白人掩盖多年的原住民被奴役的血泪史的同时，小说用生动的笔触展现了原住民回归传统土地的集体诉求，也展现了澳洲原住民特有的生态审美观。

《我的位置》采用原住民特有的“生命故事”（life-story）叙事模式，以多声音、多角度的文本形式呈现了现代文明所不熟悉的原住民文化与传统，鼓励读者对原住民历史构建自己客观的认识。它在很大程度上有别于西方传统传记文学，属于原住民文学特有的文体。对于原住民来说，“认识和存在的意义在本质上是与澳洲大陆的土地紧密相连的”[1]。这就造成了“生命故事”在处理人与家园、国土的关系上与西方传记截然不同。在西方传记中，“成长意味着离开家”，完成“自力更生的积极的个人之旅”，个人的成长和成熟是由离开故土这一象征性行为来实现的，与故土的分离即完成了个人的独立[2]。故乡成为一个隐喻，个体的对立面。完成个人高于自然的自我定位，则完成了个人的成熟蜕变历程。其根源可追溯到西方关于文化／自然、主体／客体的二元对立思想。而在澳洲原住民的世界观中，一片特定的土地孕育一个特定部落及其部落成员，该生存关系固定且不可改变，该民族的所有生活、文化、艺术、祭祀活动都与该土地和该集体相关。“生命故事”中的主人公通常要完成一个自我身份的定位之旅，这个定位是靠与家族成员的团聚和向传统土地的回归来完成的。《我的位置》中，萨莉从5岁时就开始锲而不舍地追查，最后带领家人回到族人的传统土地，完成了这种实际意义上的回归。而内心矛盾的外婆黛西在临终前听到的原住民鸟儿的呼唤则是实现了她精神上的回归。对人类中心主义的祛魅和回归自然的呼吁是原住民生态文学为澳洲生态文学提供的一个重要启示。

在环境问题日益严峻的今天，澳大利亚也遭受着全球变暖、资源耗尽、大规模动植物灭绝、城市化进程过快等生态问题。在急于寻求问题根源和解决方法的过程中，白人统治者仍然难以转变人与自然二元对立的思想体系。殖民者将澳大利亚的土地看成“荒漠”，从他们踏上这片土地起就将他们自己排除在自然之外。澳大利亚的欧洲殖民者和当地原住民同样都以澳大利亚地形地貌作为自我定位的参照物，所不同的是欧洲殖民者站在这片土地的对立面，而原住民则从来没有和土地在精神上分离过。早

1 Alice Robinson, Dan Tout, “Unsettling conceptions of wilderness and nature”, John Hinkson, Paul James, and Lorenzo Veracini (eds), *Stolen Lands, Broken Cultures: the Settler-Colonial Present, Arena Journal*, Nos. 37-38, 2012, p. 153.

2 彭妮·范·图恩：“Indigenous Texts and Narratives”，伊利莎白·韦比编，《澳大利亚文学》，上海：上海外语教育出版社，2003年，第37页。

期的殖民者在文学中总是把澳大利亚刻画成对人类充满敌意、危机四伏、荒芜贫瘠的地方。连澳大利亚著名评论家万斯·帕尔默也把澳大利亚丛林描绘成一位"残忍的母亲"，"一个需要战胜的敌人"[1]。因此在欧洲传统中的"大地母亲"的形象，虽然被勉强地移植到澳大利亚的广袤大地上，却增加了"粗犷、冷漠和不近人情这样的关键词"[2]。在帝国主义的殖民扩张框架下，他们虽需要土地，但却带着占领、征服、榨取的态度去拥有它。

原住民把故乡的土地看成是"赐予和接受生命"的地方[3]，那是与他们的生活和文化休戚相关的地方。原住民保护自然、亲近土地绝非一种迫于无奈的自救，而是一种民族固有的生态伦理。与自然和平共处不是为了让人类的下一代过得更好，而是因为"土地有其自身的生命和使命"[4]。一片国土存在于"所有生物共同组成的保护生命的相依相存的状态"[5]中，其价值不由人来决定，人只是长期共存的生态稳定中的一员，而现在人类却在破坏这种长期共存的状态。对于这片"偷来的土地"的内疚和焦虑感使得白人始终不肯屈尊去倾听原住民关于人与自然的古老智慧，萨利·摩根在《我的位置》中将原住民的生态智慧一一道来。

摩根通过其小说向世界展现了澳洲原住民在遭受深重灾难之时仍然能与大自然进行心灵交流的民族禀赋。他们是澳洲大陆最早的居民，但却不是这片土地的主人，相反，在肉体受磨难时，是大自然给予了他们精神上的抚慰和治疗。摩根希望通过揭示原住民与澳洲土地的不可分割的紧密联系，呼吁新一代原住民回归传统土地；同样也向世界证明，即使被迫隐匿了身份，对土地的热爱和回归自然的渴望却仍然流淌在每一代原住民儿女的血液中。摩根敏锐地感受到原住民对大自然的审美体验是不同于白人现代文明的。她在作品中一方面竭力表现原住民与土地不可分割的生活方式和价值观，说明原住民在与自然接触时的谦虚态度与平和心态；另一方面，又揭示现代文明对自然的漠视，原住民在被迫与传统土地分离之后的愤怒和焦虑。她呼吁政府和社会来关心原住民古老的神圣遗址，用长远的眼光看待澳大利亚的明天，为未来留下无价的生态遗产。

---

1 Kay Schaffer, *Women and the Bush-Forces of Desire in the Australian Cultural Tradition*, Cambridge: Cambridge University Press, 1990, p. 22.

2 同上。

3 Deborah Rose, *Nourishing Terrains: Australian Aboriginal Views of Landscape and Wilderness*, Canberra: Australian Heritage Commission, 1996, p. 7.

4 同上，第10页。

5 J. K. Weir, "Connectivity", *Australian Humanities Review*, No. 45, 2008, p. 161.

1. 人类与各种生物共存共荣

小说中的所有原住民主人公都能在自然界中治愈精神伤痛，因为他们从来没有俯视自然。在原住民的本体论中，人与自然没有主与次、征服与被征服、统治与被统治的区别，因此并不存在放低姿态去关怀自然界的动植物一说。人和自然浑然一体，没有高下优劣之分。小说中萨莉带着极大的喜悦回忆童年后院的新发现："一只肥硕的短尾巨蜥，有蛇爬过的痕迹，还有长着奇怪触须的蟋蟀，各种各样的生物，为着各自独特的理由愿意住在我家后院。"[1]这"愿意"二字，满是摩根的谦卑感恩之心，将自我纳入生态平衡中，成为与其他生命体平等的一员，赞美生物的多样性。

在原住民的认识中，万物都是有价值的，在维持生态和谐的圆环中都是不可或缺的。人类这一环并不比其他环节更重要和更珍贵，更不能凌驾于其他环节之上。相反，人的所有生产和生活都依赖于土地，所以外婆黛西永远无法理解白人所说的"土地权利"是什么意思。人如何拥有土地呢？"我们都是神的创造物。"[2]同样，亚瑟也愤怒地斥责白人"榨干土地，使土地都恐惧了"[3]，并自豪地说"野生动物总能在我这里找到家"[4]。所以格拉迪斯收养了奇丑无比、行为怪异的流浪狗"泰哥"并爱护有加，鼓励孩子们热爱野生动物，因为"了解大自然、认识大自然对我们是非常重要、非常有益的"[5]。

鸟儿的意象在小说中起着异常重要的作用，它的存在使得挣扎在种族压迫和工业文明桎梏中的主人公的灵魂得到片刻的喘息。小说开篇即弥漫在一种强烈的抵抗和抑郁情绪之中。5岁的小萨莉随同母亲去医院看望父亲："我讨厌医院和医院的气味，我讨厌新漆过的发亮的木板……我是一个脏兮兮的5岁的孩子，身处陌生另类的环境。"[6]

贯穿整个小说的这种压抑的情绪，对抗着以不同社会机构形式呈现的西方现代文明对原住民主人公的压迫和禁锢。自从欧洲殖民者登陆、西方文明入侵，原住民文化就被践踏得支离破碎。身处外来陌生文明的包围中，远离自然，远离家园，这种被边缘化的不安全感和焦虑感始终笼罩着世代原住民。唯有记忆中外婆那看不见却听得见的鸟儿的啁啾声才可让她的灵魂获得刹那间的解放。于是，这种压抑与释放的强烈对比成为整部小说的基调，人性在刻板机械的工业社会中的扭曲和压抑与人性在自然界

1 Sally Morgan, *My Place*, West Australia: Fremantle Arts Centre Press, 1987, p. 14.
2 同上，第330页。
3 同上，第148页。
4 同上，第212页。
5 同上，第292页。
6 同上，第11页。

中的怡然自得形成鲜明的对比。摩根试图告诉读者，对土地的亲近和与自然沟通的能力早就流淌在原住民的血液中，即使原住民主人公被迫离开传统土地，对自己的祖根毫不知情，他们仍能用独特的方式在心灵上回归自然。在这里，鸟儿及其歌声成为这一回归的媒介。

鸟儿是人与自然共存共生的象征。每一位原住民主人公都能通过鸟儿完成与自然的沟通。外婆黛西会倾听无形的鸟儿的歌唱；舅公念念不忘故乡那一出现就会有大丰收、离开就会有干旱的鸟儿；母亲格拉迪斯在保育院的"哭泣树"下，"一坐几个小时，呆呆地看着流水，倾听鸟儿歌唱"，直到"安静祥和直达我的心灵深处，我就不再觉得悲伤了。……感到内心非常满足"[1]。最终，外婆的离世也是在原住民鸟儿的歌声引领下完成的，象征她与自己的和解，她的灵魂回到出生地的桉树下，回归自己抗拒多年的原住民身份。

鸟儿的歌唱在萨莉心中引起的激荡使这一意象的运用达到了极致，几代原住民与鸟儿的共鸣预示原住民民族性的苏醒以及原住民民族性的整体回归。至此，摩根的寻根之旅在鸟儿的歌声引领下串成一个完美的圆环，并成为承载民族希望的形象出现在《我的位置》一书的封面上：一条虹蛇环绕着曲折的寻根之路。虹蛇环抱之中，原住民繁衍生息，鲜艳的色彩诉说着曲折的故事。在蛇头的上方，一只蓝鸟正欲展翅高飞，振兴民族、回归故土的热望呼之欲出。在《我的位置》的英文原文中摩根所写的其实是"鸟儿的召唤"（call），即回归故土不仅仅是原住民的心愿，也是广袤土地的召唤。从"梦幻时代"流传下来的很多重要的原住民文化知识只在特定的场合才能被传承，甚至有的知识人们"必须去到他们的神圣遗址，在那里自由地举行他们的仪式，使用他们的语言，进行他们的日常文化活动"才能得以延续[2]。这只鸟儿呼唤的正是传承"梦幻时代"的民族遗产，回归原住民与自然的亲密关系。

2. 重视传承人与自然的亲密联系

对于远离故土的摩根一家，外婆黛西是原住民精神的传承者。虽然她对自己遭受的殖民者的压迫闭口不谈，也迫于压力害怕回到传统土地，但却不遗余力地向家族成员传递原住民民族与自然特有的亲密关系和互动能力。生活在现代社会的澳洲原住民，远离祖先留下的神圣遗址，每一个力图保存祖先精神的原住民家庭，都必然有这样一位致力于维系人与自然的纽带的长者。

外婆用其对自然的深爱去潜移默化地影响失去传统土地庇护的子孙后代，使得

1 Sally Morgan, *My Place*, West Australia: Fremantle Arts Centre Press, 1987, p. 249.

2 彭妮·范·图恩，"Indigenous Texts and Narratives"，伊利莎白·韦比编，《澳大利亚文学》，上海：上海外语教育出版社，2003年，第19页。

女儿和外孙女承袭了原住民与自然的和睦关系。远离故土的黛西只能将对故乡的思念投射到身边任何能接触到的自然生物中，她带着浓厚的兴趣仔细查看外孙们带回的丛林动植物，觉得那是“宝贝”，“有特殊的意义”[1]，并叮嘱他们绝不可伤害这些动物，必须让它们完好地回到来的地方。萨莉的家在外婆的许可下俨然成了一个动物园，有猫、狗、虎皮鹦鹉、兔子和鸡。但黛西禁止在家饲养巨蜥、蝌蚪、青蛙、小龙虾和各种昆虫，即使孩子们从丛林里抓了带回家玩，最后也必须将它们放回栖息地。萨莉说：“关于对野生动物的态度，外婆对我们的影响很大。”“我们当然不会伤害它。如果我们蓄意去伤害任何动物和植物，外婆绝不会原谅我们的。”[2]

年轻时遭受太多白人折磨的黛西对自己的原住民身份怀有非常复杂的心态。她保护自我和保护孩子们的方式是否定和隐藏自己的民族身份。即便在这种矛盾的心态中，她仍不遗余力地将与自然相处的知识和领悟教给孩子们。她教萨莉辨别沙地里的各种脚印，“有袋鼠的、巨蜥的、鸸鹋的，它们看起来各不相同。如果你想找到食物你就得学会辨别它们”[3]。她还教萨莉在沙地上画原住民民族画，内容正是狩猎活动和各种自然景象。黛西在萨莉幼小的心灵中种下了美好自然的种子。因此在萨莉怀疑自己是原住民时也没觉得有什么不好，“因为他们喜欢动物”，“他们亲近自然和自然的一切”[4]。孩子们热爱丛林，那是从黛西和格拉迪斯那里“传承的原住民的精神”[5]。如果说作为第一代混血原住民孩子，黛西还保留着在传统土地生活时的真实记忆和与自然沟通的能力的话，那么在格拉迪斯和萨莉这样的第二代、第三代混血孩子身上，传统土地已成为精神圣地，传统圣地的一草一木都构成自我定义的要素，对传统圣地的膜拜更是投射为对自然的广义的热爱和崇敬，而对自然的亲近和热爱又反过来成为连接传统和未来的纽带。最后格拉迪斯在她的回忆中说了一句意味深长的话：

> 我想几千年以后，不会再有原住民了，由于各民族的融合我们的肤色变浅了，我们会失去那些原住民的生理特征。我觉得不管我们变成什么样，我们跟土地的精神联系以及我们所拥有的特质将会融入未来的澳大利亚人。毕竟这是我们的土地，我们得留下些什么。
>
> (I suppose, in hundreds of years' time, there won't be any black Aboriginals

1 Sally Morgan, *My Place*, West Australia: Fremantle Arts Centre Press, 1987, p. 32.
2 同上，第56–57页。
3 同上，第99页。
4 同上，第98页。
5 同上，第348页。

left. Our colour dies out; as we mix with other races, we'll lose some of the physical characteristics that distinguish us now. I like to think that, no matter what we become, our spiritual tie with the land and the other unique qualities we possess will somehow weave their way through to future generations of Australians. I mean, this is our land, after all, surely we've got something to offer.)[1]

3. 强调人类与自然的交融状态

现代西方的各种环保主义理论普遍强调人与自然共存共生的平等关系，较之文明社会人类对自然勉强的屈尊降贵，澳洲原住民敬天惜物的生态观其实走得更远，他们更重视人与自然的你中有我、我中有你的彼此交融的关系。

在萨莉看来，房子周围的自然环境和房子本身共同构成家的概念。房子后面的沼泽对于她来说“是个很重要的地方”，是她“作为一个人不可或缺的一部分”[2]。土地对于原住民之重要就在于此，它不是作为一种自然景观而存在，也不仅仅是赖以生存的物化存在，而是原住民民族精神世界的内涵和外延。当萨莉身处沼泽的时候，她“忘却了时间”[3]，尽情地释放自我，自然就是她自己。这就与将自然定义为“外在事物”的西方世界观完全对立起来。西方的传统认识中自然就是“人类以外的任何存在”[4]，即非人的存在。这种二元对立“将自然看成是独立于人类文化的，并且赋予前者本体论上的优越性”[5]。因此，原住民千万年来发展衍生出的独特的认识自然、影响自然的方式在西方人看来是不可思议的。但在后现代社会中，理性的神话已经被打破，自然与人性在情感和精神上的共鸣或许可以带我们去到理性无法企及的地方。

小说中小萨莉看见外婆黛西长时间地站在后院的一棵桉树下，“用指关节在树干上敲了两下，又用拐杖敲了一下，然后探下身靠近树干仿佛在聆听什么，良久，她露出满意的表情，用拐杖飞快地戳了一下地面。然后走向千层树，重复同样的动作”[6]。在萨莉的追问下，外婆告诉萨莉，她只是在确定“它们是否都安好”。黛西的行为既像医学诊断，又像敬拜仪式，或许这是萨莉已无从理解的原住民古老的行为语言。黛西是在用原住民民族的方式和自然沟通，询问它们“是否都安好”。

---

1 Sally Morgan, *My Place*, West Australia: Fremantle Arts Centre Press, 1987, p. 306.

2 同上，第59页。

3 同上。

4 G. Seddon, *Landprints: Reflections on Place and Landscape*, Cambridge: Cambridge University Press, 1997, p. 7.

5 P. Dwyer, 'The Invention of Nature', R. Ellen and K. Fukui (eds), *Redefining Nature: Ecology, Culture and Domestication*, Oxford, Berg, 1996, p. 157.

6 Sally Morgan, *My Place*, West Australia: Fremantle Arts Centre Press, 1987, p. 66.

黛西对于物质世界有自己“个性化的”理解，她热心收听天气预报，却从不完全相信任何气象学家的意见，她用自己的方式寻求自然规律，那是原住民千万年来积累的宝贵经验。

> 外婆每天都在观察天空、云朵和风向。在特别平静的天气，她会观察动物的反应。有时候，她会在半夜突然坐起，检查某一个星座的动向，或者沉思她在日落时分发现的天空一抹新色彩的意义。
>
> (Daily, she checked the sky, the clouds, the wind, and, on particularly still days, the reactions of our animals. Sometimes, she would sit up half the night, checking on the movement of a particular star, or pondering the meaning of a new colour she'd seen in the sky at sunset.)[1]

黛西还对各种自然灾害特别敏感，但其保护家人的方式在现代人看来近乎迷信，缺乏科学依据。澳大利亚学者弗雷亚·马修斯（Freya Mathews）指出：

> 传统文化，尤其是原住民传统文化从来都知道如何通过祈祷唤起世界诗意的回应。这与其说是想通过巫术的方式来掌控现实的希望还不如说是我们现代文明所说的“魔法”背后的冲动。
>
> (Traditional cultures, especially indigenous ones, have always understood the efficacy of invocation in eliciting poetic responses from the world. This, rather than a wish to manipulate reality by sorcerous means, has probably been the impulse behind much that we in modern civilization regard as "magic".)[2]

咒语和仪式的物理功能性作用已完全被现代科学所取代，但人们似乎更应该看到原住民生态传统所引起的自然诗意的回应。无论是询问一棵树的健康状况、观察一朵云与天气的变化关系还是对自然灾害的敬畏之心，都是人类与自然诗意的互动，它要求世人像原住民一样用内省的方式聆听灵魂深处与自然的共鸣，感受那一刻自然庄严的美，不管是对人类的爱护还是对人性的顽劣的惩戒。

与自然共生共存的生态理想还体现在原住民对死亡的看法上。黛西在一棵巨大的桉树下出生，被白人从母亲身边夺走后，再也没有回过故乡。尽管因被奴役羞于承认原住民身份，可在她内心深处却极其向往回归传统土地。在弥留之际，谈起家乡

1 Sally Morgan, *My Place*, West Australia: Fremantle Arts Centre Press, 1987, p. 60.

2 Freya Mathews, "On Desiring Nature", *Earth Song Journal: Perspective in Ecology, Spiritual and Education*, Vol. 2, No. 1, Autumn 2011, p. 13.

的“野鸭、鸟儿、群山和溪边果树时，眼睛望向远方，表情柔和。……（萨莉）在亚瑟脸上看见过这种表情。知道她要去世了”[1]。萨莉知道这是回家的喜悦和渴望的表情，外婆的心早已飞到她出生的那棵桉树下。原住民的宗教信仰和生产活动的中心在于他们对万物起源和死亡奥秘的崇拜。原住民将死亡理解为诞生地的回归，“灵魂会回到无邪的人类诞生地——巨石中，或返回神话中的部落家园”[2]，或生存形式的转变。如亚瑟的叔叔吉比亚（Gibbya）告诉亚瑟，他死后会以“他不知道的形态出现”来保护他，“或许是树上的鸟儿，或许是地上的蜥蜴”[3]。他们相信人的灵魂在出生前就已经存在，无论生死都必须留在自己神圣的土地上，只有这样死后灵魂才能得到安息，完成转世再生。他们相信万物有灵，认为各种动物均由人类的祖先变化而来。原住民或许从来没有把自己和动物分过彼此或主次，都是大地之母的创造物而已。因此原住民从生到死的各种生产活动和精神活动都是以自己与土地密不可分的关系为中心的。

三、结语

《我的位置》也可译为《我的地方》，既可理解为萨莉所探寻的家族起源的传统土地（西澳大利亚的黑德兰港北部的区域），也可指珀斯小屋后的沼泽，那里是她感觉最自在的地方。无论是在民族认同感上对传统土地的确认还是在现实生活中对自然之美的推崇，都是摩根构建自我意识的参照物。同时，《我的位置》在深层意义上也可看成是描述了迷失的原住民儿女在原住民大家族中找到归属感的故事。这个大家族的起起落落又被放置于澳洲原住民所经历的“梦幻时代”、殖民时代、现代社会的兴衰变迁中。个人在文化上的安全感被定格在原住民文化与土地亘古不变的关系上。摩根认为，人只有理解自己的民族，亲近孕育自己民族的土地，才不会迷失在被他人定义的身份中。

舅公亚瑟说，原住民“只想要自由的生活。……如果他们不饿就不会杀死动物，只有白人才为了取乐而杀死动物。白人对原住民的事情根本一无所知”[4]。欧洲白人在澳洲土地上自诩为土地的主人，却很少倾听这片土地上最早的居民的智慧。他们无法理解原住民的生态伦理和生态经验，他们读不懂自然的召唤和告诫，看不到荒野和沙漠的价值。萨利·摩根向读者揭示的是一个在白人社会鲜为人知的生态智慧和生态

1 Sally Morgan, *My Place*, West Australia: Fremantle Arts Centre Press, 1987, p. 308.
2 里德：《澳洲原住民文化传说》，北京：中国民间文艺出版社，1988年，第3页。
3 Sally Morgan, *My Place*, West Australia: Fremantle Arts Centre Press, 1987, p. 176.
4 同上，第121页。

审美体验。她提出：

> 未来全球的一个重要问题就是环境问题，因此我们才要关注生物多样性。……原住民看待土地的方式、对土地的独特了解以及我们和土地和平相处的方式都使得原住民将会在未来的环境问题上起到关键性的作用。
>
> (I think the big issue in the future globally is going to be the environment and that's why we're working a lot in bio-diversity. ... Indigenous people could have a key-role because of our views of the land, because of what we know about the land, and the way that you've got to love in harmony with the earth.)[1]

如提姆·劳斯（Tim Rowse）所说，《我的位置》在澳大利亚文学中创造了一种新的空间：一种发现澳大利亚民族性的空间，发现那些被迫隐形的和沉默的人[2]。这部小说成功地达到了两个目的：昭示澳洲历史上西方殖民统治给原住民造成的难以弥补的伤痛，展现原住民与生俱来的与自然共生共存的生态理想。摩根用两条线索呈现出两种截然不同的情绪表达：一方面，在各种现代社会组织和机构的禁锢和束缚下，人性（尤其是民族属性）在现代工业文明中被异化和边缘化；另一方面，人性在自然的怀抱中获得安慰，得到休憩。

1 Sally Morgan, "Speaking with Sally Morgan: Interview by Ben-Messahel, Salhia", *Antipodes*, Brooklyn, New York, Vol. 14, No. 2, Dec. 2000, p. 102.

2 Whitlock Gillian, "From Biography to Autobiography"，伊利莎白·韦比编，《澳大利亚文学》，上海：上海外语教育出版社，2003年，第251页。

第八章　现代移民作家的生态文学

第一节　概述

澳大利亚是一个移民国家，但历史上受英国的长期殖民统治，加之独立后的政府实行单一的“白澳政策”，只允许盎格鲁-凯尔特裔的英国人或爱尔兰人移居澳大利亚，导致澳大利亚长期以来形成了单一文化的社会体系。而其他人种的移民受到严格限制，即使成功移民，他们在政治、文化和社会生活的活动范围和活动能力也受到种种制约，甚至连澳洲原住民也被排斥在正常的国民待遇之外。20世纪60年代，随着国内政治和经济发展的需要，澳大利亚政府逐渐认识到移民在国家经济和社会发展中的积极作用，改变了移民政策，放宽了对欧亚移民的要求，这使得澳洲人口的民族构成发生了很大变化。澳大利亚逐渐演变成一个多民族的国家，新移民在澳大利亚的政治和文化生活领域也开始发挥越来越重要的作用。在文学领域，移民的作品逐渐获得认可，并占据了举足轻重的地位，影响广泛，形成了“移民文学”浪潮，对澳大利亚的文化和人文思想产生了深远的影响。

移民作家始现于20世纪60年代后期，80年代开始崭露头角，这是他们在一个陌生的环境中逐渐适应并成熟的过程，如德裔沃尔特・亚当森（Walter Adams）、韩裔唐武金（군 셀무，쇠 금）、波兰裔彼得・斯克拉耐克（Peter Sklarnike，1945—）、俄裔朱达・沃顿（Judah Waten，1911—1985）、马来西亚裔贝丝・雅普（Beth Yahp，1964—）、华裔布赖恩・卡斯特罗[1]（Brian Castro，1950—）等。

移民作家的共同特点表现在他们以世界为舞台，以新的移居国为焦点，以不同的文学题材和形式展示这片新土地上的种种现象及人生遭际。其中既有困惑、焦虑、欣喜、失落，又有倔强与韧性。他们克服异域生活的诸多不便，在逐渐适应新环境的同时，也关注当地的人文情怀和生态系统。在创作手法上，移民作品多以景寓情，透过生态环境折射出其人性特征。这些移民小说以“外来者”的视角对澳大利亚的人文环境和生态环境进行解读，并对二者的关系进行重新诠释，为整个澳大利亚文学增添了

1　布赖恩・卡斯特罗的身份很难定义，他出生于中国香港，父亲为葡萄牙人，母亲为中英混血儿。他早年在上海定居，能流利地说英语、广东话、法语和一些葡萄牙语。中文名“高博文”。

新的枝叶。

首先唱响移民文学号角的是除英国外的欧洲多国移民。他们是最早来到澳洲这块热土之上的种族，在开拓人生新生活的同时，也开拓了新的人文视野。1946年，犹太裔作家赫兹·伯格纳（Hertz Bergner，1907—1969）用依地语创作了一部移民小说《海天之间》（*Tzvishn Himmel un Vaser/Between Sea and Sky*，1946），获得了澳大利亚文学协会金奖，人们开始将目光聚焦于移民文学上[1]。犹太裔作家朱达·沃顿随后将其翻译成英语，得到更多澳大利亚民众的接受。同时，沃顿本人在1952年出版了第一部英文移民小说集《没有祖国的儿子》（*Alien Son*，1952）。此后，移民作家逐渐成为澳大利亚文学领域不可忽视的力量，作品如雨后春笋，层出不穷。如沃瑟·科拉马拉斯（Wase Kolamalas，1932—）的短篇小说集《其他地球》（*The Other Earth*，1977）、朱达·沃顿的小说《到此为止》（*So Far, No Further*，1971）以及平努·泊西（Pingno Poshi，1933—）的剧作《窗子》（*Window*，1978）等。这些作品在描写身处异国他乡的困境和窘迫的同时，流露出作者对新环境下生态文明和生态文学的感知。

然而，这些早期移民因语言和民族情感等诸多因素多以双语进行创作，有时甚至是以翻译或母语为主进行写作，由于其读者受众面相对较小，加之语言交流的障碍，作品的影响力亦很有限，所以移民文学发展比较缓慢。如果说早期移民的作品透露出他们异国他乡生活的无奈，现代移民的作品则更多关注生态文明和环境保护，真正从意识上体现出国家主人的责任。例如，诗人约翰·金塞拉（John Kinsella，1963—）的作品渗透着强烈的环保意识。其成名作《储藏窖》（*The Silo*，1995）以澳大利亚西部的小麦带为背景，以农业为切入点，揭示了殖民者将母国农作方式不适时宜地移植到澳大利亚对环境造成严重的破坏、打破了该地区原有的生态平衡的事实。

此外，女性移民作家亦是不可忽视的力量。女性以敏锐的目光观察世界，欣赏美丽的自然风光，饱含情感的作品传递出她们对美好生活的追求。例如，西娅·阿斯特莱（Thea Astley，1925—2004）的作品通常以其出生地的风土人情为背景，以景喻人，在关注生态的同时折射出人性的悲凉。作者以人和自然的交往为主题，表现了在人与自然的冲突中，自然、空间的胜利导致人物悲惨的归宿[2]。在《迟钝的当地人》（*The Slow Natives*，1965）及《旱地》（*Drylands*，1999）等诸多作品中，她以澳大利亚广阔的沙漠为背景，向读者展示了一个贫瘠、荒凉和干涸的家园，体现了作者对当地生态系统的忧虑。但作者意在向人们说明：生态的恶化伴随着人们心灵的空虚和

1 Glenda Abramson, *Encyclopedia of Modern Jewish Culture*, London: Routledge, 2005, p. 135.

2 向晓红：《澳大利亚妇女小说史》，北京：中国社会科学出版社，2011年，第162页。

文化品位的下降，并呈恶性循环趋势。在《旱地》中，作者将对现实生活的绝望直截了当地表现在小说的标题上——“旱地：献给世界上最后一位读者的书”（*Drylands: a book for the world's last reader*）[1]。作者将澳大利亚生态环境状况浓缩进了一个小镇里。干旱侵袭着这个小镇，人们竞相离家出走，逃离灾难，使得小镇空巷，由此导致了这个小镇的灭亡和传统乡村文化的消失。作者认为这种地理的空洞导致了人文精神的空虚。在《带猴的姑娘》（*Girl with a Monkey*，1958）中，阿斯特莱将人物内心的空虚与澳大利亚空旷、贫瘠的内陆地理特征联系起来。作品中几乎所有人物的生活场景都与沙漠有关，这些场景折射出他们精神世界的荒芜。例如，修女马太被描写成“一个必须探究的内陆沙漠”[2]；此外，小说中人物的命名也体现出作者对富庶的精神家园和生态环境的向往，如“莱克”（Lake：湖）、“色布如克”（Seabrook：海溪）[3]。

1973年“白澳政策”废除，大批非欧洲裔的亚洲移民来到澳大利亚。具有多元文化视角的移民作家的作品往往反映了多元文化社会中移民群体与白人主流群体、移民自身文化与白人主流文化之间的多元关系。出身于柬埔寨华裔家庭的女作家艾丽斯·彭（Alice Peng）的自传《璞玉》（*Unpolished Gem*，2006）是一部反映亚洲移民（特别是女性）在澳大利亚的生活状况的作品，语言清新、幽默、犀利。作者叙述了自己在从孩童到少女的成长过程中对移民群体的生活以及澳大利亚主流社会的观察和感受，以及自身成长过程中所遭受的文化身份困惑。该书一经出版就登上了年度畅销书榜，在维多利亚州图书馆暑期阅读计划中被评选为维多利亚州暑期阅读次数最多的5本书之一[4]。

华裔作家欧阳昱（Ouyang Yu，1955—）是目前世界上为数不多的用英语写作的华裔作家之一，在澳大利亚享有较高声誉。《墨尔本上空的月亮及其他诗》（*Moon over Melbourne and Other Poems*，1955）是作者的第一部诗集，也是他的成名作品集。该书于1995年出版，并于2005年在英国再版，产生了不小的影响。诗集里，欧阳昱第一次集中展示了他的独特诗风。与当前英语诗坛趋于保守、精于雕琢的主流风格迥异。诗集中的诗满是金斯堡式的长句子和意识流式的独白，带有一种天然的粗粝感，极具冲击力。在内容上，该诗集表现了移民的身份困惑，不仅仅是环境的陌生，更是一种精神家园的真空，因此，整本诗集中不乏直指澳大利亚各类种族主义挑衅性

1 Thea Astley, *Drylands*, Victoria: Penguin Books, 1999.
2 Thea Astley, *The Slow Natives*, Australia: Penguin Books, 1993, p. 45.
3 同上，第162页。
4 苏锑平：《让亚裔澳大利亚人讲述自己的故事——评〈澳大利亚长大的亚洲人〉》，《对外大传播》，2012年第7期。

的语言。其长篇小说《英语班》（*The English Class*，2010）获2011年新南威尔士州总理文学奖，他的作品被收入《牛津澳大利亚文学选集》《麦考利-国际笔会澳大利亚文学选集》（*The Macquarie PEN Anthology of Australian Literature*）和《诺顿澳大利亚文学选集》。该小说是一份对“移民病”的病理分析。另外，值得一提的是，小说借主人公之口，把中英两种语言任意混杂使用，创造出很多新词，多种文化的交融正是澳洲独有的生态社会特色，无疑对澳大利亚读者很有吸引力。其英文长篇处女作《东坡纪事》（*The Eastern Slope Chronicle*，2002）获2004年阿德雷得文学节文学创新奖，该小说也反映了中国移民在澳为异客的尴尬处境，是一幅关于移民和海归的漫画。

布赖恩·卡斯特罗（Brain Castro，1950），出生于中国香港，1961年移民到澳大利亚，是移民文学的杰出代表，父亲有葡萄牙血统，母亲为中英混血儿。他从1983年开始发表长篇小说《漂泊者》，至今已有7部作品问世，在澳大利亚获得多个文学奖。欧洲人曾把中国人称为“漂泊者”“异教徒”。在长篇小说《漂泊者》中，卡斯特罗选择“漂泊者”一说，来刻画那些因为社会压力或者个人欲望而背井离乡、流落海外、生存错位的中国人。这部小说浓缩了澳洲华人的苦难史，作者重现了有关华人的历史事件和华人的典型心理感受。乘船到澳洲时在船底躲着，对白人的歧视一再忍让，少数白人公开敌视华人，以致发生了白人烧杀掠夺华人的“莱明弗莱特大骚乱”；华人辛勤劳作，生活简朴，希望攒点钱以便“叶落归根”。这些都是事实。小说的两条不同时代、不同世界的线索表达了同一个主题：人的生存错位是痛苦的，时光可以消失，而生存错位的痛苦始终存在。小说体现了作者对人生、生存环境、生活场所的思考，流露出作者的场所意识和恋乡的感慨。《上海舞》（*Shanghai Dance*，2003）是一部自传体小说。小说的叙述者安东尼奥·卡斯特罗在澳洲生活了40多年，后来，他决定“寻根问祖”，借道香港——他的出生地，乘船返回上海。在摄影师吴凯鸣的帮助下，他们一起翻阅那些老照片，回忆过去的一个个镜头。卡斯特罗通过蒙太奇般跳跃式叙述，讲述了他的家族故事。叙述者讲述的故事主要发生在第二次世界大战前后的中国上海、澳门和香港等地。通过想象，讲述者将故事一直追溯到彼此相连的各个帝国，从17世纪的巴西，前葡萄牙殖民地果阿、长崎、菲律宾、利物浦，再到巴黎，包括1997年香港回归和他在澳大利亚的复杂生活等。在这错综复杂的叙述中，作者刻画了一个个鲜活的人物形象，如沉默寡言的母亲、放荡不羁的父亲、精明的姐妹、天地会成员、传道士、瘾君子、说谎者、赌徒、小妾、情人、孤儿等。小说打破了传统的自传形式，呈现出多元主题，再现了30年代上海滩的社会风貌，同时折射出作者对人生的思考。卡斯特罗的小说无不反映作者挥之不去的故乡情，以及对母国故乡与在异国他乡的同胞的关切之情。

早期的移民不论是流放者还是上层官员都思念远在地球另一半的故乡。现在的亚洲移民也有较深的思乡情结，但他们的作品内涵不局限于此，还有更深层的意义。整体而言，移民作品对生态的关注主要表现在几个层面：

（1）移民作品往往以景寓情，对移民地陌生的环境产生一种新的认识。这种认识往往是在同故乡生态系统的对比中、从环境的迥异和人置身其中的生疏感上折射出精神世界的孤独和荒凉。

（2）移民作品以新的生态环境为描写对象，表达了移民作家对当地陌生的生态环境的忧虑。当地人对其环境危机可能已经习以为常，而新到的移民总是要对这片“新大陆”仔细地考察一番，这体现了移民开始以“主人”的身份关注属于“自己”的家园。

（3）现代新移民作品还较多地反映了多民族文化的差异、冲突与交融，表达了移民作者对多种文化相互包容的生态社会的向往，希望在美丽的自然生态环境中共建多种文化交融、和谐、文明的生态社会。这充分体现了现代移民更高层次的生态意识，即深层生态意识。

移民作家对生态问题的关注无疑是对挽救人类文明的一种召唤，旨在完善人类赖以生存的环境。他们主张尊重环境、敬畏生命，反对任何破坏环境的行为，寻求人与自然的和谐，探究精神世界的生态归因。

第二节　朱达·利欧·沃顿：挥之不去的怀乡情

一、作者简介

（一）生平简介

朱达·利欧·沃顿（Judah Leon Waten，1911—1985），澳大利亚作家和政治活动家，1911年7月29生于乌克兰[1]西南部城市敖德萨（Odessa），父亲是罗马尼亚人，母亲是犹太裔白俄罗斯人。3岁时（1914年）随父母移居澳大利亚的西澳大利亚州，并在首府珀斯的基督教兄弟学院（Christian Brothers' College）接受教育。1926年，全家迁往墨尔本后开始在一所公立的精英学校——墨尔本高中（University High School）上学。在此后的一生中，除了偶尔到英国、欧洲或澳大利亚其他城市旅行，沃顿基本

1　苏联的加盟共和国之一。

上都待在墨尔本。

在墨尔本读高中时，沃顿的演讲才华开始显露，并成为学校里的政治活跃分子，并加入澳大利亚共产党。校报曾将他描述为“辩才沃顿”（Judah the eloquent）和“口若悬河的红色激进革命者”（red, roaring, radical revolutionary）[1]。他在1927年试图邀请卡尔韦尔（Calwell）[2]就“工党能否放弃资本主义制度”这一话题向澳大利亚共产党发表演讲，但卡尔韦尔并未接受。次年，沃顿因散布煽动性反战传单被逮捕入狱。

沃顿一生并不平坦，作为一个作家，他并不满足于文学领域中“坐板凳”式的稳定工作，而是将大部分时间投入政治活动中。他性格温和却斗志昂扬，彬彬有礼却坚强不屈，他广结朋友却敢于面斥至交。1927年他当过4个月的实习教师，后又分别在银行和企业就职。1929年，他偷渡到新西兰，在该国共产党的一家《红色工作者》（*Red Worker*）期刊中任编辑。1930年，沃顿同另外几个来自墨尔本的激进年轻人出版了一份名为《争斗》（*Strife*）的杂志，并声称这是一个具有“破坏性和建设性的新文化”机构。澳大利亚联邦调查局的一位官员曾把沃顿这种传奇和多变的人生描写为“奇葩的外表和性格”（Bohemian appearance and tendencies）[3]。

1931年初，沃顿用无产阶级现实主义的风格完成了《饥饿》（*Hunger*，1931）一书。3月，他离开澳大利亚前往欧洲，在法国巴黎的《前卫》（*Avant-garde*）杂志上发表了一些杂文。到伦敦后，沃顿试图找一家出版商将自己的小说出版，未果。他又加入国家失业劳工运动（National Unemployed Workers Movement）[4]并成为该组织所发行的报纸《失业劳工专刊》（*Unemployed Special*）的编辑。1932年11月，沃顿因发表一些煽动警察对当局不满的言论而被判3个月监禁。

1933年6月，沃顿返回澳大利亚，继续从事政治活动，却在1935年被澳大利亚共产党以“不负责任的小资产阶级”为由开除党籍。这期间，沃顿是墨尔本斯旺斯顿雅高美爵酒店（Swanston Family Hotel）的常客，这里是年轻的艺术家、记者和激进分子的集会地。1935年至1936年，他同一位艺术家朋友一起，用给当地的名人作画而获得的收入周游澳大利亚，足迹遍布维多利亚州、新南威尔士州和布里斯班等。1939年5月他前往新西兰，活跃于“和平与反兵役委员会”（Peace and Anti-Conscription Council），1941年，经澳大利亚共产党再次批准，他在新西兰又重新加入了共产党。

---

1 David Carter, http://adb.anu.edu.au/biography/waten-judah-leon-14884/text26074, 2013.

2 亚瑟·卡尔韦尔（Arthur Calwell），时任公共事务委员会维多利亚分会主席，1960年至1967年为澳大利亚工党领袖，1967年任反对党领袖。

3 David Carter, http://adb.anu.edu.au/biography/waten-judah-leon-14884/text26074, 2013.

4 1921年由英国共产党成立的组织，旨在引起当局对工人凄凉处境的关注。

回到澳大利亚后，沃顿遇到了一位激进的左翼教师海莱尔·罗斯（Hyrell McKinnon Ross）。然而，两人因为支持联合政府[1]击败法西斯主义而再次被澳大利亚共产党开除。此后，沃顿的整个生活便处于被监控中，即便如此，他依然在悉尼的国家邮政总局和联邦税务总局找到了差事。1945年，在墨尔本的国家统计局办公室里，沃顿同海莱尔·罗斯结婚，并于50年代开始定居维多利亚州，直至1985年去世。

综观沃顿的一生，他把大部分的时间和精力投入到政治运动中，是一个执着的布尔什维克主义者，这与其俄籍母亲的影响显然是分不开的。事实上，沃顿的作品处处渗透着母亲的影子，特别是在早期的作品中，母亲的生活经历往往是作品人物的原型；同时，沃顿一生的政治追求也浸染着他本人对故土生活环境的眷恋及对苏联政治信念的执着坚守。从某种程度上说，这是对澳大利亚这片新土地环境生态和政治及人文生态的反思。

（二）作品简介

沃顿一生共创作了7部长篇小说，一部戏剧，一部电影剧本，一部短篇小说集，一部关于澳大利亚30年代的历史，一部半自传游记；此外，他还发表了很多短篇小说及文章，它们从各个侧面描写了移民生活的艰辛和内心的迷惘，这种迷惘源自移民对当地环境的陌生，并由此导致精神家园的无所归依，这可以说是对当地社会的生态排斥，也可以说是当地居民对移民的生态冷漠。

《没有祖国的儿子》（*Alien Son*，1952）以作者自己的移民经历为线索，描写了移民群体辛酸的心路历程；《不屈不挠》（*The Unbending*，1954）以犹太移民家庭在澳大利亚的生活为主线，交织他们服兵役的政治故事。1964年，沃顿出版了《远乡》（*Distant Land*，1964），这标志他再一次关注犹太移民问题的。1966年发表的小说《青年季》（*Season of Youth*，1966）描写了一位青年艺术家的人生经历。1969年，沃顿发表了《从敖德萨到敖德萨》（*From Odessa to Odessa*，1969）。该书基于他在1965年对其出生地的一次拜访经历，因此，在某种程度上，它是一部集传记、游记于一体的小说。1971年，他又出版了《到此为止》（*So Far, No Further*，1971），描写了一对犹太家庭和意大利天主教家庭二代移民的生活状态。其他作品还有《不济之年》（*The Depression Years*，1971）、史诗绘本《空瓶商人》（*Bottle—O!* 1973）、儿童作品《澳大利亚经典短篇故事》（*Classic Australian Short Stories*，1974），以及小说集《爱与反抗》（*Love and Rebellion*，1978），最后一部作品《革命的一生》

1　联合政府指战时或严重政治危机时由议会中绝大多数或全部党派成立的政府。

（*Scenes of Revolutionary Life*，1982）。沃顿有着典型的俄罗斯人所特有的北极熊似的高大体格，讲起话来口若悬河，纵然他的政治信仰在澳大利亚受到非议，但这丝毫不影响人们对他的崇拜，他对澳大利亚文学界的贡献和影响无疑是举足轻重的，澳大利亚甚至举办沃顿小说全国写作大赛以纪念这位伟大的作家。

二、主要作品的生态解读

《没有祖国的儿子》（*Alien Son*，1952）

作为一个移民作家，沃顿的作品多以怀乡为主题，体现了主人公对新居住地的陌生感。作品往往借景抒情，通过对生态环境的描写，表达移民对当地自然环境的复杂情怀，字里行间弥漫着对澳洲新大陆的好奇心和陌生感。如不适应气候，不认识动植物，不熟悉土壤以及环境，造成他们缺乏心理归宿感。他们不如在这里生活的原住民，甚至不如那些早年移居过来的白人容易产生“家”的感觉。对于这一点，沃顿通过描述母亲的行为进行了深入的诠释。

在《没有祖国的儿子》中，沃顿描写了他的母亲如何下定决心举家来到一个新的国度的过程。澳大利亚广阔的土地为当时无数生活窘困的人们带来了憧憬和希望，但是，贫瘠的土壤又让这希望化为泡影。本来，他的母亲通过努力在苏联当上了护士，然而，婚后丈夫的收入不足以养家糊口，于是，他的母亲在对美国、法国和巴勒斯坦的移民前景进行对比后，最后决定移居澳大利亚，因为那里有他们的亲戚。而且，“她确信澳大利亚不同于其他国家，在这里父亲可以获得一份稳定的工作来养家”[1]。丈夫甚至不解她为什么选择澳大利亚，还不如选择中国的西藏呢？因为“两个地方都远不可及”[2]。但是，“母亲没有看他，而是说道，‘我一直说，我们的儿子必须在这片土地上奋斗，正如我在家乡那时一样，从我们第一天踏上这个金色王国那一刻起我就知道这个道理’”（Without looking at him Mother replied, “I always said our son would have to struggle here as I did back home. I knew it from the first day we landed in this golden kingdom.”）[3]。在沃顿的母亲看来，澳大利亚对她的儿子来说是一个机遇，还承载着她在苏联老家时的梦想。母亲的这点想法在《没有祖国的儿子》的第一篇小说《来到小镇》（*To a Country Town*）中体现得最为突出。

全书共13个故事，均以第一人称来叙述，向读者展示了移民家庭在融入当地生活的同时对自己犹太身份的坚守所表现出的内心与现实的冲突。父亲挣钱非常辛苦，仅

---

1 Judah Waten, *Alien Son*, Melbourne: Sun Books, 1978, p. 180.

2 同上，第180页。

3 同上，第182页。

仅能够维持在那个异乡国度的基本开支，母亲也没有补助，全家生活非常困难。沃顿如是描写绝望中的母亲：

> 这不是我们想要的国家，她看不到一丝的希望，只有悲伤。我们会把拥有的一切都赔掉，包括我们的习俗、我们的传统。我们会在这个陌生的异国他乡被吞噬。[1]

母亲一度决定买票回到俄罗斯去，但终因没有足够的钱而放弃。特别是当父亲决定把全家迁往乡村时，母亲愈发觉得自己被搁浅在一个“荒郊野外”[2]和“地球的边缘”[3]。在这里，沃顿浅隐式地向读者展现了澳大利亚宽广无垠的土地，也展示了其生态的恶化：寸草不生的旱地，一片荒芜。贫瘠的土地导致人们内心世界的贫瘠，让新来者无法融入这一片空旷的土壤。

沃顿曾经试图融入街道上玩耍的孩子群，但终因迥异的语言、容貌和衣着等没被接受。

> 但是，他们一看到我，就指着我那带有扣子的鞋子和白色的袜子哈哈大笑……我跑回家，把鞋子和袜子扔到一个空房里，宁愿像别的男孩子一样光脚出去，母亲在厨房里叫我以后到后院玩耍，不要跑出去了，我假装没听见。[4]

在街道上，男孩子们都在学着一个名叫赫斯（Hirsh）的老人赶马。老人用只有“我”才能听懂的依地语吆喝着马儿。当母亲听说这一现象时表现得欣喜若狂，原来“在这个遥远的世界角落里竟然有我们的族人，或许这个地方还有点希望，我们可以在这里形成一个社区了”[5]。从生态的角度讲，作者意在说明，澳大利亚恶劣的生态并非无可救药，而是可以通过一定的努力得以改善，成为大家共有的家园。

然而，母亲的这一希冀很快被赫斯浇灭了，并再一次相信“犹太人不属于澳大利亚”。赫斯告诉母亲，“相信我，对犹太人来说，这里的生活太难了，他们排外，不友好”[6]。母亲停下了手中的针线活，抬头看着赫斯——

---

1 Judah Waten, *Alien Son*, Melbourne: Sun Books, 1978, p. 9.
2 同上，第10页。
3 同上，第14页。
4 同上。
5 同上，第8页。
6 同上，第19页。

> 赫斯是对的，这里就是一个异国，我们如何能了解当地人呢？在俄罗斯，至少我们知道自己在哪里，知道哪里有屠杀（pogroms），知道一切。对于危险，知道肯定比不知道要好。[1]

母亲的言语中流露出她对澳大利亚在地理、生态、文化以及语言上“异类”感觉的判断。情感上，她无法融入新的生活圈中，对当地环境的陌生，无法找到与家乡环境的生态共鸣，从而导致了情感的失落。她拒绝接受任何澳大利亚的东西，包括语言，她用依地语和赫斯交流。

> 她依然不懂一丁点英语，而且也说过自己没打算学这种语言。也不想成为这个新国度的一分子。而且，当她听到我说英语，或者听到父亲蹩脚地学说英语时，她变得非常震惊，仿佛我们同敌人达成了和解，将要抛弃信仰似的。[2]

对母亲而言，学习英语等同于投降与同化。然而，具有讽刺意义的是，她越是排斥澳大利亚及其语言，就越孤立，家庭关系越紧张。因为一方面，她想要儿子在新的天地里正常成长，另一方面，她又不肯让他接受新国度里的习俗和语言。

随着更多犹太人的到来，当地慢慢有了社区的感觉。但是，赫斯儿子的死亡又让他陷入了绝望，进而有些神志不清。赫斯离开了这个新的犹太社区，这使得母亲认为，这个新的社区也有可能会消失。“这是我们社区的终结，一丁点的微风即可把它吹散。我们又如何在流沙上建造一个社区呢？”她认为，“如果不打算回到俄罗斯，至少必须搬到一个大城市中。”[3]从这里，读者可以很明显地看到母亲对乡下破败生态的认识：这是一个无法生存、无益于后代成长的环境。它迫使人们去寻找更适合生活的生态居所。但是，即使到了城市，母亲也没有让自己融入澳大利亚的生活，这让她彻底绝望，彻底对异域的生态环境和人文环境感到失落。她告诉丈夫：“即使你挣到钱了，我们也必须离开这个国家，我们一定不要迷失自我，否则我们会如同生活在坟墓里。”[4]

在《没有祖国的儿子》的第三个故事《寻找一个丈夫》（“Looking for a Husband”）中，作者讲述了一个犹太人在澳大利亚生活的艰辛。除了承继第一个故事中的人物，作者还引入了汉肯斯（Hankins）一家人。汉肯斯夫人要给女儿白

1 Judah Waten, *Alien Son*, Melbourne: Sun Books, 1978, p. 19.

2 同上，第22页。

3 同上，第28页。

4 同上，第44页。

沙卡（Bashka）找一个犹太丈夫。汉肯斯先生给学生们讲授犹太教《摩西五经》（*Torah*）。但是，这里学生和他在故乡的学生大相径庭，他们对犹太教并不感兴趣，他将这一现象归罪于澳大利亚的自然环境和生态因素。他说："这是澳大利亚的天空，它把我那些学习古书的学生带走了，可以说，这里的天空不如故乡的天空温柔。"[1]由此可见，生态的异化促发了精神的分离，"沙漠"中无法建造房子，新的社区无法成形，精神家园变得没有着落。所以，母亲认为，汉肯斯夫人应该带女儿白沙卡回到老家找一个丈夫，但汉肯斯坚持说："我能在澳大利亚为女儿找一个，白沙卡应该走我的路。""我"的母亲认为："这就是汉肯斯夫人的错误所在，老一辈人的路不应该继续在这里延续。"[2]这里，作者将两位身在异国的母亲所持的生活态度进行了对比："母亲在一个封闭的圈子里不断地寻求一个更适合的生活方式，而汉肯斯夫人则在一个新的土地上继续延续着旧的操守。"[3]一个无望地故步自封，一个顽固守旧，两个女人代表着移民间的不同态度。汉肯斯夫人在新的天地中守着正统的犹太教义，是新土地上的守旧派代表；母亲则代表着老传统不可能融入新世界所产生的冲突。但她们都无法在这个新的环境中寻找真正适合自己的那片土壤。在小说中，两位母亲分别代表不同的老传统，她们都坚守自己的原则，无法做到入乡随俗。她们自我意识太强，以自我为中心，难以与当地人、与环境和谐相处，难以融入当地的文化与风俗。

对于移民而言，最大的困惑就是思乡情结与孤独寂寞。这一主题在小说《大事件》（*Big Events*）中得以体现。母亲思乡情切，全家本打算举家回俄罗斯，却因第一次世界大战即将爆发而被迫终止。于是，全家人在去留的问题上举棋不定，这也预设了家人之间不得不面对即将发生的冲突。母亲通常和邻居寇痕（Cohen）小姐诉说衷肠。她们有着共同的异乡情感、失望与孤单。"母亲和寇痕小姐都带着对生活的哀婉互相倾诉，因为这里的生活和她们以前所了解到的甚至连天空、树木和土壤都完全不同。"[4]相比而言，父亲则显得更加务实。当朋友苏思曼（Sussman）准备到澳大利亚部队工作时，父亲对他说："做决定要快点，不要像我妻子一样活在两个世界里，那样不好。"[5]因为这种双重生活只会让这里的犹太人一败涂地，"你（苏思曼）不再属于原来的国度，我们属于这个新的土地，不管我们了解不了解她，她已经接受了我

1 Judah Waten, *Alien Son*, Melbourne: Sun Books, 1978, p. 49.
2 同上，第63–64页。
3 同上，第64页。
4 同上，第80页。
5 David Carter, "A Career in Writing: Judah Waten and the Cultural Politics of a Literary Career", National Library Australia, 1993.

们”[1]。

母亲拒绝学习当地的语言，沃顿不得不承担起母亲译者的角色，母亲出行，他便跟随母亲左右。但母亲却知道让儿子学习当地的文化，为了让儿子有更多的接触机会，她把儿子带到一些公共场合或卖场，让儿子聆听和欣赏音乐演奏。但久而久之，演奏音乐的人一见她们到来，就停止表演了，因为他们发现母亲永远不买他们的东西。沃顿意识到，当地人已经很讨厌他们了。因此，沃顿也就不再想跟着母亲进卖场，也不想为她当翻译了。“母亲撵上我，手拉着我的胳膊，说‘你害怕什么呢？妈妈不会让你难堪的，相信我’。”[2]但是，母亲却老是让自己很难堪，她在其他地方也被赶出来过。有一次，她想让儿子去当地一所大学参观一下课堂，却被撵了出来。

因此，沃顿从小在心里便产生了一种认识，那就是这个新的国家会成为自己的家，而不会是母亲的。因为母亲的思想深处已经被家乡的意识形态所占有，很难改变。她甚至认为澳大利亚人没有思想，这一点沃顿并不认同，但母亲执着地认为当地人“只崇拜棒球”，“但是，在俄罗斯，年轻人一般都参加战斗，解放人类于压迫中，给人类带来力量，温暖、生命，以及光荣的理想”。“而这里完全不同，年轻人终究会被那种狂妄安逸的环境所吞噬，等着瞧吧。”[3]从这里可以看出，母亲的成长经历让她无法忘却对故土及故土生活方式的眷恋，更使得她无法融入新的环境，对新环境的认识产生偏误。而在沃顿的眼里，年轻的移民开始慢慢地适应这里的生态环境，从而也塑造出别样的性格特征。和平的生态塑造和谐的内心，而狂野的生态必然导致蛮横的行为，历史总是在变革，文明总是在进步，后代人的心里显然是前辈无法揣摩的。因为生态环境、生活场景本身已经改变，正如母亲随后所说的，“或许对你和班尼（Benny）这些年轻人来说，这里的情形是不一样的，但对我而言，我永远无法在这里找到自己的生活”[4]。

《没有祖国的儿子》之所以获得成功，在某种程度上要归功于当时的政治环境。在20世纪二三十年代以及第二次世界大战后，大批说着依地语的犹太人开始从东欧陆陆续续来到澳大利亚，还有大约8 000名来自希特勒属地的犹太难民在30年代也来到澳大利亚，加上战后大概有2.5万到4万逃过希特勒大屠杀的欧洲犹太人迁徙过来，以及其他来自埃及、苏联、以色列、南非及英国的犹太人，在澳犹太人总数空前增长，形成了两大犹太社区。他们面临同样的生态问题和社会问题，那就是孤独、思乡以及文

1 Judah Waten, *Alien Son*, Melbourne: Sun Books,1978, p. 78.

2 同上，第185页。

3 同上，第187-188页。

4 同上，第188页。

化隔阂等。沃顿如是说道：

> 孤独、思乡、语言与文化上的障碍，以及与当地人的误解、家庭分裂、抑或是父母与孩子之间的冲突，因为孩子是在澳大利亚长大的，他们代表了不同的世界与社会文化标准，这些都是最普遍的问题。
>
> (Loneliness, homesickness, language and cultural barriers, misunderstandings between the newcomers and the locals, divided families or the sharp conflicts between parents and children brought up in Australia, representing different worlds and social and cultural mores, are among the most common of these problems.)[1]

这样大规模的移民潮，可以说是澳大利亚多元生态的一种归因。无疑，移民最初往往是居住在生态环境较差的沙土地带，远离环境安逸舒适的白人社区。他们在适应异国环境的同时，也在慢慢改造身边的一切，同时添加一些故土元素，使其和谐共融，这不得不说是移民对澳大利亚生态环境的贡献。

沃顿本人也在这种环境中慢慢地成长起来，尝试多层面的融合，包括婚姻。例如在《到此为止》（*So Far, No Further*）中，沃顿对跨族婚姻进行探索，这个婚姻涉及一位意大利移民的儿子和一位犹太移民的女儿。故事以两个年轻人的浪漫结合为结局。从这里可以看出，沃顿更加关注"移民的成功故事"。他们开始冲破传统族派的桎梏，融入新的习俗中，在新的世界里追求新的生活。但是，故事也从一个侧面反映了虽然二代移民开始走出他们父辈所承受的"封闭的种族世界"，但是，要真正走进一个"开放、平等、自由的澳大利亚生活"依然很艰辛[2]。正如德柏莱（Deborah）对波尔（Paul）所说的："那么，我们必须生活在各自的家里。"[3]不可否认，移民们开始试探性接触本族以外的东西，试图通过这种方式融入当地的生态环境，虽然这种整合仍然是边缘性的，但新生代的移民开始以更加包容的态度迎接父辈们所排斥的事物，这正是生态社会意识的进步、文明的延伸和文化的包容。

三、结语

朱达·利欧·沃顿的作品寓情于景，以景抒情，不仅仅体现了移民对新大陆的好奇与认识，而且在字里行间流露出对生态社会的关注，在表达对澳大利亚生态环境顺

1 Judah Waten, *So Far, No Further*, Mount Eliza: Wren, 1971, pp. 87-88.

2 Carl Harrison-Ford, "In a New Country", rev. of *So Far, No Further* by Judah Waten, Nation, 5 February 1972, p. 22.

3 Judah Waten, *So Far, No Further*, Mount Eliza: Wren, 1971, p. 224.

化的同时，展示了人们内心的不安。首先是移民的环境意识。置身异地，对眼前所见之物的生疏感油然而生，加上居住地环境基础设施严重欠缺，沙土飞扬，饮水污染，交通不畅等，都难免让移民们感到孤独无助，伤心欲绝，继而触发思乡情绪。他们在内心深处总是拿新的居住地与故乡进行对比，惆怅萦绕心头，纠结于是“走”还是“留”。“走”又该走向何处？“留”还不如回到故土，因为那里是自己的家园。因此，环境意识触发了家园意识。痛定思痛，移民们开始在新的土地上重塑自己熟悉的家园，慢慢适应新的环境，也在慢慢地改变着自己，与当地人和谐相处，与当地环境共融，从而在精神层面上变得平和，不那么好斗，不那么亢奋，以一种全新的身份投入家园的建设中。这是沃顿文学作品生态主题的核心体现。

第三节　约翰·金塞拉：田园生态诗人

一、作者简介

约翰·金塞拉（John Kinsella，1963—），爱尔兰裔澳大利亚人，出生于西澳大利亚首府珀斯市，诗人，作家，批评家，同时兼任多个知名期刊的编辑[1]及澳大利亚、英国、美国多所高校的职务[2]。早期曾就职于图书馆、化肥厂及家庭农场。他一生写了30多本书，主要有诗集《狩猎》（*The Hunt*，1998年由英国Bloodaxe出版）、《储藏窖》（*The Silo*，1995/1998）、《回流》（*The Undertow*，1996）、《幽魂》（*Visitants*，1999）、《麦地》（*Wheatlands*，2000）、《羊的等级》（*The Hierarchy of Sheep*，2001）、长篇小说《风格》（*Genre*，1997）、短篇小说《爱的攫取》（*Grappling Eros*，1998）以及诗剧《外围光》（*Peripheral Light*，2003）。《外围光》入围澳大利亚文学协会金奖（the ALS Gold Medal）并获得2004年西澳总理澳亚诗歌奖，同时是《华盛顿邮报》推荐阅读书目。作为一名多产作家，金塞拉一生获奖无数，如格雷斯·利文诗歌奖（Grace Leven Prize for Poetry）、西澳总理澳亚诗歌奖

1　约翰·金塞拉为国际文学期刊《盐》（*Salt*）的编辑，《西风》（*Westerly*）的咨询编辑，《越野》（*Overland*）的剑桥联系人（Cambridge correspondent），美国期刊《凯尼恩评论》（*The Kenyon Review*）的国际编辑（CSAL，University of Western Australia），同时，供职于美国期刊《诗刊》（*Poetry*）（与Joseph Parisi一起），《三季刊》（*TriQuarterly*）（与Susan Stewart）等国际期刊。此外，还担任英国《观察家报》的诗歌栏目的评论员。

2　剑桥大学丘吉尔学院教员，美国凯尼恩大学（Kenyon College）大学英语教授、西澳大利亚州埃迪斯科文大学（Edith Cowan University）大学副教授。

（The Western Australian Premier's Book Award for Poetry，3次），以及克里斯托弗·布伦南奖（Christopher Brennan Award）等。金塞拉的作品被翻译成法语、德语、汉语、荷兰语、西班牙语和俄语。美国著名的莎士比亚研究学者哈罗德·布鲁姆（Harold Bloom）教授曾说过："约翰·金塞拉是一个神秘的喷泉、想象的天才……他常常让我想起约翰·阿什伯里[1]（John Ashbery），（他的诗歌展现了）无限才华，兼收并蓄，雅俗共赏，一旦涉猎这一伟大的艺术，我们即刻就会被感染。"[2]

二、主要作品的生态解读

《储藏窖》（*The Silo*，1995）

"生态文学"是金塞拉作品的一个根本性标志。金塞拉一直崇尚"自然写作"，其作品带有浓郁的自然风情，特别是在西澳大利亚干枯的原始林地，那里有果酱树、桉树，针鼹鼠、袋鼠、老鹰和鹦鹉。那里是他度过美好童年的地方，金塞拉对它情有独钟。而如今，该地区已经成为一片小麦区，童年所熟悉的森林早已不见了踪影。痛惜之余，作者通过其作品向人们传递生态系统的重要性。所以，他在作品里一直反对传统的"田园式"自然观[3]，认为将人与自然分开是一种错误的观念（false separation），"我们也是自然"（We are all of nature），因而，人类"应该尊重其他物种的权利"[4]。他的大部分长短篇小说、诗歌、诗剧关注的均是对物种基因的改变、对土地的危害、对农村的过度开发以及因科技的过快发展而产生的对环境的破坏，这些均是由"工业帝国主义"[5]引起的。从1990年开始，金塞拉就以澳大利亚西部家乡的小麦主产区和养羊区为背景，向读者展现这些区域是如何在一代又一代的土地开发中受到严重破坏的，这样的关切一直延续至今。他于2005年出版的自然诗集《新世外桃源》（*The New Arcadia*，2005）同样是以自然风景为题材，表达了对农业和自然的关切，唤醒人们对保护自然重要性的意识。

他的第一部诗集《储藏窖》多采取自由体的方式，以西澳大利亚州的小麦主产

1 约翰·阿什伯里，美国诗人，共出版20多卷诗集，赢得了美国几乎所有的主要诗歌奖项。

2 H. Bloom, *Introduction to Kinsella*, *J*, Peripheral Light, NY: Norton, 2004, p. xiii.

3 该观点认为，人类如果远离城市的喧嚣和工业的嘈杂，贴近自然，就可保持一颗纯净的心灵，道德和人性就愈发高尚。Liu Pingping and Glen Phillips, Radical Pastoralism: John Kinsella's Great "Pastoral Trilogy", *Landscapes*, 2009, 5.

4 http://www.poetryinternationalweb.net/pi/site/cou_article/item/19025/Interview-with-John-Kinsella/en.

5 Liu Pingping and Glen Phillips, "Radical Pastoralism: John Kinsella's Great 'Pastoral Trilogy'", *Landscapes*, 2009, 5.

区为元素，揭露了当地人对生态系统所造成的无法挽回的破坏，特别是在现代科技影响下的种植方式对环境的负面作用。他向人们说明：人类对环境的侵略已经达到了极限，这样的行为开始殃及这个星球最基本的生命支撑系统。

金塞拉的这一良苦用心从标题就得以体现。“储藏窖”本是古代欧洲人用以贮存粮食的一种圆柱形结构，它象征着丰收与喜悦。但是，近年来粮食减产，农户已基本不用它来储藏粮食，它仅仅是囊中羞涩的一种代表。从另一个角度看，标题还暗藏一个特洛伊木马式的隐喻——外表看似完美无瑕的结构其实内部掩藏着一种虚假和欺骗，所谓“金玉其外，败絮其中”。因此，标题隐喻性地表达了澳大利亚农业生产的败象。正如诗歌中所说的：

When a bumper harvest filled Every bin and the farmer was hungry For space, —no one ever mentioned bringing The old silo back into service.[1]	即使在丰年， 粮仓个个装满，农户感叹粮仓不够时， 也没有人会想到用那种 古老的储藏窖

具有讽刺意味的是，金塞拉在这部诗作中采用了贝多芬《田园交响乐》的五部乐章的结构。这种刻意的安排看似是让读者以同样的心境醉心于澳大利亚的田园风光，而实质却是打破人们的这种幻觉，揭露其不为人知的另一面，向西方文化传统的自然观发起挑战。

“生态灾难”“生态浩劫”和“生态关注”等术语频现于他的作品中。通过对澳大利亚自然风情的重新解读，金塞拉向读者展示了人类对其他物种的生态破坏，特别是澳大利亚特有的动物和植物成为牺牲品。为了获得种植上的利益，许多土地变成农田，与之相应的是草原、草地和森林的减少。这种情况导致环境退化、生物多样性大量减少。在《储藏窖》中，金塞拉呼吁人们以可持续的方式对待自然，改进适合澳大利亚地理和气候等生态环境的农业生产实践和作业方式，不能以牺牲其他物种的方式来获取自身的利益。土地风化、盐化是金塞拉长期关注的焦点，他在诗歌中不断重复这一现状的恶果，并认为其直接原因是人类对土地的过度开发。例如：

We cleared those banks until the water ran a stale sort of red. Until salt crept into the surrounding soaks[2]	我们挖空了 河岸，河水 殷红地流淌着。 盐分随即侵袭了 周边的土壤

1 John Kinsella, *The Silo*, Fremantle: FACP, 1995, p. 59.

2 同上，第67页。

另外，人们为了获取经济上的最大利益，大肆猎杀当地野生动物，肆意破坏植被和植物，导致生态系统严重失衡。在《储藏窖》中，金塞拉同样用诗歌唤起人们对动植物生态的关注。例如，他在《绵羊归天》（“The Ascension of Sheep”，1995）中描写了农民在火堆旁取暖时盘算杀羊卖钱的情景：

the farmer who warm by the fire	火堆旁边取暖的农者
Tallies heads and prices and thinks about slaughter[1]	盘算着羊头和价格，谋划着屠宰

在《到达荒废的房子》（“Arriving at a Deserted House”，1995）中，他向读者展示了人们残忍地杀害兔子的场景：

as the car grinds to a sluggish halt	汽车戛然而止
Tyres slicked with blood-letting[2]	轮胎浸染了猩红血

英国殖民者为了打猎，从欧洲引进了大量兔子。在澳大利亚广博而肥沃的土地上，没有大型凶猛的野兽，兔子曾经泛滥成灾，农民大肆屠杀，可爱的鹦鹉也遭此厄运。殖民者在澳大利亚犯下的这些愚蠢的错误，最后由这些可怜的小动物买单。人类应该维护当地生物的多样性与合理性，这一生态主题进一步体现在他的《喷洒的除草剂》（“Spraying Herbicide”）里，他强烈抨击了喷洒农药而导致兔子死亡的现象：

They just die	它们死了
when the spray drifts, when rains	死在了喷雾中，纵然雨水
have brought crops.[3]	带来了作物的丰收。

在这部诗集中，金塞拉除了批评人们对环境的破坏，还指出了人们在环境改善方面的希望和潜能，这是该部诗集的一个重大突破。在诗集的最后，作者表达了自己对自然环境的崇拜：

That probity will move independently	正直终将独行，
rocks the river redgum, roots set down below	河桉树虽生长缓慢，根却深植于
the salt line, a monoplane grinding the air,	盐层下，如飞机划过苍穹，
droning tepid clouds.[4]	在闷云之下轰轰作响。

因此，在作者看来，纵然我们对自然已经犯下种种罪恶，纵然土壤已经盐化，纵然动植物受到摧残，但这不应该成为我们放弃改变的理由，我们应该怀有决心和

---

1 John Kinsella, *The Silo*, Fremantle: FACP, 1995, p. 21.
2 同上，第13页。
3 同上，第75页。
4 同上。

希望：

Among the murk I will find things to worship, the memory dressed up in acrylics, dawn haze training scrub on the mountain, bird-exchange tossed up around them.[1]	阴暗中，我依然要追寻让人崇敬的东西， 虽然满脑的记忆都是丙烯酸， 但晨露依然使山中灌木郁郁葱葱， 鸟儿翻飞于斯。

也正是怀着这样的信念，金塞拉在家乡那片饱受创伤的土地上小范围地重新种植了一些树木，尽力保护那里的生态平衡，弥补被前人毁去的东西：

> 一点一点地，我们努力翻种那毁坏的土地，尽吾之所能保护生态。沼泽不同于土地，它干燥、缺水，无法生存，缺乏生态。土地就像班拉东南格人一样，被我（们）的父辈们偷袭，我要呼吁还耕的必要性，认识传统的土地保护，这是我的使命。[2]

在金塞拉看来，人不应该为一己之利而食用或利用动物，这是保持与自然世界接触的关键；同时，在接触自然的过程中，要使自己对自然的影响降至最低，在探索环境的过程中不能放纵自己。他指出，在西澳大利亚州的西南森林里，一些"自然接触者"在享受与树木、花鸟和袋鼠接触的同时，却将致命性枯死病菌带给了澳大利亚的树木，导致大片林木死亡，这是不应该发生的。

三、结语

约翰·金塞拉曾经这样评价过自己的作品："我的'自然诗歌'是基于对主观性的考量之上的，人们总是主观地把自然视为显示自己存在的一个手段，以不同的方式利用自然。但是，却忘了我们其实也是自然的一部分。"[3]因此，把人以外的自然物仅仅当作工具、途径、手段、符号、对应物等，以抒发、表现、比喻、对应、暗示、象征人的内心世界和人格特征是太过主观的做法，它把人作为自然界的中心，把人类的利益作为价值判断的终极尺度。但是，生态灾难的恶果和生态危机的现实使我们意识到：只有把生态系统的整体利益作为根本前提和最高价值，人类才有可能真正有效地消除生态危机，而凡是有利于生态系统整体利益的，最终也一定有利于人类的长远发展和根本利益。

1 J. Kinsella, *The Silo*, Fremantle: FACP, 1995, p. 201.
2 同上，第223页。
3 John-Kinsella, http://www.poetryinternationalweb.net/pi/site/cou_article/item/19025/Interview-with-John-Kinsella/en.

第四节　西娅·阿斯特莱：尊重自然的现代主义作家

一、作者简介

西娅·阿斯特莱（Thea Astley，1925—2004）出生于澳大利亚布里斯班的一个天主教家庭，是第二代移民。1947年从昆士兰大学毕业后，当过20多年的中小学教师，最后执教于悉尼市的麦考瑞大学。1980年成为职业作家，2004年8月于新南威尔士州去世，是当代澳大利亚最具知名度的女作家之一。

西娅·阿斯特莱一生作品甚丰，共创作了13部长篇小说，主要有《带猴的姑娘》（*Girl with a Monkey*，1958）、《流言之歌》（*A Descant for Gossips*，1960）、《迟钝的当地人》（*The Slow Natives*，1965）、《友好之杯》（*A Kindness Cup*，1974）、《晚间新闻中的一条报道》（*An Item from the Late News*，1982）、《到达廷河》（*Reaching Tin River*，1990）、《尾声》（*Coda*，1994）、《彩虹的多重效果》（*The Multiple Effects of Rainshadow*，1996）和《旱地》（*Drylands*，1999）；3本短篇小说集《寻找野菠萝》（*Hunting the Wild Pineapple*，1979）、《曼哥在下雨》（*It's Raining in Mango*，1987）、《短篇小说集》（*Collected Stories*，1997）和1部中篇小说《消失点》（*Vanishing Points*，1992）。

阿斯特莱在其写作生涯中获得过大小无数奖项。她1989年获得怀特奖，凭借《穿着考究的探险家》《迟钝的当地人》《追随者》《旱地》4部小说分别获得了1962年、1965年、1972年、2000年迈尔斯·富兰克林奖（澳大利亚文学最高奖项）；小说《彩虹的多重效果》和《旱地》也分别获得1997年迈尔斯·富兰克林奖的提名和2001年国际IMPAC都柏林文学奖的提名；此外，她还获得了时代图书年度奖、新南威尔士州长文学奖，及1986年的澳大利亚文学协会金奖。小说《流言之歌》在1983年被澳大利亚广播公司（ABC）搬上电视屏幕。

二、主要作品的生态解读

阿斯特莱的小说通常采用现代主义的叙述手法，通过对其生活经验和环境的描写，特别是对其家乡昆士兰州热带地区的风土人情和历史背景的描写，探究战后澳大利亚小城镇及郊区中小人物在家庭、社会、生活和命运中的种种遭遇，以及对性、婚姻和社会这一无形网络的奋力抗争，表达了作者对当时社会上的权势阶层和拜金主义观的鄙视和讽刺，以及对小人物的同情。这是她的小说广泛而持久的主题。

阿斯特莱的小说也蕴含着丰富的生态意识。她对社会的讥讽主要突出了“贫瘠”“虚无”“荒凉”等主题。这部分描写源于作者亲眼所见的澳大利亚大陆中心腹地的干涸和贫瘠，源于作者所了解的在澳大利亚殖民和后殖民时期的生活经历导致的人们内心空虚，即心灵的沙漠。她以澳洲贫瘠的土地隐喻当地人们内心的荒凉和精神的空虚。多萝西·休伊特（Dorothy Hewett）曾这样描写澳大利亚独特的生活方式："在我看来，澳大利亚是一个在地理和情感方面都很空虚的地方，或者，像外层空间一样缥缈，我们无法定义，无法描写……"[1]阿斯特莱对这种地理和情感心灵的空虚进行了全面的探索，在这看似无边的空间里探寻着有限的心灵归依。正如《晚新闻中的一条报道》中甘比所说："我知道，是人不喜欢空虚，而并不是自然界。但人真是怪，不与空间环境和谐相处；而空间也不断地向人施压，直到人撑不住了，倒在地上……"[2]

这种人与空间环境的不和谐成就了阿斯特莱对人物的塑造，这种风格被称作"人与自然的冲突"，而她的小说普遍的结局是自然的胜利、空间环境的胜利，而这些胜利导致了小说人物的悲惨命运，大自然成为他们最终的归宿。同样是在《晚新闻中的一条报道》中，威菲尔冲向空旷的沙漠，奔向死亡；麦金托什·霍普驶向大海的未知空间；克利福德·楚斯科特融入了一片浓密的热带雨林。他们最终都成为自然的俘虏，却一味地、迷茫地继续寻找自己的归宿。或许，对作品中的许多人物而言，死亡是一个不错的选择，只有死亡才能摆脱空间的独裁统治，才能获得些许心灵的慰藉。

但在阿斯特莱看来，这种冲突的底层原因是人们没有意识到自己对自然的破坏才会遭到自然的反击，阿斯特莱这种以人与自然的交往为主题的创作风格，使得她对澳大利亚生态环境与社会意识有了深入的观察，从而成就了其作品独特的生态意识。

（一）《迟钝的当地人》

阿斯特莱以犀利的笔墨诠释了她眼中澳大利亚社会林林总总的生态不和谐现象。在《迟钝的当地人》中，阿斯特莱以昆士兰州的亚热带气候为背景，以"贫瘠"和"荒芜"等悲凉元素为创作线索，探究了布里斯班一群中产阶级之间错综复杂的人际关系、社会关系以及人与自然的关系。小说中随处可见的"虚无、空洞"这类关键词一方面是对澳大利亚危机四伏的生态环境现状的真实刻画，另一方面则凸显了人物的精神世界。小说的主人公之一艾里斯冥想着一种没有丈夫、没有儿子的空虚的生活。

1 J. Barnes, *The Writer in Australia: A Collection of Literary Documents*, 1856-1964, Oxford: OUP, 1969, p. 71.

2 Thea Astley, *An Item from the Late News*, Queensland: Penguin Books, 1982, p. 99.

她是一个女性时尚杂志的狂热爱好者，被其中描述的服饰、家居装饰甚至通奸等内容迷住，在强烈的性欲驱使下，最终背叛了自己的丈夫，同一个邻居保持暧昧关系。而她的丈夫伯纳德·列维森是一位音乐老师，对妻子的这一行为表现出无所谓的模样。虽然他对妻子产生了厌倦之情，却认为人到中年一切都无所谓了，只是过一天算一天而已，内心空虚。关于自己的婚姻，他认为连痛恨也谈不上，一切都是子虚乌有。而他们14岁的儿子基思在父母的打闹中变得像哈姆雷特一样，对母亲的不忠和父亲的无所谓感到无比恶心；由于无法得到家庭的温暖，他被外面的花花世界吸引：上咖啡厅，逛夜总会，玩滑板，穿怪异服饰等，加上从小就习惯了小偷小摸，最终沦为盗窃犯。阿斯特莱认为，人们这种空虚的生活本质上是澳大利亚干涸的自然环境所导致的，人们日复一日地重复着前人的步伐，看不到一丝新意，正如在生活环境中人们所看见的是茫茫沙漠看不到一丝绿意一样。

小说中的人物总是在遭遇种种不幸之后才幡然醒悟，意识到自己的错误。例如，在儿子基思由于疯狂地驾车兜风而失去一只腿后，父亲伯纳德才意识到自己缺乏对儿子的纪律管教。另外，整个小说还交织着修女、牧师等许多其他人物命运的碰撞。可以说，他们对生活感到平淡无聊，缺乏激情，在遭遇事件后又对自己过去的所作所为充满了负罪感。他们日复一日地重复着枯燥乏味的生活和工作，甚至连修道院的修女和教堂里的神父也只是在敷衍着他们例行的“神圣”事务，缺乏对上帝发自内心的虔诚。神父林格德也向上帝表示，他是一个精神空虚的人，“我觉得我是一个慵懒的符号和化身”；在描述精神生活的不如意时，他说“我不认为‘放松’是描述我的心境的确切的词语，应该是‘空虚’或‘贫瘠’”[1]。修女马太也说“我无所事事，只有空虚”，“空虚得没有什么事情，没有任何看似有点重要性的事情”[2]。

另外，作者在小说中还用了其他大量的词语来描写人物的空虚感，不能全面把握，缺乏自主决定性。如：

“Nothing,” she said, “it’s nothing.”[3]	“什么都没有。”她说，“什么都不是”。
“Nothin’.” Chookie shut his lips tight.[4]	“什么都没有。”库克双唇紧闭。
“It’s nothing, Doug.”[5]	“什么都没有，唐。”

1 Thea Astley, *The Slow Natives*, Victoria: Penguin Books, 1993, p. 70.
2 同上，第44页。
3 同上，第133页。
4 同上，第166页。
5 同上，第167页。

"I don't want nothin' thanks."	"我不想这样平淡无事，谢谢。"
"Nothin' doin'."[1]	"无所事事。"

如此等等，阿斯特莱通过不断在作品中重复这种"空虚"的主题元素，准确描绘作品中人物的空虚生活。然而，在阿斯特莱看来，人物内心的空虚与澳大利亚空旷、贫瘠的内陆地理特征有一定的联系。作品中几乎所有人物的生活都与空旷且荒芜的沙漠场景有关，这些场景折射出他们精神世界的荒芜。如伯纳德·列维森站在贫瘠的沙漠中度日，把自己毫无快乐可言的婚姻视作空洞的结合，"快乐就像内陆的河一样流逝，婚姻就如同干涸的水洼和沙地中微弱的水流一样渐渐消逝"[2]。

修女塞莉斯泰因也发现神圣的事物比她所想象的还要贫瘠，而失望的老处女特拉帕小姐和帕瑞代小姐"干涸如木……她们褶皱的嘴角、涂抹的口红和悲伤的眼泪只会折射出她们干涸的嘴唇以及那贫瘠的内心"[3]。

神父林格德的职业使命感也是"一个祈祷之泉早已干涸的、无甚内容的沙漠"[4]，而他也在同自己空虚的祈祷灵魂做斗争，承受着灵魂之泉早已干涸的痛苦。这种自然环境与人物内心的交融，体现了作者对澳大利亚生态的忧虑，以及悲凉的人性世界。

此外，阿斯特莱的生态意识还强烈地体现在她对小说人物的命名上，这也从底层体现了人们对富庶的精神家园的向往。如莱克（Lake：湖）、色布如克（Seabrook：海溪）和帕瑞代斯（Paradise：天堂），又如列维森居住的街道被戏剧性地称为河流梯田（River Terrace），实则像"一条干涸的焦油纸"[5]。另外，在描写干涸、贫瘠的同时，阿斯特利在作品中还插入"及时雨"的元素，表达了一些不期而遇的爱情、激情和忏悔。如在描写林格德倾听创帕的忏悔时，作者写道："这个特殊的善举恰如雨露般温暖。"[6]当伯纳德感觉到同儿子的关系发生微妙的好转时，他觉得"爱降临了，如同一场不期而至的暴风雨，虽然只有数秒"[7]。通过这种对比，阿斯特莱以隐喻的手法将广阔、贫瘠的内陆映射到当地人的生活和内心世界中。

1 Thea Astley, *The Slow Natives*, Victoria: Penguin Books, 1993, p. 133.
2 同上，第20-22页。
3 同上，第93-94页。
4 同上，第67页。
5 同上，第1页。
6 同上，第179页。
7 同上，第109页。

（二）《消失点》

《消失点》（*Vanishing Points*）这个小说名寓意一切都正在消失，渐渐变得空虚、缥缈，从而深刻地表现了一个集“自我”“空间”和“虚无缥缈”为一体的复杂主题。整个小说由两个故事组成。第一个故事《优雅的贫穷公共汽车公司》（“The Genteel Poverty Bus Company”）以主人公麦金托什·霍普带领一群游客在澳大利亚的黄金海岸游玩为主线，探寻了自身的过去与现在的意义。由于无法维系现实中各种复杂的关系，麦金托什选择去旅行，希望通过在旅行中与趣味相投的人交流得到些许心灵慰藉。麦金托什想在岛上寻找一块属于自己的独处静地，追求荒岛中的空旷和虚无，阿斯特莱写道：从本质上看，他期望那种人迹罕至的地方，享受那里的寂静……[1]

然而，他所到之处均平淡无奇，毫无生气，于是他产生了一种被欺骗（deceptive）的感觉。麦金托什的这种寻求体现了作者本人的怀旧意识，即对逝去的事物的向往。首先，麦金托什来到宽阔的约克角（Cape York），以期寻找自己的向往之地。约克角景致优美，深深打动了麦金托什，但他最终发现，这样的地方却是一种假象。麦金托什找到了另一个小岛，将自己封闭在雨林中，但是这个地方也不能令他满意，因为自己得不到保护。最后，他乘着一条小船，驶向大海，继续寻找，可惜“一无所获，只是一味地在海上漂流……也不曾理会心中的伤痛”[2]。这样的结尾离奇而富有悬念，如同那不知引向哪里的路标，将读者引入地平线上消失的点，让人觉得茫然。作者通过此小说告诉读者，社会进步对生态环境和生态社会文明造成了破坏，精神家园崩塌，人类的真实存在正在慢慢消失。

在第二个故事《虚拟天气》（“Inventing the Weather”）中，阿斯特莱探寻了另一种风景、另一种解脱、另一种对虚无的讨伐。阿斯特莱写道：

> 这种心境完全是由岛城传递的，这些大岛城没有围墙，什么也没有，到处是灰不溜秋的泥坑、干瘪的河床，还有那绵延几千里饥饿的羊……
>
> (That is... the feeling conveyed by larger inland towns—walled. Walled by nothing. Nothing is plain and clay pan and dried river beds and thousands of square miles of starving sheep...)[3]

小说中，朱莉·楚斯科特和麦金托什一样，内心对现实生活不满意。她的丈夫是

1 Thea Astley, *Vanishing Points*, New York: Putnam Pub Group, 1992, p. 83.
2 同上，第121页。
3 同上，第204页。

一位房地产大亨，他在麦金托什的天堂附近的一个岛屿上建造了一个旅游景点，破坏了麦金托什的天堂。和麦金托什所不同的是，朱莉并不想寻找自己的独处静地，她期望见到"那些给予美好慰藉的事物，不管这种美好有多么的短暂"[1]。在十几年放荡对妻子的不忠生活之后，克利福德·楚斯科特不知悔改，还试图离婚，但朱莉却选择了离家出走。然而，她必须面对婚姻的挫折和身为人母的责任。最后，她意识到自己的名字已经成为离奇行为和缺乏母性的代名词。在离家出走的日子里，她在约克角的一个小镇上遇到了三个原住民修女组成的布道团。开始，朱莉非常向往她们的生活，但不久就发现，布道团其实是殖民的一个伤口。原住民被疾病困扰，无处医治，只有以布道的形式寻找自身的价值。她们悲惨的命运似乎让朱莉有所触动，她意识到原住民的生活被白人主宰的现代生活偷走，她们没有了语言、土地，没有了文化，没有了传统，甚至没有了家园。和她们相比，朱莉意识到自己还是很富有的，但这种富有是通过白人对生态的破坏而攫取的，也正是这种破坏导致河床干瘪，导致那绵延几千里饥饿的羊无处觅食……

阿斯特莱在这里想告诉读者，澳大利亚的历史是对原住民的暴力和侵占的历史。这种侵占不仅使原住民变得沉默，无力反抗，而且严重侵蚀了他们既有的生态文明，他们被迫过着"虚无"的日子，即一无所有的生活。小说中，朱莉和麦金托什浮躁的心灵都在追寻一种内心平静的慰藉，但这种平静就像消失的点一样，不可触及。

（三）《旱地》（*Drylands*）

生态意识在阿斯特莱的最后一部小说《旱地》中表现得更加突出，她借助澳大利亚内陆干涸的土地，对当时社会上的一些不良现象进行了猛烈的抨击。这种对现实无限绝望的观点甚至直截了当地表现在小说的标题上——"旱地：献给世界上最后一名读者的书"（"Drylands: a book for the world's last reader"）[2]。在阿斯特莱看来，整整半个世纪里，除了有线电视的出现，澳大利亚没有发生任何实质性的变化，整个国家死气沉沉，如同宗教教条一般孤寂。加之人口稀少，大家似乎都知道彼此那些琐碎之事，因为任何人都没有创新，没有变化。就如同澳大利亚的沙漠一样，千年不变。

她将澳大利亚浓缩进一个小镇。干旱侵袭着这个小镇，人们纷纷离家出走，小镇变得如废墟一般，小镇传统乡村文化逐渐消失。阿斯特莱认为，这种地理的空洞导致了人文精神的空虚。在这样一片广袤的大地上，人们的思想变得更加狭隘，为

1 Thea Astley, *Vanishing Points*, New York: Putnam Pub Group, 1992, p. 210.

2 Thea Astley, *Drylands*, Victoria: Penguin Books, 1999.

一己私利互相争执，努力逃离这个城镇，摆脱干旱。在阿斯特莱看来，这个国家正变得缺乏文化品位，青少年中“文盲”越来越多，特别是他们一味追逐那些喧哗、没有思想内涵的摇滚乐，对古典乐一无所知，而且，传统的村镇和农田也在社会发展的浪潮下失去了本来的作用。而面对这一切，人们却无所作为，一味地选择逃避。阿斯特莱认为，这不仅仅是大地的干旱，更是人们心灵的贫瘠和荒凉。可以说，对这些现象的批判在以前的小说中都有体现，但都不如《旱地》表现得如此强烈、尖锐和绝望。

《旱地》是这个地球进入新千年时期作者对澳大利亚发出的一声呼唤，对痛楚的召唤，号召人们向热情进发。

小说主人公珍妮特·德肯独居在旱地，她晚婚，守寡，但她的内心却充满了激情和对现实的愤慨。作为小镇报纸的经营者，她无法唤起人们对书刊的兴趣，觉得小镇上的人甘于堕落，没有教养，人们对过去没有兴趣，对未来也没有希冀，小镇没有希望。珍妮特讥讽小镇死一般的寂静，认为“甚至那空荡的酒吧也停止了呼吸”[1]。或许是出于对小镇的绝望，她决定写一本书，探讨性别政治、种族关系、少年犯、暴力和农村人生活的无望。故事中的人物生活在绝望和生活的废墟中。珍妮特看到了生活在悲剧中的世人，他们生活苍白、空虚、悲观，期望找到一条出路来满足作为人的最基本需求，但要改变这一切却显得无从下手，力不从心，也无能为力。对于当地人智慧和求知欲的缺乏，珍妮特感到非常气愤。如吉姆·阮德勒的父亲不送孩子去参加职业教育，珍妮特的丈夫特德不去学习，让珍妮特不得不做丈夫的老师；兰妮早婚，对工作无甚经验，无法逃离自己命运的桎梏；托夫在童年没有接受任何道德教育，他对人性的尊严完全没有感知力，对他人亦缺乏同情心。多年以后，珍妮特重新回到她曾经经营的报馆，见到了令她熟悉又害怕的地方，她推开门，喊了几声，想着会有人出来迎接她，然而，得到的却是空荡的回音。整个大楼已空无一人，破败不堪，“她能感觉到这种空荡和空虚”[2]。

可以说，《旱地》就是阿斯特莱版的《荒原》。阿斯特莱认为，这是一个崇尚体育而非人文教育的社会，一个只讲究蹦跳游玩、以成败论英雄的社会，一个只有男性表演，而女性却只能待在家里，少有基本人权和心智的社会。阿斯特莱犀利的笔锋和睿智的思维是当代澳大利亚其他小说家难以比拟的。

1 Thea Astley, *Drylands*, Victoria: Penguin Books, 1999, p. 292.

2 同上，第286页。

三、结语

西娅·阿斯特莱的作品强烈地抨击了人类对生态文明的破坏，在成为自然的主宰之前，人类凌驾于其他生物之上，给自己造成了影响，引来自然的报复，这种行为无异于自掘坟墓，以致一切都在“消失”，一切都在变成“旱地”。小说中人物对现状的逃避其实是对自然生态破坏之后所遭受的一种反应，他们向往着“天堂”和“静谧”的乐土，着实体现了作者的生态追求，那就是，人类应该尊重自然，在追求人的精神世界的同时，实现与自然的和谐；人的内心应该回归自然，以使身心与自然融为一体。只有这样，人才能在内心深处获得长久且无尽的快乐。

第九章　结　论

Throb thine with Nature's throbbing breast,	君心若与自然同跳跃，
And all is clear from east to west.	从东到西清晰若明月。
—Emerson[1]	——爱默生

生态文学与环境保护不同，也不仅仅是风景描写。生态文学及批评是一个具有悠久历史渊源、结构复杂、队伍庞大的理论体系，甚至可以归为哲学理论范畴。

文学源于生活，所以研究文学首先得研究其历史与人文，澳大利亚大陆在许多方面都独具特色：

（1）在地理上，四面环海，完全独立于其他任何大陆，因此其气候、土壤和动植物等生态环境有别于其他任何一个地方。

（2）就其历史而言，既不是单纯的原住民的历史，也不只是英国的殖民史，还有民族独立、多国移民的融合，以及原住民从被屠杀到民族觉醒的苦难史。

（3）其人文风情更为复杂，早期有英国殖民者、流放犯和部分二等欧洲人，现代有亚、非、拉各国移民。他们怀着的不同目的与心情，带来迥异的习惯与风俗，看到辽阔的草原和沙漠，虽有如画的风景，但也有水土不服、气候不适、人烟稀少、孤独难耐、文化不容等难解之结。

鉴于以上诸多因素，对于反映该国特色的文学就不能简单地套用他国文学理论去评判。正如美国佛罗里达大学的生态批评专家墨菲教授在本专著的《前言》中所说：西方各文学理论流派阻碍了学者对澳洲文学作品的鉴赏，使该国作家为世界文学所做的贡献被忽略。针对该国文学富有生态元素之特色，本团队成员运用生态批评文学理论，深入而广泛地仔细研究了澳洲从古到今的文学作品，惊奇地发现其中所蕴含的自然书写、生态理念、生态意识。无论从深度还是广度远不是一本专著可容纳的，它们几乎囊括了生态批评理论的全部内容，仿佛这些作家专为生态批评理论而创作。根据本团队所研究的结果，现将澳大利亚文学所包含的主要生态特征总结如下。

一、俯拾皆是的“荒野之美”

惠特曼、梭罗、奈斯等生态思想先驱们认为荒野是生命的源头，如约翰·缪尔确

1　Ralph Waldo Emerson, *The Essential Writing of Ralph Waldo Emerson*, New York: Modern Library, 2000, p. 364.

信“在上帝的荒野中，存在着世界的希望”[1]。深层生态学家对荒野的共同看法为：只有荒野才是最真实的自然。来到澳洲新大陆的新老移民无不对此地的丛林、荒野、田园、牧场、海洋乃至沙漠的景色发出感慨。所以无论是早期游记体作品，还是现代诗歌小说，均有大量篇幅描绘令人着迷的新奇自然风光。对自然风光的书写可分为两类。一类是对大自然风光无尽的赞美。作家和诗人热情讴歌这片与欧洲先辈生活的土地迥然不同的澳洲新大陆自然景色之美，抒发了他们对周围景致和谐相处的画面的无限感慨之情，表达了对大自然浓烈的爱恋，并没有涉及生态危机、生态整体观等。如殖民时期的澳洲丛林在众人眼中是一片了无生趣、毒蛇横行的荒野之地。然而，部分作家和诗人以敏锐的眼光发现了这块“荒野”的独特之美。诗人查尔斯·哈珀就为读者呈现了一个个环境清幽、意境深邃的丛林图景：流水潺潺，铃鸟啁啾，回荡山谷；没有毒蛇的恐怖气氛，反增添了鸟儿、泉水、苔藓、树木的宁静。而另一类则是部分移民和现当代作家的批评，如实反映了大自然灾难性的一面。在干旱的季节里，丛林居民的生活艰难又乏味，用作者的话来说就是“在丛林里死亡是唯一令人愉快的事情”。在潮湿的季节，情形也好不到哪里去，甚至更糟，伴随雨水的降落，希望和生机并没有降临丛林，丛林风光仍是一片惨淡。在这些作家的眼里大自然有时会呈现出残暴的一面，这充分体现了作家的环境危机意识。

二、缠缠绵绵的思乡情结

不管是早期殖民者还是后来的欧洲乃至亚洲移民，他们远离母国，远渡重洋到达陌生的大陆，对母国的怀想、对家乡的思念难以割舍。早期的流放犯借助书信和日记来抒发这一思乡情，如实记录了澳大利亚早期殖民者离开故土的茫然之感，以及对母国的思乡之苦。对于澳大利亚人来说，他们普遍存在渴望回家的归宿感。现代诗人A. D. 霍普在《飞鸟之死》中写出了“年复一年召唤她回家”“离别就是回家”的思绪。这正是生态意识之“家园意识”及“场所意识”的体现。思乡情也可分三种情况：其一，早期英国和欧洲其他国家移民对遥远母国的思恋；其二，现代亚洲多国移民对母国的相思情交织着东西文化；其三，那些自幼生长在澳洲牧场，长大后离开家乡去远方奋斗的作家们难以割舍对家乡的思念。这三类作家均借助小说和诗歌抒发他们的思乡情，如实记录了澳大利亚人因各种原因离开故土的茫然，及对母国和家乡风物亲人的思念。这是人类对强烈的思乡情感的自然倾诉。

1 侯文蕙：《征服的挽歌——美国环境意识的演变》，北京：东方出版社，1995年，第28页。

三、情深义重的“伙伴情谊”

经历“思乡”情感煎熬的澳洲早期殖民者，面对艰苦的生存环境，并没有妥协，而是努力在新大陆建设新家园，寻求新的“栖居之所”。这些澳洲人在丛林和灌木丛地带建设“家园”，在艰难中求生存，形成了“兄弟情谊”的独特民族文化。民族主义时期作家劳森就大肆讴歌这种“伙伴情谊”，着重表现人们相互帮助、真诚与友好的人际关系，真实感人。短篇小说《给天竺葵浇一下水》里，丛林人自家杀牛后不忘给邻居带一块去。作者以澳大利亚广博的丛林为背景，真实地描绘丛林人生活的实情实景、本乡本土的乡土氛围，充分体现了作者朴素的生态理念的场所意识。丛林里互助的“伙伴情谊”可谓生态社会意识雏形，展现了作者朴素的生态社会理念。

四、诗情画意的田园牧歌

面对艰辛的垦荒现实，早期殖民作家憧憬美好的生活，在作品中尤其是在诗歌里大都流露出对田园生活的赞美和渴望，期盼实现“诗意地栖居”，以及与天地万物和谐相处的田园生活梦想。早期作家梦想着田园美景，近现代作家或诗人怀念着繁荣景象的牧场、带有花园和草地的农舍，以及与宁静的牧场情调相匹配的和谐的家庭气氛。他们的作品里流露出对“宜居”“乐居”生存状态的渴望。早期殖民者在一个货币无效的国家，唯一可信赖的就是自己栽种的食物，因此他们寻找合适的土地垦荒耕种，以满足生存的基本需求。早期的殖民者垦荒的地就属于他们自己，所以他们无比热爱这赖以生存的土地。现代移居城市里的澳洲人也怀念在乡村自给自足的田园生活，所以与天地万物和谐相处的生存环境的意识存在于各个时期的小说及诗歌等文学作品中。

五、神秘和谐的原住民元素

原住民因素包含两种情况：第一，原住民作家所反映的他们自己的生态意识。在澳洲生活了四万年的原住民一直和谐地与这片土地相依相存。欧洲人理解的神话意义多停留在象征层面上，而原住民神话却整合了尊重土地的教育意义和滋养土地的实际操作意义，概括了如何维持生态系统中各种微妙的平衡的具体方法。原住民自己的文学里有许多反映其“生态智慧”的诗歌。这些智慧和意识存在于他们的“梦幻时代”和“生命故事”里，并且以多种形式世世代代地传承着，也大量反映在原住民作家的文学作品里。第二，白人文学所描绘的原住民。“金迪沃罗巴克”运动以后，第二次世界大战时期的诗歌，特别是田园诗歌开始显现原住民特色。这是生态整体主义的体现。人是生态圈中的一部分，不仅需要同其他物种保持平等关系，也需要人与人之间和谐共处，反对任何形式的中心主义。部分白人作品批判了白人对原住民的歧视，赞美了原住民原始而淳朴的生态智慧。在《黑人的跳跃》中，赖特写道："我们可知道／他们的血流淌在我们的河里／我们的作物吸收的黑土正是他们的骨灰？"[1]

六、自然"复魅"的生态颂歌

美国文学家梭罗在其《缅因森林》中提出："山顶是地球未造完的部分，爬上那地方，刺探神的秘密，考验它们对人类的影响，这是有点侮辱神明的……这个地方不是为你准备的。"[2]现代人总沉浸在征服自然的快感中，认定世界每一个角落都应该有人类足迹。然而大自然充满了神秘的元素，人类在大自然面前显得格外的渺小。人只是自然生态中的一部分，不是主宰，人类需要对大自然持敬畏之心。历经了大自然一次次的惩罚后，澳大利亚殖民后期，殖民者逐渐修正对人与自然须臾不离关系的认识，逐步调整非生态的拓荒观念，适度遵循自然规律，获得了一定程度上生态意识的回归。从殖民时期开始就有部分作品尤其是小说对这一认识过程进行了探讨。自然"复魅观"也出现在诗歌中。诗人把赞美上帝的话语用来赞美山林。在诗人眼中，山林作为大自然的一部分具有一定的"神性"。人类必须承认大自然神圣不可侵犯的一面，对其存敬畏之心，否则会遭到大自然无情的报复。这正是生态整体主义的观点：人是生态圈中的一部分，大自然具有一定的神性，人类应该对大自然存敬畏之心；自然是人类的家园，人类依靠自然提供的阳光、空气、水和食物而生存。人类在自然面前十分渺小，所以应该敬畏自然，倡导以审美的态度对待自然。

七、自然"祛魅"的强烈抨击

恩格斯曾在他的《自然辩证法》一书中提出了著名的"一线胜利二线失败论"："我们不要过分陶醉于我们人类对自然界的胜利。对于每一次这样的胜利，自然界都对我们进行报复。"[3]面对无序化的开发，现代都市化与工业化高速发展对大自然的破坏，各个时期的作者均以不同的方式发出对生命无常、自然规律不可撼动的感慨：（1）早期澳大利亚殖民者不崇敬原住民所信仰的自然"神圣"，在"祛魅"（Disenchantment）观念的支配下，殖民者蔑视、践踏并破坏大自然，导致自

1 Judith Wright, *A Human Pattern: Selected Poems, Watsons Bay*, NSW: Imprint Books, 1996, p. 8.
2 罗伯特·塞尔：《梭罗集》，陈凯等译，北京：三联书店，1996年，第715-716页。
3 恩格斯：《自然辩证法》，于光远等译，北京：人民出版社，1984年，第304-305页。

然资源被无节制掠夺，打破了澳洲原始的生态平衡。澳洲早期作家肯德尔等对违背自然规律的殖民拓荒行为进行了间接批判，以后的作品还体现了作者的“复魅”（Reenchantment）期望。（2）大萧条时期的惨淡击垮了人们的精神，无限制膨胀的欲望迫使人们在物质追求的漩涡中挣扎求生。随着城市发展步伐的加快，工业化的触角伸向内陆地区，都市的扩张打破了乡村的宁静，吞噬着人们的心灵。年轻一代忙忙碌碌地追求都市的繁华，而老一辈因失去土地感到失落与绝望。所以，近现代澳洲文学家更关注工业化的发展给环境带来的直接和间接的危害，不少作品表现出对澳洲未来的失望和担忧，如怀特的《沃斯》。（3）战争使人们感受到生命的渺小，也感受到人类将武器和战争作为自己欲望延伸的可怕性。现代派小说家客观地展示了战争给人们带来的肉体和精神上的创伤，谴责了战争的残酷，发泄了作者对战争的厌恶之情，如怀特的《悬挂的花园》。可见，作家们对人类无限的私欲及残酷的战争无比憎恨，他们渴望建立一个现代生态文明的社会，选择一种“够了就行”的文化态度，而不是为满足“越多越好”的贪婪而“与自然为敌”，无尽索取。

八、“天人合一”的深层理念

法国思想家史怀泽在他的著作《敬畏生命》中提到，一切生命都是神圣的，生命没有高低贵贱之分。“如果我们摆脱自己的偏见，抛弃我们对其他生命的疏远，与我们周围的生命休戚与共，那么我们就是道德的。只有这样，我们才是真正的人。”[1]面对世人浮躁的心态，澳洲作家表达了他们追求“返璞归真”的生态理念。他们认为，人们应该停下追逐现世物质的脚步，提倡简单生活，注重精神和谐。从现代作家的小说和诗歌中，读者可领悟到作者对生态危机认识的渐进过程和生态敏感性，他们不停留于“爱护环境”“环境保护”等表层的生态意识。科学技术和行政命令虽有助于改善环境，但改变不了人们的世界观和思维方式。而倡导“和谐”“和平”“返璞归真”“天人之和”“神人以和”等深层次的生态意识，正是以达到改变人们的价值观和生活方式为目的之生态哲学理论。怀特的《树叶裙》、蒂姆·文顿的大量作品等都宣扬中国这一古老的生态哲学，提倡“天人合一”，欣赏并尊重自然万物，敬畏自然规律，追求人与自然的和谐、宁静简单的生活方式，愿意置身于大自然中，与大自然亲密接触，回归自然；远离城市的繁华，涤净心灵，扫除所有烦忧。

1 史怀泽著，贝尔编：《敬畏生命》，陈泽环译，上海：上海社会科学院出版社，1995年，第9、19页。

九、不可小觑的女性生态观

在理性工具主导下的资本主义工业社会，遭受“男权中心主义”压迫的澳洲女性与遭受“人类中心主义”压迫的自然处于“他者”地位，丧失了原有的生机和美丽。澳洲女性不仅感叹“家园意识”的丧失，而且一直追求独立自由而又和谐诗意地栖居，她们深谙平衡、和解的价值。澳大利亚女性文学通常包括自然和女性这两个常见主题，还常常涉及殖民主义、女权主义、族群关系等更广泛的社会历史问题。女性作家普遍具有强烈的生态平等意识，提倡不同种族、男人与女人、人与自然万物皆应平等尊重、共生共荣，是“爱”将一切联系起来。她们强调情感投入，重视感性体验，重视柔和的女性在改变世界中的价值。她们认为人类只是大自然的一部分，应摒弃人类中心主义，对自然采取尊重、敬畏的态度，热爱自然，欣赏自然，对澳洲这片远离欧洲的奇异土地充满认同和热爱之情。她们认为唯有对澳洲这片土地持理智的认同态度，才会有归属感和家园感，才能在情感深处真正接纳并热爱这片土地。她们嘲讽男性的狂妄自负，批判人类中心主义、唯理性主义和机械主义思想。澳大利亚文学中表现女性生态意识的作品不胜枚举。

十、民族文化的相互融合

来自世界各国的现代移民置身异地，眼前所见之物生疏，加上沙土弥漫、干旱缺水、交通不畅等，难免让移民们感到孤独无助，伤心欲绝，触发思乡情结。他们在内心深处总是拿新的居住地与故土进行对比，惆怅萦绕于心，纠结于走还是留。环境意识触发了他们的家园意识。痛定思痛，移民们开始在新的土地上重建自己的家园，慢慢适应新的环境，也慢慢地改变自己。他们与当地人和谐相处，与当地环境共融，在精神层面变得平和，不那么亢奋，以一种全新的身份投入家园建设中。现代新移民对陌生环境和社会重新认识的过程给澳大利亚文学增添了重要的生态特色。这样的认识往往伴随着与故乡生态系统的对比，环境的迥异和对新环境的生疏感折射出精神世界的孤独和荒凉，也表达了移民作家对当地环境的忧虑。他们以“主人”的身份关注属于自己的新家园。通过对比人们更清楚地看到澳洲的生态危机。移民作品还反映多民族文化的差异、冲突与交融，表达了移民作家对包容多种文化的生态社会的向往，希望共建宜居生态环境与文明和谐的生态社会。

总而言之，澳大利亚生态文学作家和诗人通过小说、诗歌等文学形式，反映了澳洲这片土地独特的生态美，描绘了澳大利亚人欣赏并尊重自然万物和自然规律，回归自然、与大自然亲密接触，追求宁静简单的生活方式的愿望。这些生态意识贯穿于澳大利亚文学史上各个时期的重要作家的作品中。澳大利亚作家对生态问题的关注无疑是挽救人类文明的一种召唤。他们主张尊重环境、敬畏生命，反对任何破坏环境的行为，寻求人与自然的和谐之道，探究精神世界的生态归因。所以，澳大利亚生态文学在世界文学宝库中的地位举足轻重，在世界生态文学史上不可或缺。

主要参考文献

法默，贝弗利，2012. 海豹女人[M]. 李新新，骆晓晴，姜涛，译. 成都：四川大学出版社.

法默，贝弗利，2012. 贝弗利·法默短篇小说集[M]. 王阿秋，等，译. 上海：上海世界图书出版公司.

法默，贝弗利，2013. 光中之屋[M]. 郑小燕，译. 成都：四川大学出版社.

毕宙嫔，2013. 流放与希望：澳洲的双重情结[J]. 重庆工商大学学报（社会科学版）（2）.

陈弘，2006. 澳大利亚文学批评[M]. 上海：上海文艺出版社.

陈霞，2010. 道教生态思想研究[M]. 成都：巴蜀书社.

陈正发，2003. 殖民时期的澳大利亚诗歌[J]. 安徽大学学报（哲社版）（4）.

陈正发，2008. 二十世纪大洋洲文学研究[M]. 合肥：安徽大学出版社.

陈正发，2010. 朱迪思·赖特的诗[J]. 外国文学（6）.

杜洪波，2014. 略论蒂姆温顿主要文学作品的对海洋的生态关注[J]. 西华大学学报（哲社版）（6）.

恩格斯，1984. 自然辩证法[M]. 于光远等，译. 北京：人民出版社.

菲利普，格伦，2012. 澳大利亚人的生态观——透过文学作品看澳大利亚人生态意识的演变（1788—2008）[J]. 何桂娟，译. 西华大学学报（哲社版）（1）.

黄源深，彭青龙，2006. 澳大利亚文学简史[M]. 上海：上海外语教育出版社.

柯英，2011. 欧洲怀想与澳洲认同：澳洲双面情结中的归属体验——朱迪斯·赖特论澳大利亚诗歌创作路径[J]. 外国文学评论（1）.

布伊尔，劳伦斯，2010. 环境批评的未来——环境危机与文学想象[M]. 刘蓓，译. 北京：北京大学出版社.

雷馥源，2015. 苏珊娜·普里查德《干活的阉牛》的生态解读[J]. 绵阳师范学院学报（6）.

里德，A W，1988. 澳洲土著文化传说[M]. 北京：中国民间文艺出版社.

李新新，2015. 从生态批评的视角解读贝弗利·法默的《海豹女人》[J]. 山花（12）.

鲁枢元，2000. 生态文艺学[M]. 西安：陕西人民教育出版社.

鲁枢元，2006. 生态批评的空间[M]. 上海：华东师范大学出版社.

塞尔，罗伯特，1996. 梭罗集[M]. 陈凯等，译. 上海：三联书店.
史怀泽，1995. 敬畏生命[M]. 陈泽环，译. 上海：上海社会科学院出版社.
麦金泰尔，斯图亚特，2009. 澳大利亚史[M]. 上海：中国出版集团东方出版中心.
苏锑平，2012. 让亚裔澳大利亚人讲述自己的故事——评《澳大利亚长大的亚洲人》[J]. 对外大传播（7）.
梭罗，2011. 瓦尔登湖[M]. 徐崇信，林本椿，译. 南京：译林出版社.
王明，1960. 太平经合校[M]. 北京：中华书局.
王诺，2011. 欧美生态文学[M]. 修订版. 北京：北京大学出版社.
向晓红，2011. 澳大利亚妇女小说史[M]. 北京：中国社会科学出版社.
谢鹏，郭晶晶，2006. 生态女性主义文学批评述评[M]. 南京林业大学学报（1）.
徐篙龄，1999. 环境伦理学进展：批评与阐释[M]. 北京：社会科学文献出版社.
徐特辉，游南醇，2001. 澳大利亚殖民地时期诗歌述评[J]. 外国文学评论（1）.
赖特，亚历克西斯，2012. 卡彭塔利亚湾[M]. 李尧，译. 北京：人民文学出版社.
韦比，伊丽莎白，2003. 澳大利亚文学[M]. 上海：上海外语教育出版社.
曾繁仁，2010. 生态美学导论[M]. 北京：商务印书馆.
曾繁仁，2012. 中西对话中的生态美学[M]. 北京：人民出版社.
张贯之，2013. 舶来的浪漫主义：查尔斯·哈珀与澳大利亚本土诗歌的构建[J]. 外国语文（3）.
钟燕，2005. 蓝色批评：生态批评的新视野[J]. 国外文学（3）.

Abramson, G, 2005. *Encyclopedia of Modern Jewish Culture*[M]. London: Routledge.
Ackland, Michael, 1986. *Charles Harpur: Selected Poetry and Prose* [M]. Melbourne: Penguin Books.
Acton, Q. Ashton, 2013. *Issues in Global Environment-Biodiversity, Resources, and Conservation* [M]. Atlanta: Scholarly Edition.
Arendt, H, 1998. *The Human Condition* [M]. Chicago: The University of Chicago.
Astley, T, 1984. *An Item from the Late News*[M]. Queensland: Penguin Books.
Astley, T, 1992. *Vanishing Points* [M]. New York: Putnam Adult.
Astley, T, 1999. *Drylands* [Z]. Victoria: Penguin Books.
Atkinson, Louisa, 1857. *Gertrude the Emigrant: A Tale of Colonial Life* [M]. Sydney: University of Sydney Library.
Atkinson, Louisa, 1859. *Cowanda, The Veteran's Grant* [M]. Sydney: University of Sydney

Library.

Barnes, J, 1969. *The Writer in Australia: A Collection of Literary Documents, 1856-1964* [M]. OUP.

Bayton, Barbara, 1902. *Bush Studies*[M]. London: Duckworth's Greenback Library.

Bloom, H, 2004. *Introduction to Kinsella, J, Peripheral Light* [M], New York: Norton.

Brady, Veronica, 1999. "Towards an Ecology of Australia: Land of the Spirit" [J]. *Worldviews: Environment, Culture, Religion* (2).

Brady, Veronica, 2002. "Judith Wright: 1915-2000" [A]. *Dictionary of Literary Biography, Volume 260: Australian Writers, 1915-1950* [C]. Ed., Selina Samuels. Detroit, Michigan: The Gale Group.

Brennan, M. http://www.poetryinternationalweb.net/pi/site/cou_article/item/19025/Interview-with-John-Kinsella/en. 2014-07-01.

Cantrell, Leon, 1976. "A. G. Stephens, The Bulletin, and the 1890s" [A]. *Bards, Bohemians and Bookman: Essays in Australian Literature*[C]. ed. Leon Cantrell. St Lucia: University of Queensland Press.

Carter, D, 1993. *A Career in Writing: Judah Waten and the Cultural Politics of a Literary Career* [M]. National Library Australia.

Carter, D. "Waten, Judah Leon (1911–1985)". http://adb.anu.edu.au/biography/waten-judah-leon-14884/text26074. 2014-12-20.

Clarke, Marcus, 1993. *For the Term of His Natural Life* [M]. Sydney: Angus & Robertson Publishers.

Clarke, Patricia, 1988. *Pen Portraits: Women Writers and Journalists in Nineteenth Century Australia* [M]. Sydney: Allen & Unwin.

Collins, Tom (Furohy, Joseph), 1948. *Such is Life* [M]. Chicago: The University of Chicago Press.

Cranston, C A, Robert Zeller, 2007. *Literature in the Arid Zone: Australian Contexts and Their Writers* [M]. Rodopic, Amsterdam.

Dark, Eleanor, 1980. *The Timeless Land* [M]. Sydney: Angus & Robertson Publishers.

Davison, Graeme, 1978. "Sydney and the Bush: an Urban Context for the Australian Legend" [J]. *Historical Studies* 18 (71).

Devlin-Glass, France, 2008. "A politics of the Dreamtime: destructive and regenerative rainbows in Alexis Wright's Carpentaria" [J]. *Australian Literary Studies* (4).

Dixson, Miriam, 1976. *The Real Matilda: Woman and Identity in Australia, 1788 to the Present*[M]. Sydney: UNSW.

Farmer, Beverley, 2004. *Collected Stories* [M]. Queensland: University of Queensland Press.

Farrell, Marie T, 1995. "Oodgeroo of Noonuccal: a voice for the people—some notes and reflections for the Year of Tolerance [J]. *Australasian Catholic Record* (4).

Franklin, Miles, 2012. *My Brilliant Career* [M]. Melbourne: Text Publishing Company.

Gilbert, Kevin, 1988. *Inside Black Australia*[M]. Ringwood: Penguin Books Australia Ltd..

Gleeson-White, Jane, 2007. *Australian Classic: 50 Great Writers and Their Celebrated Works*[M]. Sydney: Allen & Unwin.

Glotfelty, C., Fromm, H, 1996. *The Ecocriticism Reader: Landmarks in Literary Ecology* [M]. Athens: University of Georgia Press.

Griffiths, Tom, 1997. *Hunters and Collectors: The Antiquarian Imagination in Australia* [M]. Cambridge: Cambridge University Press.

Harpur, Charles. *Love Sonnets*.http://www.telelib.com/authors/H/HarpurCharles/verse/poems/lovesonnets.html. 2013-12-12.

Harrower, Elizabeth, 1995. *The Long Prospect* [M]. Sydney: Text Classics.

Heidegger, Martin, 1982. "On the Way to Language" [J]. *Harper One* (24).

Heideger, Martin, 2000. "Elucidations of Holderlin's Poetry" [J]. *Humanity Books* (1).

Heidegger, Martin, 2005. *Voträge und Aufsätze* [M]. Beijing: Sanlian Bookstore.

Herbert, Xavier, 1971. *Capricornia* [M]. Sydney: Angus & Robertson Publishers.

Hergenhan, Laurie, 1988. *The Penguin New Literary History of Australia* [M]. Melbourne: Pcnguin Books.

Hergenhan, Laurie, 1996. "Shafts into our fundamental animalism: Barbara Baynton's use of naturalism in Bush Studies" [J]. *Australian Literary Studies* (17).

Hergenhan, Laurie, 2002. *The Australian Short Story* [M]. St Lucia: University of Queensland Press.

Higham, Charles, 1961. "Judith Wright's Vision"[J]. *Quadrant* (3).

Holt, Elizabeth, Elizabeth Perkins, 2002. *The Poems of Charles Harpur in Manuscript in the Mitchell Library and in Publication in the Nineteenth Century: an Analytical Finding List* [M]. Canberra: Australian Scholarly Editions Centre.

Huggan, Graham, Helen Tiffin, 2009. *Postcolonial Ecocriticism: Literature, Animals,*

Environment [M]. New York: Taylor & Francis.

Innes, C. L, 2007. *The Cambridge Introduction to Postcolonial Literature in English* [M]. New York: Cambridge University Press.

Jones, Jennifer, 2003. "Why weren't we listening?—Oodgeroo and Judith Wright. Paper in Old Wounds" [J]. *Overland* (171).

Judah, W, 1971. *So Far, No Further* [M]. Mount Eliza: Wren.

Judah, W, 1978. *Alien Son* [M]. Melbourne: Sun Books.

Kendall, Henry. http://en.wikipedia.org/wiki/Henry_Kendall_(poet). 2014-8-27.

Kinsella, J, 1995. *The Silo* [Z]. Fremantle: FACP.

Kinsella, J, 2005. *The New Arcadia* [M]. Fremantle: FACP.

Koval, Ramona, 2005. "Judith Wright" [A]. *Tasting Life Twice: Conversations with Remarkable Writers* [C]. Sydney: ABC Books for the Australian Broadcasting Corporation.

Lansing, Alfred, 1959. *Endurance; Shackleton's Incredible Voyage* [M]. New York: McGraw-Hill.

Lawson, Elizabeth, 1988. "Louisa Atkinson, Naturalist and Novelist"[A]. ed., Debra Adelaide. *A Bright and Fiery Troop: Australian Women Writers of the Nineteenth Century* [C]. Ringwood, Penguin.

Lawson, Henry, 1984. *A Camp-Fire Yarn: Henry Lawson Complete Works* [M]. ed., Leonard Cronin. Sydney: Lansdowne.

Lawson, Henry, 2012. *Preface, My Brilliant Career by Miles Franklin* [M]. Melbourn: Text Publishing Company.

Lawson, Henry. "The City Bushman". http://www.poetryconnection.net/poets/Henry_Lawson/19134. 2014-05-02.

Lawson, Henry. "A Bush-Fire". http://www.readbookonline.net/readOnLine/11761/. 2014-07-02.

Layland, Penelope,1996. "A Lifelong Campaign"[A]. *National Library of Australia News*[N] (6).

Lukács, George, 1920. *The Theory of the Novel: A historic-philosophical essay on the forms of great epic literature* [M]. Trans., Anna Bostock. Cambridge, MA: The M.I.T. Press.

Macintyre, Stuart, 2006. *A Concise History of Australia* (Second Edition) [M]. Shanghai: Shanghai Foreign Language Education Press.

Marr, David, 1991. *Patrick White, a life. Milsons Point* [M]. NSW: Random House.

Martin, K, 2003. “Ways of Knowing, Being and Doing: A Theoretical Framework and Methods for Indigenous and Indigenist Re-Search” [J]. *Journal of Australian Studies* (76).

Mathews, Freya, 2011. “On Desiring Nature” [J]. *EarthSong Journal: Perspective in Ecology, Spiritual and Education* (1).

McGregor, Gaile, 1994. *Eccentric Vision: Reconstructing Australia* [M].Waterloo, Ont.: Wilfrid Laurier University Press.

Meeker, Joseph, 1972. *The Comedy of Survival: Studies in Literary Ecology* [M]. New York: Charles Scribner’s.

Morgan, Sally, 1987. *My Place* [M]. West Australia: Fremantle Arts Centre Press.

Morgan, Sally, 2000. “Speaking with Sally Morg: Interview by Ben-Messahel, Salhia” [J]. *Antipodes* (2).

Noonuccal, Oodgeroo, 1990. *My People: A Kath Walker Collection* [M]. Brisbane: Jacaranda.

Palmer, Vance, 1959. *The Passage* [M]. Melbourne: F. W. Cheshire.

Paterson, B, George Seddon, 1997. *Landprints: Reflections on Place and Landscape* [M]. Cambridge: Cambridge University Press.

Paterson, B, 2008. “Song of the Future” [A]. *The Works of “Banjo” Paterson* [C]. Hertfordshire: Wordsworth Editions Limited.

Phillips, Glen, 2010. “When the Last Leaf Falls” [A]. *Change, Conflict and Convergence: Austral-Asian Scenarios Criticism* [C]. eds., Cynthia Van Den Driesen, Ian H. Van Den Driesen. New Delhi, India: Orient Blackswan.

Pierce, Peter, 1999. *The Country of Lost Children: An Australian Anxiety* [M]. Cambridge: Cambridge University Press.

Liu, Pingping, G. Phillips, 2009. “Radical Pastoralism: John Kinsella’s Great ‘Pastoraltrilogy’” [J]. *Landscapes* (3).

Prichard, Katharine Susannah, 1980. *Working Bullocks* [M]. Sydney: Angus & Robertson Publishers.

Quigley, Marian, 1995. *Homesick: Women’s Entrapment within the Father’s House, a Comparative study of the Fiction of Helen Garner, Beverley Farmer, Jessica Anderson and Elizabeth Harrower* [M]. Melbourne: Monash University.

Robinson, Alice, Dan Tout, 2012. “Unsettling conceptions of wilderness and nature” [J]. John Hinkson, Paul James, Lorenzo Veracini, eds. *Stolen Lands, Broken Cultures: the*

Settler-Colonial Present, Arena Journal (37/38).

Rose, Deborah, 1996. *Nourishing Terrains: Australian Aboriginal Views of Landscape and Wilderness* [M]. Canberra: Australian Heritage Commission.

Saunders, Brenda, 2009. "Caring for Country. The Eco-wisdom of Australian Aboriginal Poetry: An Overview" [J]. *Five Bells* (Poets Union of New South Wales) (4).

Schaffer, Kay, 1990. *Women and the Bush: Forces of Desire in the Australian Cultural Tradition* [M]. Cambridge: Cambridge University Press.

Schama, Simon, 1995. *Landscape and Memory* [M]. New York: Knopf.

Seddon, G, 1997. *Landprints: Reflections on Place and Landscape* [M]. Cambridge: Cambridge University Press.

Shoemaker, Adam, 1982. "Aboriginal creative Writing: A Survey to 1981" [J]. *Aboriginal History* (6).

Shoemaker, Adam, 1998. "Tracking Black Australian Stories: Contemporary Indigenous Literature" [A]. Bruce Brennett, Jennifer Strauss, ed. *The Oxford Literary History of Australia* [C]. Melbourne: Oxford University Press.

Shoemaker, Adam, 2008. "Hard dreams and Indigenous worlds in Australia's north" [J]. *Hecate* (1).

Stewart, Douglas, 1973. *Selected Poems* [M]. Sydney: Angus & Robertson Publishers.

Tacey, David, 1988. *Patrick White: Fiction and the Unconscious* [M]. Melbourne: Oxford University Press.

Tickner, Robert, 1994. "Oodgeroo's impact on federal politics" [J]. *Australian Literary Studies* (4).

Walker, Kath, 1970. *My People* [M]. Brisbane: Jacaranda.

Walker, Kath, 1975. "Aboriginal Literature" [J]. *Identity* (3).

Walker, Kath, 1977. "Interview with Jim Davidson" [J]. *Meanjin* (4).

Walker, Shirley, 1991. *Flame and Shadow: A Study of Judith Wright's Poetry* [M]. St. Lucia, QLD: University of Queensland Press.

Waten, J, 1971. *So Far, No Further* [M]. Mount Eliza: Wren.

Waten, J, 1978. *Alien Son* [M]. Melbourne: Sun Books.

Weigel, John A, 1983. *Patrick White* [M]. Miami: Twayne Publishers.

Weir, J. K, 2008. "Connectivity" [J]. *Australian Humanities Review* (45).

White, Patrick, 1973. *The Eye of the Storm* [M]. London: Jonathan Cape.

White, Patrick, 1994. *Voss* [M]. London: Vintage Books.

White, Patrick, 1994. *The Tree of Man* [M]. London: Vintage Books.

White, Patrick, 1997. *A Fringe of Leaves* [M]. London: Vintage Books.

White, Patrick, 2012. *The Hanging Garden* [M]. North Sydney: Random House Australia, Knopf.

Wright, Alexis, 1998. "Breaking Taboos" [J]. *Australian Humanities Review* (Online) (11).

Wright, Alexis, 2004. "An interview with Alexis Wright" [J]. *Antipodes* (2).

Wright, Alexis, 2007. "Alexis Wright Interview" [J]. *Hecate* (1).

Wright, Alexis, 2008. "A weapon of poetry—The poetry of Oodgeroo Noonuccal" [J]. *Overland* (193).

Wright, Alexis, 2011. "Deep Weather" [J]. *Meanjin* (Melbourne) (2).

Wright, Judith, 1965. *Preoccupations in Australian Poetry* [M]. Melbourne: Oxford University Press.

Wright, Judith, 1992. *Going on Talking* [M]. Springwood: Butterfly Books.

Wright, Judith, 1996. *A Human Pattern: Selected Poems* [M]. Watsons Bay, NSW: Imprint Books.

Wright, Judith, 1999. *Half a Life Time* [M]. The Text Publishing Company.

附录：

Heart of Darkness and *A Fringe of Leaves*' Eco-Interpretation[1]

Xiang Lan

School of Foreign Languages, Xihua University

Chengdu, Sichuan Province, P. R. China.

Abstract: The purpose of this interpretation of *A Fringe of Leaves* (Patrick White) is to follow the development of the character of the heroine Ellen Gluyas through the vicissitudes of fortune in her life when she has to live with an Aborigine tribe; she develops from her inner strength, and in communion with nature, plurality of life with them. She discovers the ability to manage her life and become "man writ large". This is then to be compared with Marlow's experience in *The Heart of Darkness* (Joseph Conrad) during his boat trip on the Congo River. Marlow is already "man writ large" and he uses his past experience to develop plurality with his native helpers who he employs to run his paddle wheel steamer. Always he uses nature in the background, "of the darkness of the jungle" to overcome his dislike of the ivory traders. That is, both found the capacity, to manage themselves in the face of immense difficulties.

Key words: *A Fringe of Leaves*, Eco-Interpretation, *The Heart of Darkness*, Joseph Conrad, Patrick White

---

1 本文发表于2014年8月13日至16日在加拿大温哥华费尔利狄金森大学召开的国际会议上。该会议由美国约瑟夫·康拉德学会主办，名为"康拉德：冲突与团结"年会。（CONRAD: CONFLICT AND SOLIDARITIES The Joseph Conrad Society of America, Vancouver 13-16 August 2014, Fairleigh Dickinson University—Vancouver）

1. A Fringe of Leaves

1.1 Growing and surviving from eco-childhood to her extraordinary marriage and misfortune trip

Ellen Gluyas, a simple country girl, an only child, lived with her parents on their farm, referred to as Gluyas's, in the north of Cornwall, near Tintagel, she loved this place of legend and fantasy being drawn to nature in these circumstances, depending on it for sustenance and its legend for hope. Thought of as a hoyden and a strong girl by most standards, it was her duty to do such as she was asked to perform, so that her father depended upon her.

Ellen's life changed dramatically when her mother took Mr. Austin Roxburgh, mother complex middle-aged man, as a lodger, a man who retreated to his Virgil (Latin version) whenever he was overcome by fear in the abyss of freedom. His vanity approved of him having a young, beautiful wife so he proposed to Miss Gluyas by letter. Then a poor girl, with both parents deceased, she accepted. From the matriarchal family young Mrs. Roxburgh learnt the art of polite conversation and her strength in keeping a journal.

In the first five years of marriage, Ellen conceived twice. The first ended in a miscarriage, the second a little boy was born only to die shortly after. It was to be understood that death was only 'a literary conceit' and that her husband's satisfaction was his 'miraculous' gift in what seemed to her to be like the 'yup' of the ewes and rams on her farm. It was what she loathed most, her consolation was with her marriage vow 'to love, and obey'.

She had heard mention that Austin's brother Garnet, successfully ensconced on a farm in Van Diemen's Land, had been secreted out of England to avoid possible prosecution on a forgery charge. The Roxburghs decided to have a holiday with him. Her meeting with her husband's adored brother, a second gentleman whose doubtful honour led her to expect a subtler version of the first, proved to be the severest trial to which she had been so far subjected. She disliked, and was repelled not only by this man, but by her thoughts, which her husband and her mother-in-law would have not suspected her of harbouring. In her innocence he seduced her after a chase in which she had been thrown from a horse and was incapable of either escape or of the will to resist. During their stay in Van Diemen's Land

Ellen developed her powers of observation and reasoning turning to nature as the inspiration for her life. She wanted to talk with the convicts to know how it was decided who were the miscreants in life but thought there would never be such an opportunity. Circumstances proved otherwise.

The Roxburghs were happy to leave Van Diemen's Land on the Bristol Maid homeward bound by way of Torres Straight. Austin needed Ellen to mother him, Mrs. Roxburgh to escape Garnet's unacceptable assignations. To her surprise she found she was pregnant. Mrs. Roxburgh tried, but failed, to rekindle any emotional affection, she might have retained, towards her husband. On board the ship she reflected on life and nature continuing to have affinity with the miscreants in the colony, shocked by descriptions of the treatment meted out to them with 'the cat'. Ellen believed, '*she might be able to bear it all and more if someone required it of her.*' Instead she had to endure her marriage. '*I must endure this because this is my only purpose.*'

Unfortunately they were ship wrecked on the Swain Reefs east of what is now Queensland and had to survive, in two leaky lifeboats. Ellen suffered a miscarriage, the baby still born, and two crew members died. The boats became separated so that, after many tribulations in which Ellen's capacity of endurance came to the fore, the boat with the Roxburghs aboard reached the beach where they were soon discovered by an Aborigine tribe. The men in attempting a show force with a gun were attacked with spears, the Captain and Mr. Roxburgh were killed, and the rest marched off into the bush to their fate. Mrs. Roxburgh waited on the beach beside the body of her husband. A number of Aborigine women approached her. First they threw sand in her face and then they started to remove, to them, her unnecessary clothing. Finally it was Mrs. Roxburgh who helped them unhook and remove her corset. With its class distinction gone and her husband dead, she was entirely liberated.

1.2 Gluyas's Eco-sense from childhood country life and the wilderness

Now she would survive as Ellen Gluyas from the moors of Cornwall.

While the sun sank lower the landscape was subjected to a tyrannical beauty of deeper blue, slashed green and flamingo feathers. She who had been reared among water colours whimpered at this sudden opulence...There was almost nothing she might risk looking at; least of all her husband's feet, austerely pointed at the luxuriant sky.

On the beach of N.S.W. Ellen Gluyas was indeed liberated from the torture she experienced living with the Roxburgh brothers who exhibited different weaknesses of character. Austin was the 'pilgrim' trapped in the Castle of the Giant Despair (13) without its key of promise to escape to the plurality of life. By contrast the brother Garnet was engulfed in the 'banality of evil'(6). He knew only, my country, my farm, my convicts, my horses, my women and my *Lord God of Hosts*. Intuitively she understood them and a gradual acceptance by those whom she now met allowed her to find a rebirth in her life.

Alone, clinging to civilization, for simple reassurance of modesty, Mrs. Roxburgh, wound a length of vine she found there round her waist and secreted her wedding ring as the remaining physical contact with her past life. However it was Ellen Gluyas of Cornwall, who was led by the Aborigine women to their camp. She was an object of their curiosity. First they had her try to suckle a sick child and, despite her misery and the sick, crying child in her arms, she was able to notice the natural beauty of the place.

Evening light coaxed nobler forms out of the back bodies and introduced a natural design into what had been a dusty hugger mugger camp. She wished *she could believe in a merciful power shaping her own destiny.*

There is a feeling of her Stoic acceptance of a difficult situation.

As the cold encroached she edged closer to the buried coals, and turned to roast her other side. What she might be suffering physically she barely felt, for she was soon absorbed into tribal dreams broken by soft-cries of children together with other more mature grunts and moans.

Her first lesson of their primitive culture was that as a woman she must work for her food to survive. At first she found only left over dropped by the women around the fire. Then she was gradually introduced to their life style.

She was further tormented when they cut her hair with a roughly sharpened shell and then covered her body with rancid fat and charcoal to hide the whiteness of her skin. She was able to accept this treatment by thinking of the bush around her.

Disgust might have soured her had it not been for a delicious smell of dew rising from the grass their feet trampled and the bushes they brushed against in passing. The sky was still benign. Were she presently to die, her last thought, would be of watered blue.

Now living on her own resources, as she done in her childhood, Ellen was again drawn to nature for sustenance and perhaps also for hope. First she had to carry their gear when they moved camp, then they begin to think she was part of their world as she adapted to their way of life.

The women threw off their loads and started jabbing the ground with the sticks they had brought. She too, was encouraged to join in the search for what proved to be a kind of tuberous root (252). *She realized she was beginning to develop a skill in 'potato'-sticking, and when one of her companions looked in her direction, she laughed with pleasure for her discovery. Overcoming her instinctive suspicion the black woman laughed back.*

Ellen began to cooperate with the natives; they were simple, kind hearted people, children of nature. The whole of life revolved round the search for food which her aggravated hunger made seem the only rational behaviour.

It was in any case what she had accepted as the answer to the hard facts of existence before she had been taught the habits and advantages of refinement. (253)

Ellen continued her appreciation of nature in which her inner life was separated from that with the Aborigines.

The hour before dawn offered compensations. Her ghost drifted with the wraiths of mist, among the ghosts of trees, and found itself again haunting the shore, a bland, unobstructed verge which presented no sure way of escape to a lost soul, a woman, or a rational being.(255)

Even in the harsh life with the Aborigines she experienced a life that excited the sensual part of her nature.

She stood awhile in the shadows, letting the wavelets play round her ankles, rubbing one sandy shin against the other, listening to the clatter of shells and pebbles as the current dragged them back and forth. She found herself smiling for these lesser pleasure which appealed to what Austin Roxburgh deplored as 'the sensual side of Ellen's nature'. (256)

Her acceptance by the tribe probably took place when after a grinning giant of a man, demonstrated how to climb a tree and capture a possum near its top, she was dragged forward, the vine produced and they expected her to do likewise and she was able to comply. When one fellow thrust a fire stick into her buttocks, she cried out, 'in pain and fright'.

No, no! I expect I'll do it. Only don't hurt me.(263)

She looped the vine and felt for a hold with the soles of her feet, and began this fearful climb. If her strength or courage threatened to desert her, a firestick was held beneath her person, and the fear of burning drove her higher-or else it was the spirit of a hoyden coming to her rescue. (263)

From that time, she was able to help the women of the tribe to catch possums and to collect birds' eggs and honey. Finally she was accepted into the rituals of the tribe, to the dancing of the women and the tribal cooroboree.

Ellen maintained her own physic by being in harmony with nature. For the first time in her life she felt easy and satisfied with self including her name. In adjusting her present life to that of the Aborigines, Ellen reverted to their timeless land, which unconsciously assumes life to be centered on their camp. Indirectly her awareness of nature contributed to her survival. This is a parable for modern man who chooses the '*point d'appu*i' somewhere in the cosmos and rather than objective qualities, he finds only numbers read from instruments and instead of nature in the words of Heisenberg-man encounters only himself (4).

In the timeless land Ellen used common sense to live with the natives and to interpret everything according to nature in which to them the meaning of the relative motions of the sun, stars, and planets to the earth was beyond comprehension. In the end she had established the plurality of their lives because she adapted to their customs and way of life where all lived in harmony.

1.3 Rebirth as a rising phoenix from the fire of hardship in the wilderness

The tribe must have decided that Ellen was one of its members so she was chosen to be a wife for one of the tribal elders. With no fear of the abyss of freedom (5) she was determined to plan her escape, no matter how challenging, and find the way to the Moreton Bay settlement.

Fortunately an opportunity presented itself when at the tribal dancing, she recognized a big man with a hatchet in his belt to be an escaped convict, introduced herself and asked him to guide her to Moreton Bay. His answer was ambivalent as he feared punishment if he was captured. She returned to the dance and was surprised, when presented with the opportunity; he seized her by the hand and dragged her behind him like some inanimate object until she collided with sapling. Still holding her hand the abductor became her rescuer. They ran all night until crossing a small creek he decided they were safe from being discovered. The convict, Jack was familiar with the topography and capable of survival in the Australian bush. It was simply a matter of endurance to complete their arduous journey across all types of rough terrain to the Brisbane settlement.

Both Ellen and Jack were simple people and so they were naturally attracted to each other. They soon developed a meaningful relationship which Ellen, after the life with the Roxburgh brothers ('the pilgrims'), experienced as 'true' love. '*She wanted to be loved. She longed for the vast emptiness of darkness to be filled*'.

Jack was a lifer (for the term of his natural life), for having murdered his girl friend Mab so he saw little hope for absolution for his crime. Ellen maintained that no matter how difficult she would obtain his pardon, because of her gratitude to him for rescuing her from the Aborigines thus saving her life.

Finally they reached a farm. Mrs. Roxburgh found she had lost the vine and with it her wedding ring. She wanted to go back. Jack made sense, '*What's in a ring that'll bring yer husband back?*' They reached the farm Mrs. Roxburgh was ecstatic, '*There you see? Just as we planned*!' Jack replied, '*Ah Ellen I can hear 'em settin' up the triangles. They'll be waiting for me!*' He turned and went galloping back into the bush. It was only Mrs. Roxburgh who returned to civilization. '*Jack, don't leave me. I'll not cross that field.*' But she did, to be greeted first by Mrs. Oakes a simple farmer's wife and eventually she was welcomed by all at Moreton Bay, including the Commandant, Captain Lovell, his wife and family. Her dramatic arrival out of the bush, naked, unwashed exhausted and alone was as if she had been through fire and was indeed a Phoenix rising. Mrs. Roxburgh recovered quickly from her physical ordeal, mentally fortified by her experiences and capable of coping with her new life. With all the attention she received. It was no longer the simple 'Ellen' who had been manipulated by the Roxburghs returning to their whited sepulcher (11). Now master of herself she realized that she must remain a mystery, conceal her emotion, and dispel the impression that she had been naked in the bush and lived in a bark humpy with a miscreant. She was determined to obtain a pardon for Jack Chance from the Commandant Captain Lovel and she did that in as far as he was able to recommend it to the Governor in Sydney.

She compares the Roxburgh motto— '*Lord God of Hosts*', with the inscription in the chapel built by Mr. Pilcher, the one survivor from the other life boat, '*God is love*'. Mrs. Roxburgh developed a great compassion for the convicts who, transported from England often for minor crimes committed because they were unable to adapt to the changes brought about by the industrial revolution, were treated cruelly as slaves, non-people, whose lives were only numbers.

His Excellency, the Governor sent the government cutter, to take her to Sydney, she had become a celebrity. Captain Lovell's wife was taking the opportunity for a rest in Sydney. Captain Lovell took leave of his tearful wife and excited children. But as he stood in the moored skiff his attention may have been concentrated rather, on the woman in black.

There was jewelry of stars such as Ellen Roxburgh believed she might be seeing for the last time before a lid was closed and persistent, if in no way malicious breezes, as well as a creaking of cordage, a straining of canvas, which for an instant halted her in the steps of memory. She might have staggered had it not been for her companion's arm.

Ellen Gluyas had been reborn with Aborigines and perhaps Jack Chance was her knight errant from Tintagel. Now in the Moreton Bay Settlement she was reborn as the discerning, confident, prudent and compassionate Mrs. Roxburg. She was '*man writ large*'(4), and now on her way to meet the Governor in Sydney where she would plead for Jack Chance's pardon.

2. *Heart of Darkness*

2.1 Introduction

Joseph Conrad's *Heart of Darkness* is written at the turn of the 19th century with the decline of the British Empire and the rise of the industrialized European nations. The 20th century, with its two world wars, revolutions of independence and the rise of sovereign nations has seen, as a consequence, the degradation of nature and the depletion of natural resources.

Now in the 21st century literature, the new subject of eco-criticism has arisen in which the environmental problems faced by human over utilization of nature are addressed and solutions sought and perhaps tended. In order to understand, with a different perspective, Conrad's wisdom, in his portrayal of the eco-disaster perpetrated by the ivory traders of Belgium along the Congo River, this paper is to discover Conrad's eco-criticism of this trade. Superficially this looks a simple task. However during the 20th century there has been a veritable retour to the old philosophical concepts, particularly of Plato, even though couched in modern concepts, as parables and metaphors. Since it is possible to so categorize the traders, the eco-criticism is that their whole operation is a destruction of both the environment and the lives of the natives.

The purpose of the analysis herein is to explore Marlow's character and his ability to find the promise of 'plurality'[1] by which he was able to have an understanding with the simple native men assisting him to run his paddle wheel steamer so as to imbue them with a sense of purpose, cooperation and harmony in the world of the 'ivory traders', where this seemed an impossibility. In the process, he had to experience the uncertainty associated

1 H. Arendt, *The Human Condition*, University of Chicago, p. 1.

with the darkness of the pristine jungle and the natives whose savage appearance and unusual customs frightened the civilized Europeans.

They were not inhuman. It would slowly come to me.

Conrad introduces the story which is about to unfold in *The Heart of Darkness*, while he is with a group of distinguished London friends on a boating excursion sailing on the Thames estuary. He uses comparisons to create an interest in the reader as to what he is going to relate. First London:

What greatness has not floated on the ebb of that river...The dreams of men, the seeds of commonwealths, the germs of empire.

The monstrous town, was still marked ominously on the sky.

'And so also,' said Marlow, 'has been one of the dark places of the earth.'[1] (5)

Conrad uses Marlow to narrate a story of his visit to the Congo giving it a note of authenticity. Marlow, a ship's captain of the days of sail is the man who can command his crew at night in a gale, to '*reef sail*' .The master who can navigate a clipper across the seas of the stormy Roaring Forties to round Cape Horne, already he is 'man writ large'. He knows the man, '*who curses the sea while others work. The man who is the last out is the first in when all hands are called. The man who can't do most things won't do the rest.*' [2]

Marlow, troubled by his experience in the Congo (Africa), where he might have unwittingly witnessed one of the beginnings of totalitarianism,[3] was anxious to share his thoughts with his friends. So he began by making an allusion to the turmoil of the past on the Thames River in Roman times when the legions dominated the indigenous people.

They were conquerors, and for that you need only brute force—, nothing to boast about, when you have it since your strength is just an accident arising from

1 J. Conrad, *The Heart of Darkness and Other Tales*, Oxford University Press, 2009. Hereafter page references are cited in the text in parentheses.

2 J. Conrad, *Nigger of the Narcissus*, WW Norton & Co. U. K., 1997, p. 7.

3 H. Arendt, *The Origins of Totalitarianism*, Harcourt Inc., San Diego, 1976.

the weakness of others. (7)

He spoke from experience so he knew his friends will listen to his story. Now he continues almost in a trade, relating not to the Romans but to the Europeans and Africans when such new ideas as [Weld Politik][1] were introduced by imperialism for the commercialization of Africa once its source of the raw material of slaves had been stopped.

> *It was just robbery with violence. Men going about blind... as is very proper for those who tackle darkness. The conquest of the earth, taking it away from those who have a different complexion or slightly flatter nose than ourselves. Something you can set up, offer a sacrifice to.* (7)

He had set the scene for his story. He was going to the Congo River as master of a cockle-shell paddle wheel steamer that plies its way up and down the Congo River for an ivory trading company whose head quarters were in Belgium.

He visited his aunt living in Brussels, '*the white sepulchral city*' (14), she had connections high up, so he got his appointment, captain of the river steamer. There were high expectations from her, '*weaning those ignorant millions of their horrid ways*,' He felt uncomfortable, almost an imposter. Well, '*they were going to make an overseas empire and make no end of coin*,' The previous captain, '*Fred even had been killed in a scuffle with a native over two black hens*', and the natives cleared out leaving the countryside deserted.

2.2 The feeling of wilderness at the arrival in Africa

He took a French steamer and after 30 days reached the mouth of the big river where he transferred to a smaller boat for the 30-mile trip to the company head quarters. Already he had apprehensions about his position.

> *The general sense of vague and oppressive wonder grew upon me; it was like a weary pilgrimage amongst hints for nightmares.* (7)

1 J. Conrad, *Autocracy and War*, Nostromo (Appendix D), Broadway Press, Canada, 2001.

Marlow had not long to wait before he was rudely awakened from his reverie and made aware of the difficulties in being 'master' of a tiny Congo-river steamer. The company station was comprised of wooden barrack-like structures on the rocky slope. As he ascended the hill, he saw six unhappy savages; each had an iron collar on his neck and all connected together with chain, toiling up the path. He looked to the shade of the trees near the river, where he found black shapes crouched, between the trees, leaning against the trunks, in all attitudes of pain, abandonment and despair. They were dying slowly...it was very clear.

> *What was the meaning of the outraged law, which had come to them, an insoluble mystery from the sea*? (7)

He made haste to the station and met a white man, in such unexpected elegance of get-up as to appear as a sort of vision. He shook hands with this miracle, the Company's chief accountant. Marlow, '*man writ large*', had already passed judgment on the company which had employed him.

> *I've seen many a red eyed devil, that swayed and drove me, I tell you.*
>
> *But as I stood on this hill side, I foresaw that in the blinding sunshine of that land I would become acquainted with a flabby, pretending weak eyed devil of a rapacious and pitiless folly. How insidious he could be too I was only to find out several months later and a thousand miles farther.*

The accountant aroused Marlow's curiosity,

'*When you see Mr. Kurtz, tell him from me that everything here is very satisfactory.*' He wondered who Mr. Kurtz was.

It was a more discerning Marlow who set off ten days later with a caravan of sixty men for the 200 miles tramp to the first river station. A network of paths spread over a desolate, empty land and a solitude, nobody, not even a hut. Day after day, now and then a carrier dead in harness at rest in the long grass-with an empty-water gourd and his long staff lying by his side.

He reflected on the meaning of the civilization of the native tribes living in the heart of the jungle.

A great silence around and above. Perhaps on some quiet night the tremor of far—off drums, sinking, swelling, a tremor vast, faint; a sound weird, appealing, suggestive, and wild—and perhaps with as profound a meaning as the sound of bells in a Christian country.

Marlow started to believe, '*perhaps the natives are not as savage as they are made out to be*'.

2.3 The cruelty at the central station

On the 15th day he hobbled into the Central station and has the same impression of the company as previously. He met the manager, He was great, and he never gave a secret away.

The first glance of the place was enough to let you see the flabby devil was running the place.

The steamer had sunk; the bottom had been torn out on some stones near the station. It was going to take three months to repair. They needed rivets from the coast for that. Marlow went to work next day. In the station yard the pilgrims wandered here and there bewitched inside a rotten fence and the word '*ivory*' rang in the air, was whispered was sighed. They were pilgrims trapped in the Castle of the Giant Despair (11). Marlow appeals to nature for an understanding as to where he has found himself:

Outside the silent wilderness surrounding this cleared speck on the earth struck me as something great and invincible, like evil or truth, waiting patiently for the passing away of this fantastic invasion.

One evening a shed containing merchandise for sale to the natives caught fire and soon was a heap of embers. A '*nigger*' held responsible had been beaten unmercifully. '*Serve him right. Transgression-punishment- bang! Pitiless. Pitiless.*'

Again Marlow appeals to nature for an understanding.

> *Beyond the fence the forest stood up spectrally in the moon light, and through the dim stir, through the faint sounds of that lamentable courtyard the silence of the land went home to one's very heart—its mystery, its greatness, the amazing reality of its concealed life.*

The gossip of the pilgrims distracted him. One wanted to know if Marlow's purpose of being there was because he was one of the new gang-of virtue, a special being who ought to know if Kurtz would be a manager, or for himself to be the manager? Marlow's curiosity was raised to meet the illusive Kurtz.

Marlow came to dislike the pilgrims. He believed in '*man qua men*'(4). His life had always depended on initiative, *vita active* (4), and he quickly developed an interest in the repair and management of the little steamer and friendships not only with the men helping him but also with the natives who helped with running his ship.

> *With word and deed we must insert ourselves into the human world, and this insertion is like a second birth.* (4)

A band of adventurers visited the station, the Eldorado Exploring expedition, whose leader was the manager's uncle. He overheard one of their conversations. There was a lot of ivory coming from Kurtz but there was trouble with a wandering trader. '*Get him hanged*' was the uncle's advice. Kurtz bothered the manager enough without further trouble…

> *Each station should be like a beacon on the road towards better things, a centre for trade of course, but also for humanising, improving, instructing, Conceive you—that ass! And he wants to be manager!*

Marlow again reflects on the meaning of this quest for ivory and riches, as the darkness of the forest seems to challenge him.

> *The high stillness confronted these two figures with its ominous patience, waiting for the passing away of a fantastic invasion.*

2.4 Further exploits as travelling up the river

It took two months to reach the bank below Kurtz's station. As they travelled, Marlow was always thinking, interested in both the natives and nature to which they seemed to be intimately connected.

It was like travelling back in time to the earliest beginnings of the world. He is aware of the cooperation of the natives. '*We were wanderers on a prehistoric earth, on an earth that wore the aspect of an unknown planet.*' More than once the steamboat had to wade for a bit, with twenty cannibals splashing around and pushing.

> *We had enlisted some of these chaps on the way for a crew. Fine fellows —cannibals—in their place. They were men one could work with, and I'm grateful to them and after all they did not eat each other before my eyes.*

As they struggled round a bend there would be a burst of yells, a whirl of black limbs, a mass of hands clapping, of feet stamping, of bodies swaying, of eyes yelling, under the droop of heavy and motionless foliage, The prehistoric man was cursing us, praying to us, welcoming us, who could tell.

It was unearthly, and the men were—'*No, they were not inhuman, well you know, that was the worst of it—this suspicion of their not being inhuman, it would come slowly to one.*'

He explained to his friends. Fine sentiments are hanged. I had to get the tin pot along by hook or crook. I had to look after the savage who was fireman, an improved specimen, useful because he had been instructed. He knew was that should the water in that transparent thing disappear, the angry evil spirit in the boiler would take terrible vengeance. Neither the fireman nor I had any time to peer into our creepy thoughts. The short noise was left behind; we crept on, towards Kurtz.

Marlow had indeed found the key of promise of '*plurality*' and discovered the meaning of, and respect for, the lives of native people around him.

When the inner station, where Mr. Kurtz ensconced with the natives, was reached by the '*boat party*', consisting of the native crew, Marlow their captain, and the 'pilgrims', many conflicting problems were encountered by Marlow, the natives and Mr. Kurtz. By now Marlow had a desire to meet the remarkable Mr. Kurtz, the natives to protect Kurtz and

Kurtz to try to explain to someone what he had tried to achieve.

The pilgrims had come to collect 'their ivory' from the weakened Mr. Kurtz. One or two fusillades from the pilgrims Winchesters into the trees where the natives, with bows and arrows, were sheltering and then just load the 'stuff' onto the boat. Loads of it, piled high on the deck. Ivory, like gold an ancient symbol of mere wealth (6) and of the stupidity of these 'pilgrims' was to the natives, *incomprehensible how these pale strangers have subjected them to an 'outraged law', an insolvable mystery* (7), *from the sea.*

As Marlow anticipated meeting Mr. Kurtz, he attempted to understand the natives physic. Watching the natives managing the little boat he looked at them as you would on any human being, with a curiosity of their impulses. Was it superstition...fear-or some kind of primitive honor?

2.5 Sorry for the death of the natives: at inner station

As they approached Kurtz's station the channel narrowed and Marlow ordered the helmsman, who was behaving more erratically than usual, to steer close to the bank where the bush was found to be swarming with the semi naked natives. For some unexplainable reason the helmsman fired the Martini Henry. Without warning a spear flashed through the air and caught him in the side below the ribs and he fell mortally wounded on to Marlow's feet filling his shoes with warm blood.

In the confusion Marlow reached up and pulled the line of the steam engine whistle. The warlike yells were checked instantly. A tremulous and prolonged wail of mournful fear and utter despair went out as may be imagined to follow the flight of the last hope from the earth (8), to acknowledge that the natives were quite human.

Assuming Mr. Kurtz dead Marlow came to realize he had travelled all the way for the sole purpose of talking to Mr. Kurtz.

He had experienced hate of the pilgrims, he had developed plurality with his native assistants and now would the envied Kurtz prove to be an elevated exception to the immoral pilgrims? He reads some documents of Kurtz with the words '*Exterminate the brutes*' scrawled across the bottom as a post script. Now in hindsight, looking back through more than one hundred years of history this is what has been tried by imperialist totalitarianism (6) and so we may just raise our eye brows at this common European thought. For Kurtz it was '*My intended, my ivory, my station*,' apparently he thought everything belonged to him, which Marlow ridiculed.

It made me hold my breath in expectation of hearing the wilderness burst a prodigious peal of laughter that would shake the fixed stars in their places.

Marlow grouped Kurtz, comparing with the other pilgrims, he preferred the simple, naive natives and to still have the life of his humble helmsman:

'No, I cannot forget him, though I am not prepared to affirm the fellow was exactly worth the life we lost in getting to him. I missed my late helmsman awfully. Perhaps you will think it passing strange, this regard for a savage who was of no more account than a grain of sand in a black Sahara (10). Well don't you see he had done something? For months I had him at my back-a help-an instrument, it was a kind of partnership, a subtle bond was created. The ultimate profundity of that look he gave me-remains this day in my memory- like a claim of distant kinship affirmed in a supreme moment.

2.6 The greed of imperialism: the true face of Kurtz

When they finally arrived at the Inner Station, Marlow was due for some surprises. First he met the 'rogue' trader who had been pestering the 'manager'. Then also they found the ailing Kurtz who had somehow been notified of Marlow's coming and entrusted him to take his report back to 'head office'.

As they arrived in the steamer they were welcomed by the 'ivory poacher' dressed like a harlequin in brightly colored patched clothing obviously the worse for wear after years in the bush. In him Marlow found a person with whom he could relate.

'*I'm glad you came—they are simple people. They don't want him to go,*' he added with a nod of mystery and wisdom.

Well Marlow gave him the book, An Inquiry into Some Points of Seaman Ship *which he had found at a station down the river, some English tobacco and Martini Henry cartridges too. Marlow is at home with this new friend.*

A boyish face, —blue eyes, —smiles and frowns—chasing each other over that open countenance like sunshine and shadow on a windswept plain.

If the absolutely pure, uncalculating, impractical spirit of adventure had ever ruled a human being, it ruled this be-patched youth.

Conrad introduced the Russian adventurer so that as a supposed friend of Kurtz he could be an independent witness of Kurtz's character. He was audience to Kurtz's ideas upon life and the natives. '*We talked of everything. The night did not seem to last an hour. Everything, everything! Of love, too. He made me see things!*' Marlow could not believe what he was hearing.

Never before did this land, this river, this jungle, the very arch of this blazing sky, appear to me so hopeless and so dark, so impenetrable to human thought, so pitiless to human weakness.

Marlow was quickly disillusioned by Mr. Kurtz.

Evidently the appetite for ivory had got the better of the—how shall I say? —the less material aspirations.

So really in the end meeting Kurtz had not been illuminating except to show the disaster being perpetrated by the exploitation of the African natives. He turned again to the wilderness for a sense of reality. '*It seemed to me as if I also was buried in a vast grave full of unspeakable secrets.*' And finally he promises to Kurt's Russian companion, '*Mr. Kurtz's reputation is safe with me*'.

It was written that he should be loyal to the nightmare of his choice. It was ordered he should never betray Kurtz.

Throughout his experience Marlow had, as '*man writ large*', been true to the promise of plurality and he was able to see the loyalty and honor of the simple natives who were trapped in their inability to adjust to many features of western imperialism and the concept of time (7). In *The Origins of Totalitarianism* (6) there is a modern discussion of *Heart of*

Darkness where Arendt sees Africa as one of the beginnings of race discrimination which arose in the countries of Europe as the challenge of race for political grouping?

2.7 Harmony with others: at the visit to Brussels

Marlow rejected the 'pilgrims' but was repelled more by Kurtz.

After a year's absence Marlow returned to 'the sepchural city'. He delivered documents from Kurtz to some not so happy company officials, and arranged to meet Kurtz's 'intended'. He perceived she was, '*one of those creatures that are not the playthings of time*'. For her he had died only yesterday and at that moment Marlow felt the same.

> *I cannot believe I shall never see him again, that nobody will see him again, never, never, never.*

Marlow remembered that day on the river:

> *I saw him clearly enough, I shall see this eloquent phantom as long as I live, and I shall see her, too, a tragic and familiar shade, resembling in this gesture another one, tragic also, and bedecked with powerless charms stretching bare brown arms over the glitter of the infernal stream, the stream of darkness.*

Marlow recovered his composure and replied to the request, '*His last word—to live with.*'

'*The last word he pronounced was your name!*' Marlow was '*man writ large*' to the end.

The deceived 'pilgrims' and Kurtz, lived as they had chosen their desolate lives in the African jungle with deluded desires of greed or power for the valueless ivory, so sort after in Europe. Their lives were pointlessness with their cruel, thoughtless and wasteful exploitation of the primitive honor of the natives. We may recall:

> *The tremor of far off drums, sinking swelling, a tremor vast, faint; a sound weirdly appealing, suggestive, and wild,—and perhaps with a meaning as the sound of bells in a Christian country.*

And understand that, Marlow was '*man writ large*'.

3. Comparison

In *A Fringe of Leaves*, Ellen, a simple country girl, isolated young lady, developed plurality with the Aborigines, became *man writ large*, was reborn a thinking, prudent, courageous and compassionate person, with the appreciation of the beauty of nature, and turning to nature for stoic help and strength whenever she came across difficulties.

In *Heart of Darkness*, Marlow, a experienced captain, *Man writ large*, developed plurality with the natives, demonstrated his compassion with nature, became aware of the disasters which would occur with the intrusion of Europeans on African culture, understanding of the mighty force of nature, turning to nature in an attempt to defeat the banality of evil.

Characters	Original sense of nature	Change of sense of ecology	Change of personalities
Ellen: Simple country girl, isolated young lady	Appreciation of the beauty of nature	Turning to nature for help and strength whenever she came across difficulties	Developed plurality with the Aborigines, reborn a thinking, brave person.
Marlow: experienced captain	Understanding of the mighty force of nature	Turning to nature in an attempt to defeat the banality of evil	Developed plurality with the natives, became aware of the disasters being brought by the intrusion of Europeans.

4. Conclusions

By reading these two novels, we might conclude: Is it possible for us to gain wisdom, strength and the plurality of nations by returning to nature? If it is so we hope that transnational and international society will be realized, and the enemy front line will disappear at zero pay. Let's forget the past and hope for peace!

References:

Arendt, H, 1998. *The Human Condition.* Chicago: University of Chicago.

Arendt, H, 1978. *The Life of the Mind.* N.Y.: Harcourt, Inc.

Arendt, H, 1976. *The Origins of Totalitarianism.* San Diego: Harcourt. Inc.

Blake, W, 2007. *Auguries of Innocence in the Oxford Book of English Mystical Verse.* ed. D. H. S Nicholson, A. H. C. Lee Apocryphile Press.

Bunyan J, 2008. *The Pilgrims Progress.* ed. W. R. Owens. Oxford: Oxford University Press.

Conrad, J, 1997. *Nigger of the Narcissus.* WW Norton & Co., U. K.

Conrad, J, 2001. *Autocracy and War* Nostromo (Appendix D), Broadway Press, Canada.

Conrad, J, 2009. *The Heart of Darkness and Other Tales.* Oxford University Press.

Lincoln, A, 2008. *Annual Message to Congress 1862.* Collected Works of Abraham Lincoln. ed. Roy P. Basher.

Plato, 2008. *The Republic*, Trans. Desmond Lee, Intro. Melissa Lane. Oxford University Press.

St Augustine, 2002. *The Confession of St. Augustine*, Dover Thrift Editions.

White, P, 1997. *A Fringe of Leaves.* Vintage U. K.

后记

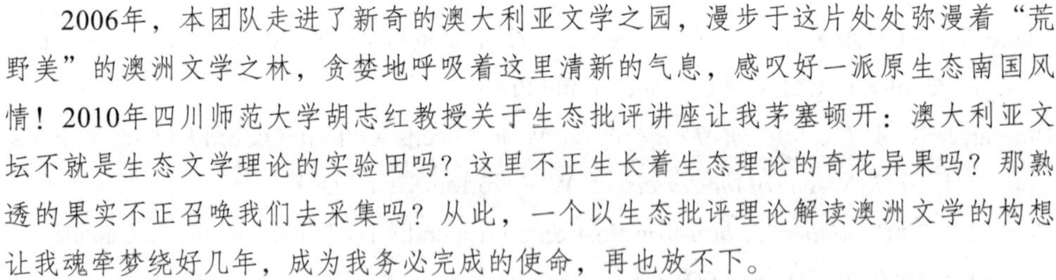

2006年，本团队走进了新奇的澳大利亚文学之园，漫步于这片处处弥漫着“荒野美”的澳洲文学之林，贪婪地呼吸着这里清新的气息，感叹好一派原生态南国风情！2010年四川师范大学胡志红教授关于生态批评讲座让我茅塞顿开：澳大利亚文坛不就是生态文学理论的实验田吗？这里不正生长着生态理论的奇花异果吗？那熟透的果实不正召唤我们去采集吗？从此，一个以生态批评理论解读澳洲文学的构想让我魂牵梦绕好几年，成为我务必完成的使命，再也放不下。

在此期间我们课题组成员不但学习澳大利亚文学作品，还学习生态批评理论。2013年5月我们获得四川省社科规划基金项目，至今两年整。我们在中外专家学者的指导下，在各位朋友的帮助下，课题组全体成员共同努力，终于不辱使命，完成了这项艰巨的任务。

在即将结题之际，我们感慨万千。在最艰难的时候，中外朋友给予我们极大的鼓励和帮助：著名生态文学批评专家，美国中佛罗里达大学（University of Central Florida）英语系主任，生态批评理论的奠基人之一，帕特里克·墨菲教授（Patrick Murphy）和美国斯科特·斯洛维克教授（Scott Slovic）认为，用生态批评解读澳大利亚文学作品是一个极好的选题。他们非常关注该课题的进展，在生态理论方面给予了极大的帮助。2014年墨菲教授应邀来四川大学作生态批评的专题讲座，解答本课题组关于生态理论方面的问题。他对本课题组的工作给予肯定和鼓励，并非常爽快地答应给本专著写序。所以在本专著基本章节完成后，我写了七千多字的专著简介，介绍了每个章节的基本内容，即用什么理论分析了哪些作家的哪些作品。据此简介他写了序，笔者又将其译成汉语。斯科特·斯洛维克也耐心解答我们在研究中遇到的问题。有一次他在南美的一个机场候机时收到了我的邮件，在邮件中我向他请教关于怀特的作品《沃斯》（*Voss*）和《暴风眼》（*The Eyes of Storm*）所体现的生态理念。在生态理论方面，这是两部很有争议的作品。他叫我马上给他介绍小说内容，在收到我的简介后，他很快给我回信，阐明了他对这两部作品的看法，告诉我几乎所有的文学作品均可用生态批评理论去解读。墨菲与斯洛维克不约而同地认为以生态批评的理论视阈研究澳大利亚文学作品更能够充分体现它们潜在的价值。在这期间，澳中理事会中国项目负责人戴维·卡特（David Carter）也给予了我们不少帮助和鼓励。他是怀特研究专家。关于怀特作品的生态分析文章他给出了非常具体的建议，他甚至非常仔细地修改我的文章。2012年，我在澳大利亚学习时的指导教师鲁思·布莱尔（Ruth Blair）——澳大利亚生态文学研究专家，“澳新文学与环境研究协会”（the Association for the Study of Literature and Environment ANZ）的理事——不仅非常赞同我的观点，而且一直在指导我的工作。

本专著是建立在众多澳大利亚文学研究成果上的，所以首先得感谢国内澳研中心所有专家学者，本项目的研究借鉴了不少他们的方式方法。如黄源深和彭青龙编著的《澳大利亚文学简史》，陈正发等澳研专家、学者发表的论文和出版的专著为我们的研究提供了大量的参考资料。现将本书的总体布局和工作安排总结如下：

第一，该专著在章节安排上参考了黄源深、彭青龙编写的《澳大利亚文学简史》的时间段划分：殖民时期、民族运动时期、两次世界大战时期和现代当代时期；同时参考了戴维·卡特新编的英文版《澳大利亚文学史》，让原住民文学、女性文学和移民文学独立成章。每一章列举三到四位作家，每位作家列举三个作品，这是采纳了时任上海对外贸易大学国际商务外语学院副院长彭青龙教授的建议，即“三点为一面”。

第二，在篇幅的安排上不是每章相等。例如，第二章殖民时期生态文学那部分时间跨度相对较大，该时期的自然书写相当丰富；第五章现代生态文学里的第二节是关于诺贝尔文学奖获得者怀特的，其人生经历比较丰富，其作品较为深刻，所以叙述多一些，分析细致一点。因此这两部分占的篇幅相对较多。第二章比较详细而全面地总结了澳大利亚文学的生态特征，为了避免重复和累赘，章节小结就只总结该时段凸显的生态意识特征。每一节主要由“作者简介”“主要作品的生态解读”“结语”构成。其中，“主要作品的生态解读”是每一节的重点。

第三，为了避免与其他澳大利亚文学专著雷同，本专著对作者和作品的介绍相对简短些，重点放在对作品生态解读上，突出作品所反映的生态理念，挖掘出潜在的生态价值。部分作家的作品较多，生态意识突出，我们就单独分析主要作品的生态意识，作品较少的作家就在作家简介里介绍作品的生态意识，没有单独列出。

第四，在作家的选择方面的依据是其作品的生态理念的新颖与深刻度，而非该作家的知名度。如现代部分选择贝弗利·法默而放弃著名诗人A. D. 霍普，就因为前者作品里的生态元素相对较多，其突出特点就是大篇幅描绘异国风情。再如，第八章关于移民作家那部分就没有重点介绍著名华裔作家欧阳昱和布赖恩·卡斯特罗，均是出于同样的原因。

第五，澳大利亚女性作家对澳洲文学的贡献举足轻重，她们分布于各个时代，其作品所反映的生态意识也很有时代意义。虽然该专著单列一章论述女性作家，仍然无法囊括众多重要人物，我们只好把具有代表性的作家划分到其他章节进行介绍。如苏珊娜·普里查德因其时代特征被归入第四章，西娅·阿斯特莱因其移民身份被归入第九章，凯思·沃克、亚历克西斯·赖特、萨利·摩根也因其原住民身份被归入第七章，贝弗利·法默因其作品的现代气息被归入第五章。

第六，为了方便读者查找和欣赏，深刻体会其生态理念，本书附上了大部分译文的原文本。

由于本专著是多所高校多位教师合作的成果，各章节水平难免参差不齐，感谢两位副主编做了大量工作。

本专著具体分工和字数统计如下：

向　兰	西华大学外语学院	前言译文、第五章第二节、第九章、附录、后记（9.98万字）
向晓红	西华大学外语学院	第一章（1.13万字）
李新新	西华大学外语学院	第二章、第五章第四节（5.66万字）
龚　静	四川大学外语学院	第三章（3.65万字）
雷馥源	成都中医药大学外语学院	第四章（3.52万字）
陈　卓	海南省琼海学院	第五章第一节（1.07万字）
杜洪波	四川大学锦城学院	第五章第三节（1.26万字）
徐小琴	西华大学外语学院	第六章（3.27万字）
彭　旭	西华大学外语学院	第七章（4.4万字）
李国宏、刘　萍	西华大学外语学院	第八章（3.27万字）

这部论著具有跨学科性质，涉及的知识面较广，囿于课题组成员的知识与经验，疏漏与错误在所难免。敬请专家学者和读者不吝赐教，我们将不胜感激！

在完成本课题的过程中我们陆续发表了9篇相关论文，出席过5人次的国际会议，但是我们的收获不仅仅是这些。我们在研究过程中结识了不少有识之士，让我们大开眼界，提升了思想境界；在研读生态文学作品的过程中，我们的世界观在逐渐改变，生态意识在我们心底生根，我们发自内心更加热爱和亲近大自然。以下这首小诗可略表我们此刻的心境：

假如有来生

向　兰

假如有来生，
我愿是小草，
春风吹来，遍地生长，
让沙漠披绿装，
让小生命布满大地；

假如有来生，
我愿是大树，
植根大地，亭亭玉立，
静心守候，引来小鸟筑巢，
留给人们一片阴凉；

假如有来生，
我愿是大山，
巍然屹立，阻风挡寒，
留住一片彩云，降下甘甜的雨露，
汇雨水呈小溪，
让河水在山间流淌[1]；

假如有来生，
我愿是春风，
把孕育生命的种子撒向远方，
让饥寒去流放；

假如有来生，
我愿是河流，
养育两岸生灵，

If only I could have a second life

Xiang Lan

If only I could have a second life,
I would be the grass,
Rustling as the spring wind blows,
Covering the desert green,
And the whole planet;

If able to have a second life,
I'd be a strong, tall tree,
Rooted deep in the soil, standing straight,
Waiting quietly to attract the birds,
And offer my shade;

If only to have a second life,
I'd be a strong mountain,
Standing calm and firm, stop the cold wind
Hold the clouds, turn them into rain;
Gather rain drops into stream
Sparkling down my valleys;

If only I could have a second life,
I'd be the wind of spring,
To blow seeds far away to grow in rich soil,
To exile hunger and banish disease;

If only I could have a second life,
I'd be a river,
Rearing creatures on both sides,

1　澳大利亚干旱的原因之一是因为没有高大山脉留住云彩，降下雨水，所有没有横贯东西或南北的河流。

任鱼儿在水里嬉戏欢畅；	Fish swimming happy and gay;
假如有来生，	If only I could have a second life,
我愿是大海，	I'd be an ocean of the wide world,
胸纳百川，腹容宝藏；	Embracing all the rivers, streams, all creatures;
……	……
可惜我们没有来生，	So sad not to have a second life,
只有今生今世;	There's only one to share;
我们要珍爱当下，正视现实，	Now we must learn to value the present,
懂得大自然的恩典。	Face the facts and appreciate nature.
在这广阔的世界我们何其幸运，	In this bountiful world we are so blest,
拥有小草、树木、	By its grass and trees, mountains,
还有山川与大海，	Rivers and oceans;
有如此丰富的内涵值得去欣赏；	There's so much to enjoy;
那微风荡漾着波光粼粼的水面，	Gentle breezes rippling the shining water,
柔和的月光洒在宁静山野上；	Soft rays of the moon pouring on quiet land;
这些都是我们生命的至爱。	All these great joys are love of life.
从此我不再抱怨，	From now I'll not complain,
雨水淋湿了衣衫，	When the rain wets my beautiful dress;
心存感念，	I'll be thankful for those precious drops,
感激雨丝清洁了空气，滋润了禾苗；	That cleans the air, nourish the crops;
我愿在雨中享受这份清凉和甘甜，	I'll enjoy the cool, refreshing drizzle
欣赏小巷里濛濛烟雨之美，	Hazy in the slanting rainy lane;
静心聆听水滴残荷的音源[1]。	Listen to the notes of rain dropping onto lotus leaves.
不再抱怨河流挡住了去路，	I'll never complain when rivers stop the roads,
因为那是鱼儿的家园；	For they are home to the fishes,

1 源于《红楼梦》的诗句“留得残荷听雨声”，看似丑陋无用的残荷也有其存在的价值，这是典型的深层生态意识。

不再抱怨高山挡住了视线，	I'd not complain of mountains that block the view,
因为那是河流的源泉；	For they give birth to the rivers;
不再抱怨火辣辣的太阳，	Nor complain of the hot sunshine,
因为万物在阳光下生长繁衍；	On which everything depends to grow;
不再抱怨咆哮的大海，	Never complain of the roaring sea,
他宽阔的胸怀包容了人间故事的经典；	His broad mind tolerates human stories;
不再抱怨严冬与酷暑，	Nor complain hot summer or bitter winter,
不再抱怨狂风骤雨、冰霜雪寒；	Nor the wild storms, and icy snow,
一切的一切皆为天道自然。	They are but all the laws of nature.
仰望星空浩渺，天际蔚蓝，	Looking into the boundless azure sky,
在遥远的时空，	In endless time and boundless space,
人间历史乃一瞬而已；	We are little more than cosmic dust;
短暂人生何其珍贵？	Life is so short, so precious,
何不珍视生命？	Let us cherish this life?
这大自然的精灵！	The spirit of nature!
从此以后我将身体力行亲近自然，	Hence forth I'll be close to nature,
我愿赤脚走在乡间泥泞的小路上，	Walk barefoot on muddy country roads,
感受泥土的柔软与芬芳，	Feel the softness and fragrance of soil,
而不愿穿着高跟鞋走在城里的水泥路面，	Not high heels walking on cement pavements,
那样的行走让我心惊胆战。	Where walking startles me, makes me tremble.
从此以后我要简单地生活，	From now on I'll live a simple life,
静悄悄地做人，安安稳稳地做事，	To be a quiet man working peacefully,
像大山一样沉静地思考，	Think as the silent mountains,
像河水一样自由地流淌，	Move freely as a river flowing,
像晨曦一样清新悦目，	As pleasing as the dawn,
像风儿一样轻盈怡然。	And as happy as light wind.
我本是大自然的一部分，	I'm part of nature,

走近大自然，	My approach to nature,
融入自然是我生活的方式，	To be integrated with nature as my way of life,
更是我生活的夙愿。	It is my long cherished wish.
只愿有一天，	One day, I dream,
在高高的榕树下，	Under a tall banyan tree,
我静静地坐在竹编椅上，	I'll be quietly sitting in a bamboo chair,
品着苦丁茶，	Sipping Kuding tea,
拨弄我心爱的琵琶琴弦，	Plucking my beloved lute strings,
在树上知了吱吱，小鸟喳喳，	In the trees the cicadas squeak, birds chirp,
清晰冰凉的溪水在赤脚边荡漾，	And a clear cold stream ripples by my barefoot,
蝴蝶、蜻蜓在田野里飞舞，	Butterflies and dragonflies fly in the field,
小狗、小猫们在追逐嬉戏，	Where puppies, kittens frolic and play, ...
……	
但愿这一天不遥远。	I dream that day maybe not too far away.

向　兰

2015年6月于成都